中韓
常用語詞典

韓語編輯小組 ＊ 主編

五南圖書出版公司 印行

使用說明

1. 全書以注音符號順序排序。

2. 中文部分的黑字表示主要詞條，例如：芭蕾舞。
   色字表示衍生詞條，例如：~女伶、【訪客】。

3. 符號說明

   (1)中文部分的 ~ 表示相當於主要詞條的部份，
      例如：~女伶（見P.1）。

   (2)中文部分的【 】表示和主要詞條相關的詞
      條，例如：【訪客】（見P.7）。

   (3)韓文部分的（ ）表示動詞，例如：가결（하
      다）。

   (4)韓文部分的 ＊ 表示形容詞，例如：가능＊하
      다。

ㄅㄚ

八	팔 , 여덟
八月	팔월
八字	팔자
八度音	팔도 음정 , 옥타브
巴〈壓力單位〉	바
巴士	버스
巴西	브라질
巴松管，低音管	바순
巴洛克式	바로크
巴基斯坦	파키스탄
巴黎	파리
芭蕾舞 ~女伶，~女舞者	발레 발레리나
疤	흠 , 흠집 , 흉터
扒光	발가벗기다
扒開	열디

ㄅㄚˊ

拔	뜯다 , 뽑다
拔毛	탈모 (하다)

拔出	빼다
~刀	칼을 빼다
拔取	빼내다
拔除	빼놓다
鈸	심벌즈

ㄅㄚˇ

把手	손잡이
把守	파수 (하다) , 지키다
把柄	자루 , 핸들 , 트집
把風	망보다
把握	파악 (하다) , 포착 (하다)
~住機會	기회를 포착하다
把戲	곡예 , 연극 (하다)
靶子．目標	타깃 , 과녁

ㄅㄚˋ

爸爸．父親	아빠 , 아버지 , 부친
罷工	스트라이크 , 파업 (하다)
罷免	파면 (하다)
霸道	세도 , 포악하다 , 행패 (하다)
霸權	패권

ㄅㄛ

波及	파급 (하다)

波長	파장
波浪	파도
波紋	파문
波斯	페르시아
波斯菊	코스모스
波蘭	폴란드
波本威士忌	버본위스키
波音747飛機	점보 제트기
玻璃	유리
玻璃杯	글라스 , 유리컵
玻璃珠	유리 구슬
玻璃紙	셀로판
玻璃纖維	글라스 파이버
剝	까다 , 벗겨지다
剝開 ~栗子	바르다 알밤을 바르다
剝下 , 剝去 , 剝掉 ~樹皮	벗기다 나무껍질을 벗기다
剝削	착취 (하다)
剝奪	빼앗다 , 박탈 (하다)
菠菜	시금치

伯父 , 伯伯	큰아버지 , 백부
伯母	큰어머니 , 백모

伯爵	백작
柏林	베를린
柏油	콜타르 , 아스팔트
勃然	발끈
~大怒	발끈 화를 내다
脖子	목
博士	박사
~課程	박사 과정
~學位	박사 학위
博物館	박물관
博愛	박애 (하다)
博學多聞	박식하다
博覽會	박람회
萬國~	만국 박람회
搏鬥	격투 (하다)
~技巧	격투기
搏動	고동치다
駁斥	반론 (하다)
薄	옅다 , 얇다 , 엷다
薄冰	살얼음
足履~	살얼음을 밟다
薄利多銷	박리다매
薄弱	약하다 , 여리다 , 박약하다
薄情	박하다 , 박정하다
~的人	박정한 사람

薄暮	해질녘 , 황혼 , 땅거미
薄薪	박봉

跛	절다

播送	방송 (하다)
~節目	방송 프로(그램)
播報員	아나운서 , 캐스터
新聞~	뉴스캐스터
播種	씨를 뿌리다 , 파종 (하다)
~機	파종기
薄荷	민트 , 박하 , 페퍼민트

白，雪白	희다
白子和黑子（圍棋）	흑백 , 흑자 백자
白天	대낮 , 한낮
白日夢	백일몽
白皮書	백서
白的，白色的	흰
白色	흰색
白血病	백혈병
~球	백혈구
白果	은행

白金	백금 , 플래티나
白紙	백지
白帶魚	갈치
白眼	백안시 (하다)
白喉	디프테리아
白菜	배추
白費	헛되다 , 허비 (하다) 헛수고 (하다)
白楊	포플라
白痴	백치
白髮	백발
白髮 　【少年白】	흰머리 새치
白樺	자작나무
白蘭地	브랜디
白鐵	양철

ㄅㄞˇ

百	백
百分 , 百分之…	퍼센트
百分比 , 百分率	백분율 , 퍼센티지
百日 　~草 　~咳	백일 백일초 백일해
百合	백합

百里香，麝香草	백리향
百科全書	백과사전
百貨公司	백화점
百萬	백만
~富翁	백만장자
百葉窗	셔터 , 블라인드
擺佈	휘두르다
擺弄	가지고 놀다
擺放	차리다 , 늘어놓다
擺架子	젠체하다 , 으스대다 , 뻐기다 , 재다 , 행세 (하다)
擺動	흔들다
擺脫	탈피 (하다) , 해탈 (하다) , 벗어나다
~貧困	가난에서 벗어나다
擺設	배설 (하다) , 차려놓다

拜年	세배 (하다)
拜見	찾아보다
拜訪	방문 (하다)
【訪客】	방문객
【直銷】	방문 판매
敗	패 (하다)
敗亡	패망 (하다)
敗北	패배 (하다)

敗血症	패혈증
敗落	몰락 (하다)
敗壞	흐리다 , 망치다 , 훼손 (하다)
敗露	발각 (되다)

ㄅㄟ

杯子 , …杯	컵
卑躬屈膝	비굴하다
~的態度	비굴한 태도
卑鄙	비겁하다 , 야비하다 , 비겁하다
~的手段	비겁한 수단
卑劣	비열하다
~的手段	비열한 수단
卑賤	상스럽다 , 비천하다 , 비천* 하다
背	업다
~孩子	아이를 업다
背負	지다 , 메다
~行李	짐을 지다
悲壯	비장하다
悲哀	비애 , 슬프다
悲喜	희비
悲痛	비통*하다
悲痛 , 悲涼	애달프다

悲傷，傷心	슬퍼하다
對朋友的不幸感到~	친구의 불행을 슬퍼하다
悲悽	서글프다 , 설움
悲傷，悲哀	섧다
悲嘆	한탄 (하다) , 비탄 (하다)
悲慘	비참*하다 , 무참하다 , 참담하다
~的光景	비참한 공경
悲傷，難過	서럽다
悲慘的結局	파국
面對~	파국을 맞다
悲鳴，尖叫	비명 (하다) , 비명지르다
悲劇	비극
悲觀	비관 (하다)
碑文	비문

北	북
北斗七星	북두칠성
北方	북쪽
北半球	북반구
北京	북경
北部	북부
北韓	북한

北極	북극
~星	북극성
~圈	북극권
~熊	북극곰
北歐	북 유롭
北緯	북위

貝 (貝類)	조개
~殼	조개껍질
干~	조개관자
貝斯＜樂器＞	베이스
貝殼	조가비
貝蕾帽	베레모
背，背誦	암기 (하다) , 외우다
背心	조끼
背包，背囊	류색 , 배낭
背光	그늘지다
背信	배신 (하다)
背叛 (君王、國家)	반역 (하다)
背棄，背叛	배반 (하다)
背後	뒤
背後，背地	배후
背面	뒷면
背書	배서 (하다)
背棄	저버리다

背陰處	음지 , 응달 , 그늘
背景	배경
事發~	사건의 배경
【布景】	무대 배경
背誦	외우다 , 암송 (하다)
背離	이반 (하다)
倍	배
兩~的收入	수입이 배가 된다
倍數	배수
備用	예비 (하다)
備件，備用品	스페어
備忘錄	비망록
被子	이불
被切斷	잘리다
被打開	열리다
被吸引	끌리다 , 솔깃하다
【被甜言蜜語吸引】	감언이설에 귀가 솔깃하다
被吹走	날리다
被告	피고
~者	피고인
被夾	끼이다
被抓住，被捕	붙잡히다
犯人~	범인이 붙잡히다
被刺	찔리다
被推	밀리다
被咬，被叮	물리다

被害	피해 (하다)
~妄想	피해 망상
~者	피해자
被動	피동
被動	수동 (하다)
~式	수동태
被雨淋	비맞다
被牽連	연좌 (하다)
被單	시트
被發現，被發覺	들키다
被雇用者	피고용자
被奪，被搶	뺏기다
被踢	채다
被褥	이부자리
被壓碎，被壓傷	으스러지다
被壓扁	짜부라지다
被覆蓋	깔리다 , 덮이다
被纏綁，被束縛	얽매이다
輩子	생애
輩出	배출 (하다)
人才~	인재 배출

包	싸다
用包巾~	보자기로 싸다

包子	찐빵 , 만두
包包	가방
包含	포함 (하다)
包庇，懷抱	감싸다
包括	포괄 (하다)
包容	포용 (하다)
包容，包含	포섭 (하다)
包租	전세
包圍	포위 (하다) , 둘러싸다 , 에워싸다
包袱	보자기
包裝 ~紙	패킹 , 포장 (하다) 포장지
包裹	패키지 , 소포
包購	매점 (하다)
苞	송이
褒獎，褒揚 【稱讚道德】	포상 (하다) , 기리다 덕을 기리다

保加利亞	불가리아
保母	보모
保全 ~顏面	세우다 , 보전 (하다) 체면을 세우다

保存	보존 (하다)
無法~	보존이 안되다
保守	보수 (하다)
保安	보안 (하다)
保有	보유 (하다)
保育	보육 (하다)
保持	지키다 , 유지 (하다)
~一致性	일관성을 유지하다
保持，保養，維持	유지 (하다)
保留	남겨두다 , 보류 (하다)
保健	보건
~所，衛生所	보건소
保溫	보온 (하다)
保管	보관 (하다)
保障	보장 (하다)
社會~	사회 보장
保衛	방위 (하다)
保養 (健康)	보양 (하다)
保險	보험
~公司	보험 회사
~金	보험금
加入~	보험에 들다
~套	콘돔
~桿	범퍼
~絲	퓨즈
~箱	금고
~櫃	캐비닛

保鮮膜	랩
保證	보증 (하다)
~書	보증서
~人,保人	보증인
~金	개런티
保釋	보석 (하다)
~金	보석금
保齡球	볼링
保護	수호 (하다) , 보호 (하다)
~色	보호색
保鑣	보디가드
堡壘	성채 , 보루
飽	부르다 , 배부르다
飽和	포화 (하다)
~狀態	포화 상태
飽嗝	트림
飽嘗 (美食)	만끽 (하다)
寶石	보석
寶物,寶貝	보물
【尋寶遊戲】	보물찾기
寶特瓶	페트병
寶貴	고귀하다 , 귀중하다 , 소중하다
【重要的人】	소중한 사람
【注重,重視】	소중히 여기다

刨 　~平	밀다 , 파다 , 찍다 　대패질을 하다
刨刀 　用~刨削	대패 　대패로 밀다
抱 　~小孩	품다 , 안다 　애를 안다
抱怨	푸념 (하다) , 원망 (하다) , 불평 (하다)
抱負	포부
抱歉	죄송하다 , 미안하다
報仇	복수 (하다)
豹	표범
豹變	표변 (하다)
報名	신청 (하다)
報告	리포트 , 보고 (하다)
報時	시보
報案	신고 (하다)
報紙 　【新聞記者】 　【報社】 　【日報】	신문 　신문 기자 　신문사 　일간 신문
報章雜誌記者	저널리스트
報復	보복 (하다)
報答	보답 (하다)
報酬	보수 , 사례 (하다)

報價	견적내다
報導	보도 (하다)
暴力	폭력
~團體，黑道	폭력단
使用~	폭력을 휘두르다
暴行	폭행 (하다)
暴利	폭리
賺取~	폭리를 취하다
暴君	폭군
暴戾	난폭하다
暴雨	폭우
暴突	불거지다
暴虐	포악하다
暴風	폭풍
~雨	폭풍우
~雪	눈보라
暴動，暴亂	폭동
引起~	폭동을 일으키다
暴發戶	졸부
暴食	폭식 (하다)
暴飲	폭음 (하다)
暴落，暴跌	폭락 (하다)
暴漲	급등 (하다)
（油）爆，油炸	튀기다
爆米花	팝콘

爆炸，爆發	터지다 , 폭발 (하다)
爆炸聲	폭음
爆胎	펑크
爆破	폭파 (하다)
爆笑	폭소 (하다)
爆滿	초만원
爆彈	폭탄
鮑魚	전복

ㄅㄢ

扳手	스패너
扳機 扣~	방아쇠 방아쇠를 당기다
班 分~	반 , 반열 반으로 나누다
班級	학급
班機	정기편
斑馬	얼룩말
斑點 長~	점 , 얼룩 , 반점 얼룩이 지다
頒布 ~法令	반포 (하다) 법령을 반포하다
頒獎	시상 (하다)
搬出	반출 (하다)
搬家	이사 (하다) , 퇴거 (하다)

搬送，搬運	반송 (하다) ，운송 (하다)
搬動	옮기다
【換工作】	직장을 옮기다
【搬行李】	짐을 옮기다
搬進	반입 (하다)
搬運	운반 (하다) ，운송 (하다)
~工（車站、機場…等）	포터
搬遷，搬家	이사 (하다) ，이전 (하다)

板子	널빤지 , 판자
板車	짐수레
板金	판금
版面設計，版式	레이아웃
版畫	판화
版稅	인세
版圖	판도
版權	판권
~頁	판권장

ㄅㄢˋ

半天	한나절
半斤八兩	피장파장
半月	반달
半生不熟	설익다

半身像	흉상
半夜	반밤 , 한밤
半信半疑	반신반의 (하다)
半音	반음
半島	반도
半徑	반경
半球 　北~	반구 　북반구
半開玩笑地	반농담으로
半價 　~折扣	반액 , 반가 　반액할인
半數	반수
半熟	반숙 (하다)
半導體	반도체
伴侶	반려
伴奏	반주 (하다)
伴隨	동반 (하다) , 수반 (하다)
拌	무치다 , 이기다 , 비비다 , 반죽 (하다)
拌和 　~泡菜	버무리다 　김치를 버무리다
拌飯	비빔밥
絆創膏 , OK絆 　貼~	반창고 　반창고를 붙이다
辦公室	근무처 , 오피스 , 사우실

辦事	처사 , 일하다 , 일처리

ㄅㄣ

奔波,忙碌	분주하다
奔跑,奔走	뛰어다니다
奔馳,飆車	폭주 (하다) , 질주 (하다)
全力~	전력 질주
【暴走族】	폭주족

ㄅㄣˇ

本	권
三~書	세 권의 책
本人	본인
本土	본토
本分	본분 , 구실
盡~	본분을 다하다
本文	본문
本末倒置	본말전도
本名	본명
本身	자체 , 자신
本來	본디 , 본래 , 원래
~的神志	제정신
本性	본성 , 근성
本金	원금 , 본전
本能	본능
~上的畏懼	본능적인 두려움

本部，總部	본부
本意	본의 , 본심
本領，本事，才能	기량 , 재주
本領	능력 , 장기
本論	본론
本質 　問題的~，根本問題	본질 　본질적인 문제
本質 　掌握~	실체 　실체를 파악하다
本金，本錢	밑천 , 자본금
本體	본체
苯	벤젠

ㄅㄣˋ

笨	어수룩하다
笨拙	서투르다 , 딱딱하다
笨重	육중하다
笨蛋	바보

ㄅㄤ

幫手，助理	조수
幫助，幫忙	도움 , 돕다 , 도와주다 , 보좌 (하다) , 조력 (하다)
【配角】 　【津貼，補助金】	보좌역 　조성금
幫腔	맞장구

幫浦	펌프

ㄅ

邦交	국교
~正常化	국교 정상화
斷絕~	국교 단절

傍晚	저녁 , 해질녘 , 황혼

ㄅㄤˇ

榜樣	본 , 모범 , 본보기
成爲~	본보기가 되다

綁	묶다
~頭髮	머리를 묶다

綁架	납치 (하다)

綁綑	매다 , 묶다

ㄅㄤˋ

棒球	야구

磅	파운드

ㄅㄥ

崩塌	무너지다

崩潰 , 瓦解	와해 (하다) , 붕괴 (하다)

繃帶	붕대
~包紮	붕대를 감다

ㄅㄥˋ

蹦	뛰다 , 뒤다

ㄅㄧ

逼近	접근 (하다) , 가까워지다
逼迫，強制	강제 (하다) , 핍박 (하다)

ㄅㄧˊ

鼻子	코
【打鼾】	코를 골다
【鼻血】	코피
鼻孔	콧구멍 , 비공
鼻水，鼻涕	콧물
鼻炎	비염
鼻梁	콧날 , 콧대 , 콧등

ㄅㄧˇ

比	보다,비 (하다)
~弟弟還矮	남동생보다 키가 작다
比丘	비구
~尼	여승 , 비구니
比目魚	넙치
比利時	벨기에
比例	비례 (하다)
比重	비중
佔~	비중을 차지하다
比基尼	비키니
比率	율 , 비율
~制度	보합제도

比喻	비유 (하다) , 비기다
比喻，比擬	비기다
比照 【示意圖，草圖】	겨냥 (하다) 겨냥도
比試	겨루다
比較	비교 (하다) , 비 (하다) , 비기다
比鄰	인접 (하다)
比賽	게임 , 레이스 , 콘테스트 , 매 치 , 시합 (하다) , 경기
比薩	피자
彼此，雙方	피차 , 쌍방
彼岸	피안
筆	펜 , 볼벨
筆友	펜팔
筆直	똑바르다 , 스트레이트
筆直地	쭉
筆者	필자
筆記 ~本 【筆試】	필기 (하다) 수첩 , 노트 필기시험
筆跡	필적
鄙視	천시 (하다) , 경시 (하다)

必定	꼭 , 반드시
必修，必須的，必要的	필수
必然	필연 , 영락없다
必須	꼭 , 반드시
必需	필수
~的條件	필수 조건
~品	필수품
庇護	비호 (하다)
閉幕，散會	폐회 (하다)
【閉幕儀式】	폐회식
畢生事業	라이프워크
畢竟	필경
畢業	졸업 (하다)
~生	졸업생 , 오비
~論文	졸업 논문
壁	벽
壁虎	도마뱀붙이
壁蝨	진드기
壁紙	벽지
壁報	벽보
壁畫	벽화
弊端，弊病	폐해
避，避開	피하다
避孕	피임 (하다)

避免	면(하다)
避暑	피서 (하다)
~地	피서지
避開	비키다 , 피하다
避難，逃難	피난 (하다)
【難民】	피난민
臂力，腕力	완력
臂章	완장
圍~	완장을 두르다
陛下	폐하

ㄅ

ㄅㄧㄝ

憋，憋悶	울적하다
鱉	자라
蹩腳	엉터리
癟	오그라들다 , 일그러지다

ㄅㄧㄝˊ

別…	딴
~處，~的地方	딴곳
別人	남 , 타인 , 다른사람 , 딴사람
【人前，衆人面前】	남 앞
別的	여느 , 별것 , 다른것 , 딴것
~想法	타의
別記，附錄	별기 (하다)
別針	핀 , 브로치

別號	아호
別過臉去，不理睬	외면 (하다)
別墅	별장
別名，綽號，小名，暱稱	별명
別館，別墅	별관

ㄅ一ㄠ

標本	표본
【抽樣調查】	표본조사
標示	표시 (하다)
標的，靶	표적
標記	표 (하다) , 표기 (하다)
標準	기준 , 표준
~語	표준어
標槍	창 , 표창
擲~	창 던지기
標誌	지표 , 표지 , 보람
放~	표지를두다 두다
標語	표어
標價	가격
【價目表】	가격표
標緻	예쁘장하다
標點符號	구두점
加~	구두점을 찍다
標題	표제 , 타이틀
標籤	라벨 , 레테르 , 스티커

表白	고백 (하다)
表示	보이다 , 표시 (하다)
~誠意	성의를 보이다
表決	가결 (하다)
表決	채결 (하다) , 표결 (하다)
表明	표명 (하다)
表面，表層	면 , 표면
【表面張力】	표면 장력
表格	표
表情	표정
~豐富的人	표정이 풍부한 사람
表現出，表達出	나타내다
表現，表達	표현 (하다)
【表達不清】	표현이 충분치 못함
表揚，表彰	표창 (하다)
~大會	표창식
表演	쇼 , 연예 , 연예 (하다)
【藝人】	연예인

編	뜨다 , 짜다 , 땋다
編曲	편곡 (하다)
編排，排列	배열 (하다)
編造	얽다
編制	편성 (하다)

編寫	꾸미다
編碼	코드
編輯，編撰 　總~，主編	편집자，편집 (하다) 　편집장
編織，編寫，編撰	엮다
編織，編織品 　【編織衣物，針織衫】	편물，니트 　니트 웨어
編織棒針	뜨개바늘
編纂，編寫，編	편찬 (하다)
蝙蝠	박쥐
邊 　東~	쪽，사이드 　동쪽
邊緣	언저리，가장자리
邊患	변환
邊境，邊界	국경，변경，경계
邊際	끝

扁平 　~的臉	평평하다，넓적하다 　넓적한 얼굴
扁桃腺 　~炎	편도선 　편도선염
扁蒲	박，호리병박
貶值	평가절하

便利	편리하다
便服，休閒服	캐주얼 , 사복 , 평복
便祕	변비
便條	메모
便當	도시락
便器，馬桶	변기
便覽，手冊	편람
變，轉變	바뀌다 , 변하다
變大	커지다
變化	바뀌다 , 변 (하다) , 변화 (하다)
變化，變心，變卦 【任性的人，反覆無常的人】 【變化無常，反覆無常】	변덕 변덕쟁이 변덕스럽다
變幻，變換	변환 (하다)
變心	변심 (하다)
變白（頭髮） 【頭髮白了】	세다 머리가 세다
變成	되다
變色，生氣，翻臉	변색 (하다)
變色龍	카멜레온
變冷（天氣）	차가워지다 , 추워지다
變形	변형 (하다)

變更 　~地址	옮기다, 병경 (하다) 　주소를 옮기다
變更, 變動 　【名義變更】	변경 (하다) 　명의 변경
變身	변신 (하다)
變故, 事故	탈
變革	변혁 (하다)
變動 　情勢~	움직이다 　정세가 움직이다
變動	변동 (하다)
變強	강해지다
變得面紅耳赤	달아오르다
變得清澈	맑아지다
變涼, 變冷 (天氣)	쌀쌀해지다
變深	깊어지다
變通	변통 (하다)
變造	변조 (하다)
變換	변환 (하다)
變硬	굳어지다
變模糊	희미해 지다
變樣 　【不客氣, 不留情, 生硬, 　死板】	변모 (하다) 　변모 없다
變瘦	살빠지다
變調	변조 (하다)

變賣 【經濟作物，商業作物】	환금 (하다) 환금 작물
變質	변질 (하다)
變遷	추이 , 변천 (하다)
變遲鈍，變鈍	둔해지다 , 무디어지다
變壓器	변압기
變聲 ~期	변성 (하다) 변성기
變壞	나빠지다
變嚴重，變厲害	심해지다
變髒	더러워지다
辯說，辯論	변설 (하다)
辯論 ~大會	논쟁 (하다 , 변론 (하다) 변론 대회
辯護 【律師】	변호 (하다) 변호사
辨別 ~力，識別能力	분간 (하다) , 식별 (하다) , 분별 (하다) 식별력
辨明，辯解，辯白	변명 (하다)

ㄅ一ㄣ

賓果	빙고
瀕死	빈사

冰	얼음 , 아이스
~品	얼음과자
~淇淋	아이스크림
~曲棍球	아이스하키
冰山	빙산
~一角	빙산의 일각
冰沙	셔벗
冰河，冰川	빙하
~時期	빙하기
冰花	성에
冰柱	고드름
~變長	고드름이 늘어져 있다
冰凍	냉동 (하다)
冰島	아이슬란드
冰庫	빙고
冰涼	청량하다
冰雪	빙설
冰雹	우박
冰箱	냉장고
冰錐	고드름
冰鎮，冰涼	채우다
把西瓜~	수박을 채우다
兵丁	병정
兵力	병력

兵役	병역
服~	병역에 복무하다
兵器	병기
~庫，彈藥庫	병기고
兵營	병사

丙烯	아크릴
丙烷	프로판
柄	꼭지
屏住呼吸	숨을 죽이다
秉性	근성
稟告，（向長輩）請教	여쭈다
餅乾	쿠키 , 비스킷 , 크래커

並且	그리고
並用	병용 (하다)
並立	병립 (하다)
並列，並排	병렬 (하다)
並存	공존 (하다) , 병존 (하다)
並行	병행 (하다)
並排	나란히
並進	병진 (하다)
併吞	병합 (하다) , 병탄 (하다)

併吞	삼키다
~其他國家	다른 나라를 삼키다
併發	병발 (하다)
病	병, 탈
生~	병이 들다
病人	병자, 환자
病危	위독*하다
病危，病情嚴重	중태
處於~狀態	중태에 빠지다
病死	병사 (하다)
病床	병상
病房	병실
病毒	병독, 바이러스
病原	병원
~菌，病菌	병원균, 병균
病害	병해
【害蟲】	병해충
病弱	병약하다
~的體質	병약한 체질
病症	병증
病假	병결
病情	병세
~惡化	병세가 악화되다
病態的	병적
病歷	병력
病歷	카르테

病癒	낫다
病魔	병마

哺乳	수유 (하다)
~期	수유기
~動物	포유동물
~類	포유류
捕捉	포착 (하다)
捕魚	고기잡이
捕獲	포획 (하다)
捕鯨船	포경선
補上，補充	보태다
【補話】	이야기를 더 보태다
補充，補足	보충 (하다)
補加，追加，增加	추가 (하다)
【附錄】	추가본
【補考】	추가 시험
補佐，補助，輔佐	보좌 (하다)
【配角】	보좌역
補助	보조 (하다)
~金	보조금
補修，修補	보수 (하다)
補習	보습 (하다)
~班	학원
補給	보급 (하다)
補貼	수당

補償	보상 (하다)

不一致	불일치 (하다)
不久	불구하다 , 머지않아
不凡	비범하다
不予置評	노 코멘트
不公平 　~的待遇	불공평하다 　불공평한 처우
不分勝負	데드 히트
不及物動詞	자동사
不毛之地	불모지
不充分 　證據~	불충분하다 　불충분한 증거
不可 　~抗力 　~思議	불가하다 　불가항력 　불가사의
不可缺	불가결하다
不可能	불가능하다
不孕症	불임증
不平，抱怨	불평 (하다)
不必要	불필요하다
不正確	부정확하다
不合格	불합격 (하다)

不合理	불합리하다
~的方法	불합리한 방법
不吉	불길하다
~之事	불상사
不同，相異	상이하다
不同，不一樣	다르다
意見~	의견이다르다
不名一文，身無分文	무일푼
不在	부재 (하다)
~場證明	알리바이
不好意思，害羞	서머*하다 , 무엇하다
不如，落後	뒤지다
不如意	여의찮다
不安	불안하다
不安寧 (心神)	산란하다
不安全	불안전하다
不安定	불안정하다
~的狀態	불안정한 상태
不自由	부자유하다
不自量力	주제넘다
不行	안되다
不冷不熱	미적지근하다
不利	불리하다
~的條件	불리한 조건
不吝	아낌없다

不均衡	언밸런스하다 , 불균형하다
不孝	불효 (하다)
不完全	불완전하다
不快	불쾌하다
不肖	불초하다
不良 品行~的男子 ~份子	불량하다 소행이 불량한 남자 불량한 배
不見，遺失	없어지다
不言而喻	자명하다
不足 努力~	미흡하다 , 미만하다 , 부족하 다 , 모자라다 노력이 부족하다
不足道，不怎樣	알량하다
不和	불화하다 , 불화 (하다)
不定 ~冠詞 ~詞	부정*하다 부정관사 부정사
不屈不撓	불요불굴*하다
不幸 ~的人 ~中的大幸	불행하다 불행한 사람 불행중 다행
不明 ~的點	불분명하다 , 불명하다 불분명한 점
不明確	불명확하다
不明瞭	불명료하다

不服	불복 (하다)
不法，違法 　~行爲	불법하다 　불법행위
不知不覺地 　糖在嘴裡~地化了	부지중에 　사탕이 입안에서 살살 녹다
不知去向，不見了	온데간데없다
不知所措，不明究裡	어리둥절하다
不知爲何	왠지
不知道	모르다
不便 　交通~的地方	불편하다 　교통이 불편한 곳
不信，不相信	불신 (하다)
不信任	불신임 (하다) , 불신 (하다)
不怎麽 　~有趣	별로 　별로 재미가 없다
不是	아니다
不流動，堵住了	막히다
不要，不願	싫다
不要緊	괜찮다
不要臉，厚臉皮	뻔뻔스럽다
不負責任 　~的男子	무책임하다 　무책임한 사나이
不值錢，便宜貨	값싸다 , 싸구려
不振	부진 (하다)

ㄅ

41

不純	불순하다
不高興	시무룩*하다
不乾淨	추하다
不動產	부동산
不參加	불참 (하다)
不夠	모자라다 , 부족하다
不得了，了不得	대단하다
不得已	부득이하다 , 어쩔 수 없다
不清潔，不乾淨	불결하다
不規則	불규칙하다
不速之客	불청객
不連續	불연속
不喜歡，不願	싫어하다
（心情）不愉快	언짢다
不景氣	불경기 , 불황
不集中	팔다
不恭敬	불순하다
不滅，不朽	불멸 (하다)
不當 ~的要求	부당하다 부당한 요구
不經意 ~的一句話	부주의 (하다) 부주의한 한 마디
不義	불의하다
不遇，遭遇不幸	불우하다

不過，只不過	불과하다
不道德	악덕하다
不像話	한심스럽다
（覺得）不像樣	한심하다
不察，過錯	불찰
不實	무실 (하다)
不實在	무실하다
不滿 　~的態度	불만하다 , 불만스럽다 　불만스러운 태도
不近人情	박정하다
不管	아무리
不管怎麼樣	아무튼
不遜，傲慢	불손하다
不樂意	시들하다
不熟練	미숙하다
不熱不冷	미지근하다
不確實	불확실하다
不論	불문 (하다)
不適當 　~的表現	부적당하다 　부적당한 표현
不燃性	불연성
不親切 　~的店家	불친절하다 　불친절한 가게
不賴	근사하다

不錯	근사하다
不懂事	세상모르다
不聲不響，靜默不語	묵묵하다
不斷 　~地努力	부단하다, 끊임없이 　부단한 노력, 끊임없이 노 　력하다
不穩，陰險	불온하다
不鏽鋼	스테인리스
不顧 　~危險 　~前後	무릅쓰다 　위험을 무릅쓰다 　무분별하다
不變 　永久~	불변 (하다) 　영구불변
不體面，不像樣	꼴불견, 꼴사납다
布	천
布丁	푸딩
布告 　~欄	게시 (하다) 　전언판, 게시판
布紋	발
布袋	자루
布穀鳥	뻐꾸기
布頭	자투리
佈局	포석 (하다)
步，腳步 　【邁步】	걸음 　걸음을 옮기다

步行 　~者天國，行人專區	보행 (하다) 　보행자 천국
步槍 (來福槍)	소총
步調 　配合~ 　~一致	보조 　보조를 맞추다 　~발이 맞다
步驟，順序	절차
部 　一百~	부 　백부
部下，部屬 　成爲…的~	부하 　부하가 되다
部分	부분
部長	장관 , 부장
部門 　經理~ 　行政~	부서 　경리부 　행정부
部隊	부대
部署	배치 (하다)
簿記	부기 , 회계

ㄆ

ㄆ

ㄆㄚ

趴	엎치다 , 엎드리다

ㄆㄚˊ

爬山	등산 (하다)
爬行	기다
爬起來，站起來	일어서다
從挫折中~	좌절했다가 다시 일어서다
爬蟲類	파충류

ㄆㄚˋ

怕	무서워하다
怕生	낯가림 (하다)

ㄆㄛ

坡	비탈
~道	비탈길
潑	끼얹다
~（冷）水，澆水	물을 끼얹다

ㄆㄛˊ

婆婆	시어머니 , 어머님

| 頗 | 쩨 |

迫切，迫近	절박하다
迫害 【加害】	박해 (하다) 박해를 가하다
破布	넝마 , 누더기
破例，破格	이례
破產 宣告~	파산 (하다) 파산 선고
破裂	버그러지다 , 찢어지다 , 터지 다
破開，拆毀	헐다
破損	파손 (하다)
破滅	파멸 (하다) , 사그라지다
破碎	부서지다 , 분쇄 (하다) , 바 서지나 , 으스러지다
破曉 天色~	새다 , 지새다 , 트다 날이 새다
破舊	허름하다 , 허술*하다 , 추레 하다
破壞	파괴 (하다)
破爛不堪	너덜너덜 (하다)

ㄆㄞ

拍子	라켓 , 템포
拍手	박수 (하다) , 손뼉을 치다
~叫好	박수갈채
拍打	치다 , 털다
拍打 (翅膀)	날개를 치다
拍馬屁	알랑거리다 , 아첨 (하다)
拍賣	경매 (하다)
拍擊	치다

ㄆㄞˊ

排 , 排隊 , 排列	늘어서다 , 배열하다
排水	배수 (하다)
排他	배타 (하다)
排出 , 排放	배출 (하다)
排外	배외 (하다)
排斥	배척 (하다)
~運動	배척 운동
排列 , 排隊 , 整隊	배열 (하다) , 정렬 (하다)
排序	서열
排泄	배설 (하다)
~作用	배설 작용
~物	배설물 , 오물
排氣	배기
排除	헤치다 , 배제 (하다)

排球	배구
排場	겉치레
排隊	정렬 (하다)
排練，排演	리허설
排擠，趕出去	내쫓다 , 배척 (하다)
排鐘	차임
徘徊	헤매다
牌子，商標	팻말 , 상표 , 간판 , 브랜드
牌照，車牌	번호판

ㄆㄞˋ

派，指派	보내다 , 시키다
派（餡餅）	파이
派出所	파출소
派別，派系 【派系鬥爭】	파벌 파벌 싸움
派對	파티
派遣	보내다 , 파견 (하다) , 풀어 놓다

ㄆㄟˊ

陪同，陪伴	수행 (하다) , 수반 (하다)
培育（動物）	기르다
培根	베이컨
培訓所	교습소

培養（植物）	가꾸다, 배양 (하다), 양성 (하다)
培養，培育（動物）	육성 (하다), 기르다, 키우다
【鍛鍊體力】	체력을 기르다
賠罪	사죄, 사죄 (하다)
賠償	배상 (하다)
~金	보상금
損害~	손해 배상
賠禮，道歉	사과 (하다)

ㄆㄟˋ

佩帶	차다, 착용 (하다)
~刀	칼을 차다
配	맞추다
配件	부품
配色	배색 (하다)
配角	조연 (하다)
配音	더빙 (하다)
~員	성우
配偶	배우자
配備	장비
配給	배급 (하다)
配置	배치 (하다)
配管	배관 (하다)
~工程	배관 공사

ㄆㄠ

拋	던지다 , 팽개치다
拋出	집어던지다
拋售 , 傾銷	방매 (하다) , 덤핑 (하다)
拋棄 , 丟棄 , 放棄	버리다 , 포기 (하다)
~家人	가족을 버리다

ㄆㄠˊ

咆哮	으르렁거리다

ㄆㄠˇ

跑	뛰다 , 달리다
跑出來	뛰어나오다
跑步	런닝
跑馬 , 賽馬	경마 (하다)
跑道	코스
跑腿	심부름
~的	심부름꾼
去~ , 幫人~	심부름을 가다
【派人去】	심부름을 보내다
跑壘者	주자

ㄆㄠˋ

泡出來 (味道)	우러나다
泡沫	거품
~洗面乳	포밍 클렌저

泡芙	슈크림
泡麵	라면
炮	포
疱疹，發疹	발진 (하다)

ㄆㄡˇ

剖析，解剖	해부 (하다)
剖面	단면
~圖	단면도
剖開	쪼개다

ㄆㄢ

攀岩	록클라이밍

ㄆㄢˊ

盤子	쟁반 , 접시
盤尼西林	페니실린
盤問	불심검문
盤算，心算	심산
盤腿	책상다리
~坐	책상다리를 하고 앉다
盤繞	감다 , 사리다
蛇把身體~起來	뱀이 몸을 사리다
盤纏，旅費	여비

ㄆㄢˋ

判決	판결 (하다)
做出~	판결을 내리다
判例	판례
判定	판정 (하다)
判明	판명 (하다)
判斷	판단 (하다) , 판가름 (하다)
盼望	바라보다 , 요망 (하다) , 대망 (하다)
叛亂	반란 (하다)
反動~	반란을 일으키다

ㄆㄣ

噴	내뿜다 , 뿜다
~水	물을 뿜다
噴水	분수
~器	스프링클러
噴火	분화 (하다)
噴出	분출 (하다)
噴射機	제트기
噴漆	래커
噴嘴	노즐
噴嚏	재채기 (하다)
噴霧器	분무기 , 스프레이
噴灑	살포 (하다)
~農藥	농약을 살포하다

ㄆㄣˋ

盆子	대야
盆地	분지
盆栽	분재

ㄆㄤˊ

旁系	방계
旁邊	곁 , 옆
【岔路】	옆길
【肋骨】	옆구리
【側臉，側面】	옆얼굴
旁聽	청강 (하다)
~生	청강생
旁觀	방관 (하다)
~者	방관자
徬徨	헤매다 , 방황 (하다)
膀胱	방광
~炎	방광염
螃蟹	게
【巨蟹座】	게자리
龐大	방대하다 , 막대하다
~的計畫	방대한 계획
~的財產	막대한 재산
龐克	펑크

ㄆㄥ

怦怦跳，怦然	두근두근 (하다)

烹飪	조리 (하다)
~法，食譜	조리법
【廚師】	조리사

烹飪，烹調，做飯	요리 (하다)
【廚師】	요리사

ㄆㄥˊ

朋友	벗 , 친구
蓬亂，散亂	흐트러지다
蓬鬆	더부룩이
蓬鬆，蓬亂	텁수룩이
膨大，膨脹	팽창 (하다)

ㄆㄥˇ

捧	받치다

ㄆㄥˋ

砰	빵
碰	건드리다 , 만지다 , 찧다
碰見，面對面	마주치다
碰到	부닥치다
碰面，遇見	만나다
碰破	깨다
【把一萬元鈔票換開】	만원짜리를 깨다
碰撞，接觸	부딪다
碰撞	부딪치다 , 충돌 (하다)
【撞車事故】	충돌 사고

ㄆ一

批准	비준 (하다) , 허가 (하다) , 인가 (하다)
批發,批售	도매 (하다)
~價格	도매값
~商	도매상
~業	도매업
~業者	도매 업자
批評,批判	비평 (하다) , 코멘트 (하다) , 비판 (하다)
披上	걸치다
披肩	스톨
披露	피로 (하다)
劈	패다 , 찍다 , 쪼개다
劈柴	장작
劈開	쪼개다

ㄆ一ˊ

皮	껍질
蘋果~	사과 껍질
(獸) 皮	가죽
皮下脂肪	피하지방
皮尺	권척 , 줄자
皮夾,錢包	지갑
皮革	피혁
~製品	피혁 제품

皮帶	혁대 , 벨트
~扣	버클
皮箱	트렁크
皮膚	피부
~科	피부과
~病	피부병
~龜裂	살갗이 틈
皮鞋	구두
【鞋油】	구두약
【鞋帶】	구두끈
【擦鞋，擦鞋的人】	구두닦이
疲累，疲憊	피곤하다
疲勞，疲倦	피로 , 피로하다 , 지치다
~加重	피로가 겹치다
累積~	피로가 쌓이다
疲累，疲倦	피곤하다
枇杷	비파
~樹	비파나무
毗連	인접 (하다)
啤酒	맥주
~杯	조끼
琵琶	비파
脾氣	성질 , 성미 , 기질 , 성 , 역정 , 성깔 , 기질
發~，發火，生氣	성내다 , 역정을 내다
脾臟	비장
蜱	진드기

ㄆㄧˇ

匹敵	필적 (하다)

ㄆㄧˋ

屁	방귀
屁股	엉덩이 , 히프
僻靜 , 陰森	으슥하다
…癖	벽

ㄆㄧㄠ

漂	흐르다 , 떠오르다
漂泊	유랑 (하다) , 부랑 (하다)
漂洗	헹구다
漂流	표류 (하다)
魯賓遜~記	로빈슨 표류기
漂浮	뜨다 , 부유 , 떠돌다
飄動 , 飄揚	나부끼다 , 펄럭이다
飄揚 , 飄舞	휘날리다
飄散	흩날리다 , 풍기다

ㄆㄧㄠˊ

瓢	표주박 , 바가지
瓢蟲	무당벌레

ㄆㄧㄠˇ

漂白	표백 (하다)
~劑	표백제
瞟	흘기다

ㄆㄧㄠˋ

票	티켓 , 표
票據	어음
~交易	어음 거래
漂亮	예쁘다 , 아름답다 , 멋지다
剽竊	표절 (하다)

ㄆㄧㄢ

偏	빗나가다
箭射~了	화살이 빗나가다
偏 , 偏重	치우치다
偏向 , 偏袒	편들다
偏見	편견
偏偏	하필
偏執狂	편집광
偏袒	역성 (하다)
【偏袒 , 偏愛】	역성을 들다
偏愛 , 喜好	선호 (하다)
偏僻地方	벽지
偏頭痛	편두통
偏離	벗어나다

篇	편

便宜	싸다
便宜貨	싸구려

片斷	단편
~的知識	단편적인 지식
騙取	꾀다

拼布	패치워크
拼字，拼寫	스펠 , 스펠링
拼死拼活	뼈빠지다
拼命	악을 쓰다 , 악착같다 , 필사 (하다)
~的努力	필사적인 노력
拼寫，拼字	철자
【單字的拼法】	단어의 철자
拼盤	오르되브르

貧乏，貧弱	빈약하다
【知識貧乏】	지식이 빈약하다
貧民	빈민
~街	빈민가
~窟	슬럼

貧血	빈혈
貧困，貧窮	빈곤하다
家庭~	가정이 빈곤하다
貧嘴	뻔죽거리다
貧瘠	메마르다
貧窮，貧困	가난하다 , 궁핍하다
貧賤	한미하다
頻率	주파수 , 빈도 , 빈율
【調頻】	주파수를 맞추다
頻道	채널
頻繁，頻頻	잦다 , 빈번하다

ㄆㄧㄣˇ

品目，項目	품목
品行，品格	품행 , 행실 , 품행
品位	품위
有~，高尚	품위가 있다
品味，品嘗	상미 (하다)
品格	성품 , 품격
品牌，商標	상표 , 브렌드
品詞	품사
品嘗，試吃	맛보다 , 시식 (하다)
~會	시식회
品嘗，品味，賞味	음미 (하다)
品種	품종

品質	품 , 질 , 품질

ㄆ

ㄆㄧㄥ

乒乓球，桌球	핑퐁 , 탁구

ㄆㄧㄥˊ

平凡	평범하다
平分	이등분 (하다)
平手	비김 , 무승부
平方 ~公尺 ~公里	평방 평방미터 평방킬로미터
平日	평일
平台鋼琴	그랜드 피아노
平民	상사람 , 평민
平生	평생 , 생전
平交道	건널목
平地	평지
平安 ~與否 擔心是否~	평안하다 , 무사하다 안부 안부를 걱정하다
平行 ~四邊形 ~線 ~輸入	평행 (하다) 평행사변형 평행선 병행 수입
平均	평균 (하다)

平坦	반반하다 , 평평하다
地面~	땅이 반반하다
~道路	순탄하다
平定，鎭壓	진압 (하다)
平定，平息	가라앉히다
平房	집
平易	평이하다
平版	평판
平流層	성층권
平面	평면
~圖	평면도
平原	평원
大~	대평원
平時	상시 , 편상시
平常	평소 , 평상 , 여느 때
~的狀態	평상상태
和~一樣	여느 때와 같다
平常年，平年	평년
【普通收成】	평년작
平野	평야
平等	평등하다 , 대등하다
~的權利	평등한 권리
平滑	매끈매끈
平裝	페이퍼백

ㄆ

平衡	균형 , 밸런스
~木	평균대
保持~	균형을 잡다
維持~	균형을 유지하다
平靜	평정하다, 차분하다
保持~	평정을 유지하다
平穩，平和	평온하다
坪，坪數	평
25~的家	25평 짜리 집
屏風	병풍
瓶，…瓶	병
~裝啤酒	병맥주
保溫~	보온병
瓶蓋，瓶塞	병마개
評，評論	평 (하다)
評分	채점 (하다)
評決	평결
評價，評估	평판 (하다) , 평가 (하다)
【給予很高的評價】	높이 평가하다
評論	평론 (하다) , 코멘트 (하다)
~家	평론가
評選會	오디션
評議	평의 (하다)
~會，討論會	평의회
蘋果	사과
~派	애플파이

ㄆㄨ

撲，撲抓，撲過去	덤벼들다
撲上去，衝上去	달려들다
撲克牌	트럼프 , 포커
撲倒	엎어지다
撲鼻（氣味）	무럭무럭
撲滅	박멸 (하다)
舖設 ~道路	깔다 포장 도로

ㄆㄨˊ

葡萄 ~酒 ~乾	포도 포도주 , 와인 건포도
葡萄牙 ~語	포르투갈 포르투갈 어
菩提樹	보리수
匍匐	기다
蒲公英	민들레
蒲瓜	박
樸素	수수하다 , 소박하다 , 간소하다

ㄆㄨˇ

普及	보급 (하다)

普通	보통 , 이만저만 , 여간하다
~人	보통 사람
【普選】	보통 선거
【活期存款】	보통 예금
【卓越，非凡，出衆】	보통이 아니다

普遍	보편
~性	보편성
~化，普及化	보편화

普遍概念	통념
社會的~	사회적 통념

ㄆㄨˋ

暴露	불거지다 , 터지다 , 폭로 (하다)
~出來	부르터나다

瀑布	폭포

曝露	노출 (하다)

ㄇ

ㄇㄚ

媽媽，母親	어머니 , 엄마

ㄇㄚˊ

麻	삼 , 얽다
~子臉	얽은 얼굴
麻布	삼베
麻疹	홍역
麻將	마작
麻雀	참새
麻煩	트러블 , 시끄럽다 , 귀찮다 , 번거롭다
添~	폐가 되다
添~，打擾	폐를 끼치다
事情有點~	일이 좀 시끄럽다
麻痺，麻木	마비 (되다)
麻醉	마취 (하다)
麻繩	삼노끈
痲瘋病	나병
螞蟻	개미

ㄇㄚˇ

馬	말

馬力	마력
馬上	곧 , 이내 , 즉시 , 즉각 , 바로 , 당분간
~連絡	이내 연락하다
【一直沒有消息】	이내 소식이 끊기다
馬尾	포니테일
馬車	마차
馬來西亞	말레이시아
馬拉松	마라톤
馬虎	날림 , 되는대로
馬桶	변기
馬術	마술
馬蜂	말벌
馬路	도로
馬鈴薯	감자
馬戲 (團)	서커스
馬賽克	모자이크
碼頭	선창 , 부두
瑪瑙	마노

ㄇㄛ

摸	건드리다 , 만지다
摸索	더듬다

摩天大樓	마천루
摩托車	오토바이
摩納哥	모나코
摩登	모던
摩擦	마찰 (하다)
摹寫	모사 (하다)
模仿	흉내 , 흉내내다 , 모방 (하다)
模式	패턴
模具	모드
模型 , 模子	형 , 모형
模型 , 模式 【模型屋】	모델 모델 하우스
模稜兩可	어정쩡하다
模樣 , 樣子	꼴 , 양상 , 모습 , 모양
模範	모범
模糊 【眼花】	흐릿하다 , 흐려지다 , 어렴풋하다 , 아련하다 , 침침하다 , 흐리다 , 몽롱하다 눈이 침침하다
模擬	시뮬레이션
磨	타다 , 문지르다
磨損 , 磨破	닳다 , 떨어뜨리다
磨刀石	숫돌

磨滅	마멸 (하다)
磨碎	갈다
磨練，研磨	연마 , 갈고닦다
磨蹭	우물쭈물 (하다)
魔力，魅力	매력
魔女	마녀
魔術	마술
~師	마술사
魔術，魔法	매직 , 마법
摩羯座	염소자리 , 산양자리

ㄇㄛˇ

抹	닦다
抹布	행주 , 걸레
【圍裙】	행주치마
抹掉，擦掉	지우다

ㄇㄛˋ

末	끝
末位，最後一名	꼴찌
末尾，最終	마지막
【末班車】	마지막열차 , 막차
末局	끝장 , 끝말
末期	말기
末端，末梢	끝 , 말단

沒收	몰수 (하다)
沒落	몰락 (하다)
茉莉，茉莉花	재스민
陌生	낯설다 , 생소하다 , 낯이 설다
陌生，生疏	생소하다
莫大，很大	막대하다
莫非	설마
墨	먹
墨水	잉크
墨西哥	멕시코
墨魚	오징어
墨鏡	선글라스
默認，默許	묵인 (하다)
默劇	팬터마임
默默 ~地，悄悄地	묵묵하다 묵묵히
漠不關心	무관심하다
漠視	무시 (하다)

ㄇㄞˊ

埋，埋葬	묻다 , 매장 (하다)
埋，埋藏	묻히다 , 매장 (하다)
埋伏	잠복 (하다)
埋沒	썩다 , 매몰 (하다)

埋怨	원망 (하다)
埋頭，投入	몰두 (하다)

ㄇㄞˇ

買	사다
【惹人嫌】	빈축을 사다
買方，買主	바이어
買東西	쇼핑 (하다)
買通	삶다
買進	들여오다
買賣	매매 (하다) , 장사 (하다)
買斷，屯積	매점 (하다)

ㄇㄞˋ

脈，脈搏	맥 , 맥박
麥加	메카
麥克風	마이크 , 메가폰
麥芽	맥아
~糖，水飴	엿 , 물엿
麥管	밀짚
賣，賣出	팔다 , 팔리다
賣水酒，賣水	물장사
賣出	매출 (하다)
賣完	매진 (되다)
賣弄，誇張	과시 (하다)

賣春	매춘 (하다)
~婦女	매춘부
~行爲	매춘행위
賣場	매장

沒用	무용하다
~之物	무용지물
沒有	없다
什麼都~	아무것도 없다
~用	쓸데없다
~幹勁	무기력
沒問題	무난하다 , 문제없다
沒意思	시시하다 , 지루하다
沒意義	무의미하다
沒錯	맞다 , 틀림없다
沒禮貌	실례 (하다)
沒關係，不要緊	괜찮다
沒辦法	방법이 없다
玫瑰	장미
眉毛	눈썹
【眉黛，眉筆】	눈썹 연필
眉目傳情	윙크 (하다)
眉開眼笑	싱글벙글 (하다)
梅子	매실
梅花	매화 , 매화꽃
【梅樹】	매화나무

梅雨	장마
~季	장마 철
梅毒	매독
梅乾	매실장아찌
媒介	매개 (하다)
媒體，媒介	매체 , 미디어
煤，煤炭	탄 , 석탄
煤煙	매연
煤礦	탄광
霉	곰팡이

ㄇㄟˇ

每	매 , 마다
每小時	매시
每天	매일
~晚上	매일 밤
~早上	매일 아침
每年	매년
每次	매번
每每	늘 , 항상
每周，每個星期	매주
每下愈況	오그라들다
每個月，每月	매달 , 매월
~的花費	매달 나가는 돈
美，美麗	미

美乃滋	마요네즈
美人，美女	미인 , 미녀
美元	달러 , 미불
美化	미화 (하다)
美妙	미묘하다
美的	미적
美感	미적 감각 , 미감
美洲，美國	아메리카
美食家	미식가
美容 　~院 　~師，理髮師	미용 (하다) 미장원 미용사
美國 　~人	미국 미국인 , 미국 사람
美國威士忌	버본위스키
美術 　~館	미술 미술관
美滿，圓滿	원만하다
美貌	미모
美德	미덕
美學	미학
美麗	예쁘다 , 아름답다 , 예쁘장하 다
鎂	마그네슘

ㄇㄟˋ

妹夫（女性用）	제부
妹夫（男性用）	매제
妹妹	여동생
媚氣 【撒嬌】	애교 애교 부리다
魅人，迷住（人）	매료 （하다）
魅力	매력
魅惑，誘惑，迷惑	호리다

ㄇㄠ

貓	고양이
貓熊	판다
貓頭鷹，梟	올빼미 , 부엉이

ㄇㄠˊ

毛	털
毛巾	타월
毛毛雨	이슬비
毛毛蟲	모충 , 애벌레
毛皮	모피
毛衣	스웨터
毛病，故障 出~	고장 고장이 나다
毛毯	담요 , 모포

毛筆	붓
毛線	털실
毛髮	모발
毛織品	모직물
矛盾	모순 (되다) , 갈등 (하다)

ㄇㄠˇ

鉚釘	리벳

ㄇㄠˋ

茂密 , 茂盛	짙다 , 우거지다
茂盛	성하다 , 무성하다
冒 　~煙 　~汗	뿜다 , 솟다 , 내뿜다 　연기를 뿜다 　땀이 솟아나다
冒火 , 火大 　【火冒三丈】	받치다 , 열받다 　화가 잔뜩 받치다
冒出	솟구치다 , 솟아나다
冒然 , 冒失	경솔하다 , 섣부르다 , 무모하 다 , 덜렁덜렁 (하다)
冒牌貨 , 假的	가짜
冒著 　~困難	무릅쓰다 　곤란을 무릅쓰다
冒號	콜론
冒險 , 探險 　~家	모험 (하다) , 탐험 (하다) 　탐험가

帽子	모자
~戲法	해트 트릭
貿易	비즈니스 , 무역 (하다)

ㄇㄡˊ

謀反	모반(하다)
謀利	영리 (하다)
謀求	영위 (하다)
謀略	모략

ㄇㄡˇ

某	모 , 어떤
某某人	아무개
【金某某】	김 아무개
某先生 / 小姐	모씨
某處	한데
某種	모종

ㄇㄢˊ

鰻魚	뱀장어
蠻橫	억지 , 횡포하다
饅頭	찐 빵

ㄇㄢˇ

滿	잔뜩 , 가득 , 뿌듯하다
【吃得飽飽地】	밥을 잔뜩 먹다

滿，滿滿的	수북하다
滿分	만점
滿月（圓月）	보름달
滿足，滿意	만족 (하다)
【令人滿意的教育】	만족스러운 교육
滿座	초만원
滿期	만기
滿滿	꽉 , 듬뿍 , 소복하다 , 만만하다
滿滿地	꽉 , 가득히
滿額	만원

ㄇㄢˋ

曼陀林（琴）	만돌린
蔓延	번지다 , 퍼지다 , 만연 (하다)
火勢~	불이 번지다
漫不經心，假意	건성
漫天，無根據	터무니없다
漫畫	만화
慢	느리다 , 천천하다
慢用（吃的敬語）	잡수세요 드세요
慢行	서행 (하다)
~開車	서행 운전
慢吞吞	느릿느릿

慢性（疾病）	만성
慢動作，慢鏡頭	슬로모션
慢跑	조깅（하다）
慢慢 【差不多該準備出門了吧】	슬슬 슬슬 나가보다
慢慢地 冰淇淋~融化了	사르르, 서서히, 천천히 아이스크림이 사르르 녹다
慢慢地，慢吞吞	어정거리다
幔帳，帳幕	장막
謾罵	매도（하다）, 욕하다

悶	갑갑하다, 따분하다, 답답하다
悶熱	찌다, 무덥다

門 關~ 鎖~	문 문을 닫다 문을 잠그다
門面，外貌	겉모양
門扇，門扉	문짝
門栓	걸쇠
門牌 ~號碼	문패 번지
門路	연줄

門鈴	차임
門房，守衛	수위
門檻	문지방
門簾	커튼

ㄇㄤˊ

忙碌 非常~	바쁘다 대단히 바쁘다
芒果	망고
虻	등에
盲人 【點字】	소경 점자
盲目	맹목 적，무모하다，무분별하다
盲信	맹신 (하다)
盲腸 ~炎，闌尾炎	맹장 맹장염
茫然 ~若失	망연하다 망연자실

ㄇㄤˇ

莽撞	무분별하다

ㄇㄥˊ

萌芽	태아，움트다
蒙，蒙受 【蒙著被子】	덮다，씌우다 이불을 덮어씌우다

蒙頭	뒤집어쓰다
蒙太奇	몽타주
蒙古	몽고
朦朧	어스름 , 어렴풋하다 , 몽롱하다

ㄇㄥˇ

猛烈	세다 , 세차다 , 맹렬하다
水勢~	물결이 세다
【競爭激烈】	경쟁률이 높다
猛然	언뜻 , 버럭 , 생급스럽다
~生氣	버럭 화를 내다
猛衝	돌진 (하다)
猛獸	맹수

ㄇㄥˋ

孟加拉	방글라데시
夢	꿈
~中	꿈속에
夢想	꿈
夢話 , 夢囈	잠꼬대 (하다)
【弟弟說夢話】	동생이 잠꼬대를 하다
夢遊	몽유 (하다)
~症	몽유병

迷，粉絲（影迷，歌迷）	팬
…迷，…狂	마니아
迷幻藥	환각제
迷你 　~裙	미니 　미니스커트
迷信 　過度~	맹신 (하다) , 미신 (하다) 　미신에 빠지다
迷宮 　陷入~之中	미궁 　미궁에 빠지다
迷惑	호리다 , 당혹 (하다) , 미혹 (하다)
迷路，迷途，迷宮	미로
迷糊，不明究裡	어리둥절하다
迷離，模糊	흐릿하다
迷戀	미련 , 반 (하다)
糜爛	문드러지다
謎，謎語	수수께끼
彌補	메우다
彌撒	미사
瀰漫 　霧氣~ 　院子裡~著花香	어리다 , 서리다 　안개가 어리다 　뜰에 꽃향기가 서리다

ㄇㄧˇ

米	쌀
~飯	밥
~粒	쌀알
~價	쌀값
~糠	겨 , 쌀겨
~桶，~櫃	쌀통 , 뒤주

ㄇㄧˋ

泌尿科	비뇨기과
祕法，祕方	비법
祕書	비서
祕密	비밀
保守~	비밀을 지키다
【隱藏】	비밀로 하다
祕訣	비결
祕傳	비전 (하다)
祕聞	비화
祕魯	페루
蜜月	밀월 , 허니문
蜜蜂	벌 , 꿀벌
【蜂窩】	벌집
【粗暴的，喧鬧的】	벌집을 쑤셔 놓은 듯
【蜂蜜】	벌꿀
（稠）密	배다
密切	밀접하다
密友	단짝

密告，密報	밀고 (하다)
密林	밀림
密室	밀실
密度	밀도
密約 　交換~	밀약 (하다) 　밀약을 주고받다
密密麻麻	빽빽하다
密探，間諜	스파이
密閉	밀폐 (하다)
密集	소복하다 , 밀집 (하다)
密碼，暗號	암호 , 비밀번호 , 패스워드

ㄇㄧㄝˋ

滅	꺼지다
滅亡	망하다 , 멸망 (하다)
滅火 　~器	소화 (하다) 　소화기
滅絕，消滅	소멸 (하다) , 절멸 (하다) , 멸절 (하다)
滅菌	살균 (하다)

ㄇㄧㄠˊ

苗	모
苗條 　~的身材	날씬하다 , 호리호리하다 　날씬한 몸매

苗頭	낌새 , 기미 , 낌새 , 기색
描述	기술 (하다)
描繪 , 描寫	그리다 , 묘사 (하다)
瞄準	겨누다 , 겨냥 (하다)

ㄇㄧㄠˇ

秒	초
讀~	초읽기
~針	초침
渺茫	캄캄하다 , 아득하다 , 막연하다
杳無人跡	미답 (하다)

ㄇㄧㄠˋ

妙計	묘안 , 명안 , 뾰족한 수
想到一個~	묘안이 떠오르다
妙趣	묘미
妙齡	묘령
廟宇	사찰

ㄇㄧㄡˋ

謬論	패러독스

ㄇㄧㄢˊ

棉 , 棉花	면 , 목화
棉花 , 木棉	목면

棉花，棉絮	솜
綿羊	양
綿延	잇닿다
綿密	면밀하다

ㄇㄧㄢˇ

免，免除	면(하다)
免疫	면역(하다)
~性	면역성
免除	면제 (하다)
免稅	면세
~店，~商店	면세점
~商品	면세품
免費	무료 , 공짜
~票	공짜표
免職，被解雇	면직 (되다) , 해직 (하다)
勉勉強強	빠듯하게 , 마지못해
勉強	간신히 , 무리하다
勉勵，鼓勵	격려 (하다)
靦腆	수줍다
緬甸	미얀마

ㄇㄧㄢˋ

面	면 , 얼굴
面目，面子	면목
面臨	면(하다) , 대면 (하다)

87

面子	안면 , 체면
面具	탈 , 가면
戴~	가면을 쓰다
~舞	탈춤
面容 , 面貌 , 外貌	모습
面瘡	부스럼
面皰	여드름
面紗	베일
面紙	티슈
面罩 , 面紗	복면
【帶上面罩】	복면을 쓰다
面對	맞서다 , 직면 (하다)
面對 , 面向 , 向著	향 (하다)
面貌	용모
面熟	낯익다
面膜	팩
面談 , 面試	면담 (하다) , 면접 (하다)
面試	면접시험 , 변접 (하다)
面積	면적
面霜	크림
面額	액면
麵	면
麵包	빵
吐司~	식빵
~店	빵집

民主	민주
~化	민주화
~主義	민주주의
民事	민사
~訴訟	민사소송
民法	민법
民俗，民風	민속
民俗工藝品	민예품
民宿	민박
民情	민의
民族	민족
~自治	민족자결
~性	민족성
~主義	내셔널리즘
民衆	민중
民畫（描繪民衆生活的畫）	민화
民間	민간
~故事	민화
民意	민의
民歌	민요
民營	민영
~鐵路	민영철도
民謠	민요
民權	민권

ㄇ一ㄣˇ

敏捷	재다 , 날래다 , 재빠르다 , 민완 , 민첩하다
~的動作	민첩한 동작
敏感	민감하다
敏銳	섬세하다 , 예민하다
神經~	신경이 섬세하다

ㄇ一ㄥˊ

名人	명인
名士	명사
名片	명함
名冊 , 名單	명부
名字 , 姓名	이름 , 성명
【命名 , 取名字】	이름을 짓다 , 이름을 붙이다
名曲	명곡
名次	순위
名作	명작
名利心	공명심
名產	명물 , 명산물
名勝	명소
名單	리스트 , 명단
名牌	명찰 , 브랜드
名片 (著名影片)	명화

名詞	명사
名義	명의
~變更	명의변경
名稱,名字	네임 , 명칭
【知名】	네임 벨류
名聲	명성 , 평판
贏得~	명성을 떨치다
【聲望好】	평판이 좋다
名額	정원
名譽,榮譽	명예
毀壞~	명예훼손
明天,明日	내일
明白	알다 , 명백하다
~地	명백하게
明年	내년
明朗	명쾌하다
明事理	사리에 밝다
明亮	밝다 , 환하다
屋裡~	방안이 밝다
明信片	엽서
明星	스타
明朗,開朗	쾌활하다
明朗	밝다 , 명랑하다
氣氛~	분위기가 밝다
明細	명세
~表,清單,帳單	명세서

明喻	직유
明智	현명하다
明確	똑똑히 , 명확하다
~地	분명히
明蝦，大蝦	대하
明瞭，明確	명료하다
明顯	뻔하다 , 현저 하다
~地	뚜렷이
冥王星	명왕성
冥府	명부
冥想	명상 (하다)
冥福	명복
【祭奠】	명복을 빌다
銘記	새기다 , 지니다 , 아로새기다
~在心	마음에 새기다
銘記在心，銘心	명심 (하다)
鳴叫	울다
鳴聲	울음소리
鳴響	울리다

ㄇㄧㄥˇ

酩酊大醉	명정

ㄇㄧㄥˋ

命	목숨

命中	적중 (하다) , 명중(하다)
命令	명령 , 명 (하다) , 명령 (하다)
~書	영장
命名	이름 붙이다 , 명명(하다)
命相，八字	궁합
命運	운명
~的捉弄	운명의 장난

ㄇㄨˇ

母系	모계
母乳	모유
母性	모성
母的	암컷
母胎，在母親肚裡	모태
母音	모음
母校	모교 , 출신학교
母國	모국
母語	모어
母親	모친 , 어머니 , 어머님
母雞	암탉
母體	모체
牡蠣	굴
拇指	무지 , 엄지가락
拇指（手）	엄지손가락

蹈趾（腳）	엄지발가락

ㄇ

ㄇㄨ丶

木乃伊	미라
木瓜	파파야
木匠	목수
木材	목재 , 재목
木刻	목각
木版畫	목판화
木星	목성
木炭	목탄
木屐	왜나막신
木柴	장작
木釘	목정
木馬	목마
木偶	꼭두각시
木造	목조
木琴	목금
木管 ~樂器	목관 목관악기
木樁	말뚝
木雕	목조
目中無人	안하무인
目光，眼神	눈길 , 눈빛 , 시선

目次	목차
目的，目標	목적
目的地	행선지 , 목적지
目標 　以…爲~ 　決定~	목표 　목표를 하다 　목표 를 정하다
目標（攻擊或打擊）	타깃
目錄	목록 , 리스트
目擊，目睹 　~者	목격 (하다) 　목격자
目瞪口呆，啞然	아연하다
沐浴 　【浴巾】	목욕 (하다) 　목욕 수건 , 타워
牧師	목사
牧畜	목축
牧草 　【草場，草地】	목초 　목초지
牧場	목장
募捐，募款 　【募款活動】	모금 (하다) 　모금 활동
募集	모집 (하다)
墓 　掃~	묘 　성묘
墓地	묘지
幕後 　~關係	배후 　배후 관계

ㄷ

ㄷㄚ

發，發出	발 (하다)
發火，發脾氣	화내다
發出，湧出	우러나오다
【感謝之心油然而生】	감사하는 마음이 절로 우러나오다
發刊	발간 (하다)
發包	하청 (하다)
發布	발포 (하다)
發生	생기다 , 일어나다 , 발생 (하다)
~大事	큰일이 생기다
~奇怪的事	이상한 일이 일어나다
發光	빛을 발 (하다) , 발광 (하다)
~體	발광체
發光，發亮，閃耀	빛나다
【耀眼，輝煌】	눈부시게 빛나다
發行	발행 (하다)
~量	발행 부수
發作，突發的	발작 (하다)
發冷汗，盜汗	오한 , 오한이 들다
發呆	얼다 , 멍하다

發抖	후들거리다 , 떨다
發牢騷	불평 (하다)
發狂	발광 (하다) , 미치다
發育 ~不良	발육 (하다) , 성장 (하다) 발육 부전
發言 ~權	발언 (하다) 발언권
發車	발차 (하다)
發放	방출 (하다)
發明 ~家	발명 (하다) 발명가
發泡 【氣泡酒】	발포 (하다) 발포주
發炎 引起~	염증 염증을 일으키다
發芽	움트다 , 발아 (하다)
發表	발표 (하다) , 프레젠테이션
發青	시퍼렇다
發信 ~人	발신 (하다) 발신인
發胖 ~ , 長肉	찌다 , 살찌다 살이 찌다
發音	발음 (하다)
發射	발사 (하다)
發展	발전 (하다)
開發中國家	발전도상국

發病	발병 (하다)
發笑，笑	웃다
發粉	베이킹파우더
發起 　~人	발기 (하다) 　발기인
發送，送 　~信號	보내다 　신호를 보내다
發送 　~機	송신 (하다) 　송신기
發送，寄送 　【寄件人】	발송 (하다) 　발송인
發高燒	부다듯하다, 고열나다
發動 　~機，引擎 　~器	발동 (하다) 　발동기 　스타터
發售，開賣	발매 (하다)
發問，提問	질문 (하다)
發掘，發現	발굴 (하다)
發現	찾아내다, 알아차리다, 발견 (하다)
發球 　~員	서브 (하다) 　서브하는 사람
發票	리스트, 영수정
發軟	나른하다
發麻 　腳~	저리다 　다리가 저리다

發喪	발상 (하다)
發楞	멍청하다 , 멍하다
發揮	발휘 (하다)
~效力,見效	효력을 발휘하다
~實力	실력을 발휘하다
發散	발산 (하다)
發給,交付,交給	교부 (하다)
發放 (證券類)	발급 (하다)
發脾氣	뼛성 , 성질나다
發黑	거무스름하다
發想,構思	발상 (하다)
發源地,發祥地	본고장 , 발상지
發跡	일으키다
在鄉下~	시골에서 몸을 일으키다
發達,出人頭地	출세 (하다) , 발달 (하다)
發電	발전 (하다)
~機	발전기
~所	발전소
發瘋,發狂	미치다 , 실성 (하다)
發誓	맹세 (하다)
發酵	삭다 , 발효 (하다)
甜酒~	감주가 삭다
發燒	열나다
發癢	가렵다
發覺	발각 (되다)

ㄈㄚˊ

乏味	재미없다 , 시시하다
筏	뗏목
罰	벌
閥	밸브
安全~	안전밸브

ㄈㄚˇ

法人	법인
法令	법령
法西斯主義	파시즘
~者	파시스트
法官	판사 , 법관
法定人數	정족수
法則	법칙
法律	법 , 법률
~的 , ~上	법적
~學	법학
法庭	법정
法規	법규
法螺	소라
法蘭絨	플란넬
髮旋	가마
髮髻〈韓式〉	상투

ㄈㄚˋ

法式沙拉醬	프렌치드레싱
法式清湯	콩소메
法郎	프랑
法國	프랑스
~菜	프랑스 요리
【法語】	프랑스 어
法國號	호른
琺瑯	에나멜
琺瑯瓷	법랑

ㄈㄛˊ

佛寺	절
佛陀	부처
佛家	불가
佛堂	불당
佛教	불교
~徒	불교도
佛經	불경
佛像	불상
佛龕	불단

ㄈㄟ

非凡	비범하다
~的手藝	비범한 솜씨

非正式	비공식
~會談	비공식 회담
非正式的	인포멀
非法	비합법적 , 불법
~捕魚	밀어 (하다)
非洲	아프리카
非值班，非執勤	비번
非常	몹시 , 굉장히 , 지극히
~歡迎	잘 오셨습니다
~生氣	화가 잔뜩 나다
非常	아주 , 사뭇
【跟前，臨近】	아주 가까움
【麻煩，費事，費力】	아주 귀찮다
【朝氣蓬勃，少壯】	아주 젊다
非常，緊急	비상하다
【逃生梯】	비상계단
【緊急出口，逃生門】	비상구
【緊急情況】	비상사태
非常大	엄청나다
非（沒）常識	비상식
~的行動	비상식 적인 행동
非虛構文學	논픽션
飛	날다 , 뜨다
飛行	비행 (하다)
【飛機】	비행기
【飛機場】	비행장 , 공항
飛行員	파일럿
【指示燈，信號燈】	파일럿램프

飛走	날아가다
飛來飛去	날아다니다
飛奔，奔跑	질주 (하다)
飛沫	물보라
飛虎	비호
飛進來	날아들다
飛碟	유에프오
飛濺	튀다
飛鏢 ~效應	표창 , 부메랑 부메랑 효과
飛躍 ~性的發展	비약 (하다) 비약적 발전
菲律賓	필리핀
蜚語	험담

ㄈㄟˊ

肥胖 ~症	비만하다 , 헐겁다 비만증
肥沃 ~的土地	비옥하다 비옥한 토지
肥皂 ~泡	비누 비눗방울
肥胖，肥沃	살지다
肥料	비료 , 거름

ㄈㄟˇ

匪徒	갱
誹謗	험담 , 비방 (하다)
翡翠	비취

ㄈㄟˋ

吠	짖다
肺 (臟)	폐
~炎	폐렴
~癌	폐암
~結核 , ~癆	폐결핵
~活量	폐활량
沸騰	끓다 , 비등 (하다)
【沸點】	비등점
費	헤프다
費力 , 吃力	버겁다
費心	애쓰다 , 졸이다
【操心 , 吃苦頭】	애먹다
費用 , 經費	비용 , 경비
費勁 , 費力 , 吃力	힘겹다 , 힘들다 , 벅차다
費解	난해하다 , 불가해하다 , 알기 어렵다
令人~的行動	불가해한 행동
費盡心力 , 費力	애쓰다
廢止 , 廢除	폐지 (하다)
廢物	폐물

廢除	파기 (하다)
廢棄 　~物，廢料	폐기 (하다) 　폐기물
廢話	잔말
廢墟 　成爲~	폐허 　폐허가 되다
痱子	땀띠
鯡魚 　~卵	청어 　청어알

ㄷㄡˇ

否 　可~	부 　가부 , 여부
否決，拒絕	부결 (하다) , 거부 (하다)
否定，否認	부정 (하다)
否則	그렇지 않으면
否認，不承認	부인 (하다)

ㄷㄢ

番茄	토마토
番薯	고구마
翻	엎다 , 뒤집다
翻 (書) 　~頁	넘기다 　책장을 넘기다
翻，翻倒	뒤집히다
翻找	뒤지다

翻刻，翻版	복각 (하다)
翻修	개축 (하다)
翻倒	엎치다
翻開	펴다 , 열다
翻過來	뒤엎다
翻譯	옮기다 , 번역 (하다)
~家	번역가
~詞	역어
把韓語~成中文	한국말을 중국말로 옮기다

ㄈㄢˊ

凡人	범인
凡士林	바셀린
凡例	범례
帆布	즈크 , 캔버스
帆船	돛배
煩人，令人討厭	성가시다
煩悶	갑갑하다
煩惱，苦惱	고뇌 (하다) , 걱정 (하다)
煩躁	초조하다
繁忙，忙	바쁘다
繁重	세다
工作~	일이 세다
繁密 (毛髮)	더부룩하다
繁盛，繁茂 (樹)	무성하다

繁殖	번식 (하다)
~力	번식력
繁華	번화하다
~街，鬧區	번화가
繁榮	융성 (하다) , 번영 (하다)
繁榮，繁盛	번성 (하다)
繁瑣	번거롭다
繁雜	번잡하다

ㄈㄢˇ

反	반 , 뒤집다 , 반대 (하다)
反正	어차피 , 어쨌든 , 아무튼
~人類都會死亡	어차피 인간은 죽는다
反目	반목 (하다)
反而	오히려 , 반대로
反作用	반작용
反抗	반발 (하다) , 반항 (하다) , 저항 (하다)
~心	반발심
~期	반항기
~運動	레지스탕스
反叛，叛國，造反	반역 (하다) , 모반(하다)
~者	반역자
反思	재고 (하다)
反映	반영 (하다)
反省	반성 (하다)
督促~	반성을 촉구하다

反胃	메슥거리다 , 속이 받치다
反面	반면 , 이면
反哺	반포 (하다)
反射	반사 (하다)
反差，對比	콘트라스트
反芻	새기다 , 반추 (하다)
反訴	반소 (하다)
反感 　讓人~	반감 　반감을 사다
反義詞	반의어
反話，反諷	반어 , 아이러니
反對 　【相反地】	반대 (하다) 　반대로
反駁	반박 (하다) , 반론 (하다)
反論	역설 , 패러독스
反戰	반전 (하다) , 판잔 (하다)
反應 　~遲鈍	반응 (하다) 　무신경*하다
反擊	반격 (하다) , 역습 (하다)
反覆 　~練習	반복 (하다) , 거듭 (하 다) , 거듭 (되다) 　드릴
反轉	반전 (하다)
返回	되돌아오다 , 되돌아가다
返老還童	젊어지다 , 회춘 (하다)

返鄉	귀향 (하다)
返還	반환 (하다)

ㄈㄢˋ

犯	범 (하다)
犯人,囚犯	수인 , 범인
犯規	반칙 (하다)
犯規（體育）	파울
犯罪 【罪犯,犯人】	범죄 (하다) 범죄자
氾濫 外來語的~	범람 (하다) 외래어의 범람
梵諦岡	바티칸
梵鐘	범종
販賣 ~部	판매 (하다) 매점
飯（尊稱）	진지
飯,飯食,米飯	밥 , 식사
飯勺	주걱
飯店	호텔
飯前	식전
飯後	식후
飯桌	상 , 테이블 , 식탁
飯匙倩,眼鏡蛇	반시뱀
飯盒	찬합 , 도시락

飯粒	밥알
飯碗	밥공기
飯碗（職業） 丟~，丟工作	밥줄 ~이 끊어지다
飯館，餐廳	음식점 , 레스토랑
範圍	범위
範疇	범주 , 카테고리

ㄷㄱ

分 3點13~	분 세시 십삼분
分	가르다 , 나누다
分〈貨幣〉	센트
分子	분자
分寸 守~	절도 , 분수 절도를 지키다
分工	분업 (하다)
分公司	지사
分化	분화 (하다)
分水嶺	분수령
分布	분포 (하다)
分母	분모
分別，各個	각각
分別，分離	헤어지다
分岔，分歧	엇갈리다

分身	분신
分居	별거 (하다)
分店	지점
分明	확연하다, 분명하다
分析	분석 (하다)
分歧點	분기점
分泌	분비 (하다)
分派	분파 (하다)
分秒必爭	일각을 다투다
分娩, 生產	분만 (하다), 해산 (하다), 출산 (하다)
~室	분만실
【出生率】	출산률
分送, 送貨	배달 (하다)
分配	할당 (하다), 분배 (하다), 배급 (하다)
分割	갈라놓다, 분할 (하다)
黃金~	황금분할
分散	흩어지다, 분산 (하다), 산재 (하다)
分期付款	할부 (하다)
分發, 分送	나누어주다
分裂	분열 (하다)
~症	분열증
分開	나누다, 가르다, 헤어지다, 떼어놓다

分號	세미콜론
分解	분해 (하다)
~時鐘	시계를 분해하다
分數	분수 , 점수
分擔	분담 (하다)
分辨 , 辨識 , 識別	분간 (하다) , 식별 (하다) , 분별 (하다)
分館	별관
分離	떨어지다 , 분리 (하다)
分離 , 離別	이별 (하다)
分類 , 區分	분류 (하다) , 구분 (하다)
芬蘭	핀란드
吩咐 , 命令	명 (하다)
紛至沓來	쇄도 (하다)
紛爭	분쟁 (하다)
紛飛	흩날리다
紛紛	자자하다 , 산산이
消息~流傳	소문이 자자하다
人們~散去	사람들이 산산이 흩어졌다
紛亂 , 混亂	혼란 (하다)
氛圍	분위기

ㄈㄣˋ

焚風	푄
~現象	푄 현상

焚燒	사르다
墳地，墳墓	산소
墳墓	묘 , 묘지

ㄈㄣˇ

粉，粉末	분 , 가루 , 분말 , 파우더
粉刺	여드름
粉底，粉霜	파운데이션
粉紅色	핑크
粉筆	분필 , 초크
粉絲	팬
~的來信	팬레터
粉碎	산산이 , 바수다 , 분쇄 (하다)
摔得~	산산이 깨어지다
粉飾	분식 (하다)
粉餅	콤팩트
粉蠟筆	파스텔 , 크레파스

ㄈㄣˋ

份內的事	구실
份額，分配額	몫
憤怒	노여움 , 분노 (하다)
【發怒】	분을 내다
憤慨	분개 (하다)

奮鬥	분투 (하다)
【孤軍奮戰】	고군분투
奮發	분발 (하다)
糞肥	거름
糞便	똥 , 대변

ㄷㄤ

方	편
方才	갓 , 방금 , 아까 , 이제
方向	방향
~盤	핸들
改變~	방향을 바꾸다
方式 , 樣式	식 , 방식 , 양식
【日本式】	일본식
方位	방위
方言	사투리 , 방언 , 방언 (하다)
方法	법 , 방법
方便	편의 , 방편 , 편의하다
圖謀~	편의를 도모하다
一時的~	일시적인 방편
方便 , 便利	편하다 , 편리하다 , 편한하다
方面	면 , 방면
方根	근
方格	체크 (하다)
~花紋 , 格子花樣	체크 모양
方案	안 , 방안

方針	방침
方程式	방정식
解~	방정식을 풀다
方糖	각설탕

ㄷ尤ˊ

防止	방지 (하다)
防水	방수 (하다)
防火	방화 (하다)
~訓練	방화 훈련
防波堤	방파제
防空	방공
~洞	방공호
防風林	방풍림
防備，防守	수비 (하다)
【防守陣容】	수비진
防腐劑	방부제
防範	방범 (하다)
防衛	방위 (하다)
正當~	정당방위
防禦	방어 (하다)
防蟲劑	방충제
妨礙	뒤틀리다 , 방해 (하다)
~者	방해자

房子，家	집，가옥
【戶外，野外，室外】	집 밖
【自製】	집에서 만든 것
【看門狗，看家狗】	집 지키는 개

房東	집주인

房屋	집채，건물，하우스

房租	집세，월세
【押金】	집세 보증금

房基	집터
~風水不好	집터가 세다

房頂，屋頂	지붕

房間	룸，방
【室友】	룸메이트

ㄷ

ㄈㄤˇ

仿效	본받다
仿造，仿製	모조 (하다)
仿傚	흉내，모방 (하다)
仿製品	이미테이션
彷彿	마치
訪問	방문 (하다)
紡織工業	직물공업
紡織品	직물

ㄈㄤˋ

放	놓다，풀다

放下	벗다 , 집어치우다
放大	증폭 (하다) , 확대 (하다)
~器,擴音器	증폭기 , 확음기
~鏡	루페 , 돋보기
放心,安心	안도 (하다) , 안심 (하다)
放走,錯過,錯失	놓치다
放水,排水	방수 (하다)
【渠道】	방수로
放火	방화 (하다)
放出,釋出	방출 (하다)
放任	방임 (하다)
放牧	방목 (하다)
放映	영사 (하다) , 방영 (하다)
~機	영사기
放流	방류 (하다)
放飛	날리다
【放風箏】	연을 날리다
【雪花飄】	눈송이가 날리다
放射	방사 (하다)
~線	방사선
【輻射污染】	방사능 오염
放假	방학 (하다)
【暑假】	여름 방학
放棄	포기 (하다)
放涼	식히다
放逐	추방 (하다)

放晴	개다
放進，放入	넣다
手~口袋裡	손을 포켓에 넣다
放開，放走	놓다 , 놓아주다
放肆	불손하다 , 방자하다
放慢	늦추다
放學後	방과 후
放鬆	릴렉스

ㄷㄥ

風	바람
【乘涼，兜風】	바람을 쐬다
風力	풍력
風土	풍토
風化	풍화 (하다)
~作用	풍화 작용
風帆衝浪	윈드서핑
風車	풍차
風味，風姿	풍미
風和日麗	화창하다
風波	파문 , 소동 (하다)
風采	풍채
~迷人	풍채 가 좋다
風俗，習俗	풍속 , 풍습
風信子	히아신스

風姿，姿態	자태
風雅	풍류
風紀	풍기
風格	스타일
風疹	풍진
風速	풍속
風景	풍경 , 경치
～畫	풍경화
風琴	오르간
風雅，優雅	운치
風鈴	풍경
風箏	연
放～	연을 날리다
風貌，風采	풍모
風暴	폭풍
風潮，風氣，潮流	풍조
風險	벤처 , 리스크
～事業	벤처 사업
風壓	풍압
風濕病	류머티즘
風聲	소문
有～，風言風語	소문이 나다
封	막다 , 봉 (하다)

封建	봉건
~制	봉건제
~的思考	봉건적인 생각
封面	표지 , 커버
封鎖，封閉	폐쇄 (하다) , 봉쇄 (하다)
【封閉的個性】	폐쇄적인 성격
楓樹	단풍
蜂窩，蜂巢	벌집
蜂蜜	꿀
蜂鳴器	버저
蜂擁	밀려오다
蜂擁而至	쇄도 (하다)
峰	봉
鋒芒	서슬
豐收	풍작
豐足	풍족하다
豐厚，厚實	두툼하다
豐盛	푸지다 , 푸짐하다
~的菜	진수성찬
豐富，豐裕	풍부하다
豐富多彩	갖가지 , 다채롭다
豐滿，豐富，豐腴	풍만*하다

縫 ~傷口	꿰매다 상처를 꿰매다
縫紉	재봉 (하다) , 바느질 (하다)
縫紉機	미싱
縫補	바느질 하다

奉送	드리다 , 선사 (하다)
奉養	섬기다 , 봉양 (하다)
奉獻	헌금 (하다)
縫隙	틈
鳳	봉
鳳尾船	곤돌라
鳳凰	불사조
鳳梨	파인애플
諷刺	비꼬다 , 빈정거리다 , 풍자 (하다)

夫人	부인
夫妻 , 夫婦 ~同行	부처 , 부부 부부동반
孵 ~蛋	안다 , 품다 알을 안다

孵化	부화 (하다)
敷	찜질 (하다)
冷~	냉찜질
冰~	얼음찜질
敷衍	건성 , 무책임하다 , 얼버무리다
膚淺	얕다 , 옅다 , 천박하다

ㄷ

ㄈㄨˊ

伏	엎드리다
伏特	볼트
扶手	손잡이
扶正	바로잡다
【把彎曲的樹枝弄直】	굽은 가지를 바로잡다
扶起	일으키다
扶植	키우다
扶養	부양 (하다) , 양육 (하다)
俘虜	포로
成爲~	포로가 되다
拂曉	새벽 (녘)
服	복
工作~	작업복
服用	복용 (하다)
~量，用量	복용량
服役	복역 (하다)

服侍	섬기다 , 시중 (하다) , 시중을 들다
服務 ~業 ~費 ~台	서비스 (하다) 서비스업 서비스료 프런트
服務 , 服侍	봉사 (하다)
服從 , 跟從	따라가다 , 복종 (하다)
服裝	의상 , 복장
服飾	복식 , 옷가지
氟素	불소
浮	떠오르다
浮上 , 浮現	떠오르다
浮起	뜨다
浮現	떠오르다
浮游 ~生物	부유 플랑크톤
浮具 , 游泳圈	부기
浮腫	들뜨다
浮標	찌 , 낚시찌
浮雕	부조 (하다)
符合	알맞다 , 들어맞다
符咒	주술
符號	기호 , 부호

幅	폭
一~畫	그림 한 폭
幅度，寬度	폭 , 넓이
福，福氣	복
福利	복지 , 복리
~年金	후생 연금
~厚生	복리 후생
福庇，託福	덕분 , 덕분에
蜉蝣	하루살이

ㄷㄨˇ

斧	도끼
俯視，俯瞰	내려다보다
腐	삭다
釘子~鏽	못이 삭다
腐敗	부패 (하다)
腐蝕	좀먹다 , 부식 (하다)
腐壞	상하다
【食物壞了】	음식이 상하다
腐爛，爛掉	썩다 , 문드러지다
輔音，子音	자음
撫恤金	연금
撫摸，愛撫	애무 (하다)
撫摸，摸	어루만지다 , 쓰다듬다
撫慰，安慰	위안 (하다) , 위로 (하다)

撫養	부양 (하다) , 양육 (하다)
~人	친권자
~權	친권

ㄷㄨˋ

父子	부자
~相傳	부전자전

父兄	부형

父母 , 爸媽	양친 , 부모 , 어버이

父親	부친 , 아버지 , 아버님

附上 , 附加上	첨부 (하다)
【附加檔案】	첨부 서류

附加	덧붙이다 , 부가 (하다)
~費用	할증요금

附在信內	동봉 (하다)

附和	맞장구
隨聲~ , 點頭稱是	맞장구를 치다

附近	부근 , 근처

附記	추신 , 부기 (하다)

附帶	부대 (하다)

附設	부설 (하다)
~商店	구내매점

附著 , 沾黏 , 黏附	붙다 , 묻다 , 달라붙다

附錄	부록 , 별기 (하다)

附屬	부속 (하다)

訃告	비보

負(正負)	마이너스
負(責)	지다
負傷，受傷	다치다
負片	네가티브
負荷	하중 , 부하 (하다)
負責 　~人	담당 (하다) 　담당자
負債	부채 , 빚을 지다 , 부채 (하다)
負傷 　【傷員】	부상 (하다) , 부상당하다 　부상자
負號	부호
負擔	부담 (하다)
赴任	부임 (하다)
副	부 , 세트
副本	부본
副作用	부작용
副食	부식
副產品	부산물
副詞	부사
副業	부업
副題	부제
婦人，婦女 　【婦女會】	부인 　부인회
婦女們	아낙네

婦產科	산과 , 산부인과
~醫生	산부인과 의사
富人	부자
富有	풍부하다
富裕	유복하다 , 윤택하다 , 풍족하다
富裕 , 富有	부유하다
富裕 , 富饒	풍요하다
富豪	부호
復古	복고 (하다)
復活	부활 (하다)
~節	부활제
【瀕死的病人活過來了】	죽어가던 환자가 살아나다
復甦	되살아나다
復原	복원 (하다)
復甦 , 甦醒	소생 (하다)
復發	재발 (하다)
復興	부흥 (하다)
復職	복직 (하다)
復讀	재수 (하다)
腹痛	복통
腹語術	복화술
腹膜	복막
~炎	복막염
腹瀉	설사 (하다)
【瀉藥】	설사약

複印，複寫	복사 (하다)
複合	결합 (하다) , 복합 (하다)
複式 【雙打】	복식 복식 경기
複利	복리
複習	복습 (하다)
複製	복제 (하다)
複數	복수
複雜	복잡하다
賦格	푸가
賦予	부여 (하다)
覆沒	전멸 (하다)
覆盆子	산딸기
覆蓋	덮다 , 가리다

ㄉ

ㄉㄚ

搭便車	히치하이크 (하다) , 편승 (하다)
搭乘 (別人的車)	편승 (하다)
搭乘 (飛機)	탑승 (하다)
搭訕 , 搭話 (應酬時)	수작 (하다) , 수작을 걸다
搭話	말을 걸다
搭載 , 載	태우다 , 타다
搭檔	콤비 , 파트너

ㄉㄚˊ

答案 ~卷	답 , 답안 , 해답 답안지
答應	응 (하다) , 동의 (하다) , 승낙 (하다) , 약속 (하다) , 응낙 (하다)
答覆 , 回答	대답 (하다)
達人	달인
達成	달성 (하다)
達成目標	골인 (하다) , 복표달성
達到	달하다 , 미치다

打（電話）	걸다
~電話	전화를 걸다
打（仗）	치다
【背水一戰】	배수진을 치다
打，撞	타박 (하다)
【跌打損傷，碰傷】	타박상
打（鐵）	벼리다
打〈量詞〉	다스
打工	파트타임, 아르바이트 (하다)
~人員，鐘點工	파트타임 직원
打火機	라이터
打包	패킹
打字機	타자기
打扮	분장 (하다)
女兒~得漂亮	딸이 옷을 쪽 빼다
【更衣室】	분장실
打折	할인 (하다) , 세일 (하다)
打官司	고소 (하다)
打招呼	인사 (하다)
點頭~	가볍게 인사하다
打者	타자
打哆嗦，打寒噤（害怕）	오싹 (하다) , 오싹오싹 (하다)
打哈欠	선하품 (하다)

打架	싸우다
打倒	넘어뜨리다 , 쓰러뜨리다 , 타도 (하다)
~在地	때려눕히다
打烊	폐점 (하다)
打破	타파 (하다)
~惡習	악습을 타파하다
打起	차리다
~精神	정신을 차리다
打退	물리치다
打針	주사 (하다)
打掃	청소 (하다)
打掃	치다 , 쓸다
~廁所	변소를 치다
打敗	뿌리치다 , 무찌르다
~競爭者	경쟁자를 뿌리치다
【拂袖】	소매를 뿌리치다
【甩開朋友的手】	친구의 손을 뿌리치다
【拒絕請求】	부탁을 뿌리치다
打魚	고기잡이
打寒噤	소스라치다
打散	흩뜨리다
打發	돌려보내다
打開	틀다 , 펴다
~收音機	라디오를 틀다
打嗝	딸꾹질 (하다)
打碎，粉粹	바수다 , 부서뜨리다

ㄉ

打雷，雷	벼락
【暴發戶】	벼락부자
打滾	뒹굴다
打算	타산 (하다) , 작정 (하다) , 예정 (하다)
打瞌睡	졸다
打擊	타격 , 쇼크 , 쇼크 , 충격
受到~	타격을 입다 , 충격을 받다
給予~	타격을 주다
~姿勢	스탠스
~率	타율
~樂器	타악기
打斷 (有形體)	꺾다
打獵，狩獵	수렵 (하다) , 사냥 (하다)
打翻，打倒	엎지르다
打壞，打破	깨뜨리다
打聽，詢問	묻다 , 알아보다 , 알아내다 , 문의 (하다)

ㄉㄚˋ

大	크다
大人	어른 , 성인
大小	크기 , 사이즈
大不了，只不過	고작 , 기껏해야
大方	시원스럽다 , 손 이 크다
大本營，根據地	본거지

大企業	대기업
大地	대지
大多	태반
~數	대다수
佔~數	태반을 차지하다
~數的意見	대다수의 의견
大汗	진땀
滿頭~	진땀이 흐르다
大臣，臣	대신 , 신하
大衣	코트 , 오버코트
大西洋	대서양
大步	성큼
~地走過來	성큼성큼 걸어오다
大使	대사
~館	대사관
大兒子	장남
大受歡迎	히트 , 대박
大拍賣	대매출 , 바겐세일
大的	큰
大雨	큰비
大便	똥 , 대변
大型	대형
大後天	글피
大炮	대포
大約	약 , 얼추 , 대략 , 대강

大師	대가
大氣	대기
~污染	대기오염
~層	대기권
大海	바다
大笑	대소 (하다) , 폭소 (하다)
大動脈	대동맥
大國	대국
大捷	압승 (하다)
大理石	대리석
大略，大致	대략 , 대충대충
大衆	대중
~性	대중성
~化	대중화
~傳媒，宣傳媒介	대중 매체
~傳播	매스컴
【熱門報紙】	대중지
大規模	대규모
大部分	대부분
大都市	대도시
大陸	대륙
~性氣候	대륙성 기후
~棚	대륙붕
大魚大肉，山珍海味	진수성찬
大麥	보리
大麻	대마 , 마리화나

大提琴	첼로
大猩猩	고릴라
大街	큰길,넓은 길
大街‧道路	도로
大象	코끼리
大量	대량
~生產	대량생산
大勢	대세 , 여세
【情勢所趨】	대세에 밀리다
大意	대의
文章的~	문장의 대의
大意,粗心	방심 (하다)
大會	대회
大概	대개 , 대강 , 아마
大腦	대뇌
~皮質	대뇌피질
大腸	대장
~炎	대장염
大路	큰길
大鼓	드럼
大熊座	큰곰자리
大腿	대퇴 , 넓적다리 , 허버다리
大蒜	마늘
大寫字母	대문자
大樓	빌딩

大獎	그랑프리
大罷工	총파업
大器晚成	대기만성
大學	대학
~生	대학생
大聲	큰소리
大聲喊叫，吼叫	고함치다
大膽	대담하다 , 담대하다
~的構想	대담한 발상
~無畏	대담 무쌍
大賽馬	더비
大鍵琴	쳄발로
大嬸	아주머니
大體上	대체,대체로
大廳	홀 , 로비

ㄉㄜˊ

得	터득하다
~滿分	만점을 맞다
得分，分數	점수 , 스코어 , 포인트 , 득점 (하다)
賺取~	점수를 따다
【記分板】	스코어보드
得出，搜出，找出，拉出	끄집어내다
得失	득실

得到 　~許可 　【攔車，叫車】	받다 , 잡다 , 얻다 , 타다 　허가를 받다 　차를 잡다
得病，生病	앓다
得意 　滿臉~ 　~忘形	득의 (하다) 　득의만면 　으스대다
得當，適當	지당하다 , 합당하다 , 적합하 다
得標	낙찰 (되다)
得獎	입상 (하다)
得獎學金的學生	장학생
德國 　【德語】	독일 　독일어
德澤 　【多虧，托福】	덕택 　덕택에 , 덕분에

ㄅㄞ

呆住	멍해지다
呆呆地	우두커니
呆板	단조롭다
呆愣	멍하다
待	머무르다 , 틀어박히다
待一會兒，等一下	이따 , 이따가

ㄉㄞˇ

歹徒	갱
逮捕	잡다 , 체포 (하다) , 연행 (하다)
~令	구속 영장
~犯人	범인을 체포하다

ㄉㄞˋ

代	대
三~	삼대
代用	대용 (하다)
代名詞	대명사
代言人	대변인
代表	대표 (하다)
~團	대표단
代理	대리 (하다) , 대행 (하다)
~人	에이전트
~店	대리점
~商	에이전시
~校長	학장대행
代替	대신 (하다) , 대체 (하다)
代價	대가
代數	대수
代碼	코드
怠工	사보타지
怠慢	태만하다
袋，布袋	포대

袋鼠	캥거루
待人	대인 (하다)
【人際關係】	대인 관계 , 인간관계
【人際恐慌症】	대인 공포증
待命	대기 (하다)
待遇，對待	대우 (하다)
帶(子)	밴드
帶子	띠 , 벨트 , 테이프
【輸送帶】	벨트 컨베이어
帶出（物件）	가지고 나오다
帶出去，帶去（人）	데리고 나가다
帶回去，帶著去	가지고 가다
帶走，帶去	데려가다
帶來	가져오다 , 데리고 오다
帶魚，白帶魚	갈치
帶著去，帶（人）去	데리고 가다
帶著走，帶來帶（物）去	가지고 다니다
帶進去（人）	데리고 들어가다
帶黑色，黑色	거무스름하다
帶路人	길잡이
帶領，率領	인솔 (하다)
貸款	론 , 대부 , 차관 (하다)
戴	쓰다
~帽子	모자를 쓰다
戴上，扣上	씌우다

ㄉ

戴奧辛	다이옥신

ㄉㄠ

刀	칼 , 나이프
刀刃	칼날
刀柄	칼자루
刀鞘	칼집
叨念，發牢騷，低聲抱怨	투덜대다 , 투덜거리다
叨擾，添麻煩	폐를 끼치다

ㄉㄠˇ

倒，跌倒	넘어지다
倒下，病倒	쓰러지다
倒胃口	진절머리
倒閉	도산 (하다) , 파산 (하다) , 폐점 (하다)
倒霉 ~事	불운하다 불운한 일
島，島嶼	섬
搗	찧다 , 빻다
搗細	이기다
搗碎	바수다
導火線	도화선
導盲犬	맹도견

導致	가져오다 , 비화 (하다) , 초래 (하다)
導遊 【旅遊指南】	가이드 가이드북
導演	감독
導彈	미사일

ㄉㄠˋ

到 , 到達	까지 , 다다르다 , 도착 (하다)
到底	도대체
到底 , 終究	결국
到處 ~走動	여기저기 , 도처 나돌다
到期	만기 , 만기가 되다
到達	도착 (하다)
到達 ~目的地 ~終點	닿다 , 이르다 , 달하다 , 도착 (하다) , 도달 (하다) 목적지에 닿다 종점에 도착하다
倒 ~水 ~茶	붓다 , 따르다 물을 붓다 , 물을 따르다 차를 따르다
倒不如	차라리
倒立	물구나무서다
倒刺 (手指)	손거스러미
倒流 , 逆流	역류 (하다)

141

倒敘	플래시백
倒置	도치 (하다)
悼念，哀悼，追悼	애도 (하다) , 추도 (하다)
盜，偸盜	훔치다
盜竊，偸	훔치다
道具	도구
道破	설파 (하다)
道理 　符合~的話 　【身爲父母的義務】	이치 , 도리 , 사리 　사리에 맞는 이야기 　부모로서의 도리
道義	의
道路 　~交通法 　【繞道】 　【高速公路】	길 , 도로 　도로 교통법 　길을 돌아서 가다 　고속도로
道歉	사과 (하다)
道德 　~上的判斷	도덕 　도덕적인 판단
道聽途說	얻어듣다
稻 　種~	벼 　벼농사
稻米	쌀 , 미곡
稻作	미작
稻草 　~人	짚 　허수아비

ㄉㄡ

兜風	드라이브 (하다)

ㄉㄡˇ

斗篷	망토
抖	털다
抖，抖動，發抖	떨리다

ㄉㄡˋ

豆	콩
毛~	풋콩
黃~芽	콩나물
豆芽	숙주나물
豆腐	두부
豆腐腦，豆花，嫩豆腐	순두부
鬥牛	투우 (하다)
~士	투우사
~場	투우장
鬥志	투지
燃燒~	투지를 불태우다
鬥爭	투쟁 (하다)
~心，鬥志	투쟁심
逗留，停留，滯留	체재 (하다) , 체류 (하다)
逗號	콤마
逗趣	웃기다

ㄉㄢ

丹	붉다
丹麥	덴마크
丹楓	단풍
耽誤，耽擱，延誤	지체 (되다)
單，單人，單身，單打	싱글
單一	단일하다
單人房	독방 , 독실
單向通行	일방통행
單字，單詞 　~本	단어 　　단어장
單式，單一方式	단식
單色	모노크롬
單位	단위
單身，隻身 　~就任	독신 　　단신 부임
單身 (未婚)	홀몸
單相思，單戀	짝사랑
單軌列車	모노레일
單純 　~的想法 　【單純的，只不過是】	단순하다 　　단순한 생각 　　단순히
單細胞	단세포
單程 　~票	편도 　　편도표

單槓	철봉
單數	단수 , 홀수
單調	단조롭다
單獨，獨白	단독 , 독자
單薄，可憐	애잔하다
單點的菜	아 라 카르트
單簧管	클라리넷
擔心 　~的事 　【沒關係，不要緊】	시름 , 꺼림칙하다 , 걱정 (하다) , 염려 (하다) 　걱정거리 　걱정없다
擔任，擔當 　~介紹員	맡다 , 담당 (하다) 　안내역을 맡다
擔保 　無~，無抵押	담보 　무담보
擔架 　用~搬運	들것 　들것에 싣다
擔負 　【負債】	안다 , 메다 , 짊어지다 　빚을 안다

ㄉㄢˇ

撣 　~去灰塵	털다 　먼지를 털다
膽子 　沒~	배짱 　배짱이 없다
膽石	담석
膽固醇	콜레스테롤

膽怯	비겁하다
膽敢	감히
膽量	용기 , 담력
有~	용기 있다
膽囊	쓸개

ㄉㄢˋ

但是	그렇지만 , 하지만
蛋	알
蛋白	흰자
~石	오팔
~質	단백질
~酥皮，~甜餅	머랭
蛋黃	난황 , 노른자 (위)
蛋糕	케이크
淡	연하다 , 삼삼하다 , 싱겁다
口感~	맛이 좀 삼삼하다
淡 (味道)	싱겁다
淡 (顏色)	연하다
淡水	담수
~魚	담수어
淡季	비수기
淡彩畫	담채화
淡雅，淡泊	담백하다
淡藍色，水藍色	물빛
氮	질소

誕生	생겨나다 , 탄생 (하다)
~石	탄생석
新的學校~了	새 학교가 생겨나다

彈藥	탄약

ㄉㅊ

當 , 擔當	맡다

當下	바로 , 즉각 , 즉시

當中 , 在中心	한복판 , 한가운데

當心 , 注意 , 小心	조심 (하다)

謹愼的語氣	조심한 말투

當日 , 當天	당일
~結束	당일치기
~旅行 , 一日遊	당일치기 여행
考試的~	시험 당일

當月一號 , 初一	초하루

當地	현지
~時間	현지 시간

當作	삼다 , 여기다 , 간주 (하다)

當局	당국

當前	당면
~的目標	당면 목표

當差	심부름 (하다)

當時	당시

當鬼者 (捉迷藏)	술래

當場	즉석
~死亡	즉사 (하다)
當然	물론, 당연하다
當選	당선 (되다)

ㄉㄤˇ

擋住，阻擋	막다, 가로막다
【禁止通行】	통행금지
擋箭牌	방패
黨	당
黨員	당원
檔案	파일

ㄉㄥ

登山	등산 (하다)
~客	등산객
~繩索	자일
~自行車	마운틴 바이크
登記	등기, 등록 (하다)
登陸	상륙 (하다)
登場，登臺	등장 (하다)
~人物	캐릭터, 등장인물
登載	싣다, 실리다
登機	탑승 (하다)
~門	탑승 게이트
~證	탑승권
【機組人員】	탑승원

燈	램프
燈火，燈光	등불
燈光，照明	라이트 , 조명 (하다)
燈油	등유
燈塔	등대
守~人	등대지기
燈飾	일류미네이션
燈籠	초롱

ㄉㄥˇ

等，等待	기다리다
【再等一個小時】	한 시간 더 참다
等級，等	등 , 등급 , 랭크 , 그레이드
【分級】	등급을 매기다
等質，同樣材質	동질

ㄉㄥˋ

凳子	스툴
瞪	노려보다

ㄉㄧ

低	낮다
低下（垂下，俯）	숙이다
【俯首，垂頭】	고개를 숙이다
【低頭，俯首，垂頭】	머리를 숙이다
低劣	조악하다 , 열악하다

低年級生	하급생
低估	얕잡다
低俗	저속하다
低音提琴	콘트라베이스
低音管，巴松管	바순
低氣壓	저기압
低級	저급하다
低等 　~動物	하등 　하등동물
低廉	싸다 , 저렴하다
低溫 　~殺菌	저온 　저온 살균
低落	찌부러지다
低語，耳語	속삭이다
低價，廉價	염가
低調，低潮，低落	저조 (하다)
低賤	비천하다
低薪	박봉
滴，水滴 　【雨滴】	방울 　빗방울

ㄉ一ˊ

的確	참으로 , 아닌 게 아니라
迪斯可	디스코
笛子	피리

敵	적
敵人	적
敵手，競爭對手	적수 , 라이벌
敵視	적대시 (하다)
敵意	적의
懷有~	적의를 품다
敵對	적대 (하다)
嘀咕	투덜투덜 , 투덜대다 , 투덜거리다
嫡子，嫡長子	적자

ㄉ

ㄉ一ˇ

底，底子	밑바닥
底下	밑
【底部，底端，根部】	밑동
底子	밑바탕
底片	필름
底面	바닥
【河底】	강바닥
【東窗事發】	바닥이 나다
【鞋底】	구두 바닥
底漆	밑칠
底稿，原稿，初稿	원고 , 초고
抵抗	저항 (하다) , 대항 (하다)
~力	저항력

抵制，杯葛	배척 (하다) , 보이콧 (하다)
抵押，典當	저당 , 담보 , 전당 (하다)
~品	볼모 , 담보물
~權	저당권
做~	저당잡히다
作爲~	담보로 하다
無~，無擔保	무담보
【當鋪】	전당포
抵消	상쇄 (하다)
抵達	이르다 , 도착 (하다)
抵賴，賴皮，要賴	생떼 , 앙탈 (하다)
抵償	변상 (하다)
牴觸	모순(되다)

ㄉㄧˋ

地，田地	밭 , 땅
耕~，翻~	밭을 갈다
地面	지상
地下	지하
~街	지하상가
~室	지하실
~鐵	지하철
~通道	지하도
~樓層	지하층
地中海	지중해

地方	지검 , 부분 , 군데
~分權	지방분권
~自治團體	지방자치체
【土產酒】	지방술
地方，地點，場所	곳 , 장소
明亮的~	밝은 곳
地主	지주
~隊球場（體育）	홈그라운드
地平線	지평선
地瓜	고구마
地名	지명
地位	지위 , 자리 , 포지션
社會性~	사회적 지위
地址，住址	주소
【通訊錄】	주소록
地形	지형
地板	마루
地段，區域	구역
地面	지면
地區	지구 , 에어리어 , 지역
地域，地區	지역
【區域社會】	지역 사회
【地方產業】	지역 산업
地基	지반 , 토대
打~	지반을 구축하다
~工程	지반 공사

ㄅ

地帶	지대
安全~	안전지대
地球	지구
~儀	지구본
地理	지리
~學	지리학
地毯	융단 , 카펫
地雷	지뢰
地圖	지도
世界~	세계 지도
地獄	지옥
地價	지가 , 땅값
地層	지층
~下陷	지반침하
地熱	지열
地緣	지연
~社會	지연 사회
地質	지질
~學	지질학
地震	지진
~強度 , ~震度	매그니튜드
地學 , 地球科學	지학 , 지구과학
地點	지점
地藏菩薩	지장보살
弟子	제자
弟弟	남동생

ㄉ

帝王	제왕
【剖腹生產】	제왕 절개
帝國	제국
~主義	제국주의
第一	첫
~天	첫날
~名	수석 , 남버 원 , 일등 , 제일등
~眼	첫눈
~線	최전선
【最先】	제일 먼저
第二 , 排第二	제이
第二 (個)	둘째
【二等】	둘째 등급
第二天 , 翌日 , 隔天	이튿날 , 다음날
~早上	이튿날 아침
【隔天早晨】	다음날 아침
第二次	두 번째
第三	제삼
~國	제삼국
~者	제삼자
~世界	제삼 세계
第六感	육감
遞交 , 交付	건네다
遞送	배달 (하다)
締結	맺다 , 체결 (하다)
蒂	꼭지

ㄉ

ㄉㄧㄝˊ

跌倒	엎어지다 , 넘어지다
跌價 , 跌落	하락 (하다)
碟子	접시
蝶泳 , 蝶式	접영
疊	포개다 , 쌓다
鰈魚	가자미

ㄉㄧㄠ

凋零	시들다
凋謝	지다 , 시들다
【花謝】	꽃이 지다
【像花一般殞落】	꽃처럼 지다
碉堡	성채 , 보루
雕刻	새기다 , 조각 (하다)
～家	조각가
雕像	조상
鯛魚	도미

ㄉㄧㄠˋ

吊 , 懸吊	매달다
吊車	크레인
吊垂 , 吊掛	매달다
【垂掛吊燈】	등을 매달다
吊桶	두레박
用～舀	두레박으로 푸다

吊橋	현수교
吊燈	샹들리에
釣	낚다
釣魚	낚시 , 낚시질
~竿	낚시대
~線	낚시줄
【魚鉤】	낚시바늘
【海釣】	바다 낚시
掉下來	떨어지다
掉色	바래다
掉進 , 掉落 , 陷入	빠지다
【掉入陷阱】	함정에 빠지다
【掉入池中】	연못에 빠지다
掉魂	혼이나가다
調任 , 調職	전근 (하다)
調查	조사 (하다)

ㄉㄧㄡ

丢下不管	내버려두다
丢出	내던지다
丢失 , 遺失	잃어버리다 , 빠뜨리다 , 분실 (하다)
~錢包	지갑을 빠뜨리다
【遺失物】	분실물
【失物招領中心】	분실물 취급소
丢失 , 喪失 , 掉下來	떨어뜨리다
【喪失體面】	품위를 떨어뜨리다

丟掉	버리다
~垃圾	쓰레기를 버리다

丟臉，丟人	무색하다 , 창피하다
【侮辱，羞辱】	모욕하다

ㄉ

ㄉ一ㄢ

顛倒	뒤엎다 , 뒤바뀌다
顛覆	뒤집다
癲癇	간질

ㄉ一ㄢˇ

典型	타입 , 전형
典禮，儀式	의식

碘	요오드
~酒，~酊	요오드팅크

點	붙이다
~火	불을 붙이다

點	점
出發~	출발점
那一~是問題所在	그점이 문제다

點（燈）	켜다

點心	간식 , 과자
吃~	~간식을 먹다

點火，點燃	점화 (하다)
【點燃聖火】	성화에 점화하다

點名簿	출석부
點字	점자

點菜，點餐	주문 (하다) , 요리를 주문하다
點燃	피우다
點擊	클릭 (하다)

ㄉ一ㄢˋ

店小二，男服務生	보이
店員	점원
店鋪	점포 , 가게 , 상점
玷污	욕보이다 , 모독 (하다)
惦記，擔心	걱정 (하다)
踮 　~起腳看	발돋움 (하다) 　발돋움을 하고 보다
電，電氣 　【電子鍋】 　【洗衣機】 　【吸塵器】 　【電動腳踏車】	전기 　전기밥솥 　전기세탁기 　전기 청소기 　전기 자전거
電力 　【電氣化，電化】	전력 　전력화
電子 　~琴 　~工學 　~計算機 　【微波爐】 　【電吉他】	전자 　전자 오르간 　전자 공학 　전자 계산기 　전자레인지 　전자 기타
電子郵件	이메일
電子學	일렉트로닉스

電光，電燈光	전광
【電光石火】	전광석화
電池	건전지
乾~	건전지
電車，地鐵	전차 , 전철
電波	전파
電阻	저항
電信，電訊	전신
【電匯】	전신환
【電信局】	전화국
【電線桿】	전봇대
電流	전류
~流通	전류가 흐르다
~斷路器	브레이커
電風扇	선풍기
電容器	콘덴서
電動	전동
~式	전동식
【發電機】	전동기
電梯，升降梯	승강기 , 엘리베이터
電報	전보
打~	전보를 치다
電報，電報交換機	텔렉스
電晶體	트랜지스터
電視，電視機	텔레비전
電視明星	탤런트
電視劇	드라마

電暖器	히터
電源 【送電】	전원 전원을 넣다
電腦	컴퓨터
電話 ~卡 ~亭 ~簿 ~號碼	폰 , 전화 (하다) 전화카드 전화부스 전화번호부 전화번호
電路 , 迴路	회로
電鈴 , 門鈴	벨 , 초인종
電磁 ~石 ~波	전자 전자석 전자파
電影 ~院 , 戲院	영화 영화관
電熱 ~器	전열 전열기
電線	전선
電線桿	전봇대
電燈	전등 , 전기
電燈泡 換~	전구 전구를 갈아끼우다
電壓	전압
電纜	케이블
墊	받치다
墊子	매트 , 쿠션

墊板	책받침
澱粉	전분 , 앙금

ㄉㄧㄥ

盯	응시 (하다) , 주시 (하다)
盯視 (以銳利的眼光)	쏘아보다
釘	박다
釘,釘子	못
【釘釘子】	못을 치다 , 못을 박다
【設定,講妥,說好】	못을 박다
釘書機	호치키스
釘鞋	스파이크 슈즈

ㄉㄧㄥˇ

頂	받다 , 이다 , 가장 , 떠받치다
用頭~球	머리로 공을 받다
頂 (出去) ,推卸	떠밀다
頂上,頂端	정상 , 꼭대기
頂峰,巔峰	정상
頂棚	천장
頂點,頂峰,尖峰,高峰	절정 , 정점 , 클라이맥스
到達~	절정에 달하다
【人氣最高峰】	인기절정
鼎盛	전성하다

定向越野	오리엔티어링
定例，定期	정례
定居	정주 (하다) , 정착 (하다)
定音鼓	팀파니
定時器	타이머
定律	정리
畢氏~	피타고라스의 정리
定期	정기
~票，~券	정기권
【月票】	정기 (승차)권
【公休日】	정기 휴일
定量	정량 (하다)
定義	정의 (하다)
定價	정가
依照~	정가 대로
定數	정수
定論	정설
訂，預約	예약 (하다)
訂正	정정 (하다)
訂金	선금
訂做	맞추다
訂婚	약혼 (하다)
~戒指	약혼반지
【未婚夫，未婚妻】	약혼자
訂貨，訂單	오더

訂貨目錄	카탈로그
訂製,訂做	오더메이드
訂閱	구독 (하다)
～費	구독료
訂購,訂貨	주문 (하다) , 발주 (하다)
【訂單】	주문서
【訂做,訂製】	주문 제작

ㄉㄨ

都市	도시
嘟囔	투덜투덜 , 웅얼거리다 , 투덜거리다
督促	독촉 (하다)

ㄉㄨˊ

毒	독
～氣	독가스
毒舌	독설
【說刻薄話】	독설 퍼붓다
毒品	마약 , 도핑
【毒癮】	마약 중독
毒害	해독 (하다)
毒蛇	독사
毒辣	악랄하다
獨…	외
～生女	외딸 , 외동딸
～子	외아들

獨占	독점 (하다)
獨生子女	독자
獨白	독백
獨立	독자 , 독립 (하다)
~性	독자성
獨自 , 單獨	단독 , 혼자
~犯行	단독 범행
獨角仙	투구벌레
獨奏 , 獨唱	솔로
獨奏會 , 獨唱會	리사이틀
獨特	독특하다 , 독특*하다
~的語氣	독특한 말투
~的風味	독특한 맛
獨特 , 獨到	유니크하다
獨唱	독창 (하다)
獨唱者 , 獨奏者	솔리스트
獨眼龍	애꾸눈
獨創	독창하다
~作品	독창적인 작품
獨善其身	독선
獨裁	독재 (하다)
~者	독재자
獨斷	독단 (하다)
讀	읽다
~書	책을 읽다
讀者	독자

ㄉ

讀書	독서 (하다)
全神貫注地~	독서 삼매

讀解	독해 (하다)
~能力	독해력

ㄉㄨˇ

堵住，堵塞	메다 , 틀어막다
【堵住嘴】	입을 틀어막다

堵塞	막다 , 막히다
水管~	파이프가 막히다
【喘不過氣】	숨이 막히다

賭	내기
打~	내기를 하다
~輪盤	룰렛

賭博	노름 , 갬블 , 도박 (하다)

賭場	카지노

ㄉㄨˋ

杜鵑	두견새

杜鵑，山躑躅	철쭉

杜鵑花	진달래

肚子	배
~飽	배가 부르다

肚臍	배꼽

度	도

度假	바캉스

度量，測量	양 , 재다

度量衡	도량형
度過	보내다
~快樂的一段時間	즐거운 한때를 보내다
度數（刻度）	눈금
渡假勝地	리조트
渡過	건너다 , 극복 (하다)
渡輪	페리
鍍	입히다
~金	금박을 입히다 , 도금 (하다)
蠹蟲	좀

ㄉㄨㄛ

多	많다
~年	여러해
【再三，屢次】	여러 번
多（話）	헤프다
多少（問數字）	몇
【多大】	몇 살
多麼	얼마나
多少，若干	얼마
【有些，稍微】	얼마정도
多方面	다방면 , 올라운드
多半	태반
多年	수년
多米諾骨牌	도미노

多血質	다혈질
多明尼加	도미니카
多國籍	다국적
多得是	흔하다
多話	수다
~的人，長舌婦	수다쟁이
【多嘴，囉唆】	수다스럽다
多種多樣	갖가지
多數	다수
~表決	다수결
多餘	여분 , 남아돌다
多餘的	여벌 , 사족
【備用鑰匙】	여벌의 열쇠
多虧	덕분에
多額	다액
哆嗦，發抖	떨다

ㄅ

ㄉㄨㄛˊ

奪	빼앗다
奪回	되찾다
奪取	탈취 (하다)

ㄉㄨㄛˇ

| 朵 | 송이 |
| 一~梅花 | 매화 한 송이 |

躱	숨다
~在樹後面	나무 뒤에 숨다
躱開	피하다
躱避	대피 (하다) , 피하다
~球	피구
【避難所】	대피소

ㄅㄨㄛˋ

剁	썰다
踱步	천천히 걷다
跺腳	발버둥치다
惰性	타성
墮胎，流產	낙태 (하다)
墮落	타락 (하다)

ㄅㄨㄟ

堆	더미
垃圾~	쓰레기더미
堆肥	퇴비
堆積	쌓다 , 밀리다
【累積經驗】	경험을 쌓다
堆積如山	산적 , 산더미
課題~	과제가 산적하다

兌換	환전 (하다)
~率	환율
【兌鈔兌幣機】	환전기
隊	열 , 팀
排~ , 列~	열을 짓다
團~合作	팀워크
隊伍	행렬
隊長	대장 , 캡틴
對 , 比對	대
【三比二】	3 대2
對 , 雙	쌍
【配對】	쌍을 이루다
對不起	죄송하다 , 미안하다
對手	적수 , 라이벌
對方 , 對手	상대 , 상대방
對比	대비 (하다)
對付	대처 (하다)
對半 , 一半	절반 (하다)
對打	맞붙다
對立	대립 (하다)
對抗	대항 (하다)
對的 , 對	옳다 , 맞다
對待	다루다 , 임하다 , 대우 (하다) , 취급 (하다)
對面	건너편

對等	대등하다
對答，回答，回應	응답 (하다)
對策	대책
講求~	대책을 강구하다
建立~	대책을 세우다
對象	대상
對象 (攻擊或打擊)	타깃
對準	겨누다
對照	맞춰보다, 대조 (하다)
對照，對比度	콘트라스트
對話	대화 (하다)
對數，Log	로그
對談	대담 (하다), 대화 (하다)
對戰	대전 (하다)
~表	대전표
~成績	대전 성적
對應	대응 (하다)
對講機	인터폰

ㄉㄨㄢ

端	받치다
端正	바르다, 단정하다
【散漫，馬虎，浪蕩】	단정하지 못하다
端正 (地)	똑바로
~坐好	똑바로 앉다
端莊	스마트하다

端詳	여겨보다

ㄉ

短	짧다
短命	단명
短波 ~廣播	단파 단파 방송
短缺，缺點	결핍 (되다)
短處	단점
短期 ~大學	단기 단기 대학
短評	촌평
短暫的	잠시
短距離 【短跑】 【短跑選手】	단거리 단거리 경주 단거리 선수
短篇 ~小說	단편 단편 소설
短褲	팬츠

段	단
段落 告一~	단락 일단락을 짓다
鍛鍊 ~身心	연마 , 트레이닝 , 단련 (하 다) 심신을 단련하다

斷	부러지다
斷，斷絕	끊어지다 , 단절하다
斷奶食品	이유식
斷言	단언 (하다)
可以~	단언할 수 있다
斷定，論斷	단정 (하다)
【下論斷】	단정을 짓다
斷念	단념 (하다) , 체념 (하다)
斷面	단면
斷食	단식 (하다)
~療法	단식 요법
斷根，根除	근절 (하다)
斷崖	낭떠러지
斷然	단연코
斷然，堅決	단호하다
斷絕	끊다 , 단절 (하다)
~邦交，斷交	국교단절
~關係	절연 (하다)
【戒掉香菸】	담배를 끊다
【停止呼吸】	숨통을 끊다
【世代間的代溝】	세대간의 단절
斷層	단층
緞帶	리본

ㄉㄨㄣ

敦促	촉구 (하다)

敦厚	돈독하다 , 온후하다
墩	그루터기

ㄉㄨㄣˋ

盾牌	방패
鈍	무디다 , 둔하다
鈍感	둔감하다
燉 ~牛肉	스튜 , 졸이다 비프스튜
噸	톤

ㄉㄨㄥ

冬天	겨울
冬至	동지
冬季	동기
冬眠	동면 (하다)
東 ~邊	동 동쪽
東山再起	재기 (하다)
東北	동북 , 북동
東西	동서
東西 (物品)	물건
東南 ~亞	동남 동남아시아
東洋 , 東方	동양

東張西望	한눈팔다
東部	동부
東歐	동구

ㄅ

ㄉㄨㄥˇ

董事	이사
董事長	대표이사
懂得	알다

ㄉㄨㄥˋ

恫嚇	으름장 (하다)
洞 　打~，穿孔	구멍 　구멍을 뚫다
洞穴	동굴
洞知	통지 (하다)
洞察 　~力	통찰 (하다) 　통찰력
洞簫	통소
凍，冷	시리다
凍死	동사 (하다)
凍結	얼다 , 동결 (하다)
凍結，凍僵	얼어붙다
動，移動 　【移動腳步】	움직이다 　발걸음을 움직이다
動力	동력

動心,動搖,心動	흔들리다 , 마음이 움직이다
動手,著手	착수 (하다)
動向	동향
動作	동작
快速的~	재빠른 동작
動物	동물
~園	동물원
~學	동물학
~性脂防	동물성 지방
動怒	화내다
動員,發動	동원 (하다)
動脈	동맥
~硬化	동맥 경화
動產	동산
動畫	애니메이션
動詞	동사
動搖	동요 (하다)
動輒,動不動	툭하면
動機	동기
動靜	기척 , 인기척
動議	동의 (하다)

ㄉ

ㄊㄚ

他	그 , 그이
他，別的，其他	딴
他人	남
~的事	남의 일
~的意見	타의
他山之石	타산지석
他律，別的規律	타율
他們	그들 , 그 사람들
他動詞，及物動詞	타동사
他國，別國，異國	타국
他殺	타살 (하다)
他處	타처
他鄉	타관
她	그녀
塌	꺼지다

ㄊㄚˇ

塔	탑
塔臺	관제탑

榻榻米	다다미
踏,踩	밟다 , 디디다
【踩踏板,蹬踏板】	페달을 밟다
踏板,腳踏板	페달 , 발판

ㄊ

特有	고유 , 특유
特色	특색
保持個人~	특색을 살리다
特別,格外,特殊	유달리
特別	특히 , 각별히 , 특별
~處置	특별한 조치
~訓練	특별 훈련
~記載	특기 (하다)
沒什麼~的	별것도 아니다
【特長,專長】	특별한 장점
特別,特殊,與眾不同	유별나다
特快車	특급
特技	묘기
特定	특정하다
~的人選	특정한 사람
特性	특성
特長	특기 , 장기
特派	특파 (하다)
~員	특파원

特殊 　~攝影	특수하다 　특수 촬영
特殊，特異，特別 　【特殊體質】 　【特別才藝】	특이하다 　특이 체질 　특이한 재능
特級	특급
特務	스파이
特產	특산품
特異功能，超能力	초능력
特許經營，連鎖店	프랜차이즈
特意，故意	일부러
特價	특가
特寫	클로즈업
特徵，特點 　以…爲~	특징 　특징짓다
特賣	특매 (하다)
特輯 　【特刊號】	특집 　특집호
特權	특권

ㄊㄞ

胎兒	태아
胎夢	태몽
胎盤	태반

ㄊㄞˊ

台地	대지
熔岩~	용암대지
台詞	대사
台階	섬돌
台灣	대만, 타이완
苔鮮	이끼
長~	이끼가 끼다
抬	올리다
抬起	쳐들다, 들어올리다
抬槓	승강이 (하다)
抬價	에누리 (하다)
跆拳道	태권도
颱風	태풍
~眼	태풍안
檯燈	스탠드

ㄊㄞˋ

太	매우, 아주, 몹시
太子	태자
太古	태고
太平	태평하다
太平洋	태평양
~戰爭	태평양전쟁

太空，宇宙	우주
~人	우주비 행사
~旅行	우주 여행
太陽	해 , 태양
~西沉	해가 지다
~眼鏡	선글라스
太極旗，韓國國旗	태극기
泰然	태연하다
態度	태도
堂堂的~	당당한 태도
態勢	태세
鈦	티탄 , 티타늄

ㄊㄠ

掏（耳朵）	후비다
掏出	끄집어내다
掏出來	내놓다

ㄊㄠˊ

逃亡，逃跑	도망 (하다)
逃出，逃脫，逃逸	탈출 (하다)
逃走	도주 (하다)
逃脫	벗어나다
逃跑，逃奔	달아나다
逃漏稅	탈세 (하다)

逃避	도피 (하다)
~的生活	도피적인 생활
逃難	피난 (하다)
桃子	복숭아
陶瓷，陶器	도자기
陶瓷工藝，陶藝	도예
陶醉，忘我	넋을 잃다 , 도취 (하다)
陶器	도기 , 토기 , 질그릇
淘汰賽	토너먼트
淘氣，搗蛋	까불다 , 삼하다 , 개구쟁이 , 장난 (하다)
~鬼	장난꾸러기

ㄊㄠˇ

討人喜歡	소담스럽다
討喜	신통하다
討厭	싫다 , 질색 , 역겹다 , 귀찮다 , 아니꼽다 , 미워하다 , 싫어하다 , 시끄럽다 , 역*하다
討價還價	에누리 (하다)
討論	토론 (하다) , 평의 (하다)
~區	포럼
~會，評議會	평의회
~決定	평결
【研討會】	토론회

ㄊㄠˋ

套	세트 , 씌우다
套子	커버 (하다)
套索	올가미
套裝行程	패키지투어
套餐	정식 , 코스

ㄊㄡ

偷	훔치다
偷看	엿보다
偷獵 (魚)	밀어 (하다)
偷偷地	몰래 , 넌지시
偷渡	밀입국 (하다)
偷閒	새치기 (하다)
偷懶	게으름 (을) 피우다
偷聽 , 盜聽	엿듣다 , 도청 (하다)
偷竊	절도 (하다) , 도둑질 (하다)

ㄊㄡˊ

投	던지다
投入	투입 (하다)
投手	피처
投降	항복 (하다)
投書	투서 (하다)

投案，自首	자수 (하다)
投宿	숙박 (하다) , 투숙 (하다)
投寄，投進郵筒	투함 (하다)
投票 　【選票單】 　【票箱】	투표 (하다) 　투표용지 　투표함
投資 　~人	투자 (하다) 　투자가
投標	입찰 (하다)
投稿	투고 (하다)
投機 　~心理	갬블 , 투기 (하다) 　투기심
投籃	슛
頭	고개 , 머리
頭髮 　【禿頭】	머리카락 　머리가 벗겨지다
頭目，老大	두목 , 치프 , 우두머리
頭昏腦脹	어리둥절하다
頭盔	헬멧
頭頂球	헤딩
頭痛	두통
頭等 　~車 　【頭獎】	으뜸 , 일등 　일등차 　일등상
頭暈	현기 , 현기증이 나다
頭腦	두뇌

ㄊ

頭緒	단서 , 두서 , 실마리
頭蓋骨	두개골
頭髮	헤어 , 머리카락
【洗頭】	머리카락을 감다
【髮型】	헤어스타일
【燙髮夾，燙髮器】	헤어아이론
【髮夾】	헤어핀
【生髮水】	헤어토닉

ㄊㄡˋ

透出	비치다
透明	투명하다
~液體	투명한 액체
透明膠帶	스카치테이프
透進	스미다
【風吹進衣服裡】	옷 속으로 바람이 스미다
透徹	투철하다
透鏡	렌즈
透露	누설 (하다)

ㄊㄢ

坍	무너지다
坍方事故	산사태
貪	탐 (하다)
~圖	탐내다
【使人垂涎】	탐나다

貪心，貪欲，貪念	욕심
【貪心鬼】	욕심꾸러기
【貪心，貪婪】	욕심을 부리다
【貪婪的人】	욕심쟁이
【貪心的老人】	욕심이 많은 노인
貪污	횡령 (하다)
貪欲	욕구
貪婪	탐욕
~的想法	탐욕스러운 생각
貪睡鬼	잠꾸러기
癱軟	녹초
~無力	녹초가 되다
癱瘓，麻痹	마비 (되다)

去ㄢˋ

痰	담 , 가래
談及	언급 (하다)
談判，交涉	교섭 (하다) , 담판 (하다)
談話	담화 (하다) , 이야기 (하다)
~室 , ~間	담화실
~形式	담화 형식
【交談】	이야기를 주고받다
談論	논의 (하다)
談戀愛	연애 (하다)
彈 (樂器)	타다 , 켜다 , 치다

彈力，彈性 【彈性】	탄력 탄력성
彈回	되튀다
彈劾	탄핵 (하다)
彈跳	튀다
彈簧 ~墊	스프링 , 용수철 트램폴린
罎子	단지 , 항아리

ㄊㄢˇ

忐忑不安	싱숭 생숭하다
坦白，自白，告白	고백 (하다) , 자백 (하다)
坦克 ~車	탱크 전차
坦率，率直	솔직하다
袒護	편들다 , 두둔 (하다) , 역성 (하다)

ㄊㄢˋ

炭 ~烤	숯 , 탄 숯 불구이
探戈	탱고
探究，探求 【探究的心理】	탐구 (하다) 탐구심
探病	병문안 (하다)
探病	문병 (하다)

探索，追求	추구 (하다)
~眞理	진리 추구
探照	탐조 (하다)
~燈	탐조등 , 서치라이트
探險	탐험 (하다)
~隊	탐험대
探聽	물어보다
嘆服	탄복 (하다)
嘆息，嘆氣	한숨 , 탄식 (하다) , 한숨을 쉬다
碳水化合物	탄수화물
碳酸	탄산
~水	탄산수
【二氧化碳】	탄산가스

ㄊㄤ

湯	국 , 수프 , 찌개
味噌~	된장국
湯匙	스푼 , 숟가락

ㄊㄤˊ

堂兄弟姐妹	사촌
堂堂正正	당당하다
~的態度	당당한 태도
堂堂	어엿하다
搪瓷	에나멜
糖（砂糖）	설탕

ㄊ

糖，糖果	캔디 , 사탕
糖分	당분
糖尿病	당뇨병
糖漿	시럽
螳螂	사마귀 , 버마재비

ㄊㄤˇ

倘若，萬一，假使	만약
躺臥，躺下	눕다 , 드러눕다
躺椅	리클라이닝 시트

ㄊㄤˋ

燙	지지다 , 뜨겁다
燙頭髮	파마 (하다)

ㄊㄥˊ

疼，疼痛	아프다
藤蔓	덩굴
藤樹	등나무
騰出，空出	비우다
騰騰（煙霧）	무럭무럭

ㄊㄧ

剔	쑤시다

梯子	사다리
【梯形】	사다리꼴
【消防雲梯車】	고가사다리 소방차

踢	차다 , 킥 (하다) , 발길질 (하다)
【開球（足球）】	킥오프
【泰拳】	킥복싱

踢開	박차다

踢踏舞	탭댄스

ㄊ一ˊ

提	올리다
把成績~高	성적을 올리다

提款	동을 찾다
到銀行~	은행에 가서 돈을 찾다

提心吊膽	흠칫흠칫 (하다) , 조릿조릿 (하다) , 조마조마 (하다)

提出	들이대다 , 제기 (하다) , 프레젠테이션
~證據	증거를 들이대다

提交	제출 (하다)
~處	제출처

提示	힌트
給予~	힌트를 주다

提交，交出	넘겨주다 , 상정 (하다)

提名	노미네이트 (하다)

提供	제공 (하다)
~者	프로바이더
~伙食	급식 (하다)
【捐贈者】	제공자
【歡喜捐贈】	기꺼이 제공하다
提到	언급 (하다)
提前	미리 , 앞당기다
提要，要點	요점
提倡	제창 (하다) , 주창 (하다)
提案	제안 (하다) , 프러포즈 (하다)
提案，提議	제안 (하다)
提起	치키다 , 꺼내다
提起，提高	끌어올리다 , 치키다
提高	높이다 , 제고 (하다)
~效率	효율을 높이다
~音量	목소리를 높이다
提高 (物價)	인상 (하다)
提問	질문 (하다)
提款，提取，提領 (提款機)	인출 (하다)
提詞員	프롬프터
提箱	트렁크
提燈	제등
提親	혼담
提醒	일깨우다 , 주의 (하다) , 환기 (하다)

堤防，堤壩	둑
堤壩，堤防	제방
蹄	발굽
題目，標題	표제 , 테마 , 제목 , 타이틀
題材	소재 , 제재 , 오브제
小說的~	소설의 소재
鵜鶘	펠리컨

ㄊㄧˇ

體力	체력
體系	체계
體育	체육 , 스포츠
~場	스타디움
~館	체육관
【運動日】	체육의 날
體制	체제
體型	체형
體重	체중
量~	체중을 달다
體面	생색
【有面子】	생색이 나다
體面，面子	면목 , 체면
體格	체격
體裁	장르
體裁，體制	체재
體感溫度	체감 온도

體會	터득 (하다)
體溫	체온
~計	체온계
感覺~	체온이 느껴지다
~調節	체온 조절
體罰	체벌
施加~	체벌을 주다
體諒	배여하다
體質	체질
改善~	체질 개선
虛弱的~	허약한 체질
體操	체조
~選手	체조 선수
體積	체적
體積	부피
~膨脹	부피가 커지다
體驗	맛보다 , 체험 (하다)

ㄊ

ㄊㄧˋ

剃	깎다
~頭，剪頭髮	머리를 깎다
替…穿上	입히다
【替孩子穿衣服】	아이에게 옷을 입히다
替代品	대용품
替代方案	대안

ㄊㄧㄝ

貼	붙이다
~壁紙	벽지를 붙이다
【染上壞習慣】	나쁜 습관이 붙다

貼布繡	아플리케

貼近	다가서다

貼紙	스티커

ㄊㄧㄝˇ

鐵	쇠 , 철
~釘	쇠못
~門	쇠문
~鏈，鎖鍊	쇠사슬

鐵板	철판
~燒	철판 구이

鐵軌	레일

鐵棍，鐵棒	철봉

鐵絲	와이어

鐵絲，鋼絲	철사

鐵絲網	철망 , 철조망
圍~	철조망을 치다

鐵路，鐵道	철도
【鐵路網】	철도망

鐵製	철제
~物品	철물

鐵餅	원반
擲~	원반던지기

ㄊ

鐵質	철분
鐵器	철기
~時代	철기 시대
鐵壁	철벽
銅牆~般的守備	철벽 같은 수비
鐵橋	철교
鐵鍬	삽 , 스콥
鐵鎚	망치 , 해머
鐵礦 (石)	철광석

ㄊㄧㄠ

挑剔	까다롭다
挑唆	부추기다
挑選	택하다 , 고르다 , 추리다 , 선택 (하다)
挑選,挑出來	골라내다

ㄊㄧㄠˊ

條目,條款	항목
條件	조건 , 여건 , 컨디션
~反射	조건 반사
附加~	조건부
條例	조례
條約	조약
締結~	조약을 맺다 , 조약을 체결하다

條紋	줄무늬
條理	조리
有~	조리가 서다
【不著邊際的話】	두서없는 이야기
條款	조항
條碼	바코드
調皮	까불다 , 삼하다 , 개구쟁이
~鬼	장난꾸러기
調色板	팔레트
調味料	조미료
化學~	화학조미료
調味醬	소스 , 드레싱
調和	조화 (하다)
調律 , 調音	조율 (하다)
~師	조율사
調音	조음 (하다)
調停 , 調解	매듭짓다 , 조정 (하다) , 알선 (하다) , 중재 (하다)
(被) 調教	길들이다
調節 , 調劑	조절 (하다)
調節 , 調整	조율 (하다)
調養	조리 (하다)
調劑	조제 (하다)
調頻 , 調電台 , 調音	튜닝
調頻器	튜너

挑戰	도전 (하다)
~者	도전자

ㄊ

跳，跳躍	뛰다
跳上	뛰어오르다
跳上 (車)	뛰어올라타다
跳下	뛰어내리다
跳水	다이빙 (하다)
~比賽	다이빙 경기
跳回	되튀다
跳板，腳踏板	발판
跳蚤	벼룩
跳動，鼓動	고동치다
跳傘	스카이다이빙
跳進	뛰어들다
跳過	건너뛰다 , 뛰어넘다
跳舞	춤 , 추다 , 댄스 , 춤을 추다
【舞會】	댄스파티
【舞廳】	댄스홀
跳躍	도약 (하다) , 점프 (하다)
眺望	바라보다 , 조망 (하다)

天	하늘

天下	천하
~絕品	천하일품
天才	천재
天天，每天	매일
天文	천문
~台	천문대
~學	천문학
~望遠鏡	천체망원경
天王星	천왕성
天主教	천주교,가톨릭
~徒	가톨릭신자
天生	타고나다
天地	천지
天災	천재
~地變	천재지변
天使	천사
白衣~	백의 천사
天命	천명
天性，本性	천성 , 본성
天空	하늘
天竺牡丹	달리아
天竺葵	제라늄
天花	천연두
天花板	천장 , 천장판자
天亮	지새다
天皇	천황

天候	천후
天氣	일기 , 날씨
好~	쾌청한 날씨
~變糟	날씨가 나빠지다
【氣象報告】	일기 예보
天眞	나이브 , 천진하다
~爛漫	천진난만하다
天秤座	천칭자리
天動說	천동설
天堂，樂園	천국 , 파라다이스
步行者~，行人徒步區	보행자 천국
天理	천리
天然	천연하다
~瓦斯	천연가스
~紀念物	천연기념물
天窗	천창
天象儀	플라네타륨
天資	자질
天罰，天誅	천벌
受到~	천벌을 받다
【被上天懲罰】	천벌이 내리다
天敵	천적
天線	안테나
天賦	천부
~的素質	천부적 소질
~的才能	천부적 재능
天橋，陸橋	육교

ㄊ

天職	천직
天鵝	백조
~座	백조자리
天體	천체
添，加	가하다
添加	보태다 , 첨가 (하다)
~物	첨가물
添附，附加	첨부 (하다)
添補	추가 (하다) , 보충 (하다)

ㄊㄧㄢˊ

田地	논밭 , 전답
【耕田】	논밭을 갈다
田埂	밭두렁,논두렁
田徑賽	육상경기
田野	들판
田園，田野	전원
【田園都市】	전원 도시
田鼠	두더지
甜	달다
甜瓜	멜론 , 참외
甜甜圈	도넛
甜椒	피망
甜筒	콘
甜菜	사탕무

甜蜜，甜美	달콤하다
甜點，甜食	디저트
塡（海）	메우다
塡平	메다
塡埋，塡平，塡（海）	매립 (하다)
塡滿	채우다 , 가득 채우다
塡寫	기입 (하다)

ㄊㄧㄢˇ

舔	핥다 , 빨아먹다

ㄊㄧㄥ

聽，聽從	듣다
聽力	청력
~差	난청
聽見，聽得見	들리다
聽取	청취 (하다)
【聽者】	청취자
聽衆	청중
聽筒	수화기
聽診	청진 (하다)
~器	청진기
聽寫	받아쓰기
聽懂，聽出來	알아듣다

聽講，聽課	청강 (하다)
~生	청강생
聽證會	공청회，청문회
聽覺	청각

ㄊㄧㄥˊ

亭子	정자
停	멎다
錶~了	시세가 죽다
停止，停	멈추다，그치다，스톱 (하다)，정지 (하다)
【碼表】	스톱워치
【把車停下】	차를 멈추다
停車	주차 (하다)，정차 (하다)
~場	파킹，주차장
禁止~	주차 금지
停泊	정박 (하다)
停留	머무르다，체재 (하다)，체류 (하다)，재류 (하다)
~權	재류 자격
停業	휴업 (하다)
停電	정전 (하다)
停頓	휴지 (하다)
停滯	정체 (하다)
~性通貨膨脹	스태그플레이션
停靠	대다
【車停在玄關旁】	차를 현관에 대다

停戰	휴전 (하다)
停職	휴직 (하다)
庭園，庭院	뜰 , 정원
【庭園樹】	정원수

ㄊㄧㄥˇ

挺，硬挺	빳빳하다
紙張很~	종이가 빳빳하다
挺起	떠밀어내다

ㄊㄨ

凸面鏡	볼록 거울
凸透鏡	루페 , 돋보기 , 볼록 렌즈
禿山	발가숭이
禿頭，禿子，光頭	대머리
禿鷹	솔개

ㄊㄨˊ

突出	비어지다 , 돌출 (하다)
突出	두드러지다
突破	뚫다 , 돌파 (하다)
突然	문득 , 불의 , 갑자기 , 별안간 , 생급스럽다
突然，突地，忽然凸出	불쑥
突發	불거지다 , 돌발 (하다)
~事故	돌발 사고

突進，前進，進攻	돌진 (하다)
突變	돌연변이 , 돌변
突襲，偷襲	엄습 (하다)
徒手	맨손
徒刑	징역
無期~	무기 징역
徒弟	도제 , 제자
【師徒制】	도제 제도
徒步	도보
徒勞	헛되다 , 헛수고 (하다)
歸於~	헛수고로 끝나다
徒然，無意義地	쓸데없이
塗	바르다
~丹青	단청을 올리다
塗抹，塗漆	도장 (하다)
塗料	페인트
塗料，顏料	도료
塗寫，亂寫	낙서 (하다)
圖	그림
~畫明信片	그림엽서
~畫書，繪本	그림책
【看得到，吃不到】	그림의 떡
圖示	아이콘
圖件，圖樣，圖紙，圖面	도면
圖形	도형
圖表	도표 , 그래프 , 다이어그램

圖書	도서
~館	도서관
~管理員	사서
圖案	무늬 , 도안
圖案的，圖像的	그래픽
圖釘	압정 , 압침 , 압핀
圖章	도장 , 스탬프
圖像，影像	영상
圖謀	꾀하다 , 도모 (하다)
圖鑑，圖譜	도감

ㄊㄨˇ

土	흙 , 토양
土木	토목
~工程	토목공사
土地	땅 , 토지
踏上外國的~	이국땅을 밟다
土耳其	터키
~石	터키석
土星	토성
土匪	산적
土產品	토산물
土壤	토양
吐	내뿜다 , 토하다
吐口水	뱉다 , 침을 뱉다

吐司	토스트
吐實	실토 (하다)
吐露（心情）	털어놓다

ㄊㄨˋ

兔子	토끼
【野兔】	산토끼

ㄊㄨㄛ

托	받치다 , 떠받치다
托上去	들어올리다 , 떠받치다
托付，拜託	부탁 (하다)
托兒所	탁아소
拖	끌다 , 끌어당기다
拖，拖拉 【拖曳，拖拉】	질질 , 끌다 질질 끌다
拖欠，滯納，延滯 【延滯金】	연체 (하다) 연체금
拖延，遲延	밀리다 , 미루다 , 지연 (하 다)
拖進	끌어넣다
拖鞋	슬리퍼
託付	맡기다 , 의탁 (하다)
託詞	구실
託福	덕분 , 덕분에

脫，脫（皮）	벗다
~襪子	양말을 벗다
蛇~皮	뱀이 허물을 벗다
脫毛，脫髮	탈모 (하다)
~症	탈모증
脫水	탈수 (하다)
~機	탈수기
脫出	헤어나다
脫光	발가벗다
脫臼	탈구 (하다)
脫身	빠지다
【脫險】	위험에서 빠지다
脫軌	탈선 (하다)
脫脂牛奶	탈지 우유 , 스킴 밀크
脫脂奶粉	탈지분유 , 스킴 밀크
脫脂棉	탈지면
脫殼	탈곡 (하다)
脫落	빠지다 , 벗겨지다 , 떨어지다 , 탈락 (하다)
油漆~	칠이 벗겨지다
牙齒~	이가 빠지다
脫離	벗어나다
【脫軌】	궤도를 벗어나다

ㄊㄨㄛˊ

陀螺	팽이
打~	팽이를 돌리다

鴕鳥	타조

ㄊㄨㄛˇ

妥，妥當，妥善 【妥當性】	타당하다 　타당성
妥協 　沒有~的餘地 　【和解案】	타협 (하다) 　타협의 여지가 없다 　타협안
妥善解決	타결 (하다)
妥當	적절하다 , 온당하다
橢圓 　~形	타원 　타원형

ㄊㄨㄛˋ

唾	뱉다
唾液	침 , 타액
唾罵	타매 (하다) , 욕설붓다

ㄊㄨㄟ

推	밀다 , 깎다
推土機	불도저
推卸，推脫 　【推卸責任】	벗다 , 떠밀다 　책임을 벗다
推定，推論	추정 (하다)
推卻，拒絕	거절 (하다)
推拿，按摩	마사지 (하다)

推動，促進	촉진 (하다)
推理 ~小說	추리 (하다) 추리 소설
推移，移開	추이 , 옮기다
推測，推想	추측 (하다)
推給	떠맡기다
推進，推動	추진 (하다)
推進器	프로펠러
推敲	퇴고 (하다)
推算	짚다 , 추산 (하다)
推論	추론 (하다)
推銷員	세일즈맨
推遲，延遲	미루다 , 연기 (하다)
推舉	추대 (하다)
推薦 ~函，~信	추천 (하다) 추천장
推翻	무너뜨리다 , 전복 (하다)
推翻，推倒	넘어뜨리다
推辭 ~好意	사양 (하다) , 사퇴 (하다) 호의를 사양하다

ㄊㄨㄟˋ

頹喪	죽다
頹廢	퇴폐 (하다)

ㄊㄨㄟˇ

腿	다리
翹二郎~	다리를 꼬다
【箕踞而坐】	다리를 죽 펴고 앉다

腿肚	장딴지

ㄊㄨㄟˋ

退,退回	썰다 , 무르다 , 빠지다
退伍	제대 (하다)
退休	퇴직 (하다) , 은퇴 (하다)
~金	연금 , 퇴직금
~年齡	정년
【屆齡退休】	정년 퇴직
退回,送還	되돌리다 , 되돌아가다 , 반송 (하다)
退役,退伍	퇴역 (하다)
~軍人	퇴역 군인
退步	퇴보 (하자)
退房	퇴거 (하다)
退卻,退走,撤退	퇴각 (하다)
退貨	반품 (하다)
退場	퇴장 (하다)
退款,退錢(退貨領回已付款項)	환불 (하다)
退出	물러나다
退會,退出,退社	탈퇴 (하다)

退潮	간조
退學	퇴학 (하다)
中途~	중도 퇴학
退燒	해열 (하다) , 지열 (하다)
~藥，解熱劑	해열제
退還	물리다 , 되돌려주다 , 반환 (하다)
蛻化，蛻皮	탈피 (하다)

ㄊㄨㄢˊ

團	덩어리
團扇	부채
團結	뭉치다 , 단결 (하다)
~一致	일치단결 , 대동 단결
團體	단체
~生活	단체 생활
~旅行	단체 여행

ㄊㄨㄣˊ

臀部	히프

ㄊㄨㄣˋ

褪色	빠지다 , 바래다 , 퇴색 (하다)

ㄊㄨㄥ

通 　意思相~	통 (하다) 의미가 통하다
通心粉	마카로니
通用	통용 (하다)
通行 　~證 　禁止~地區 　靠右~ 　【行人】	통행 (하다) 패스 통행 금지 지역 우측 통행 통행인
通告，通知 　【喜宴，婚宴】	알림, 피로 (하다) 피로연
通告，通知 　接到~	통고 (하다) 통고를 받다
通例	통례
通知，告知 　~書	알림, 알리다, 고지 (하다), 통지 (하다) 통지서
通俗	통속
通信，通訊 　【通訊網】 　【通訊社】	통신 (하다) 통신망 통신사
通紅	뻘겋다, 새빨갛다
通風，換氣	통풍, 환기 (하다)
通宵	새우다, 지새우다
通訊員	리포터

通商	**통상 (하다)**
~條約	통상 조약

通常	**보통**

通貨	**통화**
~緊縮	디플레이션
~膨脹	인플레

通勤	**통근 (하다)**
~上學，通學	통학 (하다)
~公車	통근 버스

通話	**통화 (하다)**
~費	통화료

通過	**지나다 , 지나가다 , 통과 (하다) , 채택 (하다) , 패스 (하다)**
【人生大事的慶祝儀式】	통과 의례

通道，通路	**통로 , 채널**
【靠走道的座位】	통로 측 좌석

通盤，全盤	**전반**

通曉	**정통 (하다)**

通融	**융통 (하다)**
有~性	융통성이 있다

通關	**통관 (하다)**

去ㄨㄥˊ

同一	**동일**
【一視同仁】	동일시하다

同化	**동화 (하다)**
~作用	동화작용

同行，同業	동업
同伴	동반 (하다) , 동행 (하다)
同伴，伴侶，夥伴	동반자
同志	동지
同事	동료
【同僚意識】	동료의식
同居	동거 (하다)
同性	동성
~戀	호모 , 동성애
同胞	동포
同時	동시 , 아울러
同時，而且，加上，再說	게다가
同時代	동시대
同年級	동급생
同情	동정 (하다)
~心，關懷，體貼	동정심
同期	동기
同學	동창
~會	동창회
~，同窗	동창생
同等	동등하다
~資格	동등한 자격
（相）同等級，同等資格	동격
同鄉	동향
同意，贊成	동의 (하다) , 승낙 (하다) , 찬성 (하다)

去

同感	동감 (하다) , 공감 (하다)
【完全同意】	전적으로 동감입니다
同業	동업
~者	동업자
同盟	리그 , 동맹 (하다)
【聯合罷工】	동맹파업
同義詞	동의어
同夥	한통속
同輩	연배 , 동년배
胴體	동체
童年	유년
童詩	동시
童話	동화
格林~	그림 동화
~故事	메르헨
銅	동
~牌	동메달
銅像	동상
銅管樂器	금관 악기
銅錢	동전 , 엽전
瞳孔	눈동자

ㄊㄨㄥˇ

筒	통
桶，…桶，籠	통 , 초롱
統一	통일 (하다)

統治	다스리다 , 지배 (하다) , 통치 (하다)
~階級	지배 계급
統計	통계 (하다)
~學	통계학
統率	통솔 (하다)
【將家裡團結起來】	집안을 통솔하다

ㄊㄨㄥˋ

痛	아프다
痛切	뼈저리다
痛切 , 痛悔	뼈아프다.
痛快	시원하다 , 통쾌하다
痛苦 , 難受 , 難過	고통 , 괴로움 , 괴롭다 , 고통스럽다
【難過 , 難受】	고통스럽다
痛風	통풍
痛哭	통곡 (하다)
痛感 , 痛切的感受	통감 (하다)
痛罵	매도 (하다)

ㄋ

ㄋㄚˊ

拿	잡다 , 들다
拿手	손에 익다
拿出	꺼내다 , 가지고 나오다
~來	내놓다
拿去	가지고 가다 , 데리고 가다
拿來	데리고 오다 , 가지고 오다
拿進來	들여오다

ㄋㄚˇ

哪 , 哪個	어느
【哪個】	어느것
【多少 , 多大 , 多長】	어느 정도
【哪邊 , 哪一方 , 哪個】	어느쪽
【不知不覺間】	어느새
哪一個	어느것
哪位 , 誰	누구
請問是~	누구 십니까?
哪怕	불구하다
哪裡	어디

那（個／本／些）	그
【那邊，那裡，那兒】	그곳
【然後，之後】	그다음에
【但是，可是】	그대신 , 그러나 , 그런데
【之後】	그 뒤
【那時候】	그때
【只有】	그밖에
【此外，除此之外】	그 외
【那邊，那裡，那方】	그쪽
【此後，然後，後來】	그 후

那，那個（實體）	그것

那裡（位置）	저 , 저것
【那裡，那邊】	저기
【那邊，那頭】	저쪽

那時，那個時候	그때
【到那時】	그때 까지

那麼	그다지 , 그렇게 , 그렇다면
沒~重要	그다지 중요하지 않다

那麼，那樣的話	그러면

那樣，（沒錯）是那樣	저러하다 , 그러하다

吶喊	아우성 , 외치다

納稅	납세 (하다)

鈉	나트륨

奶	젖

奶奶	할머니

奶昔	밀크셰이크
奶油	버터 , 크림
奶瓶	우유병
奶頭	유두

ㄋㄞˋ

耐力	스태미나
耐性 , 耐心	참을성
耐久	오래가다 , 오래쓰다
耐久性	대구성
耐水 ~性	내수 (하다) 내수성
耐性 有~ 有~ , 有毅力 【堅持】	내성 , 끈기 내성이 생기다 끈기 있다 끈기 있게 버티다
耐熱 ~性	내열 내열성
耐震 ~建築	내진 내진 건축

ㄋㄟˋ

內人	아내 , 집사람
內心	내심 , 이면
內外 , 裡外	안팎

219

內向	내향 (하다) ,수줍다
~的個性	내향적인 성격
內在	내재 (하다)
內地	오지
內耳	속귀
內衣	내의,속옷
內助	내조 (하다)
~之功	내조의 공
內弟，小舅子	처남
內定	내정 (하다)
內服藥	내복약
內政	내정
干涉~	내정간섭
內省	내성 (하다)
內科	내과
~醫生	내과의사
內容	내용
內部	내부
~的事情	내부 사정
~糾紛	내분
內亂	내란
內幕	내막
內閣	내각
~閣員	각료
內需	내수
內戰	내전

內褲	팬티 , 브리프
內臟	내장

ㄋㄠˊ

撓	할퀴다

ㄋㄠˇ

腦	뇌
～炎	뇌염
～溢血	뇌출혈
腦中風	뇌졸중
腦海裡 , 腦中	머리속
腦袋 , 頭腦	머리 , 두뇌
腦震盪	뇌진탕

ㄋㄠˋ

鬧大	커지다
鬧哄哄	왁자하다
鬧彆扭	토라지다 , 틀어지다 , 삐지다
鬧翻	비틀어지다
鬧鐘	자명종

ㄋㄢˊ

男人 , 男性 , 男子	남자
男人婆	말괄량이

男女	남녀
~老少	남녀노소
~平等主義	페미니즘
男子，男子漢	사나이
男中音	바리톤
男低音	베이스
男扮女裝	여장 (하다)
男性	남성
男服務生	웨이터
男孩	남자아이
男高音	테너
男尊女卑	남존여비
男演員	남우
南	남
~美洲	남아메리카
~迴歸線	남회귀선
~邊，~面	남쪽
~半球	남반구
南北	남북
南瓜	호박
南美	남미
南部	남부
南極	남극
~圈	남극권
【南冰洋】	남극해
南歐	남유럽

喃喃自語	웅얼거리다 , 중얼중얼 (하다)
難	어렵다
難以對付	까다롭다
難色	난색
面有~	난색을 보이다
難局	난국
難纏	까다롭다
難受，難過	서럽다
難治之症	난치병
難爲情	쑥스럽다 , 무엇하다
難看	밉다 , 꼴사납다
難得	좀처럼
難過，婉惜	안타깝다
難過，難受	괴롭다
【生活很難受】	사는 것이 괴롭다
難道	설마
難懂	난해하다 , 알기 어렵다
難關	애로

3ㄴ

嫩	연하다
嫩綠	푸르스름하다

ㄋㄥ′

能力	능력
能否，是否	여부
能言善道	능변 (하다)
能量，能源	에너지
【節約能源】	에너지 절약
能幹	여물다 , 유능하다 , 민완하다
做事精明~	일손이 여물다

ㄋㄧ′

尼古丁	니코틴
尼泊爾	네팔
尼龍	나일론
泥土，泥巴	진흙
泥沙	토사
泥沼	뻘
泥濘	질다
泥濘，泥巴	진창
泥濘地，泥沼	수렁
泥鰍	미꾸라지
霓虹燈	네온

ㄋㄧˇ

你（夫妻間）	당신 , 자기
你（對小孩）	너

你（對平、晚輩用）	자네
你（對同輩或晚輩用）	너
你好	안녕하세요
擬	작성 (하다)
擬定	작성 (하다)
~方針	방침을 세우다
~計畫	계획을 짜다

ㄋㄧˋ

逆	역
逆流	역류 (하다) , 거슬러 올라가다
逆境	역경
逆轉	역전 (하다)
匿名	익명
暱稱	애칭 , 닉네임
溺死	익사 (하다)
溺愛	익애 (하다)
膩	물리다 , 질리다
膩煩	지긋지긋하다

ㄋㄧㄝ

捏	꼬집다
捏造	얽다

ㄋㄧㄝˋ

躡手躡腳地	슬금슬금
鑷子	핀세트
鎳	니켈

ㄋㄧㄠˇ

鳥	새
鳥喙，鳥類的嘴	부리
鳥瞰圖	조감도
鳥類	조류

ㄋㄧㄠˋ

尿	오줌
尿布	기저귀
尿毒症	요독증

ㄋㄧㄡˊ

牛	소
母~	암소
公~	수소
牛仔褲	진 , 청바지
牛奶	우유 , 밀크
牛皮	쇠가죽
牛排	스테이크 , 비프스테이크
牛蒡	우엉

牛頸肉	목정

ㄋㄧㄡˇ

扭	꼬다 , 틀다 , 비틀다
扭打	맞붙다
扭曲	빗대다 , 틀어지다 , 비뚤어지다 , 왜곡 (하다)
扭傷	삐다
紐西蘭	뉴질랜드
紐帶	굴레

ㄋㄧㄢˊ

年 新~到來	연 , 해 , 년 새해 가되다
年中活動	연중행사
年月日	년월일
年代 照~順序	연대 , 시대 연대순으로
年功序，論年資排序	연공 서열
年收入	연 수입
年老	연로하다
年初	연초
年底，年終	연말
年底聚餐	망년회
年表	연표

年金	연금
年長	연장 , 손위
~者	연장자
年度	연도 , 션도
年級	학년
高~	고학년
低~	저학년
年報	연보
年華 , 歲月	세월
年輕 , 年少	젊다 , 젊음
年輕人 , 青年	청년 , 젊은이
年數 , 年份	햇수
年輪	연륜
年薪	연봉
年邁 , 高齡	고령
年譜	연보
年齡 , 年紀	나이 , 연령
【上年紀 , 年老 , 變老】	나이를 먹다
【年齡層 , 年齡範圍】	연령층
年鑑	연감
黏	붙다 ,
口香糖~在鞋子上	껌이 신발에 붙다
用漿糊~住	풀로 붙이다
黏上	붙이다
黏土	점토 , 찰흙
黏性	찰기

黏答答	끈적거리다
黏答答，黏膩	끈적끈적하다
黏結	접착 (하다)
【黏合劑】	접착제
黏著	점착 (하다)
~力，附著力	점착력
黏膜	점막
鯰魚	메기

ㄋㄧㄢˇ

捻	꼬다 , 비틀다 , 짓이기다
碾	타다
碾米	정미 , 정미 (하다)
攆走	쫓아내다

ㄋㄧㄢˋ

念佛	염불 (하다)
念頭	엄두

ㄋㄧㄣˊ

您，你	당신

ㄋㄧㄤˊ

娘胎	모태
娘家，老家	본가 , 생가 , 친정

ㄋ

ㄋㄧㄤˋ

釀（蜜）	치다
釀熟	익다

ㄋㄧㄥˊ

寧可	차라리
寧靜	아늑하다
凝固	굳히다 , 응고 （하다）
凝結	맺히다 , 응결 （하다）
【蒸氣在窗戶上凝成水珠】	유리창에 김이 서리다
凝視	응시 （하다） , 주시 （하다）
凝聚	아롱지다
檸檬	레몬

ㄋㄧㄥˇ

擰	짜다 , 틀다 , 꼬다 , 비틀다 , 비꼬다 , 꼬집다 , 쥐어뜯다
~毛巾	수건을 짜다

ㄋㄨˊ

奴隸	노예

ㄋㄨˇ

努力	힘쓰다 , 노력 （하다）
~認眞的人	노력가
【奮鬥之下的結果】	노력한 결과

ㄋㄨˋ

怒火	분노의 불길
怒斥	호령 (하다)

ㄋㄨㄛˊ

挪用	유용 (하다) , 전용 (하다)
挪威	노르웨이
挪動	옮기다

ㄋㄨㄛˋ

諾言 【履行承諾】	약속 약속을 이행하다
糯米飯	찰밥

ㄋㄨㄢˇ

暖和	따뜻하다
暖流	난류
暖氣房	난방
暖烘烘	훈훈하다
暖爐	난로 , 히터

ㄋㄨㄥˊ

農民	농민
農地,農田	농지
農作物	농작물

農村	농촌
農具	농구
農家	농가
農耕	농경 (하다)
農產品	농산품
農場	농장
農園	농원
農業	농업
農學	농학
農藥	농약
濃	짙다 , 진하다
濃厚	농후하다
濃度	농도
濃淡	농담
濃縮	농축 (하다)
膿包，膿瘡	종기 , 부스럼

ㄋㄨㄥˋ

弄	하다
弄明白	터득 (하다)
弄倒	쓰러뜨리다
弄哭	울리다
弄涼	식히다
弄混	헷갈리다 , 혼선 (하다)

弄清楚，查明 　~眞相	밝히다 　진상을 밝히다
弄清楚	구명 (하다)
弄裂，弄破	버그러뜨리다 , 깨뜨리다
弄亂	엉클다
弄過去，越過，過手	넘기다
弄錯	착각 (하다)
弄濕	적시다
弄壞	망치다 , 잡치다 , 부서뜨리 다 , 망가 뜨리다
弄彎	휘다
弄髒	더럽히다
弄髒，弄亂	어지르다

ㄋㄩˇ

女士	씨 , 여사
女子	여자
女王	여왕
女主人	호스티스
女用襯衫	블라우스
女同性戀	레즈비언
女低音	알토
女兒	딸

女性	여성
~內衣	란제리
~禮服	드레스
女朋友	걸프렌드
女服務生	웨이트리스
女神	여신
女高音	소프라노
女婿	사위
女童軍	걸스카우트
女傭	하녀
女睡袍，女睡衣	네글리제
女權	여권
~論者	페미니스트

ㄋㄩㄝˋ

虐待	학대 (하다)
瘧疾	말라리아

ㄌㄚ

拉	채다 , 끌다 , 질질 , 당기다 , 끄집다 , 잡아당기다 , 끌어당 기다
拖拖~	질질 끌다
拉（樂器）	켜다
拉丁	라틴
~語	라틴어
拉力賽	랠리
拉出來	끌어내다
拉扯	잡아끌다
拉肚子	설사 (하다)
拉長	늘이다
拉門	맹장지
拉起	치키다
拉開，分開	떼어놓다
拉鍊	지퍼
拉麵	라면
啦啦隊女郎	치어걸

ㄌㄚˇ

喇叭   나팔 , 클랙슨
  ~褲   판탈롱

喇嘛教   라마교

ㄌㄚˋ

辣   맵다

辣味   매운 맛

辣椒   고추

臘月   섣달
  【除夕】   섣달 그믐

臘腸   소시지

蠟   납 , 왁스
  ~像   납인형

蠟筆   크레용

蠟燭   초 , 양초

ㄌㄜˋ

肋骨   늑골

肋膜   늑막
  ~炎   늑막염

垃圾   쓰레기
  ~桶   쓰레기통
  ~車 , 清潔車   청소차

勒索   등치다 , 강탈 (하다)

勒緊   죄다

ㄌ

樂，樂趣	낙
樂天，樂觀 【樂天主義】	낙천적 낙천주의
樂園	낙원 , 파라다이스
樂意地	기꺼이
樂趣	묘미
樂趣，樂事	즐거움
樂觀	낙관 (하다)

ㄌ

來	오다
來生，來世	내세
來回 ～票	왕복 (하다) 왕복표
來年，明年	내년
來往，來回，來去	오가다 , 다니다 ,
來往，往來 【人潮眾多】	왕래 (하다) 사람의 왕래가 아주 잦다
來福槍	라이플총
來福槍（步槍）	소총
來賓 【貴賓席】	내빈 내빈석
來歷，由來	유서 , 내력
來臨，靠近	다가오다

ㄌㄞˋ

賴皮	뻔뻔하다
賴帳，借錢不還	잘라먹다

ㄌㄟˊ

雷	우레 , 천둥
雷雨	뇌우
雷射	레이저
雷陣雨	소나기
雷鳥	뇌조
雷雲	뇌운
雷達	레이더
雷電，閃電	번개

ㄌㄟˇ

累積	쌓다 , 누적 (하다) , 축적 (하다)
~經驗	경험을 쌓다
~資本	자본 축적
壘包	베이스
蕾絲	레이스

ㄌㄟˋ

累，拖累	폐를 끼치다
淚，淚水	눈물
【沒血沒眼淚】	피도 눈물도 없다

類，種類	종류，부류
類比，類推	유추 (하다)
類似	유사하다
~品，~款	유사품
類型	타입，유형
學者~	학자 타입

ㄌㄠ

撈	떠내다
撈回	뽑다

ㄌㄠˊ

牢牢地	꽉，꼭
~握住	꽉 쥐다
牢固，堅固	탄탄하다，견실하다，공고하다
牢房，牢獄	감옥
牢騷	푸념 (하다)
勞苦	고생 (하다)
勞動	노동 (하다)
~力	노동력
~時間	노동 시간
~者	노동자
~節	노동절
【工會】	노동 조합
【職業災害】	노동 재해
【勞資糾紛】	노동 쟁의

勞動	근로 (하다)
~基準量	노르마
勞碌	수고하다
勞資	노사
嘮叨	잔소리 (하다)
不要~	잔소리를 하지말아요
嘮叨，囉唆	수다를 떨다 , 바가지를 긁다
【多嘴，囉唆】	수다스럽다
【多話的人，長舌婦】	수다쟁이

ㄌㄠˇ

老	쇠다 , 늙다
菠菜~了	시금치가 쇠다
老 (舊，故，古)	옛
【老朋友】	옛 친구
老么	막내
老公公，爺爺，祖父	할아버지
老化	노화 (하다)
老天爺	하느님
老太太，老婆婆	노파 , 할머니
老手	베테랑
老毛病	지병
老主顧	단골손님
老奶奶，奶奶，祖母	할머니
老本，資本	자본
老年	노년

老年人，老人	노인
老成	바라지다
老朽，陳舊	노후
~化	노후화 되다
老百姓	서민
老花眼	노안
老虎	범 , 호랑이
~鉗	펜치
老待在…	엎드리다
老是	자꾸
老家	본가 , 생가
老家，娘家	본가 , 친정
老師	스승 , 선생
老翁，老頭（稱丈夫）	영감
老婆，妻子，太太	처 , 아내 , 마누라
娶到~	아내를 얻다
老掉牙	낡다 , 케케묵다
老爺爺，爺爺，祖父	할아버지
老鼠	쥐 , 마우스
老練	능란하다
老闆，社長	사장
老闆，老大	보스
老舊，傳統	재래
【老式，舊式】	재래식
老齡	노령

老鷹	독수리

ㄌㄠˋ

烙花工藝	달군 인두
酪梨	아보카도
酪農	낙농
~戶	낙농가

ㄌㄡˊ

嘍囉	졸개
樓梯	층계 , 계단

ㄌㄡˇ

摟，摟抱	껴안다

ㄌㄡˋ

陋習	인습
漏，漏（氣）	새다 , 흐르다 , 빠지다
瓦斯~了	가스가 새다
名冊上~掉了5個人	명부에서 5명이 빠지다
【筋疲力盡】	힘이 빠지다
漏洞	약점
漏掉	빼놓다
露出	비어지다
~笑容	웃음이 어리다
~內衣	속옷이 비치다
流~不安的神色	불안한 군치가 비치다

露骨的，暴露的	노골적
露餡，走漏風聲	뽕나다

藍	푸르다 , 파랗다
藍色	파랑
藍莓	블루베리
藍圖	비전
藍領階級	블루칼라
藍調	블루스
藍寶石	사파이어
攔腰	가로채다
欄	난 , 우리
欄杆	난간 , 가드레일
蘭，蘭花	난 , 난초
蘭姆酒	럼주
襤褸	추레하다

ㄌㄢˇ

懶，懶惰	나른하다 , 나태하다 , 게을리 (하다)
【懶惰的生活】	나태한 생활
懶惰蟲	게으름뱅이
懶覺	늦잠
睡~，睡過頭	늦잠을 자다

| 纜繩 | 케이블 |
| 【纜車】 | 케이블카 |

ㄌㄢˋ

濫用	악용 (하다) , 남용 (하다)
爛，潰爛	짓무르다
爛，爛糊	흐물흐물하다

ㄌㄤˊ

狼	이리
狼吞虎嚥	퍼먹다
榔頭，鐵槌	망치

ㄌㄤˇ

| 朗讀，朗誦 | 낭독 (하다) |

ㄌㄤˋ

浪花	물보라
浪費	낭비 (하다)
~的習慣	낭비벽
浪費，白費	허비 (하다)
浪跡，放浪	방랑 (하다)
浪漫	로맨틱하다
~主義	낭만주의
~主義者	로맨티스트

稜（角）	모
有~有角	모가 나다

ㄌ

冷	춥다
~飲	청량음료
保~劑	청량제

冷，冷淡	차갑다

冷，涼	차다
【風吹得冷】	바람이 차다

冷冰冰，冷颼颼，冷淡	으스스하다
【涼颼颼（因恐懼）】	으스스 춥다

冷杉	전나무

冷卻	식하다, 냉각（하다）

冷風	찬바람

冷凍	냉동（하다）
~庫，冰櫃，電冰霜	냉동고
~食品	냉동식품

冷氣房，冷房	냉방

冷淡	냉담하다, 새침하다, 매정하다
~的人	냉담한 사람

冷清	적적하다, 썰렁하다, 을씬년스럽다

冷暖氣	냉난방

冷落，冷待	냉대 (하다)
【用冷淡的態度對待】	냉대 태도를 취하다
冷漠	차다
冷酷無情	냉혹하다
冷盤	오르되브르
冷戰	냉전
冷靜	냉정하다, 침착하다
冷霜 (雪花膏)	콜드 크림
冷颼颼	스산하다
冷颼颼	쓸쓸하다

力ㄥˋ

愣怔，楞呆	멍해지다
愣愣地	우두커니

力ㄧˊ

梨子	배
黎巴嫩	레바논
黎明	미명, 새벽 (녘)
狸貓	너구리
離子	이온
離不開	붙다
離心力	원심력
離合器	클러치
離別	이별 (하다)

離叛	이반 (하다)
離家出走	가출 (하다)
離婚	이혼 (하다)
離散	이산 (하다)
離開，離去	떠나다 , 떠나가다
【離職】	직장을 버리다
【離開日本】	일본을 떠나다
【脫離本題】	탈선 (하다)
罹災	이재 (하다)
【災民，受災者】	이재민
籬笆	울 , 바자 , 울타리
釐	센티
~米，公分	센티미터

ㄌㄧˇ

李子	자두
里脊肉	등심살
里程碑	이정표
俚語	속어 , 속담
浬	해리
理	이치
理由	이유 , 까닭
理事	이사
理念，理想	이념
理性，理智	이성
理科	이과

理財	이재 (하다)
理智	이지
理智的	이지적
理想	이상
~主義	이상주의
【世外桃源，烏托邦】	이상향
理當，理所當然	의당하다
理解	이해 (하다)
沒辦法~	납득이 가지 않다
【平易，通俗，淺顯】	이해하기 쉽다
【費解，難懂】	이해하기 어렵다
理論	이론
理髮	이용 , 이발 (하다)
~店	이발소
~師	이용사
裡面，裡邊	안 , 내부 , 이면 , 내면
裡襯	안감
鋰	리튬
禮車	리무진
禮服	예복
（畢業典禮上的）禮服	가운
禮法	예법
禮物	예물 , 선물 , 기프트
禮拜	예배 (하다)
~堂，教堂	예배당
禮堂	식장 , 강당

禮節，禮儀	예절 , 에티켓
禮貌	버릇
沒有~，不懂規矩	버릇이 없다
禮貌，禮節，禮儀	예의 , 매너
【有禮貌】	예의가 바르다
【禮節，規矩】	예의범절
鯉魚	잉어

ㄌㄧˋ

力	힘
用~	힘을 쓰다
力不從心	부치다
力氣	힘
力量	역량,힘
力學	역학
立（約）	맺다
立（站，停）	서다
【站在黑板旁邊】	칠판옆에 서다
立方	삼승 , 입방
~根	삼승근
~體	입방체
立地條件	입지 조건
立即，即刻	즉각
立即，馬上，一直	이내 , 당장 , 즉시
【一直沒有消息】	이내 소식이 끊기다
【馬上連絡】	이내 연락하다
立志	뜻 (하다)

立身出世，安身立命	입신출세
立刻，即時，馬上，就	곧 , 즉시 , 즉각 , 당장 , 바로
立刻生效，速效 　【速效藥】	즉효 　즉효약
立刻見效，直通，直達	직통
立法 　~權	입법 　입법권
立案	입안 (하다)
立場 　~不同 　交換~	입장 　입장이 다르다 　입장을 바꾸다
立像	입상
立憲 　~君主政體 　~政治	입헌 (하다) 　입헌 군주 정체 　입헌 정치
立體 　~聲 　~交叉	입체 　스테레오 　입체 교차
利口酒	리큐어
利己，自私的 　【利己主義】 　【利己主義者】	이기 　이기주의 , 에고이즘 　에고이스트
利用，活用，應用	이용 (하다) , 활용 (하다) , 응용 (하다)
利用價值，用處 　【有用，有益，有助於】	쓸모 , 이용가치 　쓸모가 있다
利害，利弊 　【利害關係】	이해 　이해관계

力

利息	이자 , 이식
收~	이자를 받다
利益，利潤，好處	이익 , 이득
【分配利益】	이익을 배분하다
利率	금리 , 이율
利潤	이윤
俐落	척척 , 칠칠하다
俐落的	쓱쓱 , 깔끔히
例，例子	예 , 용례
【舉例】	예를 들다
例句	예문
例外	예외
例示（舉例說明）	예시
例行之事	예사
【平常，普通，尋常】	예사롭다
荔枝	여지
栗子	밤
~樹	밤나무
粒	낱알
粒子	입자
痢疾	이질
蒞臨，到	임하다
厲害的	심하다 , 지독하다
曆書	책력
歷代	역대

歷史	역사
~劇	사극

歷年	예년

歷時，歷經	걸치다

歷訪	역방 (하다)

歷歷 (在目)	삼삼하다 , 역력하다

瀝青	콜타르 , 아스팔트

隸屬	종속 (하다) , 예속 (하다)

ㄌㄧㄝˋ

列	열 , 줄
~隊	열을 짓다
【排隊】	줄을 서다

列車	열차
~員	차장

列舉	열거

列舉，羅列	열거 (하다)

劣等，比較差	열등 , 저급하다
【自卑感】	열등감

裂開	트다 , 찢어지다 , 쪼개지다 , 버긋하다 , 버그러지다

裂縫	균열

裂痕	금
產生~	금이 가다

裂縫，裂隙	크레바스

獵戶座	오리온자리

獵豹	치타
鬣狗	하이에나

ㄌㄧㄠˊ

聊天	잡담 (하다) , 수다떨다
潦草	조잡하다
寮，棚，窩	오두막집
療法	요법
療養	요양 (하다)
繚亂 眼花~	어리다 눈이 어리다

ㄌㄧㄠˇ

了不起 ~的實力	장하다 , 대단하다 , 굉장하 다 , 훌륭하다 대단한 실력
了不得 ~的人潮	대단하다 대단한 인파
了解	이해 (하다)

ㄌㄧㄠˋ

瞭望，展望	전망 (하다)
摺倒	넘어뜨리다 , 쓰러뜨리다

ㄌㄧㄡ

溜 上課時悄悄地~出來	미끄러지다 , 빠져나가다 수업 도중에 슬그머니 새다

溜冰 　~鞋	스케이트 , 롤러스케이트 스케이트화
溜掉	빼치다
溜達	어슬렁거리다

ㄌ

留 　~鬍子	기르다 턱수염을 기르다
留（人）住宿	재우다 , 묵게 하다
留下（剩於的），保留給	남겨두다
留下（事先取出）	떼어놓다
留下 　~名字	남다 , 남기다 이름을 남기다
留心聽，傾聽，偷聽	여겨듣다
留言	메모
留神，注意	주의 (하다) , 조심 (하다)
留級	유급 (하다)
留宿，住一宿，住宿	묵다
留給，遺留，傳給	물려주다
留意，留心	유의 (하다)
留學 　~生	유학 (하다) 유학생
留戀，眷戀，迷戀	미련
流 　~眼淚 　【洩漏情報】	흘리다 눈물을 흘리다 정보를 흘리다

流，流逝	흐르다
流入，流進	유입 (하다)
流出，流失	유출 (하다)
流去，流逝	흘러가다
流失	유실 (하다)
流行 ~歌曲 ~感冒	패션，유행 (하다) 팝송，가요，유행가 인플루엔자
流布，散佈	유포 (하다)
流利	술술
流利，流暢	유창하다
流言 ~蜚語	유언，풍문 비어，유언비어
流氓	깡패
流星	유성
流派	유파
流浪 ~者 【無業遊民】	떠돌다，부랑 (하다)，유랑 (하다) 홈리스 부랑배
流動 ~人口	유동 (하다) 유동 인구
流域	유역
流產	유산 (하다)
流通	유통 (하다)
流線型	유선형

ㄌ

硫酸	황산
硫磺	유황
瘤	혹

ㄌㄧㄡˇ

柳樹	버드나무
柳橙	오렌지

ㄌㄧㄡˋ

六月	유월
六親	육친

ㄌㄧㄢˊ

連日 【日日夜夜，晝夜不休】	연일 연일연야
連休，連續假日	연휴
連字號	하이픈
連衣帽	후드
連身裙	원피스
連根	송두리째
連帶 ~感 ~保證人	연대 (하다) 연대감 연대 보증인
連接 ~助詞 【接續法】 【連詞】	연접 (하다) , 접속 (하다) 접속 조사 접속법 접속사

ㄌ

連接不斷	잇달아
連接地捅、戳	쿡쿡
【捅，戳】	쿡쿡 찌르다
連敗	연패 (하다)
連累	연좌 (하다)
連發	연발 (하다)
連結，連接	이어지다 , 연결 (하다)
【通電話】	전화를 연결하다
【電話通了】	전화가 연결되다
連載	연재 (하다)
~小說	연재소설
連線	온라인
連鎖	연쇄 (하다)
~反應	연쇄 반응
連續	연달다
連續，連接，連綿	연속 (하다)
廉恥	염치
【無恥，無禮】	염치없다
廉價	염가
~販賣	염가 판매
廉潔	청렴하다
簾	커튼
簾幔	발
蓮花	연 , 연꽃
蓮藕	연근

ㄌ

漣漪 　激起~	파문 , 잔물결 　파문을 던지다
憐憫 , 同情	애잔하다 , 연민 (하다) , 동정 (하다)
聯手 , 聯合	합세 (하다) , 손잡다
聯立 , 聯合 　【聯合政權】	연립 (하다) 　연립 정권
聯合 　~軍	연합 (하다) , 단결 (하다) 　연합군
聯合 , 聯席	합동 (하다)
聯合 , 聯盟	콤비네이션
聯合企業	카르텔 , 콤비나트
聯合國 　~兒童基金 　~教科文組織	유엔 　유니세프 　유네스코
聯名	연명 (하다)
聯邦	연방
聯結	접속 (하다)
聯絡 , 聯繫	연락 (하다)
聯絡地址	현주소
聯想 　~遊戲	연상 (하다) 　연상 게임
聯盟	연맹
聯盟 , 聯合會 　【聯賽】	리그 　리그전
聯繫	연계 (하다) , 연관 (하다)

臉	얼굴 , 안면
~色 , 神色	얼굴빛
笑~ , 笑容	웃는 얼굴
【嚴厲 , 可怕】	얼굴이 험상궂다
臉皮厚	뻔뻔하다 , 뻔뻔스럽다
臉色	혈색 , 용태 , 기색 , 안색
臉頰	뺨 , 볼

煉金 , 冶金	야금 (하다)
~術	야금술
煉獄	연옥
煉鐵 , 煉鋼	제철 (하다)
~廠	제철소
練習	익히다 , 연습 (하다)
鍊條	체인
【鏈鋸】	체인소
【連鎖店】	체인점
戀人	애인 , 연인
戀母情結	마마보이
戀愛	연애 (하다)
~結婚	연애 결혼
~場面	러브신
戀慕	연모 (하다) , 사모 (하다)

ㄌ

林業	임업
淋巴	림프
~腺	림프선
淋浴	샤워 (하다)
淋濕	젖다
被雨~	비에 젖다
淋醬	드레싱
鄰居	이웃
隔壁，~，鄰家	이웃집
鄰近，附近	근처
鄰接	인접 (하다)
臨…，到來	임하다
臨床	임상
臨時	임시
~工	날품팔이 , 아르바이트 (하다)
~變通，權宜	임시변통
~政府	임시 정부
臨終，臨危	임종
【送終】	임종을 지켜 보다
臨摹	모사 (하다)
臨機應變	임기응변 (하다)
磷	인
鱗片	비늘

吝嗇	인색하다

良心	양심
良好	양호하다
良性	양성
良知	양식 , 양심
良機	호기
涼	사늘하다
【掃興】	흥이 식다
涼快 , 涼爽	선선하다 , 서늘하다
涼拌菜	생채
涼爽	시원하다 , 서늘하다
涼臺	발코니
涼鞋	샌들
涼颼颼	싸늘하다 , 쌀쌀하다
量 , 測量	계량 (하다) , 측정 (하다) , 재다
【量器 , 測量器】	계량기
量角器	분도기
糧食	식량 , 미곡
糧穀	양곡
糧櫃	뒤주

ㄌ

261

ㄌㄧㄤ ˇ

兩人	두 사람
兩天	이틀
兩立	양립 (하다)
兩件式	투피스
兩年，兩載	이태
兩性	양성
兩面	양면
兩個	두 개
兩倍	두 배
兩棲 　~動物	양서 (하다) 　양서류
兩端	양단
兩輪手推車	리어카
兩斷	양단 (하다)
兩邊，雙方，兩造	쌍방

ㄌㄧㄤ ˋ

亮 　天~了 　眼睛~	밝다 　날이 밝다 　눈이 밝다
亮光漆	니스
亮度	광도
諒解	양해 (하다) , 이해 (하다)
量子	양자

量產	양산 (하다)
踉蹌	비틀거리다

カーム✓

伶俐	똑똑하다 , 영리*하다
玲瓏	영롱하다
凌虐	학대 (하다)
凌辱	능욕 (하다)
凌亂	스산하다 , 어수선하다
凌駕	능가 (하다)
凌駕於	압도 (하다)
羚羊	영양
菱形	마름모꼴
鈴鼓	탬버린
鈴蘭花	은방울꽃
鈴鐺	방울
~聲	방울 소리
零	제로
零下	영하
~二度	영하 2도
零工	아르바이트
零用錢	용돈
零件	부품
零星	드문드문

力

263

零星，零碎，零散	영세하다
零食，點心 　吃~	간식 　간식을 먹다
零售 　~，零賣 　~商店	소매 (하다) 　소매로 팔다 　매점
零亂	지거분하다
零碎，不完整	자질구레하다
零錢 　~包	잔돈 , 푼돈 , 코인 , 거스름돈 　동전 지갑
靈車	영구차
靈前	영전
靈柩	관 , 영구
靈活	원활하다 , 영활하다
靈敏	영민하다
靈感	인스피레이션
靈感，靈機	영감
靈魂	혼 , 영혼 , 양심
靈驗	영험

ㄌㄧㄥˇ

領，率領	인솔 (하다)
領土	영토
領子 　【正襟】	옷깃 　옷깃을 여미다

領先	앞서다 , 리드 (하다)
領事	영사
~館	영사관
領取	타다 , 수령 (하다) , 영수 (하다)
【收據，發票】	수령증 , 영수증
領空	영공
~權	제공권
領悟	깨닫다 , 알아차리다
領航員	나비게이터
領唱	선창
領域，範籌	분야
領域，區域，地區	지역
領域	영역
領帶	넥타이
~夾，~別針	넥타이핀
領袖	수령 , 영수 , 리더
~風範	카리스마
領結，蝴蝶結	나비넥타이
領會，領悟	납득 (하다) , 터득 (하다)
領導，統率，指導	통솔 (하다) , 지도 (하다) , 영도 (하다)
~力	통솔력다
領導人，領袖	리더
【領導地位，領導權】	리더십

ㄌ

令人喜愛（想擁有）	탐스럽다
令人喜愛，討人喜愛	소담스럽다
令人震驚	쇼킹하다
令郎（您兒子）	아드님
令尊	아버님
另外，額外的，外加的 ~的收入	별도，엑스트라 별도의 수입

盧布＜俄國貨幣單位＞	루블
盧森堡	룩셈부르크
爐子	스토브
爐灶，瓦斯爐 【微波爐】	레인지 전자레인지
籃子	바구니
籃球	농구
蘆筍	아스파라거스
蘆薈	알로에
鱸魚	농어
顱骨	두개골

魯莽	무모하다
櫓	노

266

陸，陸地	뭍 , 육지
陸軍	육군
陸路	육로
陸橋	육교
陸續地	속속
鹿	사슴
路	길
路口	길목
路軌，軌道	궤도
路徑	경로
路旁，路邊 【路邊的野草】	길가 길가의 풀
路程	도정
路費，旅費	여비
路過	경유 (하다)
路障	바리케이드
路標	이정표
路線 ~圖	코스 , 노선 노선도
路邊攤	포장마차
錄用	임용 (하다) , 채용 (하다)
錄音 ~室	녹음 (하다) 스튜디오

| 錄影 | 비디오 , 녹화 (하다) |
| ~帶 | 비디오테이프 |

| 露天 | 옥외 , 조천 |
| ~溫泉 | 노천온천 |

| 露珠 | 이슬 |
| 【晨露，朝露】 | 아침 이슬 |

| 露營 | 캠프 , 야영 (하다) |

ㄌㄨㄛ

| 囉嗦 | 잔소리 (하다) |

ㄌㄨㄛˊ

| 羅列 | 늘어놓다 , 나열 (하다) |

羅馬	로마
~字	로마자
~教皇	로마 교황
~帝國	로마 제국

| 羅馬尼亞 | 루마니아 |

| 羅勒 | 바질 |

| 羅曼史 | 로맨스 |

| 羅曼蒂克 | 로맨틱하다 |

| 羅網，漁網 | 그물 |

| 螺栓，螺絲釘 | 볼트 |

| 螺旋 | 나선 |
| ~槳 | 프로펠러 |

| 螺絲，螺旋 | 스크루 |

螺絲，螺絲釘	나사
螺絲起子	마개뽑이 , 드라이버
騾子	노새
鑼	징
蘿蔔	무
邏輯	논리 , 로직
～學，論理學	논리학

ㄌㄨㄛˇ

裸露，顯露	드러내다
裸露出，露出	노출 (하다)
裸體	누드 , 나체 , 알몸 , 벌거숭이

ㄌㄨㄛˋ

（日）落	지다
日～	해가 지다
落，掉落	빠트리다 , 떨어지다
【實力衰退】	실력이 떨어지다
落入	빠지다
落下	떨어지다 , 낙하 (하다)
落下，落入，掉下來	떨어지다
落伍	낙오 (하다)
～者	낙오자
落地	착지 (하다)
落花生	땅콩

落後	늦어지다 , 뒤떨어지다
落差	격차 , 낙차
落第 , 落榜	낙제 (하다)
落葉 ~樹	낙엽 낙엽수
落實 , 降落	낙착 (되다)
落選	낙선 (하다)
落選 , 落榜 【落榜者】	탈락 (하다) 탈락자
駱駝	낙타

ㄌㄨㄢˊ

孿生	쌍둥이

ㄌㄨㄢˇ

卵	알
卵子	난자
卵巢	난소
卵黃	노른자 (위)

ㄌㄨㄢˋ

亂	흐트러지다
亂七八糟	엉망 , 뒤죽박죽 , 엉망진창 , 난잡하다 , 지저분하다
變得~ 【使…荒蕪，毀壞】	엉망이 되다 엉망으로 만들다

亂用，濫用	남용 (하다)
亂倫	불륜하다
亂鬥	난투 (하다)
亂塞，亂放，亂擺	처넣다 , 처박아두다
亂說	빗대다 , 횡설수설 (하다)
亂寫，亂畫	낙서 (하다)
亂糟糟	설치다
【內心慌亂】	가슴이 설치다
亂竄	쏘다니다

ㄌㄨㄣˊ

倫理	윤리
倫敦	런던
淪亡，滅亡	멸망 (하다)
（使）淪陷	함락 (하다)
淪落	전락 (하다)
輪胎	타이어
輪迴	윤회
輪船	기선
輪換，輪流	로테이션
輪廓	윤곽
輪機	터보

ㄌㄨㄣˋ

論	논 (하다) , 강논 (하다)

論文	논문
論重量賣	달아서 팔다
論理	논리
~學，邏輯學	논리학
論壇	포럼
論戰，爭論	논쟁 (하다)
論據，論證	논거, 논증
論點	논점

ㄌㄨㄥˊ

隆冬	한겨울
隆重	성대하다, 극진하다
龍	용
龍捲風	회오리바람
龍蝦	바닷가재
聾啞人士	농아자

ㄌㄨㄥˇ

壟斷	독점 (하다)
籠統	막연하다
籠罩	휩싸다

ㄌㄩˊ

驢子	당나귀

旅行，旅遊	투어 , 여행 (하다)
【旅行社】	여행사
【去旅行】	여행을 떠나다
【無止境的旅行】	끝없는여행
【旅行支票】	여행자 수표
【旅行裝束】	여장
旅客，流浪者	나그네
旅客	여객 , 여행자
【客機】	여객기
【客船，客輪】	여객선
旅情	여정
旅程，旅途	여정
旅費	여비
旅館，旅店，旅舍	여관 , 호텔
屢次	누차
鋁	알루미늄
履行	이행 (하다)
履歷	이력 , 경력
～書	이력서

律動	율동
律師服	가운
綠	파랗다 , 푸르다
綠色	그린 , 녹색

綠豆芽	숙주나물
綠油油，綠蔥蔥	칠칠하다
綠洲	오아시스
綠茶	녹차
綠寶石	에메랄드
濾，濾過	거르다
濾器，濾嘴，濾光片	필터
氯	염소

ㄌ

ㄌㄩㄝˋ

掠過，擦過	스치다
掠奪	약탈 (하다)，수탈 (하다)
略，省略	생략 (하다)
略式，簡單形式	약식
略述	약술 (하다)
略語，簡稱	약어

《Y

嘎吱嘎吱地響	삐거덕거리다

《さ

疙瘩	응어리 , 부스럼
哥哥	형 , 오빠
胳肢窩	겨드랑이
胳膊	팔
割	에다 , 베다
割斷，切斷	끊다
歌，歌曲 　唱~，歌詠 　【KTV，練歌房】	노래 노래를 부르다 노래방
歌手	가수
歌曲，歌謠	가곡 , 가요
歌劇	가극 , 오페라
擱	두다 , 놓다
擱，丟，荒置，置之不理	내버려두다
擱板	선반
擱淺	난항
擱置	방치 (하다)
鴿子	비둘기

ㄍㄜˊ

革命	혁명 (하다)
~家	혁명가
革新	혁신 (하다)
格外	유달리, 각별히
格式, 樣式	양식, 격식, 서식
格式, 格式化	포맷
格局	짜임새
格言	격언
格調	격조
嗝	트림
打~	트림이 나다
隔音	방음 (하다)
~牆	방음벽
~裝置	방음 장치
隔閡	틈, 거리
朋友間產生了~	신구 사이에 틈이 생기다
閣樓	다락

ㄍㄜˋ

各	각, 여러
~位	여러분
~式~樣, ~種	여러 가지
~方面	여러모로
各, 各自	각기, 각자
各地	각지

276

各式各樣	별 , 잡다하다 , 다양하다
各自,各個 　~負擔	각자 , 따로따로 　각자 부담
各種	온갖
個 　三~	개 　세 개
個人,私人	사인
個人,個體 　【個人主義】	개인 　개인주의
個人的	사사롭다
個人意見	사견
個人電腦	퍼스컴
個人簡歷	레쥬메
個子,身高 　~矮 　~高	키 　키가 작다 　키가 크다
個性	개성
個數	개수

ㄍㄞ

該當,相當於,有關於	해당 (하다)

ㄍㄞˇ

改 　電話號碼~了	바뀌다 　전화번호가 바뀌다
改正	시정 (하다) , 정정 (하다)

改善，修改	개선 (하다)
改良	개량 (하다)
改建	개축 (하다)
改革	개혁 (하다)
改造	개조 (하다)
改善，升等	개선 (하다) ，향상 (하다)
改錯	고쳐 쓰다
改變，變	변 (하다)
改觀	변모 (하다)

《ㄞˋ

蓋	씌우다 , 덮다
蓋子	뚜껑 , 덮개 , 커버
蓋章	날인 (하다) ，도장 찍다
蓋飯	덮밥
鰻魚~	장어 덮밥
概念	개념 , 컨셉트
概括	요약 (하다) ，총괄 (하다)
概要	개요
概率	확률
概略，概要	윤곽 , 개략
鈣	칼슘

給，給予	주다 , 베풀다 , 부여 (하다)
【帶給痛苦】	고통을 주다
【注視】	시선을 주다

給…穿	입히다

給…聽	들려주다

給人請客	얻어먹다

《《

高	높다
高中，高級中學	고교
【高中生】	고교생 , 고등학생
高低	우열
高度	고도
高度，高低	높이
【跳高】	높이뛰기
高架橋	육교
高科技	하이테크
高音	고음
高個兒	껑충이 , 키다리
高原	고원
高氣壓	고기압
高級，上等	상급 , 상등
~生	상급생
高級，高檔	고급
【高階官員，高層官員】	고급 관리

高高的，滿滿的	소복하다
高速	쾌속 , 고속
~列車	쾌속 열차
~公路	고속도로
~巴士	고속버스
高等，高級	고등
【高等法院】	고등 법원
【高級中學】	고등학교
高筒襪	니삭스
高貴	고귀하다
高尚，高雅	고상하다
【文雅的談吐】	고상한 말씨
高傲，傲慢	건방지다
高塔，塔台	타워
高跟包鞋	펌프스
高跟鞋	하이힐
高漲	높아지다 , 뛰어오르다
意識~	의식이 고조되다
譴責的聲浪~	비난의 소리가 높아지다
高爾夫球	골프
~場	골프장
~桿	골프채
高領	터틀넥
高價	고가
高層建築	고층 빌딩
高潮	클라이맥스 , 고조
高潮，高峰	정점

高燒，高溫	고열 , 고온
高興	기쁘다 , 즐겁다 , 흥겹다
高聳（地）	우뚝
【聳立】	우뚝 솟다
高額	고액
高麗	고려
~菜	양배추
~菜捲	롤캐비지
高齡	노령 , 고령
~人口	노령 인구
~化社會	고령화 사회
睪丸	고환
糕	떡
膏藥	고약

ㄍㄠˇ

搞砸	망치다
搞笑	개그
搞亂	엉클다
搞壞，搞糟	망치다 , 잡치다
稿子，原稿	원고

ㄍㄠˋ

告白	고백 (하다)
告示	고시 (하다)

告示牌	팻말
【禁止標誌】	금지 팻말
告別，辭別	하직 (하다) , 작별 (하다)
告吹	틀어지다 , 비틀어지다
告知	고지 (하다)
告密	투서 (하다) , 밀고 (하다)
告密，告狀	일러바치다
告發，檢舉	고발 (하다)
告訴	고하다 , 알리다
【告別】	작별을 고하다
告訴 (說，講，叫)	…라고 하다
告訴，告狀	이르다

《又

勾引，誘惑	유혹 (하다)
勾走	뺏다
勾結 (聯手)	손잡다
勾結， (男女) 鬼混	야합 (하다)
鉤拳	훅
溝通	커뮤니케이션 , 소통 (하다)
溝渠	도랑 , 개천
溝槽	홈

《又ˇ

| 狗 | 개 |

夠格，適合，合格	적격 (하다)
構成	구성 (하다)
~要素	구성 요소
構思	플롯 , 아이디어 , 발상 (하다)
構思，構想	착상 , 구상 (하다)
構造	얼개 , 구조
構圖	구도
構築	구축 (하다)
篝火	모닥불
購入，購進，買進	사들이다 , 구입 (하다)
購物	쇼핑 (하다)
~中心	쇼핑센터
購買	사다 , 매수 (하다) , 구매 (하다)
~力	구매력
購買（票券等）	끊다
【買票】	표를 끊다

干涉	간섭 (하다)
干預	상관 , 관여 (하다) , 참견 (하다)
干擾素	인터페론
甘心忍受，接納	감수 (하다)

甘蔗	사탕수수
肝炎	간염
肝硬化	간경변
肝臟，肝	간 , 간장
桿子，棍子	막대기
桿弟	캐디
乾	마르다
乾旱，旱災	한발 , 가뭄 , 메마르다
乾杯	건배 (하다)
乾咳	헛기침 (하다)
乾洗	클리닝 (하다)
乾草	건초
乾淨 　~俐落	청결하다 , 깨끗하다 칠칠하다 , 스마트하다
乾焦 　田地~	바싹 마르다 논바닥이 바싹 마르다
乾酪	치즈
乾瘦	수척하다 , 강마르다
乾燥 【乾季】 【烘乾機】 【枯燥乏味】	건조하다 건조기 건조기 무미건조하다
尷尬 　立場變得~	난처하다 , 곤란하다 , 어색하 다 , 부자연스럽다 입장이 난처해지다

敢	감히
稈，莖	줄기
感，直覺	감
【隔世之感】	격세지감
【直覺敏銳】	감이 빠르다
感到，感受	여기다
感受	감수 (하다)
~性	감수성
~性敏銳	감수성이 예민하다
感冒	감기
得了~	감기에 걸리다
感染	감염 (하다)
感動	감동 (하다)
使~，打動	감동시키다
感情	감정
【移情】	감정 이입
感傷	감상 (하다)
感想	감상 (하다)
~文	감상문
感嘆	감탄 (하다)
~詞	감탄사，간투사
感激	감격 (하다)
感興趣	카가솔깃하다
感應器	센서
感謝	고맙다，감사 (하다)

感覺	감 , 감각 , 센스
【金錢感】	금전 감각
【色彩感,色感】	색채 감각

感覺,感到	느끼다

感覺,感受,感覺上	느낌
【感覺不錯的人】	느낌이 좋은 사람

感覺遲鈍	둔감하다

趕上,跟上	따라붙다

趕工	오버 타이임

趕不上,落後	뒤떨어지다

趕快,趕緊	얼른 , 빨리 , 서두르다

趕跑	내쫓다 , 쫓아내다

趕過,超前	앞지르다

橄欖	올리브
~油	올리브유
~球	럭비

擀	밀다

幹,做	하다

幹事	간사

幹得好	잘하다

幹掉	해치우다 , 처치 (하다)

幹部	간부

幹線公路,幹道	간선도로

幹練的	깔끔하다

根（量詞）	포기
根，根本，根源	뿌리
【往下扎根】	뿌리를 내리다
【扎根，生根】	뿌리박다
【斬草除根，根絕】	뿌리뽑다
根本（否定）	생판 , 전혀 , 통
~不認識的人	생판 모르는 사람
根本，根源	근본
根底，根基	기초
根性	근성
根基	토대
根深蒂固	뿌리깊다
根絕，根除	근절 （하다）
根源，淵源	연원
根源，根基	근원
根據	근거 （하다）
~地	근거지
根據，依據	터무니 , 기준 （하다）
【荒謬，荒唐】	터무니없다
跟上	따라붙다
跟不上，落後	뒤떨어지다
跟著	잇따르다 , 달라붙다
跟隨	좇다 , 따르다 , 따라가다 , 추종 （하다）
跟蹤	미행 （하다）

肛門	항문
缸	독 , 단지 , 항아리
剛才	방금 , 아까 , 금방 , 조금 전에
剛剛 , 剛才 ~出爐的麵包	갓 , 방금 갓 구운 빵
剛強	굳세다
綱領	강령
鋼珠筆	볼펜
鋼骨 , 鋼鐵構造	철골
鋼琴 ~家	피아노 피아니스트
鋼筆 【筆名】	펜 , 만년필 펜네임
鋼筋 ~混擬土	철근 철근 콘크리트
鋼絲	철사 , 와이어
鋼鐵	강철 , 철강

《ㄤˇ

崗位 , 單位	부서
港口 , 港灣	항구

《ㄤˋ

槓上	대결 (하다)

槓桿	지레 , 레버 , 지렛대
用~提起	지레로 들어올리다

更衣室	경의실
更改	변경 (하다)
更換	바꾸다
更新	갱신 (하다)
耕種 , 耕作	갈다 , 부치다
【耕田】	밭을 갈다 , 밭을 부치다

《ㄥ∨

哽住	메다 , 걸리다
哽咽	흐느끼다

《ㄥ丶

更 , 更加	더 , 보다
~好	낫다 , 더 낫다 , 더 좋다
【更好的辦法】	보다 좋은 방법
更加 , 更深	훨씬 , 한층 , 더욱더
更加 , 加深 , 加重 , 增加	더해지다
【加深思念】	그리움이 더해지다

《ㄨ

估計	견적 , 상정 (하다) , 예측 (하다)
【估價單】	견적서

估計,估算	대충 잡다, 어림 (하다), 짐작 (하다)
【無法估算】	어림없다
估量,估計	추정 (하다), 요량 (하다)
估算,估計,概算	어림셈 (하다), 손어림 (하다)
咕噥	투덜대다, 투덜투덜, 중얼거리다
咕嚕咕嚕地（水沸騰貌）	살살, 보글보글
水~開了	물이 살살 끓는다
孤立	고립 (되다)
孤身	홀몸
孤兒	고아
孤島	낙도
孤寂,孤獨,孤單	외롭다, 쓸쓸하다
孤零零,孤單	외롭다
孤獨	고독하다
菇	버섯
辜負	저버리다
鈷	코발트

《ㄨˇ

古今	고금
~中外	동서고금
古代	고대

古典	고전
~文學	고전 문학
~音樂	클래식
古怪	별나다 , 얄궂다
古怪，怪異，駭異	해괴*하다
古柯鹼	코카인
古時	옛날
【故事，童話】	옛날이야기
古意盎然	고풍스럽다
古董	골동품
古語	고어
古墳	고분
古龍水	오데코롱
股份，股票	주식
【股市】	주식 시장
【股份公司】	주식 회사
股東	주주
股長	계장
股票	주권
骨子裡，內心	이면
骨肉	혈육 , 육친
骨折	골절
骨架，骨氣	뼈대
骨科，整型外科	정형외과
骨幹，核心	핵심

骨節	뼈마디
骨頭	뼈
骨骸，骸骨	해골
骨骼	골격
骨髓	골수 , 뼛골
【入髓】	골수에 사무치다
鼓	북
打~	북을 치다
鼓吹	불어넣다
鼓起來	부르다
鼓起，鼓動	돋우다
鼓起來，漲發	부풀다
【麵包發起來了】	빵이 부풀다
鼓動	박동 (하다)
鼓掌	손뼉을 치다 , 박수 (하다)
~喝采，拍手叫好	박수갈채
鼓膜	고막
鼓勵	격려 (하다)
穀物	곡물

《ㄨˋ

固有	고유 , 재래
固定	고정 (하다)
~資産	고정 자산
~成本	고정 자본

固執	집요하다 , 완고하다 , 고집 (하다)
【頑固 , 倔強 , 頑強】	고집이 세다
固然	물론
固體	고형 , 고체
~物	고형물
故 , 古（老 , 舊）	옛
故事	설화 , 스토리 , 이야기 (하다)
故國 , 祖國	고국
故鄉	고향
故意	짐짓 , 고의 , 일부러
故障	고장 , 고장이 나다
痼疾 , 懷習慣	지병
痼習	성벽
雇主	고용주
雇用	고용 (하다)
顧忌	꺼리다
顧客	고객
顧問	고문 , 컨설턴트 , 카운슬러
顧慮 , 顧忌	거리끼다 , 우려 (하다) , 걱정 (하다)

<< ㄨㄚ

刮	깎다 , 밀다
~鬍子	수염을 깎다

刮（吹） 　~風	불다 　바람이 불다
刮起，席捲	휘몰아치자
刮鬍刀	면도칼 , 면도기
括弧，括號	괄호
蝸牛	달팽이

《

《ㄨㄚˇ

寡言	과언하다
寡婦，未亡人	과부 , 미망인

《ㄨㄚˋ

卦 　算~	점 　점을 치다
掛，懸掛 　~蚊帳	치다 , 매달다 , 매달리다 　모가장을 치다
掛，掛上	걸다
掛念	마음에 걸리다 , 걱정 (하다) , 염려 (하다)
掛毯	태피스트리
掛號	등기우편
掛鐘	벽시계

《ㄨㄛ

鍋子 　【鍋耳】 　【鍋蓋】	냄비 　솥귀 　솥뚜껑

鍋爐	보일러

國，國家	나라 , 국가
國力	국력
國土	국토
國中生	중학생
國內 ~航線	국내 국내선
國王	국왕 , 임금
國外，海外	해외 , 국외
國民 ~住宅 ~生產總值 【全民健康保險】	국민 공단 주택 지엔피 국민 건강보험
國立	국립
國交	국교
國有	국유
國技	국기
國防	국방
國家 ~元首 ~主義 ~利益 ~經費	국가 국가 원수 내셔널리즘 국익 국비
國庫	국고

國產	국산
國會	국회
~議員	국회의원
國道	국도
國境	국경
國旗	국기
國歌	국가 , 애국가
國語 , 國文	국어
國際	국제 , 인터내셔널
~法	국제법
~婚姻	국제 결혼
~航線	국제선
~駕照	국제 운전면허증
~電話	국제전화
~貨幣基金	국제 통화 기금
【聯合國】	국제 연합
國慶日	국경일
國營	국영
國寶	국보
國籍	국적

《ㄨㄛˇ

果汁	주스 , 과즙
~機	믹서
果皮	껍질
果肉	살
~多的蘋果	살이 많은 사과

果凍	젤리
果然，果不期然	과연 , 아닌 게 아니라
果實	과실
果實，…果 【結果】	열매 열매를 맺다
果樹 【果園】	과수 과수원
果嶺	퍼팅 그린
果斷	단호 하다
果醬 塗~	잼 잼을 바르다

《メ己丶

過	건너다
過（年、節、生日）	쇠다
過，渡過	넘기다
過一會兒	이따가
過分（無理要求）	무리하다
過半數	과반수
過去 ~時態	과거 , 옛날 과거 시제
過失 ~致死	과실 과실 치사
過分，誇張	과언 (하다)
過客	나그네

過度 　~運動	과도하다 , 지나치다 　과도한 운동
過度的	울트라
過食症 , 暴食	과식증
過問	참견 (하다)
過密	과밀하다
過敏（症）	알레르기
過剩	남아돌다 , 과잉 (하다)
過勞	과로 (하다)
過渡	이행 (하다)
過程 　生產~	과정 , 코스 　생산 과정
過熱	과열 (하다)
過錯 　【看錯，認錯】 　【誤會】 　【弄錯，搞錯】 　【犯錯】	잘못 (하다) 　잘못 보다 　잘못 생각하다 　잘못 알다 　잘못을 저지르다
過濾	여과 (하다)

ㄍㄨㄞ

乖巧	착하다
乖僻	까다롭다

ㄍㄨㄞˇ

拐杖 　拄~	스틱 , 지팡이 　지팡이를 짚다

拐角	모퉁이
拐騙，誘拐	유괴 (하다)
拐彎抹角	둘러말하다

怪，奇怪	괴기
怪人	괴짜
怪物	괴물 , 요물 , 도깨비

規定，規則	소정 , 규정 (하다)
規定，規程	규정 (하다)
規則	룰
規則	규칙
規則，法則	법칙 , 섭리
規約	규약
規矩 ~地端坐 不懂~，沒有禮貌	버릇 , 단정하다 단정하게 앉다 버릇이 없다
規劃	기획 (하다)
規模 【大公司，大企業】	규모 , 스케일 규모가 큰 회사
規範	규범
鮭魚 ~卵	연어 연어알

歸來	돌아오다
歸省	귀성 (하다)
歸國，回國	귀국 (하다)
歸途	회로
歸程，歸途	귀로
歸還	돌려주다 , 반환 (하다) , 귀한 (하다)

《

《ㄨㄟˇ

軌道	궤도 , 레일
鬼，鬼魂	요물 , 유령 , 귀신
鬼怪	도깨비
鬼牌	조커
詭計	트릭

《ㄨㄟˋ

貴 物價~	비싸다 물가가 비싸다
貴金屬	귀금속
貴重 ~物品	귀중하다 귀중품
貴族	귀족
櫃臺	카운터

《ㄨㄢ

官司	소송 (하다)

官吏，官員	관리
高階~	고급 관리
官邸	관저
官僚	관료
~主義	관료주의
~組織	관료제
官製明信片	관제엽서
官廳	관청
棺	관
棺材	널
關（人）	가두다
關，關閉	닫다
關上	끄다
~開關	스위치를 끄다
關口，要塞（重要的地方）	요소
關心，關懷	배려 (하다) , 관심 (하다)
關於	관 (하다)
關門，打佯	폐문 (하다) , 폐점 (하다)
~時間	폐문 시각
關係	관계
~好，親近	사이가 좋다
有~，連結	관계가 있다
沒有任何~	아무런 관계도 없다
【不論，不管，儘管】	관계없이
關連	관련 (되다)
關閉，關上	닫다

關稅	관세
關照	돌보다
關節	관절 , 뼈마디
~炎	관절염
【扭傷，挫傷】	관절을 삐다
關頭	고비
關聯，關係	연관 (하다)
觀光	관광 (하다)
~客	관광객
~導覽	관광 안내
~巴士，遊覽車	관광버스
觀念，概念	관념 , 컨셉트 , 아이디어
~論	관념론
觀相，看面相	관상
觀看	구경 (하다)
觀望，仰望	바라보다
觀衆	관중 , 관객
~席	객석 , 관람석
觀測	관측 (하다)
~站，天文台	관측소
觀察	사피다 , 관찰 (하다)
~員	업저버
~表情	표정을 읽다
觀察，觀望	살피다 , 살펴보다
觀戰	관전 (하다)
觀點	관점

管，干預	참견 (하다)
管，管子	관
管子	튜브
管子，管樂器	파이프
【管道】	파이프라인
【管風琴】	파이프 오르간
管制，管理	통제 (하다) , 단속 (하다)
【管理能力】	통제력
管弦樂	관현악
~團	관현악단 , 오케스트라
管教，教導	가르치다
管理	다스리다 , 통치 (하다) , 관리 (하다)
~職位	관리직
~員，經理	관리인
管樂器	관악기
管轄	관할 (하다)
~下	산하관할 구역
~區域	관할 과청

冠，頭冠	관
(雞) 冠	볏
冠軍	챔피언
~候補	우승 후보
貫穿	꿰뚫다

貫通，貫穿	관통 (하다)
貫徹	관철 (하다)
~初衷	초지를 관철하다
慣用句	관용구
慣用語	숙어 , 상투어
慣行，慣例	관행
【遵循慣例】	관행에 따르다
慣例	관례 , 상례 , 통례
依循~	관례에 따르다
慣常	상습
【慣犯，累犯】	상습범
盥洗室	화장실
灌木	관목
灌溉	관개 (하다)
灌腸	관장 (하다)
灌滿，裝滿	채우다
灌輸，注入	불어넣다 , 주입 (하다)
【灌輸知識】	지식을 주입
罐（貯水，貯油，貯氣）	탱크
罐頭	캔 , 깡통

《ㄨㄣˇ

滾，滾動	구르다
滾水	열탕
滾沸	끓다
滾開	끓다

滾燙	화끈거리다

ㄍㄨㄤ

光，僅	다만
光（只，單，僅）	뿐
【我只有你了】	나에게는 너뿐이다
光年	광년
光禿，脫光	발가벗다
光明	광명
光亮，明亮	밝다
光度	광도
光彩奪目，耀眼	눈부시다
光景	광경 , 정경
光滑，光亮	매끈매끈 , 여낙낙하다 , 반들반들하다
光滑，光亮，光禿	번들번들
【禿頭】	번들번들한 머리
光腳	맨발
光榮，光耀，榮耀	영광 , 영광스럽다
光碟	시디 , 디스크 , 콤팩트디스크
～機	시디롬
光線，光芒	빛 , 광선 , 라이트
【不光彩】	빛 좋은 개살구
【放出光芒】	빛을 발하다
光線，光芒	햇살 , 빛

光澤	윤기
有~	윤기가 있다
光臨	왕림 (하다)
光譜	스펙트럼

《ㄨㄤˇ

廣大，廣闊	광대하다
廣告	홍보 (하다) , 광고 (하다)
廣告傳單	광고지
發~	광고지를 뿌리다
廣告標語	캐치프레이즈
廣角鏡 (頭)	광각 렌즈
廣泛	폭넓다
【傳遍】	널리 알려지다
【蔓延，擴散】	널리 퍼지다
廣爲流傳	널리 알려지다
廣場	광장
廣播	방송 (하다)
~員	아나운서
~電台，電視台	방송국
廣闊	넓다

《ㄨㄤˋ

逛來逛去	쏘다니다
逛櫥窗，逛街	아이쇼핑 (하다)

工本	코스트
工匠	장인
工作	일자리 , 일 (하다) , 작업 (하다) , 노동 (하다)
找~	일자리를 구하다
~服	작업복
~室	아틀리에 , 스튜디오
~人員	스태프
工作 (製造機械)	공작 (하다)
【機床】	공작기계
工具 , 器具 , 用具	용구 , 공구 , 도구
工房	공방
工商界	재계
工商業	상공업
工商業者	업자 , 업체
工商聯合會	상공 회의소
工程	공사
~師	기사 , 엔지니어
工業	공업
~區	공업지대
工資	임금 , 삯 , 급료 , 급여
提高~	임금인상
~制度	임금제도
工廠	공장
工廠員工	공원
工學	공학

工藝	공예
弓	활 , 구부리다
公 (的)	수컷
~雞	수탉
~牛	소
公公	시아버지
公升	리터
公尺	미터
公文	공문서
公斤	킬로그램
公主	공주
公司	회사
~職員	회사원 , 사원
~住宅	사택
公布	공표 (하다) , 발표 (하다)
公平	공평하다
公正	공정하다
公民	공민 , 국민 , 시민
~權	공민권 , 시민권
公用	공용
~電話	공중전화
公立	공립
公共 , 公用	공공
~事業費	공공요금
~的	공적
公共汽車	옴니버스

公共廁所	공중변소
公共道德	공중도덕
公共澡堂	공중목욕탕
公式	식 , 공식
方程式	방정식
公有	공유 (하다)
公克 (克)	그램
公告	공고 (하다)
公車	버스
~站	버스정류장
公里	킬로미터
公的	수컷
公事包	서류가방
公秉	킬로리터
公害	공해
公家機關	관공서
公務	공무
~員	공무원
公衆	공중
公頃	헥타르
公寓	콘도
公寓大樓	맨션 , 아파트
公然	공공연하다
公開 , 開放	오픈 , 공개 (하다)

公園	공원
公會	조합 , 공회
公道	적정
公僕	공복
公墓	공동묘지
公演	공연 (하다)
公認	공인 (하다)
公審	공판 (하다)
公論	공론
公釐	밀리미터
公雞	수탉
公證人	공증인
功能	기능
功勞 ~者	공로 공로자
功課	레슨
功勳	공훈
功績	공적
攻防戰 展開~	공방전 공방전을 벌이다
攻掠 , 攻取 , 攻佔	공략 (하다)
攻擊 , 攻打	공격 (하다)
攻擊 (拳擊)	펀치
供水	배수 (하다)

供品	제물
供給，供應	제공 (하다) , 공급 (하다)
【供電】	전기를 보내다
供暖，暖氣房	난방
【暖氣機】	난방기구
供養，撫養	부양 (하다)
供應者	프로바이더
宮廷	궁정
宮殿	궁전
恭賀，祝賀	축하 (하다)
恭敬	공경 (하다)
恭維	알랑거리다 , 아첨 (하다)
恭謙，恭敬	공손하다
恭謹	정중하다

《ㄨㄥˇ

拱形，拱門	아치
拱廊	아케이드
鞏固	다지다 , 공고하다

《ㄨㄥˋ

共犯	공범 , 공범자
共用	공용 (하다)

共同	공동 , 같이 , 함께
~作業	공동작업
~抵制	보이콧 (하다)
共存，共處	공존 (하다)
共有	공유 (하다)
共和國	공화국
共產主義	공산주의
共產黨	공산당
共通，相通	공통 (되다) , 공통 (하다)
~點	공통점
共鳴	바이브레이션 , 공감 (하다)
貢多拉船	곤돌라
貢獻	공헌 (하다) , 봉사 (하다) , 이바지 (하다)

ㄎㄚ

咖哩 카레
~飯 카레라이스

咖啡 커피
~館，~店 커피숍
~因 카페인
~廳 카페

ㄎㄚˇ

卡士達 커스터드
~布丁 커스터드푸딩

卡片 카드

卡住 걸리다
【年糕卡在喉嚨裡】 떡이 목에 걸리다

卡車 트럭

卡其色 베이지색

卡帶 카세트 , 카세트테이프

卡通，漫畫 만화 , 애니메이션

卡路里 칼로리

ㄎㄜ

苛刻 박하다

苛責 가책 하다
良心的~ 양심의 가책

科	과
科幻小說	공상과학소설
科目	과목
科學	과학
~家	과학자
棵（量詞）	포기
刻度	눈금
~盤	다이얼
【調整控制器】	다이얼 을 돌리다
刻薄	야박하다
蝌蚪	올챙이
課稅	과세 (하다) , 부과 (하다)
顆（量詞）	알 , 포기

ㄎㄜˊ

咳嗽	기침 , 기침이 나오다
【止咳藥】	기침약
殼	껍질
蛋~	계란 껍질

ㄎㄜˇ

可口	맛있다
可以	좋다 , 되다 , 가하다
可可	코코아
可怕	무섭다
可信度	신빙성

ㄎ

可恨	밉살스럽다 , 얄밉다
可是	그러나 , 그런데 , 그렇지만
可恥	파렴치하다 , 창피 (하다)
可笑	우습다
可能 ~性	가능*하다 가능성
可惜	아깝다
可喜可賀	경사롭다
可貴，重要的	소중하다
可愛	귀엽다 , 사랑스럽다
可頌，牛角麵包	크루아상
可貴	기특하다
可疑	불심하다 , 수상하다
可憎	얄밉다
可憐	가엾다 , 애처롭다 , 가련하 다 , 불쌍하다
可樂	콜라
可樂餅	크로켓
可靠	믿음직스럽다
渴望，渴求	주리다 , 가지고 싶다 , 열망 (하다)

ㄎㄜˋ

克制	자제 (하다) , 억제 (하다)
克拉	캐럿

克服	이기다 , 헤치다 , 박차다 , 물리치다 , 극복 (하다) , 타개 (하다)
~困難	어려움을 이기다
【解決對策】	타개책

刻骨，滲透	스미다
【北風刺骨，寒風刺骨】	북풍이 뼛속까지 스미다

客人	손
【客人，賓客（尊稱）】	손님

客戶，用戶，使用者	유저

客車	객차

客房	객실

客氣	사양 (하다)
不要~	사양하지 마세요

客船	여객선

客滿	만원

客艙	캐빈

客廳	거실

客觀	객관
~性	객관성

喀什米爾羊毛	캐시미어

課文，內文	텍스트

課長	과장

課堂	교실

課程	과정 , 코스 , 커리큘럼
博士~	박사 과정

ㅋ

課題	과제

開 ～門	열다 , 풀리다 , 풀어지다 문을 열다
開（發票）, 開立	작성 (하다)
開（燈） ～燈	켜다 불을 켜다
開心, 開懷	풀어헤치다
開工, 開始授課 【始業式, 開學典禮】	시업 (하다) 시업식
開天闢地	천지창조
開水, 熱水	열탕
開車, 出發	발차 (하다)
開夜車, 熬夜	밤새우다
開始, 初始	시초
開始	스타트 , 착수 (하다) , 개시 (하다)
開始	시작 (하다)
開始, 開頭, 開端	최초
開店, 開門營業, 開張	개점 (하다)
開放, 開業	오픈
開玩笑 半～地 ～, 鬧著玩	농담 (하다) , 장난 (하다) 반 농담으로 장난치다
開衩, 裂開	슬릿

開展，展開	전개 (하다)
開朗	명랑하다 , 환*하다
開除 予以~	내놓다 , 제명 (하다) 제명 처분
開動，啓動	가동 (하다)
開採	채굴 (하다)
開設	개설 (하다)
開通	개통 (하다)
開場	오프닝
開場，開演	개연 (하다)
開發 ~中國家	개발 (하다) 개발도상국
開會，開幕 【開幕儀式】	개회 (하다) , 개막 (하다) 개회식
開業	개업 (하다)
開誠布公	터놓다
開幕 ~戰	개막 (하다) 개막전
開端，起端，發端	발단 (하다)
開銷，開支	씀씀이
開墾	일구다
開拓 ~者	개척 (하다) 개척자
開戰	개전 (하다)
開頭 ~字母	처음 이니셜

開館	개관 (하다)
~時間	개관 시간
開闊，開竅	트이다
開襟羊毛衫	카디건
開關	스위치
開關，開了又關	여닫다
開罐器	병따개 , 깡통 따개

ㄎ

ㄎㄞˇ

凱旋門	개선문
鎧甲	갑옷

ㄎㄠˇ

考古	고고 (하다)
~學	고고학
考生	입시생
考究，研究	연구 (하다)
考取，合格，及格	합격 (하다)
考試	테스트 , 시험 (하다)
【考官，試管】	시험관
考察，視察	시찰 (하다) , 고찰 (하다)
~團	시찰단
考慮	고려 (하다)
考驗	시련
拷問	고문 (하다)

烤	굽다 , 로스트
~好	구워지다
~牛肉	로스트 비프

烤肉	불고기 , 바비큐
~串	산적
~架	그릴

烤乾，弄乾	말리다
烤麻糬	구운 떡
烤箱，烤爐	오븐 , 레인지
烤麵包	토스트
烤麵包機，烤吐司機	토스터

丂

丂幺ˋ

靠著	기대다
靠，靠攏	붙다
【互相靠攏】	서로 가까이 붙다
靠山	뒷받침
靠近，接近	다가오다 , 다가서다 , 다가가다 , 가까워지다 , 접근 (하다)
靠著	붙이다
【把桌子靠牆】	책상을 벽에 붙이다
靠墊	쿠션
靠攏，密集	밀집 (하다)

丂又

摳	파다 , 후비다

口 住~ , 閉嘴	입 입을 다물다
口 (物品的)	아가리
口才	구변 , 화술
口水 吐~ 流~	침 , 군침 , 타액 침을 뱉다 군침이 돌다
口舌 (是非) , 抬槓	승강이 (하다)
口角	말다툼 (하다)
口味	식성
口信 , 傳話	전갈 , 메시지 , 전언 (하다)
口紅	루즈 , 립스틱
口述	구술 (하다)
口音	음성 , 악센트
口哨 吹~	휘파람 휘파람을 불다
口氣	어조 , 말투
口袋	포켓 , 주머니
口琴	하모니카
口腔癌	구내염
口傳	구전
口罩	마스크
口號	슬로건
口試	구술시험

口語	구어
口頭	구두
~禪	입버릇
口譯	통역 (하다)
同步~	동시통역

ㄎㄡˋ

扣	엎다 , 채우다
~鈕扣	단추를 채우다
扣 , 扣子	단추 , 매듭
扣分	감점 (하다)
扣押 , 扣留	차압 , 압수 (하다)
扣留	억류 (하다)
扣除	빼다 , 공제 (하다)
10個人~2個人	열 사람 에서 두 사람을 빼 다
扣球 , 殺球	스매시 (하다)

ㄎㄢ

刊行 , 發行	간행 (하다) , 발간 (하다)
刊登 , 刊載	게재 (하다)
勘查	조사 (하다)

ㄎㄢˇ

砍	찍다 , 패다 , 자르다
~樹	나무를 찍다

| 砍（價），殺價 | 깎다 |
| 檻，圈，籠 | 우리 |

看	보다
~家	집을 보다
~電影	영화를 보다
吃吃~	먹어보다
聽聽~	들어보다
【得到利益】	득을 보다
【參加面試】	면접을 보다
【探望患者】	환자를 보다
【意見達成一致】	의견의 일치를 보다

| 看不起 | 깔보다 |

| 看出來 | 알아내다 |

| 看守 | 망보다, 간수 (하다) |

| 看作，視同 | 간주 (하다) |

| 看見，看得見 | 보이다 |
| 【看不清楚黑板的字】 | 칠판의 글씨가 잘안 보이다 |

| 看法 | 견해, 의견, 소견 |
| ~不同 | 견해를 달리하다 |

| 看相 | 관상 |

| 看穿，看破，看透 | 꿰뚫어 보다 |

| 看得入迷 | 넋을 잃고 보다 |

| 看透，看破 | 간파 (하다) |

| 看管，監視 | 감시 (하다), 관리 (하다) |

| 看臺 | 객석, 스탠드, 관람석 |

看護	간호 (하다) , 간병 (하다)
【護士】	간호사

ㄎㄣˇ

肯定	긍정 (하다)
啃	갉아먹다
懇切	간절히 , 간절하다
懇求 , 哀求	애원 (하다) , 간구 (하다)
懇談	간담 (하다)
【座談會】	간담회

ㄎㄤ

康乃馨	카네이션
康復	쾌유 (하다)
慷慨	아낌없다

ㄎㄤˋ

抗生物質 , 抗生素	항생물질
抗拒	항거 (하다)
抗震 , 耐震	내진
抗癌藥	항암제
抗議	항의 (하다)
抗辯 , 抗議	항변 (하다)
炕	온돌

坑	바가지 씌우다
被~	바가지를 쓰다
~人, 敲竹槓	바가지를 씌우다
吭聲	찍소리

枯萎	시들다, 위축 (하다)
枯槁	앙상하다
枯瘦	바짝 마르다
哭叫, 哭嚎	울부짖다
哭泣	울다
哭笑不得	어이없다
哭聲	울음소리
窟窿	구멍

苦	쓰다
極~	쓰디쓰다
苦 (味)	쓰다
苦心	고심 (하다)
苦處, 苦痛	고통, 괴로움
苦惱	괴로워하다, 고뇌 (하다)
(使) 苦惱	괴롭히다
苦惱, 苦悶, 傷腦筋	고민 (하다)

苦楚	괴롭다

ㄎㄨˋ

庫存	재고
庫房	창고 , 헛간
酷	쿨하다 , 멋있다
酷似	빼닮다
酷暑 , 酷熱	한더위
褲子	바지
【短褲】	반바지
【吊帶褲】	멜빵 바지
【牛仔褲】	청바지
褲襪	타이츠 , 팬티스타킹

ㄎㄨㄚ

誇大	허풍 , 과장 (하다)
誇示	과시 (하다)
誇張 , 誇大	과장 (하다)
【誇飾法】	과장법
誇獎	칭찬 (하다)
誇耀	재다 , 자랑 (하다)

ㄎㄨㄚˇ

垮	무너지다
垮台	찌부러지다

跨	걸치다
跨入	돌입 (하다)
跨坐	걸터앉다
跨國	다국적
~企業	다국적 기업
跨欄〈體育〉	허들
胯	가랑이

蛞蝓	괄태충
闊步	성큼
闊葉樹	광엽수
擴大	넓히다 , 확대 (하다)
擴充	확충 (하다)
擴音器	스피커
擴展	펴다 , 퍼지다
擴張，擴充，擴展	확장 (하다)
擴散	만연 (하다) , 확산 (하다)

快	어서 , 빨리 , 얼른 , 싸다 , 빠르다
【歡迎光臨】	어서 오세요 , 어서 오십시오
快 (速)	신속하다

快步	속보
快門（相機）	셔터
快活	쾌활하다
快速	쾌속 , 속히
~判斷	속단 (하다)
~經過	지나치다
快報	속보 (하다)
快感	쾌감
快艇	요트
快遞，快捷	속달 (하다)
快樂	기쁘다 , 즐겁다
快餐，速食	패스트푸드
塊	덩어리
會計	회계 (하다)
~師	회계사
~年度	회계 연도
【稽核】	회계 감사
筷子	젓가락

ㄎㄨㄟ

窺伺	노리다
窺伺，窺見	엿보다
窺視	들여다보다 , 엿보다
虧空，赤字	적자
虧損	마이너스 , 불이익하다
受到~	불이익을 당하다

ㄎ

魁梧　　　　　　　　　장대하다 , 우람하다

傀儡　　　　　　　　　꼭두각시 , 허수아비

潰爛　　　　　　　　　헐다 , 짓무르다

ㄎ

寬	바라지다
肩膀~	어깨가 바라지다
寬大	헐렁하다
寬大的 , 寬容的	관대하다
【從寬處理】	관대한 조치
寬厚 , 寬容	너그럽다
寬度	폭 , 넓이
【跳遠】	넓이뛰기
寬容 , 寬恕	너그러이 봐주다
寬恕	용서 (하다)
寬廣	환하다
寬闊	넓다
寬鬆	느긋하다 , 느슨하다
~的長褲	슬랙스

ㄎㄨㄢˇ

款式	디자인
款項，金額	금액

ㄎㄨㄣ

昆蟲	곤충
~採集	곤충 채집

ㄎㄨㄣˇ

捆	뭉치 , 다발
一~錢	돈 뭉치
捆紮	얽다 , 얽매다
捆緊	조르다

ㄎㄨㄣˋ

困惑	당혹 (하다) , 곤혹 (하다)
困境	궁지 , 애로 , 어렵다 , 곤란하다
困難，困苦	고통스럽다
睏，睏倦	졸리다

ㄎㄨㄤ

框架	틀 , 액자

ㄎㄨㄤˊ

狂喜	엑스터시

狂熱	열광 (하다)
~者	팬
【熱烈歡迎】	열광 적인 환영

ㄎㄨㄤˋ

礦山	광산
礦石	광석
礦物	광물
~質	미네랄
礦泉水	미네랄워터
礦脈，脈	맥
礦脈	광맥
礦業	광업

ㄎㄨㄥ

空	비다
空中，半空	공중
【翻跟斗】	공중제비
空中小姐	스튜어디스
空中列車	모노레일
空中纜椅	리프트
空手	빈손 , 맨손
~道	카라테
~出門	빈손으로 나가다
空出	비우다
【退席，離開】	자리를 비우다

ㄎ

空白，空白處	공백 , 여백
空位，空缺	공석
空肚子	빈속
空前	공전
空軍	공군
空氣	공기
空缺	결원 (하다)
空虛	덧없다 , 허전하다 , 공허하다 , 허무하다
空閒	틈 , 여가 , 한가하다
空間	공간 , 스페이스
空想	가공 , 공상 (하다)
空暇	짬
空腹，空肚子	공복
空運	공수 (하다)
空調	냉난방 , 에어컨
空蕩蕩	허전하다
空襲 ~警報	공습 (하다) 공습 경보

ㄅ

ㄎㄨㄥˇ

孔雀	공작
恐怕	아마

恐怖	테러 , 공포 , 스릴
~主義 , ~行動	테러리즘
~份子	테러리스트
【恐懼心】	공포심
恐慌	공황 (하다)
恐龍	공룡
恐嚇	엄포 , 공갈치다 , 엄포를 놓다 , 위협 (하다) , 협박 (하다) , 공갈 (하다)

ㄎ

ㄎㄨㄥˋ

控告	고소 (하다)
控制	통제 (하다) , 제어 (하다) , 컨트롤 (하다)
~桿	레버
~能力	통제력
控訴	공소 (하다)

ㄏㄚ

| 哈密瓜 | 멜론 |

ㄏㄜ

呵欠	하품
打~	하품이 나오다
呵斥	호통
大聲~	호통치다
呵呵	해해 (하다)
呵癢	간질이다
喝	마시다

ㄏㄜˊ

合	상당 (하다)
合,合併	합치다
合,合計	합 , 계 , 합계
合力	합세 (하다) , 합력 (하다)
合上	감기다
合成	합성 (하다)
~樹脂	합성수지
合作	공동

合作 　~社 　【合資經營】	합작 (하다) , 협력 (하 다) , 협동 (하다) 　협동조합 　합작투자사업
合併	통합 (하다) , 병합 (하다)
合拍	합치 (하다)
合法 　~性	합법*하다 　합법성
合金	합금
合奏	합주 (하다)
合流	합류 (하다)
合約 　~書，契約書 　【訂金】	계약 (하다) 　계약서 　계약금
合計	토탈 , 집계 (하다) , 합계 (하다) , 총계 (하다)
合併	합병 (하다)
合校 　男女~	공학 　남녀 공학
合格 　考試~	붙다 , 합격 (하다) , 적격 (하다) 　시험에 붙다
合氣道	합기도
合唱 　~團~	코러스 , 합창 (하다) 　합창단
合婚	궁합
合宿	합숙 (하다)

合理	적정 , 합리하다
~性	합리성
~化	합리화
~價格	적정가격
【理性主義】	합리주의 , 이상주의
【理想規模】	적정규모
合掌	합장 (하다)
合葉	경첩
合適	맞다 , 알맞다 , 적당하다 , 적합하다
【投緣，合得來】	마음이 맞다
【合乎常理】	이치에 맞다
何必	하필
何故	왜
何時	언제
不管~	언제라도
和平	평화하다
~談判	평화 교섭
和好，和解	화해 (하다)
和局	무승부
和尙	중 , 스님 , 승려
和服	기모노 , 일본옷
和室	일본식 방
和音，和聲	화음
和風	미풍 , 일본풍 , 산들바람
和氣	싹싹하다
和善	사근사근*하다

ㄏ

和睦	친목
【聚會，親睦會】	친목회
和睦，和諧	화목하다
和解	화합 (하다) , 화해 (하다)
和諧	원만하다 , 조화 (하다)
和聲	화성 , 하모니
和顏悅色	사분사분하다
和藹，和氣	상냥하다 , 사근사근하다
荷花	연 , 연꽃
荷塘，荷花池	연못
荷蘭	네덜란드
~芹	파슬리
河，河流，河川	강 , 하천
【河床】	하천 부지
河畔	하반
河馬	하마
河豚	복어
核	핵
原子~	원자핵
~分裂	핵분열
~心家庭	핵심가정
~子武器	핵무기
核心	핵심
核桃	호두
核對	체크 (하다) , 대조 (하다)
核算	채산

ㄏ

盒	케이스
盒子	꿰짝
褐色	갈색
闔上	덮다
~書本	책을 덮다

荷重	하중
荷爾蒙	호르몬
喝彩	갈채 (하다)
拍手~	박수갈채
賀年卡	연하장
賀詞	축사
鶴	학

孩子	아이 , 아기
還	아직
還可以	괜찮다
還有	그리고

海	바다
海上	해상
【海運】	해상운송
海女	해녀

海水	해수 , 바닷물
海水浴	해수욕 (하다)
~場	해수욕장
海王星	해왕성
海外 , 國外	해외 , 국외
海市蜃樓	신기루
海芋	칼라 , 카라꽃
海角	곶
海浬	해리
海岸 , 海邊	해안
海底	해저
~隧道	해저 터널
海拔	해발
海狗	물개
海狗	해구
海星	불가사리
海洋	해양
海流	해류
海苔	김
海軍	해군
海風	해풍 , 바닷바람
海島	섬
~國家	섬나라
海峽	해협
多佛~	도버 해협

ㄏ

海扇	가리비
海草, 海藻	해초
海豹	바다표범
海馬	해마
海參	해삼
海帶, 海菜	미역, 다시마
海產, 海鮮	해산물, 해물
海豚	돌고래
海鳥	바다새, 해조
海報	포스터, 브로마이드
海港	항구
海溝	해구
海賊, 海盜	해적
【盜版】	해적판
海綿	스펀지
海嘯	해일
~席捲	해일이 덮치다
海鞘	우렁쉥이
海龜	바다거북
海膽	섬게, 성게
海螺	소라, 소라고둥
海邊, 海濱, 海岸	해변, 바닷가
海關	세관
海難	해난
~救助	해난 구조

海灘	모래사장 , 모래펄
海鰻	갯장어
海鷗	갈매기

害怕	무서워하다 , 두려워하다
害羞	수줍다 , 부끄럽다 , 입덧 (하다)
害蟲	해충
駭人聽聞	쇼킹하다 , 끔찍하다
駭客	해커
氦	헬륨

黑	검다
黑 (心腸) ,漆黑	시커멓다
黑 , 黑色	흑
黑人	흑인
黑手黨	마피아
黑白	흑백
~底片	흑백 필름
黑白 , 黑白相片	모노크롬
黑名單	블랙리스트
黑色	검정 , 흑색

黑板	칠판
~擦	칠판지우개
黑社會	갱 , 폭직 폭력회
黑漆漆	시꺼멓다
黑桃 〈撲克牌〉	스페이드
黑麥	호밀
黑猩猩	침팬지
黑暗	암흑 , 어둠 , 어둡다
黑幕	흑막
黑體	고딕체

ㄏ

ㄏㄠˊ

毫不相干	상관없다
毫不留情	무자비하다
毫不遲疑	성큼
~地回答	성큼 대답하다
毫米	밀리미터
毫克	밀리그램
毫無事實根據	사실 무근하다
毫無疑問	영락없다 , 틀림없다
毫無遺漏地	빠짐없이
豪雨	호우
集中~	집중 호우
豪氣 · 豪情	호기
豪奢	호사 (하다)

豪爽	시원시원하다
豪華	호화롭다

好	좋다
手藝~	솜씨가 좋다
（病）好	낫다
好久	오래간만
【久違的會面】	오래간만에 만나다
好不容易	겨우 , 모처럼 , 간신히 , 가까스로
~想出	염출 （하다）
好主意	묘안
好用	길들다
好吃	맛있다
好多	많다
好事	호사 （하다）
好朋友	단짝
好看	아름답다 , 근사하다
好時節	호기
好笑	우습다
好強，好勝	기승하다
好球	스트라이크
好處	득 , 이득
好處	이점

好景氣	호경기
好欺負	만만하다
好評	호평 (하다)
得到~	호평을 받다
好意	호의 , 선의
好感	호감
【令人滿意】	호감이 가다
好運	행운 , 러키
好像	마치 , 흡사하다
好機會	호기
好轉	호전 (하다)

厂幺ˋ

好奇	호기 (하다)
~心	호기심
號令	호령 (하다)
號召	호소 (하다) , 어필 (하다)
號外	호외
號碼	번호 , 넘버
~盤	다이얼

厂又ˊ

喉嚨	목
【嗆 , 噎 , 哽咽】	목이 메다
猴子	원숭이

吼叫	으르렁거리다

厚	두껍다
厚,厚道	후하다
厚待	후대 (하다)
厚紙板	마분지
厚意,厚誼	후의
厚道	후덕하다 , 서그러지다
厚實	두툼하다
厚薄,厚度	두께
厚顏無恥	뻔뻔스럽다
後天	모레
後世,後代	후세
後代	후대
後半	후반
~期	후반기
後台,後盾	뒷받침 (하다) , 빽
後母	계모
後任	후임 (하다)
後年	내후년
後步	여유
後車箱	트렁크

ㄏ

後來	후 , 뒤에
後者	후자
後門	뒷문
後背	등
後面	후면 , 뒤쪽 , 뒷면
後面 , 後來 【負疚 , 內疚】	뒤 뒤가 켕기다
後悔	뉘우침 , 후회 (하다)
後退	후퇴 (하다)
後備	보결 (하다) , 예비 (하다)
後援 ～者	후원 (하다) 후원자
後期	후기
後街 , 後巷	뒷골목
後進 , 後退 【發展中國家】	후진 (하다) 후진국
後腳	뒷발
後裔	후예
後輩 , 後進	후배
後遺症	후유증
後繼人	후계자
後續	후일담 , 후속 (하다)
候車室 , 候診室 , 候客室	대합실
候鳥	철새

候補 　~者，候選人	후보 , 보결 (하다) 　후보자
候選，候選人 　【候選人】	입후보 (하다) 　입후보자

憨厚	어수룩하다

含 　~糖	빨다 　사탕을 빨다
含有	함유 (하다)
含量	함량
含糊 　說話~	막연하다 , 애매하다 , 어정쩡 하다 　막연한 말을 하다
函數	함수
涵養	함양 (하다)
寒	썰렁하다
寒心	한심하다 , 한심스럽다
寒冷	춥다
寒流	한류 , 한파
寒害	냉해
寒氣	추위
寒氣，寒意 　【發冷】	한기 　한기가 들다

寒帶	한대
~氣候	한대 기후
寒暄	인사 (하다)
寒酸	추레하다 , 초라하다
寒噤	서늘하다
韓文字	한글
韓式	한식
~魚板	어묵
韓服	한복
韓國	한국
~語，朝鮮語	한국어

ㄏㄢˇ

罕見	드물다
喊	아우성
~叫，慘叫	아우성을 치다
喊叫	외치다 , 부르짖다

ㄏㄢˋ

汗	땀
出~	땀이 나다
流~	땀을 흘리다
汗毛	솜털
和…一致	합치 (하다) , 일치 (하다)
旱地	밭
焊接	용접 (하다)

漢文	한문
漢字 　【漢語，漢字詞】	한자 　한자어
漢堡	햄버거

痕跡 　留下~	자국 , 흔적 , 자취 　흔적이 남아 있다

ㄏ

很 　~熱	잘 , 꽤 , 매우 , 아주 , 몹시 , 어찌 , 대단히 , 굉장히 　매우 덥다
很久很久以前	아주 먼옛날
很多 　吃~	여럿 , 많이 　많이 먹다
很好	나이스
狠	호되다
狠毒	악랄하다 , 지독하다

恨	한 (하다) , 밉다 , 미움
恨心，恨意	앙심 , 미움

行	줄
行列	열 , 행렬 (하다)

行情	시세 , 시황
行間，行距	행간
【領會字裡行間的意思】	행간을 읽다
航行艱難	난항
航空	항공
~信	에어메일
~器，飛機	항공기
~公司	항공사
~郵件	항공 우편
【飛機票，機票】	항공 기표
航海	항해 (하다)
航路，航道，航線	선로 , 항로

ㄏㄥˊ

橫	가로
~放，放倒	가로놓다
橫竿	바 , 크로스바
橫貫	가로지르다 , 횡단 (하다)
橫幅標語	플래카드
橫隔膜	횡격막

ㄏㄥˋ

橫死	생죽음 (하다)
橫行	설치다
暴力團體~	폭력단이 설치다

呼叫	호출 (하다)
呼吸	숨 , 쉬다 , 숨결 , 숨을 쉬다 , 호흡 (하다)
~器	호흡기
【嘆氣】	한숨을 쉬다
【令人窒息】	숨막히다
【合得來，步調一致】	호흡이 맞다
呼喊	부르다
呼應	호응 (하다)
呼籲	호소 (하다)
忽地，忽然	언뜻 , 별안간
忽然	문득 , 갑자기
忽視，忽略	소홀하다 , 등한하다 , 간과 (하다)

狐狸	여우
【目瞪口呆，不知所措，茫然】	여우한테 홀린 듯하다
狐臭	암내
胡桃	호두
胡麻	참깨
胡椒	후추
胡亂	마구 , 함부로 , 되는대로
胡蜂	말벌

ㄏ

胡說	헛소리 , 횡설수설 (하다)
胡蘿蔔	당근
葫蘆	박 , 호리병박
葫蘆乾瓢	박고지
湖 , 湖泊	호수
湖畔 , 湖濱 , 湖邊	호반 , 호숫가
蝴蝶	나비
蝴蝶結	나비넥타이
糊	바르다
糊里糊塗	얼빠지다
糊塗	멍청해지다
鬍子 , 鬍鬚	수염
【剃鬍子】	수염을 깎다

ㄏ

ㄏㄨˇ

虎口	손아귀
虎牙	송곳니
琥珀	호박

ㄏㄨˋ

戶	호
戶口	세대
戶主 , 戶長	집주인 , 호주
戶外	문밖 , 야외
戶頭	계좌

| 戶籍 | 적 , 호적 |
| 入~ | 적을 두다 |

| 互不相容 | 상극 (하다) |

互相	상호 , 서로
~幫助	상호부조
~排擠	등돌리다

| 互看 | 마주보다 |

| 互換 | 호환 (하다) |
| ~性 | 호환성 |

| 護目鏡 | 고글 |

| 護身符 | 부적 |

| 護具 | 서포터 |

| 護脣膏 | 립크림 |

| 護理 | 간병 (하다) , 간호 (하다) |

| 護照 | 여권 , 패스포트 |

| 護衛 | 호위 (하다) |

| 護髮 | 트리트먼트 , 헤어 트리트먼트 |
| ~乳 | 린스 |

ㄏㄨㄚ

花	꽃 , 화
~束	꽃다발
開~	꽃이 피다

| 花 (費) | 돈들다 , 돈쓰다 |
| ~錢 | 돈이 들다 , 돈을 쓰다 |

| 花 (費) , 需要 | 걸리다 |
| ~時間 | 시간이 걸리다 |

花生	땅콩 , 피넛 , 낙화생
花甲	회갑
花式溜冰	피겨 스케이팅
花束	부케 , 꽃다발
花店	꽃집
花招	수작 (하다)
花花公子	플레이보이
花花綠綠	아롱다롱하다
花型	꽃 모양
花苞	봉오리
花粉	꽃가루
~症	꽃가루 알레르기
花紋 , 花樣 , 花型	무늬 , 꽃무늬
花瓶	꽃병
花椰菜	콜리플라워
花柳病	성병
花壇	화단
花蕾 , 花苞	꽃봉오리
花瓣	꽃잎

ㄏㄨㄚˊ

划	젓다
~船	배를 젓다
滑倒	미끄러지다
滑水	수상스키

滑冰	스케이트
~場	링크
滑行	활주 (하다)
【(機場)跑道】	활주로
滑車,滑輪	도르래
滑板滑雪,滑板	스노보드
滑門	맹장지
滑雪	스키
~場	겔렌데 , 스킹장
滑翔機	글라이더
滑順	여낙낙하다 , 매끄럽다
滑溜	미끄럽다 , 반들반들*하다
滑鼠	마우스
滑稽	익살 , 해학 , 우스꽝스럽다
~的人,小丑	익살꾼
華爾滋	왈츠
華麗	화려하다

ㄏㄨㄚˋ

化工陶瓷	세라믹
化石	화석
化合	화합 (하다)
化妝	메이크업 , 분장 (하다) , 화장 (하다)
~品	화장품
~水	스킨
~室	화장실

化解	풀리다 , 화해 (하다)
~怒氣	노여움이 풀리다
化學	화학
~式	화학식
~工業	화학공업
化膿	곪다
傷口~	상처가 곪다
畫	화 , 그림
~家	화가
畫 (圖)	그리다
畫布	캔버스
畫板	패널
畫室	아틀리에
畫面	화면
畫蛇添足	화사첨족
畫廊	화랑 , 갤러리
畫像	화상
話	말
搭~	말을 걸다
【追求，求愛】	말을 걸며 접근하다
話劇	연극 (하다)
話題	화제 , 토픽
劃分	구분 (하다) , 구획 (하다)
劃時代的	획기적
劃清界線	분명히 하다 , 선을 그으다

ㄏ

活	살다
花要澆水才能~	꽃은 물을 주어야 산다
活力	활기 , 생기 , 활력
【充滿朝氣】	활기를 띠다
【熱鬧】	활기차다
活下來	살아나다 , 살아남다
從危機中~	위기에서 살아나다
活化	활성화 (하다)
活生生	생생하다
活用	활용 (하다)
活字	활자
活捉	사로잡다
活動	캠페인 , 움직이다 , 활동 (하다)
活期存款	당좌예금
活塞	피스톤
活潑	발랄하다 , 활발*하다
~的新人	발랄한 신인
活躍	활약 (하다)

火	화 , 불
發~	화가 나다
生~	불을 때다
火力	화력

火山	화산
火災	화재
火車	기차
火花 　~四射	불꽃 , 스파크 　불꽃을 튀기다
火星	화성
火柴 　~棒	성냥 　성냥개비
火氣	화기
火速	지급 (하다)
火焰	화염,불길
火葬	화장 (하다)
火腿	햄
火箭	로켓
火燒山	산불
火雞	칠면조
火藥	화약
火爐	화로
伙	동아리
伙伴	파트너
伙食費	식비
夥	그룹
夥伴 　成爲~	파트너 , 파터너 　파트나 되다

或許	행여
或多或少	다소 , 많든 적든
或者，或是	혹은
和（麵）	반죽 （하다）
~好的麵團	반죽
貨車	화차 , 짐수레
貨到付款	수신자부담
貨物	짐 , 화물
卸~	짐을 내리다
裝~	짐을 싣다
【貨船】	화물선
【運貨火車】	화물 열차
貨眞價實	채산이 맞다
貨幣	화폐
貨樣，樣品	샘플
貨櫃	컨테이너
禍首	장본인
禍患	화 , 재앙
獲得，獲取	얻다 , 획득 （하다） , 캐치 （하다） , 취득 （하다）
獲勝率	승률

踝	복사뼈

懷	안다
~抱著夢想	꿈을 안다
懷孕, 懷胎	배다, 아이를 배다, 임신 (하다)
【孕婦】	임신부
懷念	그립다, 그리워하다
懷抱	품
懷裡	회중
【懷錶】	회중시계
【手電筒】	회중전등
懷疑	의심 (하다), 회의 (하다)
懷舊	회고 (하다), 그리워하다

ㄏㄨㄞˋ

壞	못되다, 나쁘다, 틀리다
壞人, 壞蛋	악인, 나쁜 놈
壞心眼	심술
【詭計多端, 心眼壞】	심술궂다
壞掉	상하다, 고장났다
壞話	험담

ㄏㄨㄟ

灰	재, 회
菸~缸	재떨이
灰心	낙심 (하다), 낙담 (하다)
灰色	회색, 그레이

灰泥，灰漿	회반죽
灰暗	칙칙하다 , 어두컴컴하다
灰塵	티 , 먼지 , 티끌
被~掩蓋	먼지투성이가 되다
【積少成多】	티끌 모아 태산
灰濛濛，灰白	뽀얗다
恢復	되돌리다 , 복구 (하다) , 쾌유 (하다) , 회복 (하다)
【火重新燃起】	불길이 살아나다
詼諧	익살 , 해학 , 익살 스러다
揮動	흔들다 , 휘두르다
徽章	배지

ㄏㄨㄟˊ

回	번 , 회
回去	돌아가다
回生	회생 (하다)
回收，收復	회수 , 회수 (하다)
【回數券，回數票】	회수권
回來	돌아오다
回到	되돌아오다
回味	뒷맛
回信	회서 (하다) , 회신 (하다)
回春	젊어지다 , 회춘 (하다)
回音，回聲	에코 , 반향 (하다)
回首，回頭	뒤돌아보다

回家	귀가 (하다)
回家，回去	돌아가다
回家，回來	돌아오다
回國	귀국 (하다)
回報	보답 (하다)
回答	응 (하다) , 회답 (하다) , 대답 (하다)
回鄉	귀향 (하다) , 귀성 (하다)
回想	회상 (하다)
回稟	아뢰다
回路	회로
回電	회전 (하다)
回憶 沉浸在~中	추억 추억에 잠기다
回應	응답 (하다)
回聲，回音	메아리
回歸	되돌리다 , 회귀 (하다) , 복귀 (하다)
回轉 ~臺	턴 턴테이블
回響 引發~	반향 (하다) 반향을 불러 일으키다
回顧，回想，回頭看	뒤돌아보다 , 회고 (하다)
回顧，回頭，回首 【回憶錄】	회고 (하다) 회고록

迴力鏢	부메랑
迴紋針	클립
迴避	피하다 , 외면 (하다) , 회피 (하다)
迴轉	회전 (하다)
~木馬	회전 목마
~運動	회전 운동
蛔蟲	회충

ㄏㄨㄟˇ

悔 (棋)	무르다
悔改	회개 (하다)
悔恨	회한 (하다)
悔恨	뉘우침
毀損	훼손 (하다) , 파손 (하다)
毀滅, 破滅	파멸 (하다)
毀謗	중상 (하다) , 훼방 (하다)
受到~	중상을 당하다

ㄏㄨㄟˋ

晦氣	불운하다
會 , 會議	회 , 회의
會合	합류 (하다) , 회합 (하다)
會見	회견 (하다) , 면회 (하다)
【記者招待會】	기자 회견
會長	회장

會客室	응접실
會員	멤버 , 회원
會商	담합 (하다)
會場	회장
會費	회비
會話	회화 (하다)
會談	회담 (하다)
會館	회관
會議	미팅 , 회의 (하다)
彗星	혜성
惠澤 , 恩澤	혜택
匯 (款)	송금 (하다)
匯合 , 集合	합류 (하다)
匯率	환율
匯票	환어음
匯報 【申報書 , 申請書】	신고 (하다) 신고서
匯款	송금 (하다)
繪畫	그림 , 회화 (하다) , 그리다
繪圖	제도 (하다)
賄賂 ~罪	뇌물 , 증회 (하다) 증회죄

歡心 【討好】	환심 환심을 사다
歡呼	환호 (하다)
歡迎 ~會，招待會	환영 (하다) 환영회
歡喜，快樂	즐기다 , 기쁘다 , 환희 (하다)
歡樂 【娛樂街】	즐겁다 , 환락 (하다) 환락가
歡聲，歡呼	환성 , 환성을 올리다

環	링 , 고리
環視，環顧	둘러보다
環道	서킷
環境 家庭~	환경 가정환경
還 (錢，債)	갚다
還回	되돌리다
還原	환원 (하다)

緩，緩慢	완만하다 , 천천히 , 서서히
緩行 【慢車】	완행 (하다) 완행열차

ㄏ

緩和	완화 (하다)
緩期，延期	유예 (하다) ，연기 (하다)
【緩刑期間】	유예 기간
【執行緩刑】	집행 유예
緩慢	느리다
緩衝	완충 (하다)

ㄏㄨㄢˋ

幻想	환상
~曲	판타지
幻滅	환멸
幻影	환영,허깨비 ，환상
幻燈片	슬라이드
幻覺	환각 (하다)
換	바꾸다 ，교체 (하다)
~句話說	말하자면
把錢~成美金	돈을 달러로 바꾸다
換車	갈아타다 ，바꿔 타다
換氣	환기 (하다)
~窗	환기창
換班，輪班	교대 (하다)
換算	환산 (하다)
換錢	환전 (하다)
喚起	불러일으키다 ，환기 (하다)
患者	환자
患處	환부

ㄏ

昏	빙하다 , 어찔하다 , 어지럽다
昏厥 , 昏迷	기절 (하다)
昏眩	아찔하다
昏迷	혼미하다
昏暗	침침하다 , 흐릿하다
婚外情	바람기
婚事	혼사
婚禮	혼례 , 결혼식

厂

魂	얼 , 영혼
魂魄	혼 , 넋 , 혼백

混 , 混合	섞다 , 섞이다
混合	얼버무리다 , 혼합 (하다) , 믹스 (하다)
~物	혼합물
~曲	메들리
混成	혼성 (하다)
混同 , 混淆	혼동 (하다)
混血兒	혼혈아
混沌 , 混亂	혼돈
混淆 , 搞不清楚	헷갈리다

混亂	어지럽다 , 헝클어지다 , 혼란 (하다)
混凝土 , 水泥	콘크리트
混戰	난투 (하다)
混濁	탁하다 , 흐리다 , 흐릿하다 , 흐려지다 , 혼탁하다
混瞞 , 瞞騙	속이다
混雜	혼잡하다
混淆	뒤섞다

ㄏㄨㄤ

荒地	황무지
荒謬	엉터리 , 터무니없다
荒野 , 荒原	황야
荒置 , 廢置	내버려두다
荒蕪 , 荒廢	황폐 (하다) , 황무 (하다) , 황무함
荒謬絕倫	언어도단
慌忙 , 慌張	황망하다 , 황급하다
慌張	허둥대다 , 허둥거리다 , 당황 (하다)
慌慌張張	허겁지겁

ㄏㄨㄤˊ

皇太子	왕세자 , 황태자
皇后	황후

皇帝	황제 , 임금
皇宮	황궁
黃 , 黃色	노랑
黃牛	황소
【金牛座】	황소자리
黃玉	황옥 , 토파즈
黃色	황색
黃色的	노랗다
黃昏	황혼 , 해질녘
黃金	황금
黃泉	황천
黃綠色	황록색
黃銅	놋쇠
~碗	주발
~器	유기
黃蓮	소태
黃曆	책력
黃鼬 , 黃鼠狼	족제비
蝗蟲	메뚜기

ㄏㄨㄤˇ

恍惚	멍하다 , 몽롱하다 , 황홀하다

ㄏㄨㄤˋ

晃悠 , 搖搖晃晃	흔들거리다

烘乾	말리다
轟炸，暴力攻擊	폭격 (하다)
【轟炸機】	폭격기
轟動	짱하다 , 대박이다

宏偉	웅대하다 , 웅장하다
紅	붉다 , 빨갛다
臉頰~的	볼이 빨갛다
紅十字	적십자
紅心	하트
紅木	마호가니
紅外線	적외선
紅石榴	석류
紅色	빨강
紅血球	적혈구
紅利	보너스
紅利金	배당금
紅豆	팥
紅紅的	뻘긋뻘긋하다
紅茶	홍차
紅酒	와인
紅眼病	삼눈

紅通通	뻘겋다
紅葉	단풍
~，變紅的葉片	단풍잎
【葉片變紅，葉片變黃】	단풍이 들다
紅潮	홍조
臉泛~	얼굴에 홍조를 띠다.
紅瞿麥	패랭이꽃
紅寶石	루비
紅蘿蔔，紅皮蘿蔔	홍당무
虹	무지개
虹吸管	사이펀
虹鱒	무지개송어
洪水	홍수
洪災	수해
洪亮	우렁차다
鴻溝	갭

ㄏ

ㄐㄧ

奇數	홀수
肌肉	근육
~發達	근육질
~痠痛	근육통
【發福，發胖】	살이 찌다
【瘦，消瘦】	살이 빠지다
肌力	근력
肌理	살결
犄角	뿔
【牛角】	쇠뿔
飢餓	기아 , 굶주리다
基本，基礎	기본 , 기초
基地	기지
基金	기금
基準，標準	기준 , 표준
基督	그리스도
~教	기독교
~教徒	크리스천 , 기독교 신자
基層	말단
基礎	기반 , 기초 , 밑바탕
~建設	인프라
~產業，~工業	기간산업

基礎，基調	바탕 , 기초
幾乎	거의
機車	오토바이
機制	메카니즘
機長	기장
機能	기능
機動部隊	기동대
機密	기밀
機敏	기민하다
機械	기계
~工學	기계 공학
機率	확률
機場	공항
機會	기회
機會，機遇	찬스
機器，機械，機關	기관
【火車司機】	기관사
【公報】	기관지
【火車頭】	기관차
【機關槍，機槍】	기관총
機器人，機械人	로봇
機翼	비행기 날개
機靈	약다 , 영리하다 , 똑똑하다
激化	격화 (되다)

ㄴ

激烈	맹렬하다 , 치열하다 , 통렬하다 , 격렬하다 , 격심하다
激素	호르몬
激起	불러일으키다
激動	흥분 (하다) , 감격 (하다)
激進	급진 (하다)
激戰 , 交戰 ~結果獲得勝利	접전 (하다) 접전끝에 이기다
激勵	격려 (하다)
積 ~灰塵	앉다 , 쌓이다 먼지가 앉다
積分	적분
積木	블록 , 집짓기 놀이
積存	모으다
積存 , 積攢 【公積金】	적립 (하다) 적립금
積累 , 積壓 【積雪】	쌓이다 눈이 쌓이다
積習	상습
積極 ~性	적극 (하다) 적극성
積蓄	축적 (하다)
積壓	밀리다 , 쌓이다
積攢 【存錢】	모이다 돈이 모이다
跡象	기미 , 낌새 , 표적

雞	닭
~舍	닭장
養~	닭을 치다
雞皮疙瘩	소름
起~	소름이 돋다 , 소름이 끼치다
雞肉	치킨 , 닭고기
雞尾酒	칵테일
雞蛋	계란 , 달걀
【煎蛋，炒蛋】	달걀부침
譏笑	비웃다
譏諷	빈정거리다
饑荒	기근
羈絆	굴레
人與人的~	인간의 굴레
嘰嘰咕咕	수군거리다
嘰嘰喳喳	지저귀다

ㄐ

ㄐㄧˊ

及格	합격 (하다) , 패스 (하다)
及第	급제 (하다)
吉他	기타
吉利丁	젤라틴
吉祥物	마스코트
吉普車	지프
吉普賽	집시

即，就是	즉
即使，儘管	비록 , 설령
即刻	즉각
即席	즉석
即時	곧 , 즉시
即售	즉매 (하다)
即將	직전 , 머지않아
即溶 ~咖啡	인스턴트 인스턴트커피
即興 ~詩 ~表演	즉흥 즉흥시 애드리브
寂寞	적막하다 , 적적하다 , 쓸쓸하다 , 외롭다
寂靜	잠잠*하다
急 ~事 ~性子，~躁	급하다 급한 용무 급한 성질
急忙	서두르다
急行 【快車】	급행 (하다) 급행열차
急性 ~肺炎	급성 , 성급하다 급성 폐렴
急促	촉급하다
急迫	촉박하다
急患，急症，急病	급환

ㄐ

急速	급속하다
急進	급진 (하다)
急遽	급격하다
急躁	조바심
疾病	병 , 질병
疾馳	질주 (하다)
棘手	귀찮다 , 벅차다 , 까다롭다
級	단 , 급
級別	랭크
喞喞噥噥	수군덕수군덕 (하다)
集大成	집대성 (하다)
集中 ~授課 ~型豪雨	모으다 , 집중 (하다) 집중 강의 집중 호우
集中 (精神) 【聚精會神】	사리다 , 집중 (하다) 정신을 사리다
集合	집합 (하다)
集成曲	메들리
集結	밀집 (하다)
集會 舉行~ 年輕人的~	모임 , 미팅 , 집회 (하다) 모임을 열다 젊은이의 모임
集團 , 集體	집단
集聚 , 集合	모이다

ㄐ

集體	단체
~談判	단체 교섭
~自殺	동반자살 (하다)
~住宿	합숙 (하다)
極光	오로라
極好	절호
極其，極為	극히 , 지극*하다
極限	극한
~狀況	극한 상황
極端	극단
~的	울트라 , 극단적
極樂	극락
【安然死去，壽終正寢】	극락왕생 (하다)
擊退	물리치다
擊敗	무찌르다
擊球姿勢	스탠스
擊劍	펜싱
嫉妒	샘을 내다 , 샘 (하다) , 질투 (하다)
~心	질투심
~心重	질투이 심하다
籍貫	본관 , 본적

ㄐㄧˇ

脊背	등
脊椎	척추 , 등뼈
~動物	척추동물

脊髓	척수
給水	급수 (하다)
給付	급부 (하다)
幾 (個)，多少，一些	몇
~年	몇 년
~歲，多大	몇 살
~個人	몇 사람
~點 (鐘)	몇 시
幾年	수년
幾何	기하
~學	기하학
擠	짜다, 죄다, 짓이기다, 빽빽하다
擠出 (時間等)	염출 (하다)
擠進	뚫다
擠開	비집다
擠滿	빼곡하다

技巧	기교, 요령, 기술
技巧，技藝	테크닉
技法	기법
技倆	기량
技師	기사
技能	기능

技術	기술
~知識	노하우
圍棋~高超	바둑이 세다
【技藝高超的人，技師】	기사 , 기술자
忌妒	시새우다 , 질투 (하다)
忌辰，忌日	기일
忌酒，禁酒	금주 (하다)
忌諱	터부 , 꺼리다
季刊	계간지
季節	철 , 시즌 , 계절
【季風】	계절풍
紀元	기원
紀念	기념 (하다)
~碑	기념비
~日	기념일
紀律	규율
紀錄片	다큐멘터리
計	꾀 , 헤아리다
【從旁指點，教唆】	선동하다
計時工作	파트타임
計畫	계획 , 프로젝트 , 프로그램 , 기도 (하다) , 예정 (하다) , 기획 (하다)
訂立~	계획을 세우다
計程車	택시
叫~	택시를 잡다
計策	방책

ㄐ

計量器	미터
計算	셈 , 계산 (하다) , 산출 (하다)
~機	계산기
【帳單】	계산서
計數	카운트 (하다)
【倒數】	카운트다운
計謀 , 計策	술책 , 계략 , 모략
【策劃陰謀】	술책을 꾸미다
既成 , 既有的	기성
【成衣】	기성복
記 , 記憶 , 記得	기억 (하다)
記下 , 記錄	적다 , 기록 (하다)
【記在筆記裡】	공책에 적다
記名	기명 (하다)
~投票	기명 투표
記步器	만보계
記事	기사
~本	수첩 , 메모장
【記載】	기사를 싣다
記者	기자 , 리포터
記述 , 記敘	기술 (하다)
記號	기호 , 표 (하다) , 마크 (하다)
記載	기재 (하다)

ㅋ

記憶，記，記住	기억 (하다)
【記性，記憶力】	기억력
【記得】	기억하고 있다
記憶體	메모리
記錄，記載	레코드 , 표기 (하다) , 기록 (하다)
【記錄之外】	기록외
【打破紀錄】	기록을 깨다
記錄員	서기
祭祀	제사 (하다)
祭品	제물
祭壇	제단
寄	보내다 , 부치다
~信	편지를 보내다 , 편지를 부치다
寄生蟲	기생충
寄回	반송 (하다)
寄放	맡기다
寄物處	클로크룸
寄信	발신 (하다)
~人	발신인
寄託	부치다 , 의탁 (하다)
寄送，寄出	송부 (하다)
【收件人地址】	송부처
寄宿	하숙 (하다)
~家庭，寄住	홈스테이 (하다)
寄錢	송금 (하다)

繼母	계모
繼承	잇다 , 이어받다 , 물려받다 , 전승 (하다) , 상속 (하다) , 계승 (하다)
~人	상속인 , 계승자
~家業	가업을 잇다
【遺産稅】	상속세
繼續	계속 (하다) , 지속 (하다)
~,接著	계속하여
~研究	연구를 계속하다
鯽魚	붕어

ㄐ一ㄚ

加	플러스 (하다)
加,加上	붙이다
~條件	조건을 붙이다
加入	가입 (하다) , 참가 (하다)
加上	달다 , 더하다
加上 (而且,同時,再說)	게다가
加工	가공 (하다)
加油	급유 (하다)
~站	주유소
加法	덧셈
加穿 (衣服)	껴입다
加害	가해 (하다)
~者	가해자
加拿大	캐나다

加班	잔업 (하다)
~費	잔업수당
加強	굳히다 , 강화 시키다
加強	다지다
加深	깊어지다
加速	가속 (하다)
加稅	증세 (하다)
加盟	가맹 (하다)
加價	프리미엄 , 할증 (하다)
加劇	심해지다 , 악화 (하다) , 격화 (되다)
加熱	데우다 , 가열 (하다)
加濕器	가습기
加薪	승급 (하다)
佳餚	성찬
家	집
家，家庭	홈 , 가정
家人	식구
家人，家族	가족
家小，家眷	식솔
家中，家裡	집구석
家什，家具	세간
【分家】	세간나다
家事	가사

家長	가장
家門	가문
家計	가계
~簿	가계부
家家酒	소꿉놀이 (하다)
家庭	가정 , 패밀리
~教育	가정교육
~制度	가족 제도
~津貼	가족 수당
家畜	가축
家族 , 家屬 , 家眷	가족
家業	가업
家裡 , 家門	집안
家電	가전제품
家鴨	집오리
家譜	계도 , 계보
家家戶戶	집집마다
傢伙	놈 , 녀석
傢俱	가구

ㄐㄧㄚˊ

夾	끼우다
夾 (尾巴)	사리다
小狗把尾巴~起來	강아지가 꼬리를 사리다
夾子	핀 , 클립
【髮夾】	머리핀

夾克	점퍼 , 자켓 , 블루종
夾取	집다
用鑷子~	핀셋으로 집다
夾著吃	집어먹다
夾雜	섞이다

ㄐㄧㄚ˅

甲板	갑판
甲狀腺	갑상선
甲魚	자라
甲殼	갑각
甲醇	메틸 알코올
岬角	곶
假 , 假貨 , 冒牌貨	가짜
假名	가나 , 가명
假如	혹시 , 만약
假扮	변장 (하다)
假定	가정 (하다)
【假設法】	가정법
假花	조화
假面	탈 , 가면
~舞	탈춤
假音 , 假嗓	가성
假設 , 假定 , 假說	가설 (하다)
【成立假設】	가설을 세우다

假造	위조 (하다)
【假貨，冒牌貨】	위조품
假想，假定	상정 (하다) , 상상 (하다)
假裝	꾸미다 , 시늉 (하다) , 가장 (하다)
假髮	가발
戴~	가발을 쓰다
假聲男高音	알토
鉀	칼륨

ㄐㄧㄚ丶

架設	설치 (하다)
架勢，姿勢	포즈
架構	짜임새 , 구조
假日	휴가 , 휴일
嫁	시집보내다 , 시집가다
嫁接	접 (하다)
駕馭，控制	제어 (하다)
駕駛，操作	운전 (하다) , 조종 (하다)
【駕駛員】	기관사
【駕駛執照，駕照】	운전 면허증
【司機，機械操作者】	운전수
【飛行員】	비행기 조종사
價值	가치 , 값어치 , 메리트
價值，價格，價錢	값
【殺價，減價】	값을 깎다
【服裝費】	양복 값

價款 　【結帳，付款，買單】	**대금** 　대금 지불
價錢，價格 　過高的~ 　【加價，漲價】 　【降價，減價】	**가격** 　터무니 없는 가격 　가격 인상 (하다) 　가격 인하 (하다)，할인 　(하다)

ㄐㄧㄝ

皆	**다**
接 　~電話	**받다** 　전화를 받다
接二連三	**잇달아，연달다**
接力，接力賽 　【接力賽】	**릴레이** 　배턴 터치
接力棒	**배턴**
接上，接著 　【接話】 　【跟著隊伍的後面】	**잇다** 　말을 잇다 　행렬의 뒤를 잇다
接地線	**접지선**
接收 　~器 　~信號 　【收件人】	**삼다，접수 (하다)，수취** 　(하다) 　수신기 　수신 (하다) 　수취인
接吻	**키스 (하다)，뽀뽀 (하다)**
接見	**면접 (하다)**

接受	받다 , 접수 (하다) , 인수 (하다)
接近	가깝다 , 비슷하다 , 다가가다 , 가까워지다 , 접근 (하다) , 어프로치 (하다)
接待	응접 (하다) , 접대 (하다) , 대접 (하다)
~室 , 會客室 , 客廳	응접실
~客人	접객 (하다)
【服務業】	접객업
接訂單	수주 (하다)
接班人	후계자
接納 , 接受	받아들이다
【接受忠告】	충고를 받아들이다
【接受現實】	현실을 받아들이다
接球	캐치 (하다)
~員	리시버
接著 , 接下來	이어 (서)
接著 , 接踵	잇따르다
【不幸接踵而來】	불행이 잇따르다
接線生	전화교환원 , 오퍼레이터
接踵而至 , 接著	뒤이어
接觸	닿다 , 접촉 (하다) , 터치 (하다)
~點	접점
【觸殺】	터치아웃
【追撞事故】	접촉 사고
接續	이어지다 , 계속 (하다)
【接二連三 , 連接不斷】	계속해서

ㅓ

階段	단계
準備~	준비 단계
收尾的~	마무리 단계
階級	계급
階梯	스텝 , 계단 , 층계
階層，階級	계층
揭發	끄집어내다 , 적발 (하다)
揭開	떼다 , 벗기다
揭露，揭發	폭로 (하다)
街，街道	거리
【街景】	거리 모양
街口	길목
街坊	이웃
街區	블록
街道	가로 , 가도
【路樹】	가로수
【街燈】	가로등
街談巷議	고십

ㄐ—ㄝˊ

劫持	납치 (하다)
劫匪	산적 , 강도
拮据	애옥하다
捷徑	첩경 , 지름길
傑作	걸작

結	매듭
結（果實）	열다 , 열리다
結，結（果）	맺히다
結合	콤비네이션 , 결합 (하다) , 결부 (되다)
使~，栓，綁，使聯繫	결부시키다
結成	이루어지다
結尾	에필로그 , 마감 (하다) , 마무리 짓다
結束	끝나다 , 끝맺다 , 다하다 , 마치다 , 끝내다 , 완결 짓다 , 완결 (하다) , 종료 (하다)
結果，結局	결국 , 결과
結核	결핵
~菌素	투베르쿨린
結婚	결혼 (하다)
~戒指	결혼반지
~紀念日	결혼기념일
【婚禮】	결혼식
結帳	결제 (하다)
結帳，結清	붓다 , 결신 (하다)
【月存】	저금을 붓다
【結帳處】	카운터
結晶	결정
結業	종업 (하다)
~式	종업식

ㄴ

結實	튼튼하다 , 단단하다 , 탄탄하다
結幕 , 結局	결말
結構	구조 , 얼개 , 짜임새 , 구성 (하다)
~重組	구조 조정
結算 , 結帳 , 結清	결산 (하다)
結論	결론
睫毛	속눈썹
睫毛膏	마스카라
截止	마감 (하다)
截然不同	판이하다
截斷	자르다 , 커트 (하다)
【用鋸子鋸斷】	톱으로 자르다
竭盡	다하다
~全力	전력을 다하다
節	마디
節日	축일 , 경축일
節目	레퍼토리 , 프로그램
節制	절도 , 절제 (하다)
節拍器	메트로놈
節奏	템포 , 율동
節奏 , 節拍	리듬
節約 , 節省	아끼다 , 절약 (하다)
節氣 , 節令	절기

節骨眼	급소 , 고비
節節	착착
節儉	검소하다
【樸素，樸實，老氣】	검소함
節制	삼가다
~飲酒	술을 삼가다
潔白	새하얗다

니一ㅐˇ

ㄴ

姊夫（女性用）	형부
姊夫（男性用）	자형
姊妹	자매
~篇	자매편
~產品	자매품
~公司	자매 회사
姊姊（女性用）	언니
姊姊（男性用）	누나
解（恨）	풀다
解決	해결 （하다）
~對策	해결책
解放	해방 （하다）
解析度	해상도
解毒	해독 （하다）
解約	해약 （하다）
解凍	풀리다
解剖	해부 （하다）

解除	풀어지다 , 해제 (하다) , 해소 (하다)
~武裝	무장 해제
解救	구하다
解脫	헤어나다 , 해탈 (하다)
解悶	심심풀이
解散	해산 (하다)
解答	해답 , 해답 (하다)
解開	헤치다 , 풀어놓다
~謎底	수수께끼가 풀리다
解開，解除	풀리다
【心情放鬆】	기분이 풀리다
解開，解除	풀다
【解答】	문제를 풀다
【解開誤會】	오해를 풀다
解雇	면직 (되다) , 해고 (하다)
解說	내레이션 , 해설 (하다)
~員	해설자 , 내레이터
解職	해직 (하다)
解釋	새기다 , 해명 (하다) , 해석 (하다) , 설명 (하다)
解釋，解答	풀이 , 해답
解讀	해독 (하다)
解體	해체

介入	개입 (하다)
介子	중간자
介紹	소개 (하다) , 알선 (하다)
~信	소개장
介意	어려워하다
戒律	계율
戒指	반지 , 가락지
戒酒	금주 (하다) , 술을 끊다
戒備	경계 (하다)
戒菸	금연 (하다) , 담배를 끊다
戒嚴令	계엄령
芥子 , 芥末	머스터드
芥菜	겨자
界限	끝 , 한계 , 경계
【徹底 , 到底】	끝까지 , 철저하게
界線	한계 , 테두리
借	꾸다 , 빌리다
~書	책을 빌리다
借出	대출 (하다)
借用	차용 (하다) , 빌리다
【借條 , 借據】	차용 증서
借取	얻다
借款	론 , 차관
藉口	구실 , 핑계 , 빙자 (하다)

交，交付，交給	맡기다
交叉十字路口	엇갈리다 , 교차 (하다)
【交叉點】	교차점
【十字路口】	교차로
交付	주다 , 부치다 , 넘겨주다 , 교부 (하다)
【交心】	마음을 주다
【保密】	비밀에 부치다
【把案件提交審判】	사건을 재판에 부치다
交往	사귀다 , 교제 (하다)
交易	거래 (하다)
~狀況	시황
交流	커뮤니케이션 , 교류 (하다)
~道	인터체인지
交涉	교섭 (하다)
交納，繳納	납부 (하다)
交配	교미 (하다)
交接	교체 (하다)
交混	혼합 (하다)
交貨	납품 (하다)
交通	교통
~費	차비 , 교통비
~工具	탈것 , 교통수단
~管制，~規則	교통 규제
~標誌，路標	교통 표지
~事故，車禍	교통 사고

交換	바꾸다 , 교환 (하다) , 교환 (하다)
【接線生，話務員】	교환수
交換，交談	주고받다 , 교환 (하다)
【交談】	이야기를 주고받다
【交換運動員】	트레이드 (하다)
交替	교대 (하다) , 교체 (하다)
交給	건네다 , 교부 (하다)
交際	사귀다 , 교제 (하다)
交戰	접전 (하다)
交錯	교차 (하다
交頭接耳	쉬쉬 (하다)
交響曲	교향곡
交響樂	심포니
郊外	교외 , 야외
郊遊	피크닉 , 하이킹 , 소풍 (하다)
焦急，焦心	태우다 , 답답하다 , 성화 (하다) , 조바심
焦急，焦心，焦躁	안달나다 , 안달 (하다) , 조급하다
焦急，焦躁	초조하다
焦乾	바짝
【熬乾】	바짝 졸이다
焦糖	캐러멜

| 焦點,焦距 | 초점 , 핀트 , 포커스 |
| 【聚焦】 | 초점을 맞추다 |

| 嬌氣 | 응석 |
| 【嬌生慣養,嬌縱】 | 응석을 받아주다 |

| 嬌媚 | 애교 |

| 澆 | 끼얹다 , 물주다 |
| 【潑冷水】 | 물을 끼얹다 |

| 澆灌 | 관개 (하다) |

| 膠皮,橡膠 | 고무 |

| 膠合板 | 베니어판 |

| 膠帶 | 테이프 |

| 膠捲 | 필름 |

| 膠囊 | 캡슐 |

| 驕傲 | 긍지 , 뽐내다 , 교만 (하다) , 자랑 (하다) |

ㄐㄧㄠˊ

| 嚼 | 씹다 |

ㄐㄧㄠˇ

| 角 | 모 , 모서리 |
| 有稜有~ | 모가 나다 |

| 角色 | 역 , 배역 , 역할 |
| 決定~,選角 | 배역을 정하다 |

| 角度 | 각도 |

| 角落 | 구석 , 모퉁이 |
| 每一個~ | 구석 까지 |

角落	코너
角膜	각막
~炎	각막염
佼佼	훌륭하다
狡猾，狡詐	교활하다
絞肉	다진 고기
絞盡腦汁	머리를 쥐어짜다
僥倖	요행
餃子	만두
腳	발 , 다리
翹~	다리를 꼬다
【交際廣】	발이 넓다
腳，腳步	발길
腳下	발밑
腳夫（車站、機場…等）	포터
腳本	각본 , 대본 , 시나리오
腳尖	발끝 , 발부리
【從頭到腳】	머리에서 발끝까지
腳步	스텝
腳背	발등
腳趾	발가락
~甲	발톱
腳掌	발바닥
腳腕	발목
腳跟	발뒤꿈치

ㄐ

399

腳凳	페달 , 발판
腳踏車	바이크 , 자전거
腳踝	복사뼈
腳癬	무좀
矯正 ～不良的習慣	바로잡다 , 교정 (하다) 나쁜 버릇을 바로잡다
繳納 ～期限	불입 (하다) 납기
攪	이기다
攪和 , 攪拌	짓이기다
攪拌 ～粥 ～機	젓다 , 버무리다 죽을 젓다 믹서기
攪動 , 攪亂	휘젓다

ㄐㄧㄠˋ

叫	시키다 , 부르다 , 부르짖다
叫 (告訴 , 說 , 講)	…라고 하다
叫做	칭하다
叫絕	절찬 (하다)
叫進來	불러들이다
叫醒	깨우다
教父	대부
教材	교재
教育	교육 (하다)

教室	교실
教皇	교황
教科 　~書，課本	교과 　교과서 , 텍스트
教員	교원
教師	선생 , 교사
教訓	교훈
教務主任	교감
教授	교수
教習所	교습소
教會	교회
教練	코치 , 트레이너 , 인스트럭터
教養	교양
教職 　任~，當教師	교직 　교직자가 되다
較量	겨루다 , 대결 (하다)
轎	가마
轎車	승용차

ㄐㄧㄡ

揪	잡아채다 , 낚아채다
揪心	죄다 , 쥐어뜯다
糾正	고치다 , 바로잡다 , 시정 (하 다)

糾紛，糾葛	분규 , 트러블 , 분쟁 (하다) , 갈등 (하다)
糾纏	얽히다 , 조르다 , 달라붙다 , 매달리다 , 따라다니다 , 성화 (하다)
~，纏人	성화 바치다
糾纏，糾結	엉클어지다

ㄐㄧㄡˇ

九月	구월
酒	술
喝~	술을 마시다
~勁，醉意	술기운
【醉】	술에 취하다
【海量】	술고래
【醉鬼，醉漢】	술취한 사람
酒吧	바
酒店，酒鋪，酒吧	술집 , 술가게
酒杯	술잔
【喝酒】	술잔을 기울이다
酒宴，酒席	술자리
酒瓶	술병
酒菜	안주
酒瘋	주정 (하다)
發~	주정을 부리다
酒窩	보조개
酒精	알코올

韭菜	부추

ㄐ一ㄡ丶

究竟	결국 , 도대체 , 필경
就	금방 , 즉 , …하면…
就任 , 就職	취임 (하다)
【就職典禮】	취임식
就那樣	그대로 , 이럭저럭
就座	착석 (하다)
就業	취직 (하다) , 취업 (하다)
【工作日數】	취로 일수
就寢	취침 (하다)
就學	취학 (하다)
~年齡	취학 연령
就擒	사로잡히다
就職 , 就業	취직 (하다)
救 , 救援	도우다 , 구하다
救生圈	튜브 , 부낭
救助 , 救援	구조 (하다)
救命 , 救生	구명
【救生衣】	구명동의
救活	살리다
~病危的患者	위독한 환자를 살리다
救援	구원 (하다)
~之手	구제의 손길
救濟	구제 (하다)

4

救護車	구급차
舅母，舅媽	외숙모
舅舅	외삼촌
舊式	구식
舊的	헌
~書	헌책
舊約聖經	구약성서
舊習	인습 , 구습

ㄐㄧㄢ

尖，尖銳	뾰족하다 , 날카로와지다
鉛筆芯~	연필심이 뾰족
【神經緊張】	신경이 날카로와지다
尖峰	절정
尖酸	신랄하다
尖銳	첨예하다 , 예리하다 , 날카롭다
尖頭，尖端	끝 , 끝부분
奸詐	약다
奸滑	교활하다
肩背包	숄더백
肩膀	어깨
~酸痛	어깨가 결리다
~的寬度，肩寬	어깨 폭
【聳肩】	어깨를 들먹이다
【縮肩】	어깨를 움츠리다

金牛座	황소자리
兼，兼任，兼備	겸 (하다)
兼業，兼營 【兼職農家】	겸업 (하다) 겸업 농가
兼職，兼任	비상근, 알바
間 轉眼~ 在朋友~很有人氣	간, 사이 눈 깜짝할 사이에 친구들 사이에 인기가 있다
間奏 ~曲	간주 간주곡
堅決 ~執行	단호하다, 결연하다 단행 (하다)
堅固	튼튼하다, 견고하다
堅定	굳히다
堅定，堅強	굳세다
堅果殼	견과 껍질
堅持 ~己見 ~到最後	세우다, 버티다 자가 주장만 세우다 끝까지 버티다
堅強	터프, 굳세다
堅強，堅硬	억세다
堅強，堅韌 ~的意志力	강인하다 강인한 정신력
堅硬	굳다, 단단하다
堅實	견실하다
堅毅	의연하다

ㄐ

煎 　~米餅	부치다 , 지지다 　부꾸미
監視 　~器	감시 (하다) 　모니터
監督 　【電影導演】	감독 (하다) 　영화감독
監督 , 監工	감독
監禁	수감 (하다) , 감금 (하다)
監獄	감옥 , 교도소
艱澀	까다롭다
艱難	힘겹다 , 험하다 , 험난하다
緘默 　~地 , 沉默地	암묵 (하다) 　암묵하에
緘默權 　行使~	묵비권 　묵비권을 행사하다
鰹魚	가다랭이
殲滅	섬멸 (하다)

ㄐㄧㄢˇ

儉樸 　~的生活	검소하다 , 소박하다 　검소한 생활
剪 　~頭髮	자르다 , 오리다 　머리를 자르다
剪 (票) 　~票	찍다 　차표를 찍다
剪刀 , 剪子	가위

剪報，剪貼	스크랩
【剪貼簿】	스크랩 북
剪裁	재단 (하다) , 마름질 (하다)
剪影	실루엣
剪輯	몽타주
剪斷	커트 (하다)
減	마이너스
減少	덜다 , 줄이다 , 적어지다 , 감소 (하다)
~勞工	일손을 덜다
~收益	감익 (하다)
減少，減縮	줄어들다
減低	인하 (하다)
減法	뺄셈
減肥	다이어트 (하다)
減弱	약화 (하다)
減速	감속 (하다)
減稅	감세 (하다)
減輕，減少	경감 (하다)
減價	깎아주다 , 디스카운트 , 감가 (하다)
【折舊】	감가상각
撿	줍다
撿拾	집다

ㄐ

407

檢定 ~考試，證照考試 【經過認證，公認】	검정 (하다) 검정 시험 검정필
檢查 ~身體	검열 (하다) , 검사 (하다) 검진 (하다)
檢查，檢點	점검 (하다)
檢疫	검역 (하다)
檢修	오버홀
檢索	검색 (하다)
檢察 ~官 ~署	검찰 (하다) 검찰관 검찰청
檢察官	검사
檢閱	사열 (하다)
檢舉	고발 (하다)
檢驗 ~章	검사 (하다) 검인
繭 長~	굳은살 피부경결
簡易 ~設施	간이하다 간이 시설
簡便	간편하다
簡述	약술 (하다)
簡陋	초라하다
簡略 ~形式	간략하다 약식

簡單	쉽다 , 간단하다 , 단순하다 , 용이*하다
~地	쉬이
【輕食】	간단한 식사
【縮短，壓縮】	간단히 하다

簡潔，簡練，簡要	간결하다
【簡潔的文章】	간결한 문장

簡樸	소박하다 , 간소하다

ㄐ一ㄢˋ

見	보다

見外	공손하다
~，客氣	공손하다 , 사양하다

見怪	타박 (하다)

見面	만나다

見習	견습 , 수습 (하다)
~期，試用期	수습 기간

見解	견해 , 의견 , 소견

見證人	증인

見識	식견

建立	설립 (하다) , 확립 (하다) , 수립 (하다)
【建工廠】	공장을 건설하다

建交	수교 (하다)

建國	건국 (하다)
【國慶日】	건국 기념일

建設，建立	건설 (하다)

ㄐ

建造	짓다 , 세우다 , 건조 (하다
~大樓	빌딩을 세우다
【蓋房子】	집을 짓다
建築	건축 (하다)
~學	건축학
~物	건물 , 건축물
~家 , ~師	건축가
建議	제안 (하다)
健全 , 健康	건전하다
健在	건재
健行	하이킹
健壯	건장하다 , 튼튼하다 , 씩씩하다
健身俱樂部	헬스장
健美運動	보디빌딩
健康	건강하다 , 컨디션이 좋다
~美	건강미
~保險	건강 보험
~檢查	건강 진단
~狀態	컨디션
【健壯的人】	건강한 사람
間接	간접
~稅	간접세
~照明	간접 조명
間歇貌	쉬엄쉬엄
間隔	사이 , 거리 , 간격
【分隔 , 隔斷】	간격을 두다
間諜	스파이 , 간첩

ㄴ

劍	검, 칼
劍柄	칼자루
劍道	검도
劍鞘	칼집
漸漸 　~地	슬슬 , 점점 , 차차 , 차츰 　점점 , 사르르
賤視	천시 (하다) , 멸시 (하다)
賤賣	화재 , 판매
踐踏	짓밟다
箭 　~頭 , ~形符號	화살 　화살표
箭靶	표적
諫諍 , 諫言	간언 (하다)
薦舉	추천 (하다)
鑑定	감정 (하다)
鑑賞 , 欣賞 　音樂~	감상 (하다) 　음악 감상
鍵 　關~字	키 　키워드
鍵盤	건반 , 키보드
毽子 　踢~	제기 　제기를 차다

ㄐ

今天	오늘, 오늘날
~早上	오늘 아침
~晚上	오늘밤
今世	이승
今年	올해
金	금
金字塔	피라미드
金星	금성 , 샛별
金庫	금고
金針菇	팽이 버섯
金婚	금혼식
金魚	금붕어
金牌	금메달
金絲雀	카나리아
金槍魚	다랑어
金髮	금발 , 블론드
金融	금융
金鋼石	다이아몬드
金錢	돈 , 금전
【收款機，收銀機】	금전 등록기
金額	금액
金屬	금속
津貼	수당 , 프리미엄
家庭~	가족 수당

4

僅	뿐
僅僅	단지 , 겨우
緊 　行程很~	바짝 , 빡빡하다 , 타이트하다 　일정이 빡빡하다
緊 , 緊靠 　【坐近】 　【勒緊腰帶】 　【振作起精神】	바싹 , 바짝 　바싹 다가앉다 　허리띠를 바싹 죄다 　정신을 바싹 차리다
緊抓 , 緊握	움키다
緊身衣	타이츠
緊急 　~出口 , 逃生門 　~情況 　~措施 　【逃生梯】	비상하다 , 긴급하다 , 위급* 하다 　비상구 　비상사태 , 긴급 사태 　긴급 조치 　비상계단
緊急 , 緊迫	시급하다 , 긴급하다
緊要	요긴하다 , 중요하다
緊迫	절박하다 , 촉급하다 , 촉박하 다
緊迫 , 緊張	긴박하다
緊密	밀접하다
緊張 　【放鬆】	긴장 (하다) 　긴장이 풀리다
緊張 , 緊繃	켕기다
緊實	빼곡하다

緊緊地	꼭 , 꽉 , 착착
緊縮	긴축 (하다)
財政~	긴축 재정
預算~	긴축 예산
錦緞	비단
儘管	불구 (하다)
~條件惡劣	악조건에도 불구하다
謹	삼가 , 진장으로
謹慎	삼가다 , 신중하다 , 근신 (하다)
~的態度	신중한 태도
保持~	신중을 기하다
~說話 , 愼言	말을 삼가다

ㄐㄧㄣˋ

近	가깝다
近世	근세
近代	근대
近來	요즘 , 최근 , 요즈음 , 근래 (에)
近海	근해
近景	클로즈업
近視	근시
~眼	근시안
近義詞	유의어
近路	지름길

近鄰	이웃
【聯邦，鄰國】	이웃나라
【鄰居，鄰人，街坊】	동네 사람
【隔壁，鄰居，鄰家】	이웃집
晉級	진급 (하다) , 승진 (하다)
~考試	진급시험
浸	적시다 , 스며들다
浸水	침수 (하다)
浸泡	담그다
浸透，滲透	배다 , 스며들다 , 배어들다
【汗水滲透衣服】	옷에 땀이 배다
浸蝕	침식 (하다)
~作用	침식 작용
浸濕	적시다
進入	들어가다 , 진출 (하다) , 진입 (하다)
【前進國外】	해외 진출
進口	수입 (하다)
進公司	입사 (하다)
進化	진화 (하다)
進出口	수출입
進行	전개 (하다) , 진행 (하다)
~曲	진행곡
進攻	공격 (하다)
進步	진보 (하다) , 향상 (하다)
顯著的~	현저한 진보
進度	진도

ㄐ

進修	연수 (하다)
~生	연수생
進展，進行	진척 (하다) , 진전 (되다)
進退兩難	딜레마 , 진퇴앙난
【陷入兩難的局面】	딜레마에 빠지다
進貨	입하 (하다)
禁止	금하다 , 금지 (하다)
禁止吸菸	금연 (하다)
【禁菸區】	금연석
【禁菸車廂】	금연차
禁忌	터부 , 금기
禁區	금지
禁漁區	금어구
禁慾	금욕
~主義	금욕주의
盡力	힘쓰다 , 진력 (하다) , 전력으로
~完成	완성에 힘쓰다
盡力，盡最大能力	힘껏 , 최선을 다해
盡情	마음껏
盡情地	실컷
盡情享受	만끽 (하다)
盡量	되도록
盡頭	막바지

將來 【前程，前途】 【未來，剩下的日子，前些 日子】	앞 , 미래 앞길 앞날
將近	다가오다
將軍	장군
僵硬	얼어붙다 , 뻣뻣하다
薑	생강
疆土	영토
韁繩 握~	고삐 고삐를 잡다

獎	상
獎杯，獎盃	컵 , 트로피
獎狀	상장
獎金	상금 , 보너스 , 프리미엄
獎品	상품 , 경품
獎牌，獎章	메달
獎學金	장학금
獎勵	장려 (하다)
槳 划~	노 노를 젓다
講	말 (하다)

ㄐ

講（告訴，說，叫）	…라고 하다
講台	교단 , 강대
站上~	교단에 서다
講究	차리다 , 주의하다
~形式、禮節，莊重	격실을 차리다
講和	화합 (하다)
講師	강사
講座	강좌
廣播~	라디오 강좌
講堂	강당
講習	강습 (하다)
講價	흥정 (하다)
講課，講授	강의 (하다)

ㄐㄧㄤˋ

降	깎다 , 떨어뜨리다
降半音記號	플랫
降低	인하 (하다)
降低，下降	낮추다 , 저하 (하다)
降落	낙하 (하다) , 착륙 (하다)
~傘	낙하산
降臨	강림 (하다)
將校	장교
漿糊	풀
醬	장 , 소스
蝦~	새우젓

醬汁	소스
醬油	간장

ㄐㄧㄥ

荊棘 【艱苦的道路】	가시 가시밭길
莖	줄기
晶瑩	영롱하다
晶體 ~管	크리스털 트랜지스터
經，經典 【讀佛經】	경전 불경을 읽다
經手	중개 (하다)
經由	경유 (하다)
經度	경도
經紀人	브로커 , 에이전트
經商	행상
經常 ~看書 ~收支	늘 , 항상 , 자주 항상 책을 읽다 경상 수지
經理	매니저 , 부장
經理，經營管理	경리 (하다)
經費	경비
經過	과정 , 걸치다 , 지나다 , 지나 가다 , 경과 (하다) , 통과 (하다)

ㄐ

經管	다루다 , 경영 (하다) , 관리 (하다)
經線	날실
經歷	경력 , 이력 , 커리어 , 체험 (하다)
【經驗談】	체험담
經濟	경제
~艙	이코노미 클래스
~學	경제학
~學者	경제학자
~學家	이코노미스트
經營	움직이다 , 운영 (하다) , 영위 (하다) , 경영 (하다)
~學	경영학
~者	경영자
~工廠	공장을 운영하다
經驗	경험 (하다)
~論	경험론
~主義	경험주의
有~的人	경험자
菁英	엘리트
精 , 精華 , 精髓	에센스
精力	정력 , 에너지 , 에네르기
注入~	정력을 쏟다
精子	정자
精心	공들이다
精心 , 精打細算	알뜰하다
精巧 , 精緻 , 精美	정교하다

精米	정미
精明	영악하다
~幹練	야무지다
精氣	정기
精疲力盡	기진맥진
精神	정신 , 기력 , 정신
~失常	실성 (하다)
~壓力	스트레스
~官能症	노이로제
~科醫生	정신과 의사
【回神 , 清醒】	정신이 들다
精密 , 精細	정밀하다
【精密檢查】	정밀 검사
【精密機器】	정밀 기계
精彩	멋지다 , 근사하다
精通	정통*하다 , 정통 (하다) , 숙달 (하다)
~法律	법률에 밝다
精湛	능란하다
精華	정화 , 엑기스
精誠	정성
精心	정성들이다
精瘦	강마르다
精選	추리다
精雕細刻 , 精雕	아로새기다
精髓	진수

ㅓ

鯨魚	고래
【捕鯨】	고래잡이
驚人	놀랍다 , 어마어마하다
~的珍餚	어마어마한 성찬
驚叫	비명을 지르다 , 비명
驚恐	질겁 (하다)
驚動	놀라게 하다
驚異	경이
驚訝	놀라다
驚慌	어마지두
~失措	허겁지겁
驚險	스릴 , 아슬아슬하다
驚嚇 , 驚動	놀라게 하다
驚嚇貌	흠칫 (하다)

ㄐㄧㄥˇ

井然	정연*하다
景仰	우러러보다
景色	경치 , 풍경
景氣	경기
頸 , 頸項	목
警告	경고 (하다)
警戒 , 警惕	경계 (하다)
警笛	경적 , 클랙슨 , 사이렌

警備，警戒	경비 (하다)
【保全人員，警衛】	경비원 , 경호원
警報	경보
~器	경보기
警察	경찰 , 순경
~，警官，巡警	경찰관
~署	경찰청
警語，警句	경구 , 경어
警鐘	경종
敲響~	경종을 울리다

ㄐ

ㄐㄧㄥˋ

淨化	정화 (하다)
淨利	순익
痙攣	경련 (하다)
敬	삼가 , 올리다
~酒	술을 부어 올리다
敬奉	드리다
敬重	융숭하다 , 존경 (하다)
敬酒	축배
舉杯~	축배를 들다
敬意	경의
表達~	경의를 표하다
敬稱	경칭
敬語，敬詞	경어
敬禮	경례 (하다)

境地	처지 , 지경
境界	경계
境遇	경우 , 처지
靜下來	진정 하다
靜止	정지 (하다)
靜物畫	정물화
靜脈 ~注射，點滴	정맥 정맥 주사
靜寂	정적하다
靜電	정전기
靜養	정양 (하다)
靜靜地 ~入睡了	사르르 , 조용히 사르르 잠이들다
靜觀	정관 (하다) , 지켜보다
鏡子	거울
鏡框	액자
鏡頭	컷
鏡頭，鏡片	렌즈
競走	경보
競爭	다투다 , 겨루다 , 경쟁 (하다) , 경합 (하다)
競爭，競賽 【競爭力】 【競爭者】	경쟁 (하다) 경쟁력 라이벌

競賽	경기 , 매치 , 콘테스트 , 시합 (하다)
~大會	경기 대회

ㄐㄩ

居民	주민
~稅	주민세
【戶口登記】	주민 등록
居住	살다 , 거주 (하다)
~地	주거지
~者 , 居民	거주자 , 주민
~在都市	도시에서 살다
【住處 , 寓所】	거주지
居留	재류 (하다)
~權	재류 자격
居無定所	주거부정
拘束	속박 (하다)
拘泥	고집 (하다) , 구애 (하다)
拘捕	체포 (하다)
~令	영장
拘留	억류 (하다)

ㄐㄩˇ

局面	판
侷限	제한 (하다) , 국한 (하다)
菊 , 菊花	국화
焗烤	그라탕

ㄴ

425

橘子	귤 , 밀감
~醬，橘皮果醬	마멀레이드
橘色	주황색

矩形	직사각형
舉	들다 , 올리다
~手	손을 들다
舉止（壞的行爲或舉動）	짓
舉止，舉動	거동 , 행동 , 행위
舉行	열다 , 베풀다
~宴會	잔치를 베풀다
舉行（典禮、儀式）	올리다 , 거행 (하다)
~結婚典禮	결혼식을 올리다
舉行，舉辦	거행 (하다)
舉步維艱	난항
舉杯	집배 (하다)
舉起	들어올리다
舉辦	개최 (하다)
櫸木	느티나무

ㄐㄩˋ

巨人	거인
巨大	거대하다 , 막대하다
巨匠	거장

ㄐ

亘款	큰돈 , 대금
句子	문구
句法	구문
句號	종지부
拒付	부도 , 부도를 내다
拒絕	뿌리치다 , 거절 (하다) , 거부 (하다)
~請求	부탁을 러절하다
【駁回要求】	요구를 거절하다
【排斥反應 , 抗拒反應】	거부 반응
拒買	불매 (하다)
~運動	불매운동
具有	서다 , 지니다
~優勢	우위에 서다
具備	갖추다 , 구비되다
具體	구체
俱樂部	클럽
距離	거리 , 사이 , 간격
~近	사이가 가깝다
保持~	거리를 두다
聚乙烯	폴리에틸렌
聚光燈	스포트라이트
聚會	모임 , 집회
聚酯	폴리에스테르
聚積	괴다 , 모으다

ㄐ

聚攏，聚集	모여들다 , 모이다
【人潮聚集】	사람들이 모여들다
劇本	대본 , 각본 , 시나리오
【劇作家】	각본가
劇毒	맹독
劇烈	격렬하다
劇場，劇院	극장
劇團	극단
據	의하다
據點	거점
鋸子	톱
鋸齒	톱니
~狀	지그재그
懼怕	두려워하다
懼高症	고소 공포증

ㄐㄩㄝ

噘嘴（生氣）	입을 붓다

ㄐㄩㄝˊ

抉擇	선택 (하다)
決（不…）	결코 , 결단코
決心，決意	각오 (하다) , 결심 (하다) , 결의 (하다)
決定	정 (하다) , 결정 (되다) , 결정 (하다)

決勝	결승 (하다)
~點	결승점
~戰，決戰	결승전
決裂	결렬 (되다)
掘	파다
訣竅	요령
絕交	절교 (하다)
絕技	묘기
絕佳	절호
~的機會	절호의 찬스
絕版	절판 (되다)
絕情	냉혹하다
絕望	절망 (하다)
絕滅	절멸 (하다)
絕路	막다르다 , 졸지
絕境	사경 , 절경
絕對	절대
~主義	절대주의
絕緣	절연 (하다)
~體	절연체
絕壁	절벽
爵士樂	재즈
覺悟	각오 (하다)
覺得	느끼다

ㄴ

倔	무뚝뚝하다

捐，捐獻	헌납 (하다)
捐血	헌혈 (하다)
捐款	성금
捐款，捐獻 【政治獻金】	헌금 (하다) 정치 헌금
捐贈	기증 (하다)
捐獻，捐贈	기부 (하다)

卷軸	릴
捲	말다 , 감다
捲入	말리다 , 말려들다 , 끌어넣다
捲上去	감아 올리다 , 말아 올리다
捲尺	줄자 , 권척
捲起	걷어 올리다
捲菸	엽궐련
捲髮	곱슬머리

倦怠	권태
~期	권태기

君主	군주 , 임금
勻一	균일하다
勻衡	균형
軍 , 軍隊	군 , 군대
軍人	병정 , 군인
軍事	군사
~政權 , 軍政府	군사 정권
軍官	장교
軍法會議	군법 회의
軍備	군비
軍隊	군대
龜裂	균열

俊秀	준수하다
竣工 , 完工	완공 (하다) , 준공 (하다)
郡	군

窘迫 , 窘困	궁핍하다
窘境	궁지
被逼到~	궁지에 몰리다

く一

七	칠 , 일곱
七夕	칠석
七月	칠월
七零八落	뿔뿔이
妻子	처 , 아내
欺瞞，欺騙	기만 (하다)
欺騙 【偷偷，不知不覺】 【騙人】	속이다 , 협잡 (하다) 남의 눈을 속이다 사람을 속이다
欺騙 【騙子】	사기 (하다) 사기꾼
漆 ~樹	옻 , 칠 (하다) 옻나무
漆皮	에나멜
漆黑	캄캄하다 , 시커멓다 , 새까맣다 , 어두컴컴하다
悽涼	서글프다 , 스산하다 , 앙상하다
悽慘	참담하다 , 무참하다
凄冷	써늘하다
凄涼	적막하다
凄慘	참혹하다 , 비참하다

其中	그중에
其他	기타
奇妙，奇特	묘하다, 기묘하다, 기묘하다
奇妙，奇異，奇怪	야릇하다, 이상하다
奇形怪狀的	그로테스크하다
奇怪 ~的故事	괴기, 이상하다 이상한 이야기
奇特	별나다, 특이하다
奇異 ~果	별, 색다르다 키위
奇蹟	기적
奇觀	스펙터클하다
歧視	차별 (하다), 경시 (하다), 멸시 (하다)
祈求，祈禱	빌다, 기도 (하다)
祈求，期望	바라다, 기대 (하다)
祈禱	기원 (하다), 기도 (하다)
祈禱，祈願	기원 (하다)
期末 ~考試	기말 기말 시험, 기말고사
期待，期望	기대 (하다), 대망 (하다)
期限	기한
期貨 ~交易	선물 선물 거래

433

期間	동안 , 기간 , 피리어드
期滿	만기
棋院	기원
齊全 　條件~	갖추어지다 　조건이 갖추어지다
旗 , 旗子 , 旗幟	기 , 깃발
旗下 　~團體	산하 　산하 단체
騎	타다
騎士 , 騎手	기수
騎坐	걸터앉다
騎馬	승마 (하다)
騎術	마술
鰭	지느러미

ㄑ一ˇ

乞丐	거지
乞求 　【道歉，賠不是】	빌다 , 구걸 (하다) , 애걸 (하다) 　잘못을 빌다
乞討	얻어먹다 , 구걸 (하다)
豈可	어찌
起 　~泡 　【麵包發酵】	일다 , 일으키다 　거품이 일다 　빵이 일다
起子	마개뽑이

434

起火	발화 (하다)
~點	발화점
起司	치즈
起立	기립 (하다)
起因	기인 , 원인
起身	일어나다 , 일어서다
起初	시초
起承轉合	기승전결
起重機	크레인
起飛	이륙 (하다)
起動機	스타터
起訴	기소 (하다)
起跑	스타트
~線	스타트 라인
起源 · 起因	기원 , 유래 (하다)
起碼	적어도
起點 · 起因	발단 (하다) , 출발점
啓示	시사 (하다) , 계시 (하다)
啓事	고지
啓蒙	계몽 (하다)
~思想	계몽사상

〈一丶

企業	기업
~聯合	신디케이트 , 기업연합

企圖	기도 (하다)
~心	공명심
企鵝	펭귄
汽水	사이다
汽車	자동차
【車禍】	자동차 사고
汽油	가솔린
汽缸	실린더
汽笛	휘슬 , 사이렌
契約	계약 (하다)
~書 , 合約書	계약서
【訂金】	계약금
契機	계기
砌 (磚)	쌓다
氣	숨 , 기
~結	기가 막히다
~餒	기가 죽다
~絕身亡	숨지다
~喘吁吁	숨치다
氣力	기력
氣色	티 , 기색 , 신수
氣味	냄새
【臭不可聞】	냄새가 고약하다
【發臭 , 有臭味】	냄새가 나다
氣氛	무드 , 분위기
氣泡酒	스파클링 와인
氣流	기류

氣候	기후
氣息	호흡
氣球	기구 , 풍선
氣勝	기승하다
氣喘	천식
氣象	기상
氣勢	세 , 여세 , 기세
氣溫	기온
氣管	숨통 , 기관
氣憤	분 (하다) , 분개 (하다)
氣質 【工匠精神】	기질 , 기품 장인 기질
氣餒	낙담 (하다)
氣壓 ~計	기압 기압계 , 바로미터
氣體	기체
緝查	수사 (하다)
緝拿 【通緝】	수배 (하다) 지명 수배
器皿	용기 , 그릇
器具	기구 , 용구
器官	기관

くーㄚ

掐	꼬집다
【捏臉頰】	볼을 꼬집다

くーㄚˋ

恰似	흡사하다
恰當	적당하다 , 지당하다 , 적절하다

くーㄝ

切片	저미다 , 슬라이스 , 절편
切面	단면
切開	쪼개다 , 절개 (하다)
切腹自殺	할복자살 (하다)
切點，連接點	접점
切斷	끊다 , 절단 (하다) , 차단 (하다)
~依戀	미련을 끊다
【掛電話】	전화를 끊다

くーㄝˊ

茄子	가지

くーㄝˋ

切合	적합하다
切實	절실*하다
~的問題	절실한 문제

囚禁	가두다 , 수감 (하다)
求	구하다
求婚	청혼 (하다) , 프러포즈 (하다)
求援	청원 (하다)
求職 　~者 　~活動	구직 (하다) 　구직자 　구직 활동
酋長	치프
球	공 , 볼
球拍	라켓
球門 　【守門員】	골 　골키퍼
球洞 　【一桿進洞】	홀 　홀 인원
球根	구근
球場	구장 , 코트
球棒	배트
球童，桿弟	캐디
球網	네트
球類	구기

ㄑ

ㄑㄧㄢ

千	천
千瓦	킬로와트

千里	천리
~眼	천리안
千萬	천만 , 제발 , 아무쪼록
千篇一律	천편일률
扦插,插枝	꺾꽂이 (하다)
牽引車	견인차
牽引機	트랙터
牽牛花	나팔꽃
牽涉	파급 (하다)
嵌	끼다 , 박다 , 끼우다
嵌板	패널
鉛	납
鉛字	활자
鉛球	포환
擲~	포환던지기
鉛筆	연필
遷入	반입 (하다) , 전입 (하다)
遷居	이사 (하다)
遷移	이사 (하다) , 이전 (하다) , 퇴거 (하다)
遷調	전임 (하다)
謙虛	겸허하다
謙遜,謙虛	겸손하다
【謙遜的口氣】	겸손한 말투
謙讓	겸양 (하다)

簽名，簽字	사인 (하다)
簽名，簽署	서명 (하다)
簽字，簽約 【簽約儀式】	조인 (하다) 조인식
簽訂	체결 (하다)
簽證	비자 , 사증
籤 抽~	제비 제비뽑기

ㄑ一ㄢˊ

前	전
前一天	전날
前人	선인
前夕	전날밤
前不久	요전
前天	그저께
前世	전생
前半	전반
前任	전임
前兆，徵兆	전조
前兆	징조
前列，前頭 【站在前列】	선두 선두에 서다
前列腺	전립선
前年	재작년

前言	서론 , 머리말
前例	전례
没有~	전례가 없다
前者	전자
前奏	전주
~曲	전주곡
前後（位置）	앞뒤
前後（事或時間）	전후
前約	선약
前述	전술 (하다)
前面	앞 , 전면
【前程，前途】	앞길
【未來，剩下的日子，前些日子】	앞날
【門牙】	앞니
【瀏海】	앞머리
【近海】	앞바다
前途，前程	앞길 , 미래
前幾天（兩三天前）	엊그저께
前提	전제
以…爲~	전제로 하다
前景	전망 (하다)
前期	전기
前進	나아가다 , 전진 (하다)
前置詞	전치사
前線	전선

前衛	전위
~劇	전위극
~派	전위파
~藝術	전위예술
前輩	선배
前鋒	전위 , 포워드
前頭，前面，前方	앞 , 앞장 , 전방
【帶頭，領頭】	앞장서다
前職	전직
掮客	브로커
鉗子	펜치
鉗制	탄압 (하다)
潛入國境 (偸渡)	밀입국 (하다)
潛力	저력 , 잠재력
發威~	저력을 발휘하다
潛水	잠수 (하다)
~艇	잠수함
~員	다이버
~鏡	물안경
潛伏	잠복 (하다)
~期	잠복기
潛在	잠재 (하다)
~意識	잠재의식
潛逃	도망가다
~，逃走	도망치다
錢	돈
賺~	돈을 벌다 , 돈벌기
花~	돈을 스다 , 돈스기

錢包	지갑
錢財	금전 , 돈

ㄑㄧㄢˇ

淺	엷다 , 옅다 , 얕다 , 연하다 , 바라지다 , 야트막하다
淺 (顏色)	연하다
淺短 (目光)	얕다
淺駝色	베이지색
淺薄	희박하다 , 천박하다
淺藍	푸르스름하다
淺顯 ~易懂	비근하다 , 알기쉽다 알기 쉽다
譴責	비난 (하다) , 견책 (하다)

ㄑㄧㄢˋ

欠安 (不舒服) <敬語>	편찮다
欠缺	부족하다
欠債	빚을 지다
歉收	흉작
歉疚	꺼림칙하다 , 죄책감
歉意	사의

ㄑㄧㄣ

侵占	빼앗다 , 점령

侵犯	침범 (하다)
侵吞，侵占	집어먹다 , 횡령 (하다)
侵害，侵犯 ~人權	침해 (하다) 인권 침해
侵略 ~者	침략 (하다) 침략자
侵蝕 ~作用	좀먹다 , 침식 (하다) 침식 작용
欽佩	감탄 (하다) , 탄복 (하다)
欽慕	흠모 (하다)
親，親密，親近	친하다
親人	육친
親子	부모자식
親切	친절하다
親手，親自 ~做的料理 【白手起家】	손수 , 자수 , 몸소 , 직접 손수 만든 요리 자수성가 (하다)
親近	친근하다
親密 ~感	친밀하다 친밀감
親戚	친척
親善，友好 【友誼賽】	친선하다 친선 시합
親愛的	친애 (하다)
親屬	친족
親權 (撫養權)	친권

くーㄣˋ

芹菜	셀러리
禽獸	짐승
噙淚	눈물이 어리다
勤務	근무 (하다)
勤勞	근로 (하다)
勤奮，勤快，勤勉	부지런하다
勤奮的，勤勞的，勤勉的	근면하다

くーㄣˇ

寢具	침구
寢食	침식
~難安	침식불안

くーㄤ

槍	총
~彈，子彈	총알
槍殺，槍決	총살 (하다)

くーㄤˊ

強化	강화 (하다)
強加	떠맡기다
強而有力	세차다 , 강력하다
強行	억지로 , 강제로
~奪取，勒索	억지로 빼앗다
~推銷	강매 (하다)

強壯 【力量大】	세다 , 강하다 힘이 세다
強忍	꾹참다
強制, 強迫, 逼迫 【集中營】	강제 (하다) 강제 수용소
強姦	강간 (하다)
強度	세기 , 강도
強要, 強求	강요 (하다) , 강구 (하다)
強弱	강약
強烈	강렬하다
強盜	강도
強硬	강경하다
強詞奪理, 強辯	생억지 , 궤변
強調	강조 (하다) , 역설 (하다)
牆	벽
牆壁	장벽
薔薇	장미

　ㄑㄧㄤˇ

搶, 搶奪	빼앗다
搶先	앞지르다
搶劫, 搶奪	강탈 (하다)
搶掠, 搶劫	약탈 (하다)
搶奪	뺏다 , 탈취 (하다) , 수탈 (하다) , 가로채다

青	푸르다
青少年	청소년 , 틴에이저
青年	청년 , 젊은이
~旅館	유스 호스텔
青色	청색 , 파랑
青花魚	고등어
青花椰菜	브로콜리
青春	청춘
~期	사춘기
歌頌~	청춘을 구가하다
青梅竹馬	죽마고우
青椒	피망
青菜	야채
青蛙	개구리
青銅	청동
青黴素	페니실린
清白	결백하다
清秀	청초하다
清明	청명
清洗	씻다
清香	향긋하다
清倉大拍賣	재고정리
清純	청순하다

清酒	정종
清除	제거 (하다)
清掃	치우다 , 청소 (하다)
清涼	써늘하다 , 시원 (하다)
清淡	담백하다 , 순순하다
~的味道	담백한 맛
~的食物	담백한 음식
清爽	상쾌하다 , 시원시원하다
清爽 , 清淡	산뜻하다
【涼爽的風】	산뜻한 바람
【空氣清新】	공기가 산뜻하다
清爽 , 清新	상쾌하다
清晰	뚜렷하다 , 선명하다 , 명료하다
~的畫面	선명한 화면
【鮮明地 , 清楚地】	선명하게
清閒	한가하다
清廉	청렴하다
清楚	잘 , 명백하다 , 명확하다 , 역력하다
不~	잘 모르다
~地	분명히
清澈 , 晴朗 , 清醒	맑다
清算	청산 (하다)
清潔	청결하다 , 깨끗하다 , 청소 (하다)
~劑	세제

451

清醒	맑아지다 , 깨어있다
頭腦~	머리가 맑아지다
清靜	청정하다
氫	수소
~彈	수소 폭탄
傾注	기울이다
~心血	심혈을 기울이다
傾向	경향
傾卸車	덤프 카
傾注 , 傾吐	쏟다
傾洩	퍼붓다
傾心	쏠리다
傾注 , 傾向	기울이다
傾斜	경사 , 슬로프 , 비탈지다 , 기울이다
~ , 斜 , 歪	경사
【陡峭】	경사가 심하다
【斜坡 , 斜面】	경사면
傾銷	덤핑 (하다)
傾聽	듣다 , 귀를 기울이다 , 경청 (하다)
輕	가볍다
【多話】	입이 가볍다
輕工業	경공업
輕而易舉	손쉽다 , 수월하다
輕快	경쾌하다 , 사분사분하다

輕快地	쏙쏙
輕易	쉽다 , 안이하다
~地	쉽게
輕浮	오감스럽다
輕便	산뜻하다 , 간편하다
裝扮~	옷차림이 산뜻하다
~的包包	간편한 가방
輕挑 , 輕浮 , 輕薄	경박하다
輕重	중량 , 무게
輕音樂	경음악
輕率	어설프다 , 섣부르다 , 경솔하다
輕視	얕보다 , 내려다보다 , 업신여기다 , 경시 (하다) , 경멸 (하다)
輕視 , 瞧不起	가볍게 보다
輕量級	라이트급 , 플라이급
輕罪	경범죄
輕歌劇	오페레타
輕輕地	살살 , 살짝 , 살며시 , 사르르 , 산들산들 , 살그머니
風~吹	바람이 살살 불다
~關門	문을 사르르 닫다
輕鬆	릴렉스
蜻蜓	잠자리

情人	애인 , 연인
情形	상태
情況	경우 , 상황
【緊急狀況】	만일의 경우
情侶	커플
情面	안면
情書	러브레터
情報	정보
~量	정보량
~網	정보망
~機關 , ~局	정보 기관
情結	콤플렉스
情勢	정세
情感 , 情緒	감정
情節	플롯 , 스토리
~劇	멜로드라마
情義	의리
情緒	기분 , 정서
【舒服 , 舒適 , 愜意】	기분이 좋다
【轉換心情】	기분 전환
情誼	정 , 감정
情調	무드
晴	개다
天轉~了	날씨가 개었다
晴空萬里	쾌청하다

晴朗	밝다 , 청명하다

ㄑㄧㄥˇ

請求	부탁 (하다) , 청구 (하다)
聆聽對方的~	부탁을 들어주다
請客	한턱내다
請假	결근 (하다)
請罪	사죄 (하다)
請願 , 請求	청원 (하다)

ㄑㄧㄥˋ

親家	사돈
慶典	축제 , 페스티벌

ㄑㄩ

曲 (彎曲)	굽히다 , 구부리다
曲球 (高爾夫球)	훅
曲棍球	하키
冰上~	아이스하키
曲解	곡해 (하다)
曲線	곡선 , 커브
~美	곡선미
~球	커브
曲調	곡 , 가락 , 멜로디 , 곡조
屈指可數	손꼽다
蛆	구더기

區，區域	구 , 에리어 , 구역
區分	구분 (하다)
區別 　無法~	구별 (하다) 　구별이 안 되다
區區 　【算是一點小事也…】	사소하다 , 좀스럽다 　사소한 일에도
區域 　~內	구역 , 블록 　구내
區間，區段	구간
區劃 　~整理，分區 　~，分界	구획 (하다) 　구획 정리 　구획을 짓다
驅走	내쫓다
驅使	구사 (하다)
驅除	없애다
驅動 　~程式	구동 (하다) 　드라이버
驅逐	쫓아내다 , 추방 (하다)
驅趕	쫓다
驅蟲劑	구충제
趨勢 　監測~ 　依循~	대세 , 여세 , 추세 , 추이 　추이를 지켜보다 　대세에 따르다
軀幹	동체 , 몸둥이

456

渠道	채널

取	취 (하다) , 가지다
取 (名) ~綽號	붙이다 별명을 붙이다
取下	떼다
取出	꺼내다
取回	되찾다
取材	취재 (하다)
取消	캔슬 , 없애다 , 그만두다 , 취소 (하다)
取笑	흉보다 , 조롱 (하다)
取得	취득 (하다) , 획득 (하다)
取捨	취사 (하다)
取景器	파인더
取締	단속 (하다)
娶 ~妻	삼다 , 맞다 , 얻다 아내를 얻다
齲齒	충치

去	가다
去世	세상을 떠나다 , 거세 (하다)

去向	행방
去年	작년 , 지난해
去掉	빼다 , 지우다
趣味	재미 , 흥미
【無聊，無趣，乏味】	재미 없다
【有趣，有意思】	재미 있다
【津津有味】	흥미진진

くしせ

缺	비다
缺乏，缺少	축나다 , 결핍 (되다)
缺席	결석 (하다)
缺貨	품절
缺陷	흠 , 허물 , 흠집
缺勤	결근 (하다)
缺德	악덕하다
缺點	결점 , 약점 , 디메리트
改正~	결점을 고치다
缺點，缺陷	결함
缺額	결원 (하다)

くしせ ˊ

瘸	절다

怯	**겁**
膽~，~懦，窩囊	겁이 많다
【膽小鬼，懦夫】	겁쟁이
雀斑	주근깨
確切	적확하다
~的表現	적확한 표현
確立	확립 (하다)
確定	정 (하다)，확정 (하다)
確保	확보 (하다)
確信	굳게 믿다，확신 (하다)
【思想犯，政治犯】	확신범
確實，確切	정말，확실하다
確認	확인 (하다)

…圈	우리
圈	고리，동그라미
圈套	덫，함정，올가미
設~	덫을 놓다
中~	올가미에 걸리다
圈禁	가두다

全,都,盡	다 , 전 , 싹 , 전부
【燒盡】	다 타다
【賣光】	다 팔리다
【全世界】	전세계
全力,竭力	전력 , 총력 , 힘을 다해
【盡全力投球】	전력투구
全天候	전천후
全文	전문
全年	연간
～無休	연중무휴
【年銷售額】	연간매상
全局	대세
全身	전신
～麻醉	전신마취
全身力氣	안간힘
使出～	안간힘을 쓰다
全面	전면
全面	전면 , 폭넓다 , 올라운드
～支援	전면지원
【全頁廣告】	전면광고
全面負責,全部承擔	일임 (하다) , 총책임 지다
全員,全體人員	전원
全套	풀코스
全能	만능하다 , 전능하다
全國	전국

全球	글로벌
~化	글로벌라이제이션
全盛	전성*하다
~期	전성기
全部	모두 , 전부
全部	온 , 온통 , 죄다 , 모조리 , 송두리째
【全身】	온몸
全部 , 全	전부
~吃光	전부 먹어 버렸다
全勝	전승 (하다)
全場	만장
~一致	만장일치로
全景	파노라마
全然	완전히
~不知	전혀 모르다
全買下	매점 (하다)
全集	전집
全滅 , 全殲	전멸 (하다)
全境 , 全領域	전역
全貌	전모
全盤	전반
全壘打	홈런
全體 , 全身	전체 , 전신
全體大會	총회
全體辭職	총사직 (하다)

泉	샘
拳頭	주먹
【飯糰】	주먹밥
拳擊	복싱
～手	복서
痊癒	쾌유 (하다) , 완쾌 (하다)
蜷 , 蜷縮	웅크리다 , 움츠리다 , 오그라들다
蜷曲	구부리다
詮釋	새기다 , 해석 (하다)
權力	권력
權利	권리
權威	권위 , 오소리티
權限 , 權柄 , 權力	권한
權益 , 權利	이권
權勢 , 權力	권세
顴骨	광대뼈

ㄑㄩㄢˇ

犬齒	송곳니

ㄑㄩㄢˋ

券	표
勸 , 勸解 , 勸阻	말리다
勸 , 勸說	권 (하다)

勸告	충고 (하다)
勸阻	막다 , 만류 (하다)
勸說	이르다 , 설득 (하다)
勸導 , 勸誘	권유 (하다) , 권면 (하다)
接受~	권유를 받다

裙子	치마 , 스커트
穿~	스커트를 입다
群	떼 , 그룹 , 무리
群島	군도
群眾	대중 , 민중 , 군중
~性	대중성
群眾 , 眾人	회중

窮困	빈궁 , 을씬년스럽다

西北（方）	북서 , 서북 (쪽)
西瓜	수박
西服，西裝	양복
西南（方）	서남 (쪽)
西洋	서양
～梨	아보카도
～棋	체스
西班牙	스페인
～語	스페인어
西部	서부
西裝	양장 , 양복
～外套	블레이저
～衣料	복지
西歐	서구
西曆，西元	서기
西藏	티베트
吸	빨다 , 마시다 , 피우다
～菸，抽菸	담배를 피우다
吸，吸吮	빨다 , 쪽쪽 빨다
吸引	끌어당기다 , 매료 (하다)
吸收	포섭 (하다) , 섭취 (하다)
吸收，吸取	흡수 (하다)

吸吮	빨아먹다
吸吮，吸入	빨아들이다
吸菸	피우다 , 흡연 (하다)
~室	흡연실
~車廂	흡연차
吸塵器	청소기
及管	빨대 , 스트로
希望	바람 , 바라다 , 갖고 싶다 , 원 (하다) , 요망 (하다) , 원망 (하다) , 희망 (하다)
希臘	그리스
~語	그리스어
稀少，稀有	드물다 , 희귀하다
稀罕	희한하다
稀疏	성기다 , 드문드문 , 어설프다 , 엉성하다
稀飯	죽
稀壽	희수
稀薄 (濃度、密度)	엷다
稀薄，稀少	희박하다
稀釋	희석 (하다)
~劑	시너
熙來攘往	북적거리다
犀牛	코뿔소
溪流	계류 , 시내
膝下	슬하

膝窩	오금
膝蓋，膝頭	무릎
【跪下】	무릎을 꿇다
嘻嘻	해해 웃다
蜥蜴	도마뱀
蟋蟀	귀뚜라미
攜手	제휴 (하다)
攜帶	지니다 , 가지고 다니다 , 소지 (하다) , 휴대 (하다) , 지참 (하다)
~品	휴대품
~物品	소지품
【行動電話，手機】	휴대폰
攜帶 (東西) 潛逃	가지고 달아나다
犧牲	희생 (하다)
~者	희생자
~品，祭品	희생물

席	석
觀眾~	관람석
席上	석상
席位，位子，座位	자리 , 좌석
席捲	휩쓸다 , 휘몰아치자
習字	습자 (하다)
習作	습작

習性，習慣	버릇，습성
【習慣於】	버릇하다
習俗	습속
習得	습득 (하다)
習慣	습관，풍습，익다
~性	습관성
惜別	석별 (하다)
~之情	석별의 정
熄	꺼지다
燈~	불이 꺼지다
熄滅	소멸 (하다)
火~了	불이 죽었다
熄滅	끄다
【熄燈】	불을 끄다
媳婦	며느리
瘜肉	폴립
襲擊	습격 (하다)

ㄒㄧˇ

洗	씻다
~米	쌀을 씻다
洗手間	화장실
洗衣	세탁 (하다)
~機	세탁기
~店	세탁소
洗衣服	빨래 (하다)
【曬衣臺】	빨래 건조대

467

洗面乳	클렌징 크림
洗雪	풀다
洗碗槽	싱크대
洗碗盤	설거지 (하다)
洗腦 ~教育	세뇌 (하다) 세뇌 교육
洗滌 ~劑	빨다 세제
洗髮精	샴푸
洗澡 ~間	목욕 (하다) 욕실
洗臉 ~台	세면 (하다) , 세수 (하다) 세면대
洗鍊	세련 (하다)
洗禮	세례 (하다)
喜色	희색
喜悅	희열 (하다)
喜馬拉雅	히말라야
喜愛	즐기다 , 좋아하다
喜壽 (七十七歲)	희수
喜劇 ~演員 ~結局	희극 , 코미디 코미디언 해피 엔드
喜歡，喜愛	좋아하다 , 기뻐하다 , 선호 (하다)

夕陽	석양 , 사양
~化	사양화
~產業	사양산업
矽	실리콘
系列	시리즈
系統	계통 , 체계 , 시스템
~化	체계화
細小	잘다 , 소소하다
細工	세공 (하다)
【精緻工藝品】	세공품
【竹製工藝品】	죽세공품
細分	세분 (하다)
細心	세심하다
細長	호리호리하다
細雨	이슬비
細胞	세포
~分裂	세포 분열
細密	세밀하다
細部 , 細節	세부
細菌	세균 , 박테리아
細微	미세하다
細碎	자질구레하다
細嫩	나긋나긋하다
細緻	치밀하다

細膩	섬세하다
心理描寫~	심리 묘사가 섬세하다
【布織得很細緻】	짜임새가 섬세하다

戲曲，戲劇	희곡

戲弄	희롱 (하다)

戲法	마술

戲劇	극 , 연극 , 드라마
~性	드라마틱하다
~家，劇作家	극작가

繫	매다 , 묶다
~領帶	넥타이를 매다
~鞋帶	신발끈 묶다

T

ㄒㄧㄚ

蝦	새우
~醬	새우젓
【駝背】	새우등

ㄒㄧㄚˊ

狹小	좁다

狹窄	바라지다 , 비좁다

狹路	애로

瑕疵	흠 , 허물 , 흠집

ㄒㄧㄚˋ

下，下降	내려가다

下人	하인

下下週	다음다음주 , 다다음주
下午	오후
下巴	턱
下巴的鬍子	턱수염
下令	명령을 내리다
下半	하반
~年	하반년
~身	하반신
下去	내려가다
下旬	하순
下次	다음 번
從~開始	다음부터
下行	하행 (하다)
~列車	하행 열차
下沉	침하 (하다)
下沉	가라앉다
下車	하차 (하다)
下來	내려오다
下肢	하지
下雨	비가 내리다
下垂	늘어지다 , 드리워지다
下流	치사하다 , 야비하다 , 상스럽다
下降	떨어지다
氣溫~	온도가 떨어지다

下面（位置）	아래
下面，接下來	다음 , 아래
下個 　~機會	다음 　다음 기회
下個月	다음달
下班	퇴근 (하다) , 종업 (하다)
下級（位階）	하위
下級（等級）	하급
下記	하기
下雪	눈이 내리다
下游	하류
下等	하등
下跌	하락 (하다)
下週	다음주
下意識 　~地	무의식하다 　무의식적으로
下葬	매장 (하다)
下載，卸載	다운로드 (하다)
下層 　~階級	하층 　하층계급
下層，底層	밑바닥
下賤	천하다
下鍋	안치다
下邊，下面	밑 , 아래

下議院	하원
下體	하체
夏，夏天，夏季	여름
【暑假】	여름 방학 , 여름휴가
【春夏秋冬】	춘하추동
夏至	하지
夏威夷	하와이
嚇（人）	놀라게 하다
嚇一跳	놀라다
嚇人	끔찍하다 , 무섭다
嚇唬	으름장 (하다)

ㄒㄧㄝ

歇息	휴식 (하다)
歇斯底里	히스테리
歇業	휴업 (하다)
蠍子	전갈
【天蠍座】	전갈자리

ㄒㄧㄝˊ

邪念	사념
邪教	사교
邪道	사도
協力	협력 (하다)
協同，協力	협동 (하다)

協助	도움 , 협조 (하다)
協定 締結~	협정 (하다) 협정을 맺다
協奏曲	협주곡
協商 , 協議	합의 (하다) , 교섭 (하다) , 협상 (하다)
協會	협회
協調	어울리다 , 조화 (하다)
協議	협의 (하다)
脅迫	협박 (하다)
偕同	동반 (하다)
斜	비뚤다 , 삐뚤다 , 기울이다 , 빗나가다 , 비스듬하다 , 삐뚤어지다 , 비틀어지다
斜坡	비탈 , 비탈길
斜眼 ~看人	곁눈질 곁눈질로 보다
斜視	흘기다 , 사시
斜陽	사양
鞋 穿~	신 신을 신다
鞋子	신발
鞋店	신발 가게
鞋底	신발 밑창
鞋拔	주걱 , 구둣주걱
諧劇	희극

血	피
血小板	혈소판
血汗	피땀
血肉模糊	피투성이
血色（臉色）	혈색 , 핏기 , 혈색
血紅蛋白，血紅素	헤모글로빈
血氣	혈기
血液	혈액
【血型】	혈액형
血清	혈청
血統	혈통 , 핏줄
血絲	핏발
血腸	순대
血跡	핏자국
血管	혈관 , 핏줄
血緣	혈연
~關係	혈연 관계
血壓	혈압
高~	고혈압
低~	저혈압
血癌	백혈병
寫，寫作	쓰다 , 짓다 , 필기 (하다) , 작성 (하다)
【改寫】	다시 쓰다
【寫信】	편지를 쓰다

寫生	사생 (하다)
~畫	사생화
寫實	사실
~主義	사실주의

洩	새다
洩漏	누설 (하다)
卸下	벗다
~行李	짐을벗다
謝絕	사절 (하다)
謝意	사의
謝罪	사죄 , 사과 (하다) , 사죄 (하다)
謝謝	고맙다
謝禮	사례 (하다)
【感謝信，謝帖】	사례 편지
褻瀆	모독 (하다)
懈怠	태만하다 , 해이하다 , 게을리 (하다) , 게으름 (을) 피우 다
楔行文字	설형 문자

削	깎다
~梨	배를 깎다

削減	삭감 (하다)
~預算	예산 삭감
消，消化	삭다
【消氣】	분이 삭다
消化	소화 (하다)
~不良	소화 불량
消失	없어지다 , 소실 (하다)
消失，消逝	사라지다
消沉	슬럼프
消防	소방
~員	소방관
~局	소방서
~車	소방차
消炎劑	소염제
消毒	소독 (하다)
~劑	소독약
陽光~	일광 소독
消息，新聞	뉴스 , 소식 , 메시지
【新聞播報員】	뉴스 캐스터
【新聞快報】	뉴스 속보
消耗	헤프다 , 소모 (하다)
~品	소모품
消除	풀리다 , 없애다 , 풀어지다 , 퇴치 (하다) , 제거 (하다) , 해소 (하다)
~嫌疑	용의가 풀리다
誤會~	오해가 풀어지다

消費	소비 (하다)
~稅	소비세
~者	소비자
消極	소극
~性	소극성
消滅・消失	소멸 (하다)
消遣	심심풀이 , 레크리에이션
消瘦	야위다 , 수척하다 , 파리하다 , 앙상하다
消磨・消遣	소일 (하다)
【消磨時間】	심심파적 , 시간을 보내다
哮喘	천식
~症	천식증
硝化甘油	니트로글리세린
硝酸	질산
銷售	팔다 , 판매 (하다) , 매출 (하다)
~狀況	팔림새
銷毀	파기 (하다)
銷賣	매상
囂張	뻐기다
蕭條	슬럼프 , 침체 (하다)
蕭蕭	소소하다

ㄒ一ㄠˇ

小	작다

小丫頭	계집아이
小丑	조커 , 피에로
小心	조심 (하다)
~ , 謹愼	조심스럽다
~眼	좀스럽다
小石子	자갈
小吃店	스낵바
小吃攤	포장마차
小米	조
小羊肉	램
小老婆	첩
小夾子	핀세트
小兒科	소아과
~醫生	소아과의사
小兒麻痺	폴리오 , 소아마비
小冊子	팸플릿 , 소책자
小叔	시동생
小夜曲	세레나데
小姐	미스,아가씨
小狗	강아지
小雨	가랑비
小便	보다 , 오줌 , 소변을 보다 , 소변 (하다)
小型	소형 , 미니
~公車	마이크로버스

小孩子	애 , 아이 , 어린이
照顧~	아이를 돌보다
小屋	캐빈 , 오두막집
小故事 , 插曲 , 寓言	에피소드
小泉	옹달샘
小看	깔보다 , 얕보다 , 얕잡다
小家子氣	옹졸하다
小徑	작은길
小氣	잘다 , 인색하다
小偷	도둑
小康家庭	중류가정
小淘氣	장난꾸러기
小組	소조 , 소그룹
小麥	밀
~粉	밀가루
小喇叭	트럼펫
小提琴	바이올린
小費	팁
小黃瓜	오이
小溪	시내
小腸	소장
小艇	보트
小夥子	보이 , 젊은이
【男朋友】	보이프렌드

小熊座	작은곰자리
小腿	정강이
小舞廳	디스코
小說	소설
~家	소설가
小寫字母	소문자
小數	소수
~點	소수점
小調	단조
小調	마이너
小賣	소매 (하다)
小錢包	동전 지갑
小雞	병아리
小寶寶	아가
小攤販	노점

ㄒㄧㄠˋ

孝	효
孝子	효자
孝服	상복
孝道	효도 (하다)
肖像	초상 , 영상
~權	초상권
~畫	초상화
校內	교내

校友，畢業生	오비 , 교우 , 졸업생
校舍	교사
校長	교장
校門	교문
校務	학사
校規	교칙
校園	캠퍼스
效力	효력
效用，效力，效益	효용
效果，效力	효과
【有效果】	효과가 있다
效能	효능
效率	능률 , 효율
笑	웃음 , 웃다
~料	웃음거리
~意	웃음기
笑話	조크
笑劇	희극
笑嘻嘻，笑咪咪	히죽 , 싱글벙글 (하다)
【嘻笑，傻笑】	히죽거리다
酵母	효모 , 이스트
酵素	효소

ㄒㄧㄡ

休止	휴지 (하다)

休息，休憩	쉬다 , 휴식 (하다)
【休息日】	휴일
【休息站】	휴게소
休假	휴가 , 바캉스
【請假】	휴가를 받다
休閒	레저 , 느긋하다 , 한하다
~服	캐주얼
~勝地	리조트
休養，靜養	휴양 (하다) , 정양 (하다) , 요양 (하다)
休學	휴학 (하다)
休憩，休息	휴게 (하다)
【休息區，休息室】	휴게소
休戰	휴전 (하다)
修女	수녀
修正	고치다 , 수정 (하다) , 정정 (하다)
修行	수행 (하다)
修改，修訂	개정 (하다)
【修訂版，改訂版】	개정판
修剪	다듬다
修理	고치다
~好	고쳐 지다 , 교쳤다
修理	수리 (하다)
修繕	수선 (하다)
修習	수습 (하다)
修復	복구 (하다)

修道士	수도사
修道院	수도원
修飾	장식 (하다) , 수식 (하다)
修練 【實習醫生】	수련 (하다) 수련의
修養	교양
修學 ~旅行，校外教學	수학 수학 여행
修整，修補 【整修庭院】	손질 (하다) 뜰을 손질하다
修辭 ~學	수사 수사학
羞恥 ~心	수치 수치심
羞辱	욕되다 , 굴욕
羞愧	부끄럽다 , 수치스럽다

ㄒㄧㄡˇ

朽	쇠하다
朽壞	부패 (하다)

ㄒㄧㄡˋ

秀 【展示櫥窗】	쇼 쇼윈도
秀才	수재
秀麗	수려하다

袖口	커프스
【袖扣】	커프스 버튼
袖子	소매
【長袖】	긴 소매
【短袖】	반 소매
袖手旁觀	수수방관 (하다)
袖章	완장
嗅覺	후각
繡	수놓다
繡帷	태피스트리
繡球花	수국
鏽	녹
生~	녹이 슬다

ㄒㄧㄢ

先天	선천
先人	선인
先入之見	선입견
先生，小姐	씨
先兆	조짐
先行	선행 (하다)
先決	선결 (하다)
~條件	선결조건
先見之明	선견지명
先例	전례

先到（達），先著手	선착 (하다)
先前	전에
先後	선후
先後，前後	앞뒤
先發 　~攻擊 　~點	선제 (하다) 　선제공격 　선제점
先進 　~國家	선진 (하다) 　선진국
先鋒	선봉
先鋒	전위
先頭	선두
先驅，先鋒	파이어니어
先驅，先驅者	선구자
仙人掌	선인장
掀開 　~鍋蓋	열다 　솥뚜껑을 열다
鮮血	선혈
鮮明 　顏色~ 　~地，清楚地	산뜻하다 , 선명하다 　빛깔이 산뜻하다 　선명하게
鮮紅	새빨갛다
鮮嫩	싱싱하다
纖細	가늘다 , 섬세하다
纖維 　~質	섬유 　섬유질

弦	현
弦樂器	현악기
閒逛，閒晃	어슬렁거리다
閒暇	짬 , 레저 , 여가 , 한가 (하다)
閒話，閒談	고십 , 잡담 (하다)
嫻淑，嫻靜	정숙하다 , 조용하다
嫻熟	능숙하다 , 숙련 (하다)
嫌惡 　~感	미움 , 혐오 (하다) 　혐오감
嫌疑 　~犯	용의 　용의자
賢明	현명하다
賢者	현인
銜接	이음 , 연결 (하다)
舷梯	트랩
鹹	짜다
鹹牛肉	콘드 비프
鹹味	짠맛

險些	하마터면
險峻	험하다
險峻，險阻	험난하다

險惡	음험하다 , 험악하다
~的天氣	험악한 날씨
顯出	나타내다 , 드러나다
顯示	보이다 , 디스플레이
~板	패널
~器	모니터 , 디스플레이
~反應	반응을 보이다
顯而易見	뻔하다
結果會怎麼樣是~的	결과가 어떻게 될지 뻔하다
顯得年輕	앳되다
顯現	나타나다
顯眼	두드러지다
顯著	현저하다
顯微鏡	현미경
顯影	현상 (하다)

ㄒㄧㄢˋ

限	한 (하다)
限制	속박 (하다) , 제약 (하다) , 제한 (하다)
限定	제한 (하다) , 한정 (하다)
限度	한계
限度 , 限額	한도
陷入	빠지다 , 빠뜨리다
陷阱	함정
使朋友掉進~	친구를 함정에 빠뜨리다

陷落	함락 (하다)
現世	이승
現代	현대
現在	이제 , 지금 , 현재
~才	방금 , 이제 , 막
一直到~ , 至今	이제껏
【事到如今】	이제 와서
【今後 , 從此】	이제부터
現存 , 現有	현존 (하다)
現成	기성
現行	현행 (하다)
~犯	현행범
~法	현행법
現住址	현주소
現役	현역
現況 , 現狀	현황
現金 , 現款	캐시 , 현금
【提款卡】	캐시 카드
現貨	현물
現場	현장 , 현지
現象	현상
現實	현실
~性	리얼리티
~主義	리얼리즘
羨慕	부럽다 , 흠모 (하다) , 선망 (하다)
~的對象	선망의 대상

線 　生命~ 　【腱】 　【紡紗】	줄 , 실 , 선 생명줄 , 생명선 힘줄 실을 잣다
線 , 線路 , 線條	선
線索 　找到~	단서 단서를 잡다
線頭 , 線索	실마리
線纜	코드
憲法	헌법 , 헌정
餡	소
獻	바치다 , 헌납 (하다)
獻呈	헌정 (하다)
獻身	헌신 (하다)
獻策	헌책 (하다)
霰	싸라기눈

ㄒㄧㄣ

心 , 心臟	하트 , 마음 , 심장
心口	명치
心中	심중
心地	마음씨
心血	심혈
心肝 (良心)	양심
心性	심성

490

心律調整器	심박조율기
心思	애 , 심사
心急	안타깝다
~如焚	성화같다
心計	속셈 (하다)
心浮	들뜨다
心情	기분 , 심정
【舒服，舒適，愜意】	기분이 좋다
【轉換心情】	기분 전환
心理	심리
~學	심리학
~學家	심리학자
心眼	심보
~小	속이 배다
心術	심술
心虛	켕기다
心亂如麻	착잡하다
心腸	배짱 , 마음씨
黑~	검은 배짱
心腹	심복
心電感應	텔레파시
心電圖	심전도
心境	심경
~上的變化	심경의 변화
心算	암산 (하다)
心醉	넋을 잃다

心機	꾀 , 심술
心願	소원 (하다) , 소망 (하다) , 원망 (하다) , 염원 (하다)
心臟	심장 , 하트
~病	심장병
~麻痺	심장마비
~病發作	심장병발작
辛苦	고생 (하다)
辛勞	수고 (하다)
辛辣	신랄*하다 , 맵다
欣喜	기뻐하다
欣然地	기꺼이
欣賞	애완 (하다) , 감상 (하다)
芯	심
筆~	연필심
新	신 , 새로 , 새롭다
~刊	신간
~買的車	새로 산 차
新…	새
~東西 , ~貨	새것
【千禧年】	새천년
新人 , 新手	신인
新入 , 新加入	신입 (하다)
【新生】	신입생
新手 , 新人	신참 , 루키 , 신출내기
新月	초승달

新片特映會	로드쇼
新加坡	싱가포르
新生兒	신생아
新年 　謹賀~	신년 , 새해 　근하 신년
新米	햅쌀
新奇，新鮮，新穎	신기하다
新型	신형
新建	신축 (하다)
新星	샛별
新春	새봄 , 신춘
新約聖經	신약 성서
新郎 　~新娘	신랑 　신랑 신부
新娘	새댁 , 신부
新婚 　~夫婦 　~旅行，蜜月旅行	신혼 　신혼부부 　신혼여행
新教	프로테스탄트
新規矩，新規定 　【採用新進人員】	신규 　신규 채용
新設，新建	신설 (하다)
新陳代謝	신진대사
新聞界	저널리즘

ㅅ

新穎	기발하다 , 참신하다
~的想法	기발한 생각
新興	신흥 (하다) , 흥 하다
新鮮	신선하다 , 생생하다 , 싱싱하다
~的空氣	신선한 공기
~的食品	신선한 식품
魚很~	생선이 싱싱하다
薪水，薪俸	봉급
薪水階級	샐러리맨
薪資	급료,급여
鋅	아연

ㄒㄧㄣˋ

信心	믿음
信用，信任	신용 (하다)
【信用合作社】	신용 조합
信用	크레디트
~卡	크레디트 카드
信仰	신앙 (하다)
~心	신앙심
信件	편지
【寫信】	편지를 쓰다
信任	믿다 , 신임 (하다)
~投票	신임 투표
【國書，委託書】	신임장
信任，相信	믿다
~直覺	감을 믿다

信奉 　~者，信仰者	신봉 (하다) 　신봉자
信念	소신 , 신념
信者，信徒	신자
信封	봉투
信徒	신도
信息 　【資訊雜誌】	정보 , 소식 , 메시지 　정보지
信紙，信箋	편지지
信託	신탁 (하다)
信條 　生活~	신조 　생활 신조
信貸	론 , 여신
信義	신의
信號 　發~ 　【紅綠燈】	신호 , 시그널 　신호를 보내다 　신호등
信箱	사서함 , 포스트
信賴，信任	신뢰 (하다)
信譽	신망

ㄒㄧㅊ

相反 　【對面，對方】	역 , 상반 (하다) 　반대편
相片	사진
相合	상합 (하다)

相似	흡사하다 , 상사하다
相抵	상쇄 (하다)
相爭	상쟁 (하다)
相迎	맞이하다
相近	비슷하다
相信	믿다
相剋	상극 (하다)
相乘	곱하다
相異	상이하다
相通	상통 (하다)
相逢	상봉 (하다)
相連 , 相接	맞붙다 , 연결하다
相當	꽤 , 상당하다 , 상당 (하다) , 해당 (하다)
~大	엄청크다
~好	제법
天氣~冷	날씨가 꽤 춥다
唱歌技術~好	노래 솜씨가 제법 이다
相碰 , 相撞	마주치다
相隔 (很遠)	떨어지다
相對	맞서다 , 상대 (하다)
~主義	상대주의
相稱	어울리다
相貌	인상
相撞	부딪히다

T

496

相撲	씨름
~場	씨름판
【比腕力】	팔씨름
相應，相稱	상응 (하다)
相關	상관 , 관련 (되다)
【連帶關係】	상관관계
【毫不相干，沒有關係】	상관없다
相繼	잇닿다 , 어서
香（味）	향
香，香噴噴（食物）	고소하다
香水	향수
香瓜	멜론
香皂	비누
香辛料	향신료
香油	향유 , 참기름
香料	향료
香氣，香味	향기
散發~	향기가 나다
【香，芬芳】	향기롭다
香草	향초 , 바닐라
~植物	허브
香甜	달콤하다
香港腳	무좀
香菸	담배
【抽菸】	담배를 피우다
【菸頭，菸蒂】	담배꽁초

香腸	소시지
香蕉	바나나
香檳酒	샴페인
鄉下 【鄉土味，土氣】 【帶鄉土味，土裡土氣】	시골 시골티 시골티가 나다
鄉土	향토
鄉村	촌 , 농촌
鄉紳	유지
鄉愁 犯~	향수 향수를 느끼다
箱	케이스
箱（貯水，貯油，貯氣）	탱크
箱子	궤짝 , 박스 , 상자
鑲	박다 , 끼다
鑲嵌畫	모자이크

ㄒㄧㄤˋ

詳述	상술 (하다)
詳細，詳盡	소상하다 , 자세하다 , 상세 하다 , 세세하다
詳解	상해 (하다)
詳論，詳細議論	상론 (하다)

享年 ~100歲	향년 향년 100세
享有	타다 , 향유 (하다)
享受 ~人生	즐기다 , 향수 (하다) , 누리 다 인생을 즐기다
想吐	구역질 , 구역질이 나다
想念	그립다 , 그리워하다
想法	배포 , 의사 , 생각
想法,想 【會思考的蘆葦】 【想到,想出來】	생각 (하다) 생각하는 갈대 생각나다
想開	체념 (하다)
想像	상상 (하다)
響	울다 , 울리다
響板	캐스터네츠
響亮	우렁차다
響度單位	폰
響噹噹	쟁쟁하다
響應	응 (하다) , 호응 (하다)

向	향 (하다)
向上 ~衝	진보 (하다) , 향상 솟구치다

向日葵	해바라기
向著	향하다
~這裡	이리로
【迎著風】	바람을 안다
向量	벡터
向陽地（陽面）	양지
【向陽的家】	양지바른 집
向陽處	양달
相	상
貴人之~	귀인의 상
相框	액자
巷弄	골목길
象牙	상아
~塔	상아탑
象棋	장기
象徵	심벌 , 상징 （하다）
~主義	상징주의
像	상
自畫~	자화상
像 , 像…一樣	처럼 , 닮다
【長的像父母】	부모를 닮다
項目	종목 , 항목 , 프로젝트
項鍊	목걸이 , 네클리스
橡皮擦	지우개
橡膠 , 橡皮	고무
【橡皮筋 , 橡皮圈】	고무밴드 , 고무줄

T

橡樹果	도토리
嚮往	지향 (하다) , 동경 (하다)
嚮導	가이드 , 길잡이 , 안내 (하다)
【指導方針】	가이드라인

星星	별
星座，星宿	성좌 , 별자리
星期	주 , 요일
星期一	월요일
星期二	화요일
星期三	수요일
星期四	목요일
星期五	금요일
星期六	토요일
星期日，禮拜天	일요일
星雲	성운
星霜	성상
腥氣，腥味	비린내
【散發腥味】	비린내가 나다
興旺，興隆	흥하다 , 번영 (하다)
興建	건조 (하다) , 건축 (하다)
興隆	번성 (하다)

行人	행인
行兇	행패 (하다) , 행악 (하다)
行裝	행장
行李	짐 , 짐짝
~牌	꼬리표
卸~	짐을 내리다
裝~	짐을 싣다
打包~	짐을 싸다 , 짐을 꾸리다
行走	걷다
行事曆	캘린더
行使	행사 (하다)
行政	행정
~機關	행정 기관
行星	행성
行爲	행실 , 행위
行爲,行動 (壞的行爲或舉動)	짓
討人厭的~	짓궂은 짓
行動,行爲	행동 (하다) , 행위
【行爲舉止】	행동거지
行動電信	모바일
行商	행상
【商人】	행상인
行程	일정 , 여정 , 스케줄
行進	행진 (하다)
【進行曲】	행진곡

行樂	행락 (하다)
行銷	마케팅
行駛	주행 (하다) , 운행 (하다)
~距離	주행 거리
行禮	절 (하다) , 경례 (하다)
行蹤，下落	행방
【失蹤，下落不明】	행방불명
刑事	형사
~案件	형사사건
~訴訟	형사소송
刑罰	형 , 벌 , 형벌
【終身監禁，無期徒刑】	종신형
刑警	형사
形，形狀	형 , 형상
形式	모드 , 형식
~主義	형식주의
形成	이루어지다 , 형성 (하다)
形而上學	형이상학
形狀	형상 , 모양
形容	형용 (하다)
~詞	형용사
形象	모습 , 형상 , 이미지
~化	형상화
形象，形狀	형상
形勢	정세
形態	형태

型式	패턴
型號	모델
型態	형태

省察	성찰 (하다)
醒	깨다
~來	눈뜨다 , 잠이 깨다
醒酒	술깨다
~湯	해장국
擤	풀다
~鼻涕	코를 풀다

杏仁	살구 , 아몬드
幸運	행운 , 러키 , 다행하다 , 운이 좋다
【幸好 , 僥倖】	다행히
幸福	행복하다
性	성 , 성품
民族~	민족성
性子	성깔
性交	섹스 (하다)
性向	적성 , 성향
~測驗	적성 검사
性別	성별

性狀	성상
性急	성급하다
性格	캐릭터
性格，性情	성격
【投緣】	성격이 잘 맞다
【不合】	성격 안 맞다
性病	성병
性能	성능
性情	성질 , 성미 , 성정 , 기질
性善說	성선설
性感	섹시하다
性慾	성욕
性質	성질 , 체질
掌握住事件的~	사건의 성격을 파악하다
性癖	성벽
性騷擾	성희롱 (하다)
姓，姓氏	성
姓名	이름 , 성명
~卡	명찰
興致，興趣	흥 , 흥미
敗興，掃興	흥이 깨지다
【興致勃勃】	흥겹다
興盛	융성 (하다)
興許	행여
興趣，興致	흥미 , 취미
【興趣本位】	흥미 위주

T

| 興奮 | 흥분 (하다) |
| ~劑 | 도핑 , 흥분제 |

| 興頭 , 興致 | 신명 |

| 虛弱 | 허약하다 |

虛僞 , 虛假	거짓 , 허위
【謊言】	거짓말
【僞證】	허위 증언
【說謊 , 撒謊】	거짓말을 하다
【（愛）說謊的人】	거짓말쟁이

| 虛張聲勢 | 허세 |

| 虛脫 | 허탈 (하다) |

虛無	허무하다
~主義	허무주의
~主義者	니힐리스트

| 虛誇 | 허풍 |

| 虛榮 | 허영 , 겉치레 |
| ~心 | 허영심 |

| 虛構 | 가공 , 픽션 , 허구 (하다) |
| ~人物 | 가공의 인물 |

| 虛線 | 점선 |

| 虛擬 | 가상 |

| 需求 , 需要 | 니즈 , 들다 , 걸리다 , 필요* 하다 , 요 (하다) , 수요 (하다) |

徐行	서행 (하다)
徐徐地	서서히

許久 【久違的會面】	오래간만 , 오랫동안 , 오래 오래간만에 만나다
許可	허용 (하다)
許可	면허 (하다) , 허락 (하 다) , 허가 (하다) , 인가 (하다)
~證 , 憑證	라이선스
許多	여럿 , 많다 , 수두룩하다

序	서론
序列	서열
序曲	서곡
序曲 , 序言	프롤로그
序言	서문 , 머리말
序數	서수
敘事 ~詩 ~曲	서사 (하다) 서사시 발라드
敘述	서술 (하다) , 진술 (하다)
敘景詩	서경시

507

畜牧	목축
畜產	축산
~業	축산업
蓄	기르다 , 저축 (하다)
蓄水	저수 (하다)
【水庫 , 蓄水池】	저수저수지
蓄財	축재 (하다)
蓄電池	배터리
續報	속보 (하다)

ㄒㄩㄝ

靴子	부츠

ㄒㄩㄝˊ

學 , 學習	배우다
【見習 , 觀摩 , 仿效】	보고 배우다
學力	학력
學士	학사
學分	학점
拿取~	학점을 따다
學生	학생
~證	학생증
~優惠	학생 할인
學位	학위
學系 , 學院	학부
學制	학제

學者	학자
學長，學姊	선배
學派	학파
學界	학계
學科，學系	학과
學校	학교
~教育	스쿨링
~行政工作	학사
【上學】	학교에 다니다
學問	학문
學習	공부 (하다) , 학습 (하다)
【自習室】	공부방
學術	학술
~研究院，~研究單位	아카데미
學期	학기
新~	신학기
學費	학비
學會	학회 , 습득 (하다)
學業	학업
學說	학설
學歷	학력
學藝	학예
【學習成果發表會】	학예 회
學識	학식

雪	눈
下~ , 降~	눈이 내리다
~上加霜	설상가상
雪白	희다 , 새하얗다
雪洗	씻다
【雪恨】	원한을 씻다
雪茄	엽궐련
雪恥	설욕 (하다)
雪崩	눈사태
雪橇	썰매 , 봅스레이
鱈魚	대구

宣布	선포 (하다)
【名單已經公佈了】	명단이 이미 선포되다
宣判 , 宣告	선고 (하다)
宣言	선언 (하다)
獨立~	독립 선언
宣揚	선양 (하다)
宣傳	홍보 (하다) , 선전 (하다)
~活動	홍보 활동
~媒介	매스 미디어
宣稱	언명 (하다)
宣誓	선서 (하다)
宣戰	선전 (하다)

喧嘩	지껄이다
喧鬧，喧嘩，喧騰	왁자하다 , 소란하다 , 떠들썩 *하다
喧嚷	야단 (하다) , 야단 법석

ㄒㄩㄢˊ

玄琴，玄鶴琴	거문고
玄學	현학
玄關，門口	현관
旋轉盤	선반
旋律	선율 , 멜로디
懸	드리우다 , 늘어뜨리다
懸浮	부유
懸索橋	현수교
懸崖	벼랑 , 절벽 , 낭떠러지
懸掛	매달다 , 게양 (하다)
懸賞	현상 (하다)
~金	현상금

ㄒㄩㄢˇ

選手	선수
~村	선수촌
選出	선출 (하다)
選民	유권자
選定	선정 (하다)

選拔	뽑다 , 선발 (하다)
~大會	선발 대회
~考試	선발 시험
選擇	추리다 , 택하다 , 고르다 , 선택 (하다)
選擇 , 選項	옵션
選舉	선거 (하다)
~活動	선거 운동

ㄒㄩㄢˋ

炫目	눈부시다
炫耀	과시 (하다)
眩暈	현기
【暈眩症】	현기증
旋風	회오리바람
絢爛 , 絢麗	현란하다
漩渦	소용돌이
打~ , 起~ , 風起雲湧	소용돌이치다

ㄒㄩㄣ

薰衣草	라벤더
燻 , 燻製	훈제
~鮭魚	훈제 연어
燻黑	그을다
勳章	훈장

旬	순
下~	하순
巡迴	돌다 , 순회 (하다)
巡訪	순방 (하다)
巡視	순시 (하다)
巡察 , 巡邏	순찰 (하다)
【警車 , 巡邏車】	순찰차 , 패트롤카
巡禮	순례 (하다)
~者	순례자
巡警	순경
循環	사이클 , 순환 (하다)
~巴士	순환 버스
惡性~	악순환
尋找 , 尋求	찾다 , 물색 (하다)
尋求	영위 (하다)
尋常	평범하다
馴化	순화 (하다)
馴服	길들다
馴鹿	순록
詢問	물어보다 , 문의 (하다)
~處	안내소

迅速	속히 , 빠르다 , 신속하다 , 급속하다 , 재빠르다
~地	척척 , 재빠르게 , 신속히
~的行動	신속한 행동
訊息	소식 , 인포메이션
寄送~	소식을 보내다
訊問	신문 (하다)
訓斥	질책 (하다) , 책망 (하다)
【被罵】	질책을 받다
訓練	트레이닝 , 훈련 (하다)
殉教	순교 (하다)
~者	순교자
殉葬	순장 (하다)
殉難	순난 (하다)
遜色	손색
蕈類	버섯 , 버섯류

凶	흉하다
凶器	흉기
兄，哥哥	형
兄弟	형제
兇猛	사납다
兇惡	영악하다 , 흉악하다
匈牙利	헝가리

胸針	브로치
胸部，胸膛，胸脯	가슴
胸圍	버스트
胸像	흉상
胸膜	늑막
~炎	늑막염
胸懷	아량

ㄒㄩㄥˊ

雄大	웅대하다
雄壯	우람하다
雄的	수컷
雄糾糾	씩씩하다
雄偉	장엄하다
雄蕊	수술
雄辯	웅변 (하다)
熊	곰
熊貓	판다

ㄒ

丩

丩

之前	직전
支付	지불 (하다) , 지급 (하다)
支出	지출 (하다)
支吾	얼버무리다
支持 　~者 　獲得~	지지 (하다) 후원자 , 지지자 지지를 받다
支架	받침대,홀더
支柱	지주
支流	지류
支氣管 　~炎	기관지 기관지염
支配 　【經理】	지배 (하다) 지배인
支票	수표
支部	지부
支援 　~者 　接受~	지원 (하다) , 후원 (하다) 서포터 지원을 받다
支撐 　【撐起支柱】 　【撐傘】	받치다 , 지탱 (하다) 살대를 받치다 우산을 들다

汁	즙
檸檬~	레몬즙
芝麻	깨 , 참깨
~油	참기름
枝	자루
枝條	가지
枝葉，枝節	지엽
【枝節性的問題】	지엽적인 문제
知名度	지명도
~高	지명도가 높다
知事	지사
知性	지성
~人	지성인
知道	알다
知識	지식
~份子	지식인 , 인텔리
知覺	지각 (하다)
脂肪	지방
隻身	홀몸
蜘蛛	거미
~網	거미집
織	뜨다 , 짜다

ㄓˊ

直	세로 , 똑바르다
~條	세로 줄무늬

ㄓ

直，直線的	스트레이트 , 직선
直升機	헬리콥터
~機場	헬리포트
直立	직립
~猿人	직립 원인
直盯	말똥말똥 , 똑바로보다 , 직시
~著看	말똥말똥 보다
直系	직계
~卑親屬	직계 비속
~尊親屬	직계 존속
直角	직각
直走	직진 (하다)
直流 (電)	직류
直徑	지름 , 직경
直接	바로 , 직접
~稅	직접세
~選舉，直選	직접 선거
直通，直達	직통
【直達巴士】	직통 버스
【直通電話】	직통 전화
直喻	직유
直視	직시 (하다)
直腸	직장
直達	직행 (하다)
~列車	직행 열차
直播	직파 (하다)

业

直線 　~距離	직선 　직선 거리
直線跑道	스트레치
直銷 　產地~	직매 (하다) 　산지 직매
直營	직영 (하다)
直覺，直感 　【直覺對了】	직감, 직각 　직감이 들어맞다
直譯	직역 (하다)
直屬	직속 (하다)
直觀	직관 (하다)
姪女	질녀, 조카딸
姪兒，姪子	조카
執行	수행 (하다), 실행 (하다), 집행 (하다)
執拗	집요하다, 고집하다
執政黨	여당
執著 　【執念】	집착 (하다), 고집 (하다) 　집착심, 집념
執著，執拗，執念 　【固執，執著】	집념 　고집하다
執意，強詞奪理	우기다
執照	라이선스, 면허 (하다)
直班，值勤，值日	당번

ㅈ

植物	식물
~園	식물원
~學	식물학

植樹	식목 (하다) , 식수 (하다)

質‧質量	질 , 질량

質地	재질

質料‧材質	질료 , 재질

質問	질문 (하다)

質量	품질

質感	질감

質疑	질의 (하다)
【問與答】	질의응답

職位	자리 , 직위

職員	직원

職能	직능

職務	직무

職責	책무 , 직분 , 직책

職場	직장

職業	직업 , 커리어 , 일자리
~病	직업병
~災害保險	노동자재해보상보험

職銜	직함

職權	직권
濫用~	직권 남용

擲	던지다

止	멎다 , 그치다
~住	멈추다
只	뿐
我~有你了	나에게는 너뿐이다
只不過	지나지 않다
只有	오직
只是	다만 , 오로지
旨意	뜻
旨趣	취지
指引	안내 (하다) , 인도 (하다)
【詢問處】	안내소
指令	지령 , 명(하다)
指出	짚다
指摘 , 指責	지적 (하다)
指甲油	매니큐어
指示	가리키다 , 지시 (하다)
~方向	방향을 가리키다
接受~	지시를 받다
指印	지장
指名	지명 (하다)
指尖	손끝
指甲刀	손톱깎기
指使	시키다

指定	지정 (하다)
~席	지정석
指南	입문서
~針	나침반
指紋	지문
採集~	지문을 채취하다
指教	조언 (하다)
指望	기대 (하다)
指責	타박 (하다) , 힐책 (하다)
指揮	지휘 (하다)
~棒	지휘봉
~者	지휘자
指數	지수
物價~	물가 지수
指標	지표
指導	가르치다 , 지도 (하다)
學習~	학습 지도
指壓療法	지압 요법
指環	반지 , 가락지
咫尺	지척
紙	종이
紙條	쪽지
紙幣，紙鈔	지폐
紙漿	펄프
紙鎮	문진
趾高氣昂	뻐기다

ㅈ

至	까지
至（到，到達）	다다르다
至今	아직 , 여태까지
至少	적어도 , 하다못해
至高無上	최고
至誠	극진하다 , 정성
志，志向 　【立志】	뜻（하다）, 의지 　뜻을 두다
志向	지향（하다）
志願 　~者，志工	지원（하다）, 지망（하다） 　지망자 , 자원 봉사자
治外法權	치외 법권
治安 　維護~	치안 　치안을 유지하다
治病	치병（하다）, 병고치다
治療 　【急救，急救護理】	고치다 , 치료（하다） 　응급 치료
治癒	치유（하다）
制止	만류（하다）, 억지（하다）, 제지（하다）
制定 　~條款	정（하다）, 제정（하다）, 설정（하다） 　정관
制服	제복 , 유니폼
制空權	제공권

制度	제도
制約	제약 (하다)
受到~	제약을 받다
制動器	브레이크
制裁	제재 (하다)
予以~	제재를 가하다
致力	힘쓰다 , 애쓰다
致死	치사 (하다)
致命	치명 (하다)
~傷	치명상
致謝	치사 (하다) , 감사를 표하다
窒息	질식 (하다)
~狀態	질식 상태
秩序	질서
打亂社會~	사회 질서를 문란케하다
痔 , 痔瘡	치질
痣	점
智能 , 智力	지능
【智慧犯】	지능범
【智力指數】	지능 지수
智慧	지혜
智齒	사랑니
智謀	꾀 , 모략
智囊團	브레인
置之不理	내버려두다 , 방치 (하다)
置物架	선반

ㅗ

稚嫩	앳되다
雉雞	꿩
製片人，製作人	프로듀서
製片公司，製片廠	프로덕션
製作，製造 【生產者，製作人】	제작 (하다) 제작자
製作糕點 【糕點店，糕點舖】	제과 (하다) 제과점
製材	제재 , 재료
製品	제품
製造 ~業 ~商	만들다 , 제조 (하다) 제조업 메이커
製圖	제도 (하다)

ㄓㄚ

扎，刺	찌르다 , 쑤시다
扎根	정착 (하다)
扎實	착실하다 , 견실하다
渣	찌끼 , 찌꺼기

ㄓㄚˊ

炸豬排	돈가스
炸醬麵	자장면 , 짜장면
閘門	게이트

ㄓ

眨眼	눈을 깜박이다

乍看	일견
炸彈	폭탄
炸藥	다이너마이트
榨汁機	주서
榨取	짜다 , 착취 (하다)
柵欄	울타리
圍上~	울타리를 치다
蚱蜢	메뚜기
詐騙	속이다 , 사기를 치다 , 사기 (하다) , 협잡 (하다)
~犯，騙子	사기꾼

ㄓ

遮蓋，遮掩	덮다 , 가리다
【闔上書本】	책을 덮다
遮陽，遮陽棚	차양 , 차일
遮掩，掩藏	감추다
遮斷	차단 (하다)
【斷路器】	차단기
螫	쏘다

折 骨~	부러지다 , 구부리다 뼈가 부러지다
折回	되돌아가다
折扣	깎아주다 , 디스카운트
折衷 ~方案	절충 (하다) 절충안
折磨 , 折騰	괴롭히다 , 고통을 주다
折斷	꺾다
折騰 , 折磨	볶다 , 괴로워하다
折彎 , 彎	휘어지다
哲學 ~家	철학 철학자
摺子 , 皺摺 抓~	주름 주름을 잡다
摺疊	접다 , 개다
褶邊	프릴

這 , 這個 【這兒 , 這裡】 【到處】 【這個月 , 本月】	이 , 이것 이곳 이곳저곳 이달
這次 , 這回 【這週 , 本週】	이번 이번 주
這兒 , 這裡	여기

這兒那兒	여기저기
這時候	이맘때
這陣子	요즈음
這裡那裡，這樣那樣	이리저리
這樣 　~做	이런, 이토록, 이러하다 　이리하다
這樣那樣	이럭저럭
這邊，這兒，這頭	이쪽

业历

摘 　~花	따다, 뜯다, 벗다 　꽃을 따다
摘要	요점, 다이제스트, 요약 (하다)
摘除 　~手術	적출 (하다), 제거 (하다) 　적출 수술

业历ˊ

宅第，宅邸 　金碧輝煌的~	저택 　으리으리한 저택
宅配	택배

业历ˇ

窄，窄小 　【視野狹窄】	좁다, 비좁다 　시야가 좁다

业

債	빚
~主	빚쟁이
被~主追討債務	빚쟁이한테 쫓기다
債券	채권
債務	채무
債權	채권

招來	가져오다 , 초래 (하다)
招待	대접 (하다) , 접대 (하다) , 초대 (하다)
~券	초대권
~會	리셉션
招致	초래 (하다)
招牌	간판
招募	모집 (하다)
招聘	초빙 (하다)
~人員	구인 (하다)
招認	자백 (하다)
招數	수
【高招】	수가 높다
招標	입찰 (하다)
朝令夕改	조령모개 (하다)
朝氣	생기
~蓬勃	발랄하다 , 생기발랄하다
有~	생기 활발 하다

朝會	조례 (하다)

ㄓㄠˊ

著 (火) ~火	붙다 불이 붙다
著地，著陸	착지 (하다)
著急	애타다
著迷	사로잡히다
著眼	착안 (하다)
著陸	착륙 (하다)
著落	낙착 (되다)

ㄓ

ㄓㄠˇ

爪	발
爪牙 (走狗)	앞잡이
找	찾다
找 (路)	더듬다
找出，找到	찾아내다
找回	되찾다
找到 ~線索	발견 (하다) 단서를 잡았다
找錢	거스름돈
沼澤	늪

ㄓㄠˋ

召回	리콜 (하다) , 소환 (하다)

召喚	소환 (하다)
召開	소집하다
召集	모으다 , 소집 (하다)
兆	조
兆赫	메가헤르츠
照，照耀，照射	비추다
【照亮陰暗】	어둠을 비추다
照片	사진
~放大	사진 확대
【攝影家】	사진가
【照相館】	사진관
照明	라이트 , 조명 (하다)
~彈	조명탄
間接~	간접 조명
照亮	밝히다
~黑暗	어둠을 밝히다
照相機	카메라
【攝影師】	카메라맨
照料	뒷바라지 (하다)
照會	조회 (하다)
照實	바로 , 사실 데로
~講	바로 말하다
照樣	그대로
~模仿	그대로 흉내내다
照耀	비치다
月光~	달빛이 비치다
【晨光四射】	아침햇살이 비치다

ㅛ

照護	간호（하다）
照顧	돌보다，지켜보다
照顧，照料	돌보다，보살피다
罩	씌우다
罩子	덮개，씌우개
肇事者	장본인

ㄓㄡ

州	주
周知 【衆所皆知的事實】	주지（하다） 주지의 사실
周密 ~的觀察	면밀하다，세밀하다，빈틈없다 면밀한 관찰
周圍	주위，주변，돌레，사위，테두리
周遊	주유（하다）
周濟，救濟	구제（하다）
週 一~ ~刊 ~末	주 일주 주간지 주말
週休	주휴
週年	주년
週期	주기，사이클

週邊	주변 , 언저리
~裝置	주변 장치
粥	죽

軸承，軸架	베어링

肘窩	오금

咒術	주술
咒語，咒文	주문
念~	주문을 외다
咒罵	저주 (하다)
晝夜	밤낮 , 주야
皺	일그러지다 , 찌푸리다
皺褶，皺紋	주름 , 구김살

占卜	점
占星	별점
占星術	점성술
沾到	묻다 , 묻히다
沾污	더럽히다

ㄓ

沾染	옮다 , 젖다 , 물들다 , 감염 (되다)
~惡習	악습에 젖다 , 나쁜 습관에 물들다

沾滿血跡	피투성이

展示	전시 (하다)
~會	전시회
~櫃	스탠드

展望	전망 (하다)
~台	전망대

展現	펼쳐지다

展開	펴다 , 펼치다 , 전개 (하다)

展覽	전람 (하다)
~會	전람회

展覽，秀	쇼

斬	베다

嶄新	새롭다 , 참신하다
~的設計	참신한 디자인

輾轉	전전 (하다)

占	차지 (하다)
~優勢	우세 (하다)
~絕對多數	절대다수를 차지하다

占有	점유 (하다)

ㄓ

占領	점령 (하다)
~軍	점령군
站	서다
~在黑板旁邊	칠판옆에 서다
~到旁邊	옆에 다가서다
站近	다가서다
站前，火車站前	역전
棧橋	선창
綻放	피다
暫且先，暫時	일단
暫定	잠정 (하다)
暫時	일시 , 당분간
戰力	전력
戰士	전사
戰死	전사 (하다)
~者	전사자
戰車	전차
戰爭	전쟁 (하다)
~終止	종전
戰前	전전
戰後	전후
戰鬥	전투 (하다)
~機	전투기
戰敗	패전 (하다)
戰略	전략

ㅛ

戰術	전술
戰勝 【贏得比賽】	승전 (하다) 시합을 이기다
戰場	전장
戰慄	스릴 , 소스라치다
戰禍	전화
戰艦	전함
顫抖	떨다

ㄓㄣ

珍味	진미
珍珠	진주
珍惜	아끼다
珍稀	희귀하다
珍貴	귀중하다 , 소중하다
針	바늘
針腳	스티치
針葉樹	침엽수
針對	에대하다
針線活	바느질 (하다)
針線盒	반짇고리
針織	메리야스
眞 , 眞的 【眞的很困難】	정말 , 진짜 정말로 곤란해

ㄓ

眞心	본심 , 진심
眞空	진공
~管	진공관
眞是	실로
眞相	실상 , 진상
眞面目	정체
眞珠	진주
眞情 , 眞心	참마음 , 진심
眞理	진리
眞意	진의
眞話	참말
眞誠	정성
眞實	진실하다
~性	리얼리티 , 진실성
~感	실감
眞摯	진지하다 , 극진하다
~的態度	진지한 태도
砧板	도마
偵查	수사 (하다)
偵探	탐정 (하다) , 염탐 (하다)
~小說	탐정 소설
偵察	정찰 (하다)
~隊	정찰대
斟酌	고려 (하다) , 재량 (하다) , 짐작 (하다) , 요량 (하다)

枕	베다
枕頭	베개
疹子，長疹子	발진
診（脈） 【把脈】	짚다 맥을 짚다
診所	클리닉
診脈	진맥 (하다)
診察	검진 (하다)
診察，診視 【掛號證】	진찰 (하다) 진찰권
診療 【診所】	진료 (하다) 진료소
診斷 ~書	진단 (하다) 진단서
縝密	면밀하다

陣亡 ~者	전사 (하다) 전사자
陣地	진지
陣雨	소나기
陣痛	진통
振作精神	정신 차리다
振翅	날개를 치다
賑濟	구제 (하다)

震度	진도
震動，晃動	흔들리다
震動，震撼	뒤흔들다
震動，震盪	진동 (하다)
震源，震央	진원지
震撼	흔들다 , 진감 (하다)
震驚	질겁 (하다) , 놀라다
鎭定	가라앉히다
鎭靜，鎭定	진정 (하다)
鎭壓	진압 (하다) , 탄압 (하다)

ㄓ ㄤ

張	장
張力	장력
張望	둘러보다
張開	펼쳐지다
張羅	차리다
章	장
章魚	낙지 , 문어
章程	규약
蟑螂	바퀴벌레

ㄓㄤˇ

長	생기다
~得好看	잘 생겼다
臉~得漂亮	얼굴이 예쁘게 생기다
【看來會失敗】	실패하게 생겼다
長大	커지다 , 자라나다
長女	장녀
長老	장로
長男	장남
長官	장관 , 치프
長相	생김새
長輩	연상 , 어르신 , 윗사람
掌紋	손금
掌舵	조타 (하다)
~人	조타수
掌握	파악 (하다) , 장악 (하다)
~政權	정권을 쥐다
漲價	값이 올라가다
漲潮	만조

ㄓㄤˋ

丈人 , 岳父	장인
丈夫	남편
丈母娘	장모
丈量	측량 (하다)

帳戶 【帳號】	계좌 계좌 번호
帳篷 搭~	텐트 , 천막 , 장막 텐트를 치다
帳簿 , 帳本	장부
障礙 ~物 ~賽	장애 , 지장 장애물 장애물 경주

爭吵	다투다 , 말다툼 (하다)
爭取	쟁취 (하다)
爭鬥	싸우다
爭論	논쟁 (하다)
爭議	쟁의 (하다)
征服	정복 (하다)
掙 【省時】	벌다 시간을 벌다
掙扎	허덕이다 , 발버둥치다
猙獰	영악하다
蒸	찌다
蒸氣 ~火車	증기 , 스팀 , 수증기 증기 기관차
蒸煮 【蒸地瓜】	찌다 고구마를 찌다
蒸發	증발 (하다)

ㄓ

蒸餾	증류 (하다)
~器	증류기
~酒，白酒	증류주
蒸籠	시루
【（韓式）蒸糕】	시루떡
徵（稅）	부과 (하다)
~稅	세금을 부과하다
徵人	구인 (하다)
~廣告	구인 광고
徵召令	영장
徵兆	기색 , 징조 , 조짐
徵收	거두다 , 징수 (하다)
源泉~	원천 징수
徵兵	징병 (하다)
~制度	징병 제도
徵候，徵兆	징후 , 낌새
徵稅	징세 (하다)
徵聘	모집 (하다)

ㄓㄥˇ

拯救	구하다 , 구조 (하다)
整天	하루종일
整好（衣服）	여미다
整型	성형 (하다)
~手術	성형 수술
整個	온 , 온통 , 모조리 , 송두리째
【一整天】	온종일 , 하루종일

整理	정리 (하다)
整備，整修	정비 (하다)
整隊	정렬 (하다)
整頓	정돈 (하다)
整齊	나란히 , 단정하다
整數	정수
整點	정각
整體	전체 , 총체

ㄓㄥˋ

正	똑바로
正（正值，正是，正在）	바야흐로
正中	한가운데
正中（命中）	적중 (하다)
正中間，正中央	한복판
正午	정오 , 한낮
正方形	정방형 , 정사각형
正月	정월
正片	포지티브
正巧，正好 　~路過	마침 , 마침내 　마침지나가다
正好，正在 　【在正上方】	바로 　바로 위에
正式，正規	본격

ㄓ

正式，正經	정식
正式服裝，正裝	정장
正色	원색
正直	정직하다
正門	정문
正是 今天~我的生日	바로 바로 오늘이 내 생일이다
正是時候，正好，正盛	한창
正相反	정반대
正面（迎面，對面） ~衝突	정면 정면충돌
正常 ~化 ~神志 【神志失常】	정상 정상화 (하다) 제정신 제정신이 아니다
正統，正宗	정통
正視	직시 (하다) , 응시 (하다)
正當 ~防衛	정당하다 정당한 방위
正當，正直	바르다 , 정직 (하다)
正義 ~感	정의 정의감
正確 ~答案 答案不~	맞다 , 옳다 , 정확하다 , 정확 ＊하다 정답 답이 안 맞다
政局	정국

ㅗ

政見	정견
政府	정부
~機關	관청
政治	정치
~家	정치가
~學	정치학
~運動	정치 운동
~獻金	정치 헌금
~活動	정치 활동
政界	정계
政策	정책
政黨	정당
政權	정권
政變	쿠데타
政體	정체
症候群	신드롬
證人	증인
質詢~	증인 신문
證言	증언 (하다)
【證人席】	증언대
證券	증권
~公司	증권 회사
~交易所	증권 거래소
證明	증명 (하다) , 입증 (하다)
~書，證件	증명서
印鑑~	인감 증명
證書	증서

證章	배지
證據	증거
鄭重	정중하다

ㄓㄨ

朱黃色，橘色	주황색
珠子	구슬
珠玉，珠璣	주옥
株	포기 , 그루터기
諸島	제도
豬	돼지
~肉	돼지고기
豬油	라드

ㄓㄨˊ

竹子	대 , 대나무
竹林	대숲
竹筍	죽순
竹筴魚	전갱이
竹簍	소쿠리
逐漸	점점 , 차츰 , 점차

ㄓㄨˇ

主人	주인 , 마스터 , 호스트
主力	주력 , 에이스

主任	주임
主因	주인
主旨	취지 , 주지
主見	주견
主角	주역,주인공
主持	사회 (하다)
~人	사회자
主要	주로 , 주요하다
主食	주식
主修	전공 (하다)
主宰	주재 (하다)
主席	의장
主動	자진 (하다) , 주동적
主唱	주창 (하다)
主婦	주부
主將	주장 , 대장
主張	주장 (하다)
堅持~	주장을 굽히지 않다
主教	주교
主結構	뼈대
主幹道，主要街道	메인 스트리트
主義	주의
主演	주연 (하다)
~男演員	주연배우
~女演員	주연여배우

ㅛ

主管	주관 (하다)
主語	주어
主賓	주빈
主導	주도 (하다)
主導權 　掌握~	주도권 , 이니시어티브 　주도권을 잡다
主辦	주최 (하다)
主題 　~曲	주제 , 테마 　주제곡
主顧	고객
主權	주권
主體 　~性	주체 , 본체 　주체성
主觀	주관적
拄 　~枴杖	짚다 　지팡이를 짚다
貯存	비축 (하다) , 저장 (하다)
煮 　~飯	짓다 , 삶다 , 데치다 , 익히 다 , 끓이다 　밥을 짓다
煮熟	완숙 (하다)
囑咐	부탁 (하다)
囑目	주목 (하다)

ㄓㄨˋ

佇立 , 止步	멈춰서다

住戶	세대
住宅，住房	주택
住址，住處	주소
住宿	묵다 , 머무르다 , 숙박 (하다)
~費	숙박료
~設施	숙박시설
住處	처소
住處，住所	숙소
助手，助理	조수
【助手席】	조수석
助威	성원 (하다)
助動詞	조동사
助理教授，助教	조교수
助跑	도움닫기
注入	주입 (하다)
【填鴨式教育】	주입식 교육
注目，矚目	이목 , 주목 (하다)
受~的對象	주목의 대상
值得受~	주목만하다
注重	중요시 (하다)
注射	주사 (하다)
~器，針筒	주사기
【預防接種】	예방 주사
注視	지켜보다 , 바라보다 , 주시 (하다)

主

注意	주의 (하다) , 유의 (하다)
~力	주의력
~力不足	주의부족
【緊急特報】	주의보
苧麻,苧麻布	모시
柱,柱子	기둥
祝詞	축사
祝賀	축하 (하다)
【慶祝會】	축하회
祝壽	축수 (하다)
祝福	축복 (하다)
著名,有名的	유명하다 , 저명하다
著作	저작 (하다)
~權,版權	저작권
~者,作者	저작자
~物,作品	저작물
著者,作者	저자
著述	저술 (하다)
蛀牙	충치
蛀蝕	파먹다 , 좀먹다
註冊	등록 (하다)
註解,註釋	주석
加上~	주석을 달다
註解,註腳	각주
【加註腳】	각주를 달다
駐在,派駐	주재 (하다)
【派駐人員】	주재원

ㅗ

鑄造	주조 (하다)

抓 ~小偷	잡다 도둑을 잡다
抓 【捏鼻子】	긁다 , 채다 , 할퀴다 코를 쥐다
抓住	잡다 , 사로 잡다
抓緊,抓住,緊抓住	움켜잡다

捉住	사로잡다
捉弄	놀리다
捉拿	수배 (하다) , 체포 (하다)
捉迷藏,玩捉迷藏	술래잡기 , 술래잡기 (하 다) , 숨바꼭질 (하다)
桌上 【座鐘】	탁상 탁상시계
桌子 【桌布,桌巾】	탁자 , 테이블 테이블클로스
桌球	탁구

拙劣 ~的文章	졸렬하다 졸렬한 문장

卓越	탁월하다 , 뛰어나다 , 발군 (하다)
~的成績	발군의 성적
茁壯	건장 (하다)
~地生長	무럭무럭 자라다
酌量	참작 (하다) , 재량 (하다)
啄木鳥	딱따구리
琢磨	궁리 (하다)
濁酒，韓國小米酒	탁주 , 막걸리

拽	끄집어내다 , 낚아채다 , 잡아채다

追上	따라붙다 , 따라가다
追加	추가 (하다)
【加洗，加印】	추가 인화
追求	추구 (하다)
~利潤	이윤 추구
追究，追查	밝혀내다 , 추궁 (하다)
追悔	후회 (하다)
追問，追究	따지다
追悼	추도 (하다)
~會	추도식
追過	앞지르다

ㄓ

追趕，追逐	쫓다 , 쫓아가다
追撞	추돌 (하다)
~事故	추돌 사고
追隨	쫓다 , 추종 (하다)
追擊	추격 (하다)
~戰	추격전
追蹤	축적 (하다)
~犯人	범인의 뒤를 밟다
錐子	송곳

墜子	펜던트
墜落	추락 (하다)
~事故	추락 사고

專心，專注	전념 (하다) , 집중 (하다) , 열중 (하다) , 몰두 (하다)
~看	여겨보다
~聽	경청 (하다)
專用	전용 (하다)
專任	전임 (하다)
專有	전유 (하다)
~技術	노하우
專利	특허
~使用費	로열티

專攻	전공 (하다)
專制	세도 , 전제 (하다)
專長	장기 , 특기
專門，專業	전문
【專家，行家】	전문가
【專科學校】	전문학교
專家	프로 , 스페셜리스트 , 전문가
專家，專門人才	테크니션 , 전문가
專賣	전매 (하다)
【專利】	전매 특허
專橫	횡포하다
專輯	특집
專斷	독단 (하다)
專職，專門從事	일삼다
專欄	칼럼
~作家	칼럼니스트
磚頭	벽돌

ㄓㄨㄢˇ

轉	돌다
轉入	이월 (하다)
~下個月	다음달에 이월하다
轉入，轉來	전입 (하다)
【轉學生】	전입생
轉包	하청을 주다 , 하청 (하다)
~工廠	하청공장

轉用	전용 (하다)
轉任	전임 (하다)
轉向	돌리다
轉向，轉變	전향 (하다)
轉角	코너 , 길모퉁이
轉車	갈아타다 , 바꿔 타다
轉動 【轉臺，轉盤】 【腦子靈活，精明能幹】	턴 , 돌다 , 돌아가다 턴테이블 머리가 잘 돌아가다
轉寄	전송 (하다)
轉帳	대체 (하다) , 전송 (하다)
轉眼之間	순간
轉移	이동 (하다) , 이전 (하다) , 전이 (하다)
轉移，轉向 【把注意力轉向他處】	옮기다 관심을 딴곳으로 옮기다
轉換 【改變話題】	바꾸다 화제를 바꾸다
轉換，轉捩點 【轉換期，轉折期】	전환 (하다) 전환기
轉換器，整流器	컨버터
轉晴，放晴	개다
轉嫁	전가 (하다)
轉過去	뒤로 돌리다
轉達	전달 (하다)

ㅂ

轉播	중계
現場~	중계방송
實況~	실황중계
轉調	전조 (하다)
轉輪機，轉盤	로터리
【輪轉式引擎】	로터리 엔진
轉學，轉校	전학 (하다)
轉職	전직 (하다)
轉彎	회전 (하다)
轉變	변 (하다)
轉變，轉移	돌리다
【轉移注意力】	관심을 돌리다
轉讓	양도 (하다)

ㅂ

傳，傳記	전기
撰寫	저술 (하다)
撰稿	집필 (하다)
~者	집필자
賺	벌다
賺錢	돈을 벌다 , 돈벌기
賺頭	이윤 , 마진 , 벌이가 되다

准許	허용 (하다) , 허락 (하다)

準	준
~決賽	준결승
~準決賽	준준결승
準時，準點	정시 , 정각
準備	마련 (하다)
準備	차리다 , 채비 (하다) , 준비 (하다) , 대비 (하다)
~晚餐	저녁을 차리다
事前~	사전 준비
出門的~	외출 준비
~運動	워밍업 (하다)
準確	정확하다

莊重	의젓하다
莊稼	작물
~人	농민
莊嚴	장엄하다
裝	싣다 , 담다
~載行李	짐을 싣다
裝扮	분장 (하다)
【更衣室】	분장실
裝訂	철 (하다) , 제본 (하다)
將資料~成冊	서류를 철하다
裝病	꾀병 , 꾀병을 부리다
裝配	맞추다
裝船，裝貨	선적 (하다)

裝設	달다 , 설치 (하다)
~層板	선반을 달다
裝備	장비
裝進 , 放進	넣다
【手插入口袋裡】	손을 포켓에 넣다
裝置	장치 (하다)
裝載	실리다 , 적재 (하다)
裝飾	꾸미다 , 장식 (하다)
~品 , 擺飾品	장식물
裝飾 , 裝潢 , 裝飾品	데코레이션
裝滿	채우다
在水壺裡~水	물통에 물을 채우다
裝蒜	시치미를 떼다
裝模作樣	재다 , 잘난척 하다
裝樣子	시늉 (하다)

ㅛㄨㅊㄼ

壯士	장사
壯大	장대하다
壯年	장년
壯烈 , 悲壯	비장하다
~的決心	비장한 결심
壯觀	웅장하다 , 스펙터클하다
~的景色	웅장한 경치
狀況	컨디션 , 상황

狀態，狀況	상태
【健康狀態】	건강 상태
【身體狀況不好】	몸 상태 가 좋지 않다
撞	받다 , 찧다 , 부딪다
撞球	당구
撞擊	부딪치다 , 충돌 (하다)
【撞車事故】	충돌 사고

ㅗㅗㄨㄥ

中	중 , 속
中子	중성자
中小企業	중소기업
中元	백중 , 백중날
中午	점심
中心	중심 , 센터
~街	중심가
~地	중심지
中止	중지 (하다) , 스톱 (하다)
中世紀	중세
中古	중고
~車	중고차
~品	중고품
中央	심 , 중앙 , 센터
~集權	중앙 집권
~銀行	중앙은행
中立	중립
~國	중립국

中年	중년
中旬	중순
中耳炎	중이염
中和	중화 (하다)
中性	중성
中東	중동
中近東	중근동
中指	가운데손가락,중지
中級	중급
中國	중국
~語	중국어
中庸	중용
中産階級	중산계층
中途	중도 , 도중
~退席	중도에 자리를 뜨다
~下車	도중하차
~退學	중퇴 (하다)
中提琴	비올라
中暑	일사병
中游	중류
中等教育	중등 교육
中華	중화
~料理	중화요리
中間	중간 , 사이
中葉	중엽

丷

中樞	중추
~神經	중추 신경
中學生	중학생
中斷	끊기다 , 끊어지다 , 걷어치우다 , 집어치우다 , 중단 (하다)
消息~	소식이 끊어지다
電話~	전화가 끊어지다
忠告	충고 , 충고 (하다)
忠言	조언 (하다)
忠誠	충성하다
忠實 , 忠誠	충실하다
終了	끝 , 종료 (하다)
【無止盡 , 沒完沒了】	끝이 없다
終日	하루종일 , 종일
終止符	종지부
【結束 , 終止】	종지부를 찍다
終止戰爭	종전
終生	평생 , 일평생
終局	막판 , 결국
終究	필경
終身	종신
【無期徒刑】	종신형
終於	마침내 , 드디어
終站 , 終點站	터미널 , 종점 , 종착역

ㅂ

終結 【完成，結束】	종결 (하다) 종결짓다
終端	말단
鐘 ~響	종 종이 울리다
鐘乳石	종유석
鐘樓	종각, 종루
鐘錶	시계
鐘擺	진자

ㅗㄨㄥˇ

腫 手~了	붓다 손이 부엇다
腫脹 眼睛~	붓다 눈이 부엇다
腫瘤 惡性~	종양 악성 종양
種 良~ 人~	종 양종 인종
種子 【播種】	씨, 종자, 씨앗 씨를 뿌리다
種族 ~歧視	종족 인종차별
種類	종류, 카테고리
踵，腳跟	발뒤꿈치

中 　箭正~靶心 　【不出所料】	맞다 　화살이 고녁에 맞다 　예상이 맞다 , 예상이 들어 　맞다
(打、射) 中 　使箭射~	맞히다 　화살을 과녁에 맞히다
中毒 　瓦斯~	중독 (되다) 　가스 중독
中風	중풍
中傷	헐뜯다 , 중상 (하다)
中意	마음에 들다
中獎	당첨 (하다)
中選	당선 (되다)
仲介 　~人 　~費，佣金 　~貿易，轉口貿易	중개 (하다) 　중개인 , 중개자 　중개료 　중개무역
仲介，媒介	매개 (하다)
仲夏	한여름
仲裁 　~人	중재 (하다) 　중재인
重，沉	무겁다
重，重要	중하다 , 중요 하다
重力	중력
重大，重要 　~事件	중대하다 　중대 사건

重大的	시리어스 , 잡수다
重工業	중공업
重心	중심
重油	중유
重金屬	중금속
重要	중요하다
~性	중요성
~因素	요인
~的人	요인
~的事情，~的條件	요건
重病	중병
重症	중증
~病患	중환자
重視	중시 (하다) , 중요시 (하다)
~人權	인권 존중
~自己風格的人	스타일리스트
重量	중량 , 무게
~級	중량급 , 헤비급
~增加	무게가 나가다
重傷	중상
受~	중상을 입다
重點	중점 , 포인트
【強調，著重】	중점을 두다
衆議院	중의원
種植	심다 , 재배 (하다)
種稻	미작

彳

吃	먹다
吃（敬稱）	잡수다
吃力	버겁다 , 힘겹다 , 힘들다 , 벅차다
吃光	먹어 치우다
吃角子老虎	슬롯머신
吃喝玩樂 【品嚐美食，享受美食】	도락 식도락
吃葷	육식
吃緊	긴박하다
吃醋	질투 (하다)
吃虧 ~，受到損害	손해를 보다 , 손해 (되다) 손해를 입다
吃驚	놀라다

彳ˊ

持久力	스태미나 , 지구력
持有	소지 (하다)
持續 ~性，持久性	지속 (하다) 지속성
遲	때늦다

遲早	조만 , 조만간
遲到	늦다 , 지각 (하다) , 지참 (하다)
遲鈍	무디다 , 아둔하다
遲鈍 , 遲緩 【頭腦遲鈍】	둔하다 머리가 둔하다
遲疑	망설이다
遲緩	느리다 , 느슨하다 , 완만하다

彳ˇ	
尺 三角~	자 삼각자
尺寸 量~	치수,사이즈 치수를 재다
尺度	척도
尺碼	치수,사이즈
恥笑 被~	조소 (하다) , 비웃다 조소를 받다
恥辱 蒙受~	욕 (하다) 욕을 당하다
齒	이빨
齒垢	치석
齒輪	기어 , 톱니바퀴

彳

斥責	호통 , 꾸짖다 , 타박 (하다) , 질책 (하다) , 야단 (하다)
大聲~	호통치다 , 야단치다
【被罵】	질책을 받다
赤	붉다
赤手	맨손
赤字	적자
赤身	벌거숭이
赤腳	맨발
赤道	적도
赤裸	벌거 벗다
赤裸裸	적나라하다
~的	노골적
翅膀	날개
展開~	날개를 펴다

叉子	포크
差別	차별 (하다)
差別 , 差距	격차
差異 , 差別 , 差距	차이
【個性差異】	성격 차이
差距	갭
差錯 , 差池	차질
【出差錯】	차질이 생기다

差點	하마터면
差額	차액
插	찌르다 , 끼우다
插 , 插入	끼워 놓다 , 삽입 (하다)
插手	손대다
插 , 插隊	끼어들다 , 새치기 (하다)
插花	삽화 (하다) , 꽃꽂이 (하다)
插座	콘센트
插座 , 插口	소켓
插畫 , 插圖 【插畫家】	컷 , 삽화 , 삽도 , 일러스트 일러스트레이터
插頭	플러그 , 전기꽂이

ㄔㄚˇ

茶 ~包 ~匙 ~杯 ~壺 沏~ , 泡~	티 , 차 티백 티스푼 티컵 티포트 차를 우리다
茶房 , 茶館	다방
茶杯	찻잔
茶道	다도
茶館 , 茶樓	찻집
察看	살피다 , 살펴보다

察覺（因觀察）	채다 , 깨닫다 , 알아차리다
查究，查對，查證	사정 (하다)
查明	밝혀내다 , 구명 (하다)
查封 　被~	차압 　차압 당하다
查問 　【檢查站，檢查哨】	검문 (하다) 　검문소
查探 　【找出住址】	알아내다 , 탐색 (하다) 　주소를 알아내다
查票	검표
查詢	찾아보다 , 검색 (하다)
查閱	사열 (하다)
查驗	검사 (하다)

彳ㄚˋ

岔	분기점
岔路	샛길
剎那	찰나 , 순식간
衩	슬릿
詫異	경이

彳ㄜ

車子 　【車輪】 　【汽車】	차 　차바퀴 　자동차
車床	선반

車胎	타이어
車庫	개러지
車庫	차고
車站	역 , 정류소 , 정류장
車票	차표
車掌	차장
車牌	번호판
車窗	차창
車費	차비
車道	차도
~線	차선
車輛	차량
車頭燈	헤드라이트

ㄔㄜˇ

扯	채다 , 잡아채다 , 잡아당기다
扯平	비기다 , 무승부
扯拽	잡아끌다

ㄔㄜˋ

徹夜	밤새도록 , 철야 (하다)
徹底	철저하다
~的調査	철저한 조사
撤回 , 撤銷	철회 (하다)
撤退	철퇴 (하다) , 철수 (하다)

撤廢，撤銷	철폐 (하다)
撤銷	취소 (하다) , 해제 (하다)
撤職	해직 (하다) , 면직 (되다)

ㄔㄞ

拆散	흩뜨리다 , 깨뜨리다
拆毀，拆除	헐다 , 허물다
拆解，拆散	해체
差遣	파견 (하다)

ㄔㄞˊ

柴火	땔감
柴油引擎	디젤 엔진

ㄔ

ㄔㄠ

抄本，副本	초본 , 사본
抄寫	베끼다 , 서사 (하다)
超人	슈퍼맨
超音波	초음파
超級 ~市場 ~巨星	슈퍼 슈퍼마켓 슈퍼스타
超能力	초능력
超高層 ~大樓	초고층 초고층 빌딩
超越	넘다

超越，超過	초월 (하다)
超過	상회 (하다)
超過，超出	초과 (하다)
~的費用	초과 요금
超車	추월 (하다)
禁止~	추월 금지
鈔票	지폐

巢，鳥巢	둥지
巢穴	소굴
朝向	돌리다
朝拜	예배 (하다)
朝聖	순례 (하다)
~者	순례자
朝鮮	조선
~語	조선어
嘲弄	놀리다 , 조롱 (하다) , 야유 (하다)
嘲笑	비웃다 , 빈정거리다 , 조소 (하다)
潮水	조수
潮流	패션 , 조류
潮氣	습기
【濕，潮濕，受潮】	습기차다
潮落	간조

潮濕	습하다 , 축축하다

吵架，吵嘴	싸우다 , 해대다 , 말다툼 (하다) , 언쟁 (하다) , 말싸움 (하다)
吵鬧，吵嚷	수선 , 지껄이다 , 소란하다 , 시끄럽다 , 떠들썩하다
【週遭很吵】	주위가 시끄럽다
炒	볶다
~芝麻	깨를 볶다
炒飯	볶음밥
炒麵	볶음면

抽	뽑다
抽水馬桶	수세식 변기
抽出	빼다 , 빼내다
從口袋裡~手	주머니에서 손을 빼다
抽身	추신 (하다)
抽泣	흐느끼다
抽風機	환풍기
抽屜	서랍
抽菸	담배 피다
抽象	추상
~畫	추상화
~名詞	추상 명사

抽筋 　~，痙攣	경련 (하다) 　경련을 일으키다
抽籤	추첨 (하다)

仇人，仇家	원수
仇心	앙심
仇恨	원한
仇視	적대시 (하다)
惆悵	서글프다
稠，濃稠 　粥很~	진하다 　죽이 빡빡하다
酬勞，酬金	보수
綢緞	비단, 견직물
籌措	변통 (하다)
籌措，籌辦 　【籌措資金】	조달 (하다) 　자금을 조달하다
籌備	준비 (하다)
躊躇	서슴다, 망설이다, 주저 (하다)

丑角，小丑	피에로
醜，醜陋	밉다, 못생기다
醜陋	추하다

醜惡	추악하다
醜聞	스캔들

臭	구리다
臭名	악명
~遠播	악명을 떨치다
臭氧	오존
臭蟲	빈대
臭鼬	스컹크

攙	섞다
攙合	혼합 (하다)

孱弱	빈약하다
身體~	몸이 빈약하다
禪	선
潺潺	졸졸
水~的流	물이 졸졸 흐르다
蟬	매미
蟾蜍	두꺼비
纏,纏繞	감다, 사리다, 휘감다
纏繞	서리다, 얽히다
蜘蛛網~	거미줄이 서리다

產	산
韓國~	한국산
產生	낳다 , 만들어내다 , 생산 (하다)
產地	생산지
產卵	알을 낳다 , 산란 (하다)
~季	산란기
產物，產品	산물 , 소산
【時代的產物】	시대의 산물
產品	제품
產婆	산파
產量	소출 , 산출량
產業	산업
~構造	산업 구조
~革命	산업 혁명
諂媚	아부 (하다) , 아첨 (하다)
闡明	밝히다 , 천명 (하다)
~身分	신분을 밝히다
鏟子	삽 , 스콥

懺悔	참회 (하다)
~錄	참회록

臣下	신하

沉沒	가라앉다 , 침몰 (하다)
【沉船】	배가 가라앉다
沉重	육중하다 , 묵직하다
沉浸	젖다
~在回憶裡	회상에 젖다
沉迷	에 미치다
沉悶	답답하다 , 침체 (하다)
~的空氣	침체된 공기
沉痛	침통하다 , 엄중하다
~的表情	침통한 표정
沉著	침착하다
~的態度	침착한 태도
沉睡	깊이잠들다
沉醉	도취 (하다) , 심취 (하다)
沉澱	침전 (하다)
~物	앙금
沉默	침묵 (하다)
~權	묵비권
保持~	침묵을 지키다
行使~權	묵비권을 행사하다
~寡言	과묵하다
陳列	전시 (하다) , 진열 (하다)
~架 , 展示架	진열장
陳述	진술 (하다)
~書	진술서
陳情	진정 (하다)
~書	진정서

ㅊ

陳設	진설 (하다) , 설치 (하다)
陳腐 ~的想法	낡다 , 진부하다 진부한 생각
陳舊	낡다
晨報	조간
塵垢	때
塵埃 , 塵土	먼지 , 티끌

ㄔㄣˋ

趁機 , 趁隙	틈타다
襯	받치다
襯布	안감 , 천
襯衫	셔츠 , 와이셔츠
襯裙	슬립 , 페티코트

ㄔㄤ

昌盛 , 繁榮	번영 (하다)
菖蒲	창포

ㄔㄤˊ

長	길다
長久	장구하다
長方形	직사각형
長毛象	매머드

長度，長短	길이
【褲長】	바지 길이
長春藤	담쟁이덩굴
長竿	장대
【撐竿跳】	장대높이뛰기
長眠	영면 (하다)
長處	강점 , 메리트
長袍	가운
長途	장거리
~電話	장거리 전화
【長跑】	장거리 경주
長期	장기
~計畫	장기 계획
~上演	롱런
~居住	상주 (하다)
長焦距鏡頭	망원 렌즈
長號	트롬본
長靴	장화
長鼓	장구
長凳，長椅	벤치
長壽	장수 , 장수 (하다)
長槍，長矛	창
長篇	장편
~小說	장편 소설
長頸鹿	기린
長襪	니삭스

ㅊ

常用	상용 (하다)
【常客】	단골
常任	상임 (하다)
~理事	상임 이사
常見	흔하다
常例	상례
常客	단골손님
常務	상무
常理	상리
常規	정례
常設	상설 (하다)
常駐	상주 (하다)
常識	상식
缺乏~	상식이 부족하다
腸	장
~炎	장염
~傷寒	장티푸스
腸子	창자
嘗味，嘗味道	맛보다, 맛을보다
嘗試	시도 (하다)
~，試行	시도해 보다
償還	갚다, 변제 (하다), 상환 (하다)

場，場地	필드
【實地考察，田野調查】	필드 워크
場，場次	장
場所	처소 , 장소
場面，場景	판 , 장면
廠家，廠商	메이커 , 업체

倡導	제창 (하다)
唱	창 , 부르다
唱片	디스크 , 레코드
【DJ】	디스크자키
暢談	간담 (하다)

稱爲	칭하다 , …라고 부르다
稱重	계량 (하다)
稱號	칭호
稱職	적격 (하다)
稱讚，稱道	칭찬 (하다)
撑	떠받치다
~傘	우산을 쓰다 , 우산을 받다
~起身體	몸을 이기다

成人	성인
~教育	성인 교육
~式，~禮	성인식
~電影	성인 영화
成分	성분
成功	성공 (하다)
成本	코스트, 본전
成立	성립 (되다), 발족 (하다)
成名	출세 (하다)
成年	성년
成形	성형 (하다)
成見	편견, 선입견
抱持著~	편견을 가지다
成果，成就	성과
得到~	성과를 거두다
成長	자라다, 성장 (하다)
成品	완제품
成爲	되다
成員	성원, 멤버
成套的	세트로
成效	효과
成婚	결혼 (하다)
成敗	성패
成規	규정 (하다)

ㄔ

成就	성취 (하다)
成語	성구 , 숙어
成熟	익다 , 여물다 , 무르익다 , 완숙 (하다) , 성숙 (하다)
成績 , 成果	성적
【成績單】	성적표
呈上	올리다
呈現	드러내다
呈獻	헌정 (하다)
承包 , 承辦	도급 , 떠맡다 , 청부 맡다 , 청부 (하다)
承兌	인수 (하다)
承認	시인 (하다) , 승인 (하다)
承擔	맡다 , 담당 (하다)
承諾	수락 (하다)
承辦人	프로모터 , 담당자
承繼	물려받다 , 이어받다 , 상속 (하다)
承續 , 承襲	계승 (하다)
~者	계승자
城	성
城市	도시
城池要塞	성채
城牆	성벽
乘	타다

乘<數學>	곱 (하다)
乘車	승차 (하다)
【車票】	승차권
乘法	승법, 곱셈
乘客	승객
乘馬，騎馬	승마 (하다)
盛	푸다, 담다
程式	프로그램
~設計	프로그래밍
~設計師	프로그래머
程序	절차
依照一定的~	일정한 절차를 밟다
程度	레벨, 정도
誠心	성심, 진심
~誠意	성심껏
誠意	성의
誠實	성실하다
【忠厚老實的人】	성실한 사람
誠懇，誠心	융숭하다
【誠心誠意的接待】	융숭한 대접
懲戒	징계 (하다)
懲罰	벌, 징벌 (하다)
受到~	벌을 받다

ㄔㄥˋ

秤	저울
~重	저울질하다
~錘, 砝碼	저울추

ㄔㄨ

出入	출입 (하다)
~口	출입구
禁止~	출입금지
出口	출구, 수출 (하다)
出乎意料	뜻밖, 뜻박에
出刊	출간 (하다)
出去	나가다
~轉轉	나돌다
出生	태어나다, 출생 (하다)
~年月日	생년월일
出示	제시 (하다)
出色	훌륭하다, 뛰어나다
出血	출혈 (하다)
內~	내출혈
出走	가출 (하다)
出身	출신
~地	출신지
出來	나오다
眼淚流~	눈물이 나오다

ㄔ

出版	출판 (하다)
~品	출판물
~社	출판사
出差	출장
去~	출장 가다
出席	출석 (하다) , 참석 (하다)
~者	출석자
出氣	화풀이
出租	리스 , 임대 (하다)
~住宅	임대 주택
~費，租金	임대료
出納	출납 (하다)
出院	퇴원 (하다)
出動	출동 (하다)
出售	매도 (하다) , 판매 (하다) , 발매 (하다)
出國	출국 (하다)
出現	나타나다 , 생겨나다 , 출현 (하다)
出衆	출중하다 , 뛰어나다
出處	출처
傳聞的~	소문의 출처
出貨	출하 (하다)
出場	출장 (하다)
出發	스타트 , 출발 (하다)
~點	원점 , 출발점

ㄔ

出勤	출근 (하다)
~時間	출근시간
出嫁	출가 (하다) , 시집가다 , 시집보내다
出資	출자 (하다)
出路	진로
~輔導	진로 지도
出境手續	출국수속
出演	출연 (하다)
出 (穗)	패다
初	초
初一	초하루
初中生	중학생
初旬	초순
初次	첫 , 처음
【初雪】	첫눈
初次登台 , 初次演出 , 出道	데뷔 (하다)
初步 , 初級	초보
【初學者】	초보자
初始	시초
初夏	초여름
初級	초급
~中學	중학교
初期	초기
~階段	초반
【初賽】	초반전

初等	초등
~教育	초등 교육
【小學】	초등 학교
【小學生】	초등 학생
（世紀）初葉	초엽

ㄔㄨˊ

除外	제외 （하다）
除名	제명 （하다）
除法	나눗셈
除掉	삭제 （하다）, 제거 （하다）
除滅	퇴치 （하다）
廚房	부엌, 주방
廚師	셰프, 요리사
櫥櫃	찬장, 캐비닛
儲備，儲存	비축 （하다）
儲蓄	예금 （하다）, 저금 （하다）, 저축 （하다）
儲藏	저장 （하다）
雛雞	병아리

ㄔㄨˇ

處	군데
處分	처분 （하다）
處方	처방 （하다）
~箋	처방전

ㄔ

處世	처세 (하다)
處在，處於	처하다
處事	처사
處理	처리 (하다) , 해결 (하다) , 취급 (하다)
【小心使用】	취급 주의
處置	조처 (하다) , 처치 (하다)
處境	처지 , 경우
處罰	벌 , 처벌 (하다)

處女	처녀
~座	처녀자리
~作	처녀작
觸	부딪다 , 만지다
觸感	촉감 , 감촉 (하다)
粗糙的~	거칠거칠한 감촉
觸碰	닿다
觸礁	좌초 (하다)
觸覺	촉각

戳	쑤시다 , 찌르다

啜泣	울다

綽號	별명 , 닉네임

揣測	추정 (하다)

踹	차다 , 박차다

吹	불다
～口哨	휘파람을 불다
吹風	바람을 쐬다
～機	드라이기
吹牛 , 吹噓	허풍
～大王	허풍선이
～ , 說大話	허풍을 떨다
吹奏	취주 (하다)
～樂	취주악
吹乾	드라이 (하다)
【乾洗】	드라이클리닝
炊事	취사 (하다)

垂	드리우다 , 늘어뜨리다
垂 , 垂懸	매달리다
【掛在繩子上】	밧줄에 매달리다
垂下來	늘어지다 , 드리워지다

ㄔ

垂直	수직
~線	수직선
垂飾	펜던트
槌子	망치

ㄔㄨㄢ

穿	입다 , 착용 (하다)
穿 (鞋)	신다
穿透	뚫다 , 관통 (하다)
穿著 , 穿戴	옷차림
【打扮】	옷차림을 하다
穿過 , 穿越	가로지르다 , 횡단 (하다)
【行人穿越道】	횡단보도

ㄔ

ㄔㄨㄢˊ

船	배 , 선박
船帆	돛
船老大 , 船伕	뱃사공
船尾	고물
船板	갑판
船長	선장 , 캡틴
船員	선원 , 뱃사람
船埠	부두
船舶	선박
船隊	선단

船塢	독
船運	배편 , 해운
船艙	선실
船頭	이물
傳 　~話	옮기다 , 전하다 　말을 전하다
傳入 　佛教的~	전래 　불교의 전래
傳來傳去	나돌다
傳呼	호출 (하다)
傳承	전승 (하다)
傳染 　~病 　~病肆虐 　把感冒~別人	옮다 , 전염 (되다) 　전염병 　전염병이 돌다 　남들에게 감기을 옮기다
傳眞 　~機	팩시밀리 , 팩스 　팩스
傳送 , 傳遞 , 傳輸	전송 (하다)
傳授 　~祕訣	가르치다 , 전수 (하다) 　비법을 전수하다
傳教 　~士	선교 (하다) 　선교사
傳球	패스 (하다)
傳票 　收入~ 　【出貨單 , 交貨單】	전표 　입금 전표 　납품 전표

彳

| 傳統 | 전통 , 재래 |
| 遵守~ | 전통을 지키다 |

| 傳單 | 삐라 , 전단 , 선건단 |

| 傳媒 | 매스 미디어 |

| 傳開 | 번지다 , 퍼지다 |
| 消息~ | 소문이 번지다 |

| 傳開 , 傳播 | 알려지다 |
| 【揚名 , 聞名】 | 명성이 멀리 알려지다 |

| 傳道 | 전도 (하다) , 전도사 |

| 傳達 | 전달 (하다) |
| ~事項 | 전달 사항 |

| 傳達 , 傳話 | 전갈 , 전갈 (하다) |

| 傳聞 , 風聞 | 풍문 , 소문 |

| 傳說 | 전설 |

| 傳遞 | 돌리다 , 전하다 |

| 傳播 | 퍼뜨리다 , 전파 (하다) |

| 傳導 | 전도 (하다) |
| ~體 | 전도체 |

| 傳聲筒 , 傳話筒 | 메가폰 |

ㄔㄨㄢˇ

| 喘氣 | 헐떡거리다 |

ㄔㄨㄢˋ

| 串 | 송이 |
| 一~葡萄 | 포도 한 송이 |

串門子	나들이
串通	짜다

ㄔㄨㄣ

春，春天	봄
春分	춘분
春秋 ～裝	춘추 춘추복
春夏秋冬	춘하추동

ㄔㄨㄣˊ

脣	입술
脣彩	립글로스
純 ～所得	순 순소득
純化	순화 (하다)
純利	순익
純金	순금
純眞，純樸 【那個少女很純眞】	순진하다 그 소녀는 순진하다
純情	순정하다
純淨	청정하다
純粹	순전하다
純粹，純潔，純正 【純粹性】 【純潔的心】	순수하다 순수성 순수한 마음

純潔	순결*하다
純潔，純眞，清純	청순하다
淳厚	정직하다
淳樸	순박하다

ㄔㄨㄣˇ

蠢，蠢笨	아둔하다 , 용퉁하다

ㄔㄨㄤ

窗	창
窗口	창구
窗戶，窗	창문
窗框	창틀
窗簾	커튼 , 블라인드

ㄔ

ㄔㄨㄤˊ

床	침대 , 잠자리
【就寢，安歇】	잠자리에 들다 , 취침 (하 다)
床單	시트
床墊	매트리스

ㄔㄨㄤˋ

創刊	창간 (하다)
~號	창간호

創立	창립 (하다)
~紀念日	창립 기념일
【創始人】	창립자
創作	창작 (하다) , 제작 (하다)
【原創劇】	창작극
創始	창시 (하다)
創建	창건 (하다)
創設 , 創辦	창설 (하다)
創造	만들어내다 , 창조 (하다)
~力	창조력
創傷	상처
創意	아이디어

チメㄥ

充分地	충분히
充斥	가득 차다
充血	충혈 (하다)
充足	족하다 , 충분하다 , 충족*하다
充電	충전 (하다)
~器	기
充實	충실하다
充滿	차다 , 채우다 , 서리다 , 가득 채우다
沖洗（相片）	인화 (하다) , 현상 (하다)
沖壓機 , 沖床	프레스

舂	빻다 , 찧다
憧憬	동경 (하다)
衝入	돌입 (하다)
衝突 　意見~	충돌 (하다) 　의견 충돌
衝浪 　~板	서핑 　서프보드
衝破，突破	박차다 , 돌파 (하다)
衝動	충동 , 흥분 (하다)
衝擊	충격

重生	재생 (하다)
重建	재건 (하다)
重現	재현 (하다)
重新 　~開始 　~召開，再召開 　~審查，再檢討 　【另眼相看，重看】 　【重做】	새로 , 다시 　새로 시작하다 　재개 (하다) 　재검토 (하다) 　다시 보다 　다시 하다
重編，重組	재편 (하다)
重複	거듭 (하다) , 중복 (하다)
重疊	겹치다
崇尙	숭상 (하다)
崇拜	숭배 (하다)

崇高	숭고하다
~的精神	숭고한 정신
蟲，蟲子	벌레

彳ㄨㄥˇ

寵愛	총애 (하다)

ㄕ	
失火	실화 (하다) , 불 나다
失足	실족
失去	잃다 , 놓치다
失守	함락 (하다)
失言	실언 (하다)
失物	실물
失效	실효 (하다)
失格	실격 (하다)
失眠症	불면증
失敗	지다 , 패 (하다) , 실패 (하다) , 패배 (하다)
事業~	사업이 실패하다
失望	실망 (하다)
失意	실의 (하다)
失業	실업 (하다)
~者	실업자
失落	잃다 , 잃어버리다
失態	실태
失算	오산 (하다)
失誤	잘못 (하다) , 실수 (하다)
失魂	실혼 (하다)

失禮	실례 (하다)
失蹤	실종 (하다)
失戀	실연 (하다)
失竊 ~險 防止~	도난 도난보험 도난방지
施 (恩) ~捨慈悲，~恩	베풀다 자비를 베풀다
施工	시공 (하다)
施行	시행 (하다)
施政	시정
師兄	사형
師生	사제
屍首，屍體	시체
屍骨	해골
獅子 ~座	사자 , 라이온 사자자리
詩，詩篇，詩歌	시 , 시편
詩人	시인
詩句	시구
詩歌	시가
濕	습하다
濕地	습지
濕度 ~計	습도 습도계

濕氣	습기
充滿~的風	습기 찬 바람
濕透	흠뻑 젖다
濕疹	습진
濕漉漉	촉촉하다
蝨子	이
鰤魚	방어

ㄕ ˊ

十	십
~億	십억
~之八九	십중팔구
十一月	십일월
十二月	십이월
十二指腸	십이지장
十分	십분
十月	시월
十字	십자
~架	십자가
~軍	십자군
~鎬	곡괭이
~路口	사거리
石灰	석회
~岩	석회암
~石	석회석
石竹	패랭이꽃
石板瓦	슬레이트

石油，煤油	석유
【煤油燈，石油暖爐】	석유 스토브
石油醚	벤진
石版	석판
~畫	석판화
石英，石英岩	석영
石碑	석비
石像	석상
石膏	깁스 , 석고
石器	석기
~時代	석기 시대
石蕊試紙	리트머스 시험지
石頭	돌
拾	줍다
食用	식용 (하다)
~油	식용유
食品	식품 , 식료품
~店	식료품점
~添加劑	식품 첨가물
食品，食物	음식물
食物中毒	식중독
引起~	식중독을 일으키다
食客	식객
食指	집게손가락
食堂	식당

尸

食慾	식욕
~不振	식욕 부진
~旺盛	식욕 왕성
食醋	식초
食糧	식량
食譜，菜單	식단 , 메뉴
食鹽	식염
~水	식염수
…時	시
時日	시일 , 일시
時代	시대
~劇	시대극
跟不上~	시대에 뒤떨어지다
時光	세월
時局	시국
時事	시사
~問題	시사 문제
時刻，時間	시각 , 시간
【時刻表】	시간표
時尚	패션 , 유행 (하다)
時空	시공
時常	곧잘 , 자주
時差	시차
~不適應	시차병
時效	시효
時時刻刻	시시각각

尸

時限	시한
時速	시속
時報	시보
時期	시기 , 피리어드
時間，時刻	시간 , 타임
【計時工資】	시간급
【每小時】	시간 마다
【趕得上，來得及】	시간에 대다
【花時間，費功夫】	시간이 걸리다
【時光流逝】	시간이 흐르다
時勢	시세
時節，時令	계절
時髦	모던
時價	시가
時機	시기 , 타이밍
~尚早	시기상조
錯過~	타이밍을 놓치다
時機，時候，時節	때
【等待時機】	때를 기다리다
【錯過時機】	때를 놓쳤다
…時候	즈음
蝕刻法	에칭
實力	실력
~派，高手	실력자
實用	실용 (하다)
~性	실용성
~主義	실용주의

ㅅ

實在	실로 , 정말 , 참으로 , 실답다 , 착실하다
實地 　~調查 , 田野調查	실지 , 현지 　실지 조사
實存 , 實際存在 　~主義	실존 (하다) 　실존주의
實行 , 實施	실행 (하다) , 실시 (하다)
實行 , 實踐	실천 (하다)
實例 　舉~	실례 , 용례 　실례를 들다
實況 　~轉播	실황 , 라이브 　실황 중계
實況 , 實情	실상
實施 , 施行	시행 (하다)
實效 　得到~	실효 　실효를 거두다
實務	실무
實情 , 實際情況	실정 , 진상 , 실제상황
實現	이루다 , 이룩하다 , 이루어지다 , 성취 (하다) , 실현 (하다)
實習 　~生 　工廠~	견습 , 수습 (하다) , 실습 (하다) 　실습생 　공장 실습
實業 　~家 , 商人	실업 , 비즈니스 　실업가 , 비즈니스맨

ㅅ

實話	실화 , 정말 , 참말
實態,實況	실태 , 실황
~調查	실태 조사
實際	실제 , 실제로
~存在	실재 (하다)
~時間	리얼타임
~工資	실질 임금
~收入,~收穫	실수
~領取金額	실수령액
實質,實際	실질
實踐	실천 (하다)
實績,實際成就	실적
實證	실증 (하다)
~主義	실증주의
實權	실권
掌握~	실권을 잡다
實驗	실험 (하다)
~室	실험실
實體,實質	실체

ㄕˊ

ㄕˇ

史	사
史上	사상
史前	선사
~時代	선사시대
史料	사료
史跡	사적

史實	사실
矢	화살
使，使得	하여금
使…哭，弄哭	울리다
使…睡覺，哄…睡覺	재우다
使人苦惱	고통을 주다
使出（力氣）	힘스다
使用	쓰다，다루다
~者	유저，사용자
~說明	매뉴얼
使臣	사신
使冷靜	내정 시키다
使役，使喚	사역 （하다）
使命	사명
完成~	사명을 다하다
使者	사자
使勁	힘쓰다
使背負	지게 （하다）
使徒，使者	사도，사자
使停住	세우다
【停車】	차를 세우다
使眼色	눈짓 （하다）
使閉上（眼睛）	눈을감기다
使喚，叫…做…	시키다

ㄕ

607

使喚	부리다
~人	사람을 부리다
使結冰	얼리다
使節	사절
始末	시말, 전말
【悔過書，檢討報告書】	시말서
始終	종내, 사뭇, 시종 (하다)
~如一	시종여일,
~一貫	시종일관 (하다), 한결같다
始發	시발 (하다)
【起站】	시발역
屎	똥

ㄕˋ

士大夫	사대부
士兵	병사
士氣	사기
~高昂	사기충천하다
示威	시위 (하다)
~遊行	데모 (하다)
示範	시범 (하다)
氏族	씨족
世	세
世上	세상
世代	세대
~交替	세대교체

世事	세상사 , 세상일
世俗	세속
世界	세계 , 만국
~史	세계사
~杯	월드컵
~遺産	세계유산
~各國國旗	만국기
~大學運動會	유니버사이드
世紀	세기
半~	반세기
~末	세기말
世襲	세습 (하다)
市	시
市中心	도심 , 다운타운
市內	시내
~電話	시내전화
市外	시외
~電話	시외전화
市民	시민
~運動	시민운동
市立	시립
市況	시황
市長	시장
市政府	시청
市販	시판 (하다)

尸

市場	시장 , 마켓
~佔有率	시장점유율
~調査	시장조사
市街	시가
市集	저잣거리
市價	시가
市營	시영
式樣	패턴 , 디자인
事	일
肇~	일을 저지르다
~半功倍	사반공배
事，事情	용건 , 볼일 , 용무
事由	사연 , 사유
事件	사건
事先	미리 , 지레
事例	사례
事物	사물
事前，事先	사전
【事先準備】	사전 준비
事故	사고
事務，庶務	사무
【辦事處，公所】	사무소
【辦事員】	사무원
事理	철 , 사리
事項	사항

事業	사업
【企業家】	사업가
事實	사실
事態，事件，情況	사태
【緊急情況】	긴급 사태
事蹟	사적
事變	사변
侍候	시중을 들다 , 시중 (하다)
是	네 , 이다
~學生	학생이다
是否	여부
柿子	감
拭	닦다
室	실
室內	실내
~樂	실내악
~裝飾	인테리어 , 실내 장식
室外	옥외
逝世	서거 (하다)
視力	시력
~檢查	시력 검사
視角	시각
視野	시야
視察	시찰 (하다)
視網膜	망막

尸

視線	시선
視覺	시각
~器官	시관
~錯誤	착시
視聽	시청 (하다)
【觀眾】	시청자
勢力	세력
~圈，地盤	세력권
~鬥爭	세력 다툼
~範圍	세력 범위
勢利小人	속물
嗜好，興趣	기호 , 취미
飾物	장신구
飾品	액세서리
試著，試圖，嘗試	시도 (하다)
試用	시용 (하다)
試吃	시식 (하다)
試探	타진 (하다)
試煉	시련
忍受~	시련을 견디다
試試看	해보다
試劑	시약
試驗	시험 (하다) , 테스트 (하다)
【考官】	시험관
識別	알아보다 , 식별 (하다)

尸

識破	알아차리다 , 간파 (하다)
適用	적용 (하다)
適任	적임
~者	적임자
適合	알맞다 , 들어맞다 , 적합하다 , 매치 (하다)
~的地方	적소
【適才適所】	적재적소
適者生存	적자생존
適度	적정 , 적당하다 , 적절하다
適當	적당하다 , 적절하다
適應	적응 (하다)
適齡期	적령기
釋放	내놓다 , 석방 (하다)
【假釋】	가석방
釋迦牟尼	석가

ㄕㄚ

沙丁魚	정어리
沙子	모래
【沙漏】	모래 시계
沙丘	사구
沙沙 (響)	사박사박
沙拉	샐러드
~米香腸	살라미 소시지
沙門氏菌	살모넬라 균

沙烏地阿拉伯	사우디아라비아
沙啞	쉬다 , 허스키
【聲音啞掉】	목이 쉬다
沙發	소파
沙漠	사막
沙灘，沙場	모래사장
砂糖	설탕
剎車	브레이크
踩~	브레이크를 걸다
殺（價）	깎다
殺了吃	잡아먹다
殺人	살인 (하다)
~犯，兇手	살인범 , 살인자
~罪	살인죄
~鯨	범고래
殺生	살생 (하다)
殺死	죽이다
殺氣騰騰	살벌*하다
殺掉，幹掉	해치우다
殺球	스매시 (하다)
殺菌	살균 (하다)
~作用	살균 작용
【消毒劑】	살균제
殺意	살의
殺戮	살육 (하다)
殺蟲劑，殺蟲藥	살충제

尸

紗布	가제
鯊魚	상어

ㄕㄚˊ

啥	무슨
做~	뭐해
~事	무슨일이야

ㄕㄚˇ

傻	멍청하다 , 어수룩하다
傻瓜	바보

ㄕㄚˋ

煞車	브레크
煞費苦心	고심

ㄕㄜ

奢侈	사치하다 , 사치스럽다
~品	사치품
賒帳	외상

ㄕㄜˊ

舌頭	혀
【咋舌，吃驚】	혀를 내두르다
蛇	뱀
蛇足	사족
【畫蛇添足】	사족을 붙이다

ㄕ

捨不得	아쉽다 , 서운하다

社	사
社交	사교(하다)
~界	사교계
【交際舞】	사교댄스
社長	사장
社會	사회
~性	사회성
~學	사회학
~主義	사회주의
社團	서클 , 동아리
社論	사설
射	쏘다
【射擊，開槍】	총을 쏘다
射手	사수
~座	궁수자리 , 사수 자리
射門	슛
射擊	사격 (하다)
~練習	사격 연습
涉及	미치다 , 관련 (되다)
涉獵	섭렵 (하다)
設立	설립 (하다)
~者	설립자
設定	설정 (하다)

ㄕ

設法	변통 (하다) , 시도 (하다)
設計	디자인 , 설계 (하다) , 고안 (하다)
~圖	설계도
~師	설계자 , 디자이너 , 스타일리스트
設備	설비
~投資，投資~	설비 투자
設施	시설
公共~	공공시설
設想，假想	상상 (하다) , 배려 (하다)
設置	설치 (하다)
攝氏	섭씨
攝取	섭취 (하다)
攝影	촬영 (하다)
~棚	스튜디오
攝護腺	전립선

ㄕㄞˇ

骰子	주사위
擲~	주사위를 던지다

ㄕㄞˋ

曬	쐬다
~太陽	햇볕을 쐬다
曬乾	말리다
曬黑，燒焦	타다 , 태우다

| 誰 | 누구 , 누군가 , 아무개 |

稍稍	살짝
稍微	조금 , 약간
燒	굽다 , 태우다
~好	구워지다
~成灰	사위다
燒（開）	끓이다
燒酒	소주
燒掉	사르다 , 불사르다
燒焦	눋다 , 타다
燒傷	화상
燒毀	소실 （하다）

| 勺子 | 국자 |

少	적다
少許	약간
少量	소량
~的糖	소량의 설탕

ㄕ

少數	소수
~派	소수파
~意見	소수의견

少女	소녀
少年	소년
少壯	소장
哨子	휘슬

收，收下	받다
【收到禮物】	선물을 받다
收，收穫，收回	거두어들이다
收入，所得	소득，수입
收工	끝맺다，퇴근 (하다)
收支	수지
收市，收盤	파장
收件方付運費	수신자부담
收回	접어들다
【收傘】	우산을 접어들다
收到，領收	받다，영수 (하다)
【發票，收據】	영수증
收取 (款項)	거두다
收信人，收件人	수신인

收拾	치우다 , 걷어치우다 , 정돈 (하다) , 수습 (하다) , 정 리 (하다)
收音機	라디오
~體操	라디오 체조
收容	수용 (하다)
~所	수용소
收益	수익 (하다)
收納 , 收藏	수납 (하다)
收藏	수장 (하다)
收場	결말
收復	되찾다 , 수복 (하다)
收款 , 收錢	수금 (하다)
收買 (人)	매수 (하다)
收集	모으다 , 수집 (하다) , 채집 (하다)
~品 , 收藏品	컬렉션
【收藏家】	수집가
收據 , 收條	영수증
收錄	수록 (하다)
~音機	라디오카세트
收斂	수렴 (하다)
收縮	수축 (하다)
收購 , 收買	매수 (하다) , 수매 (하다)
收穫 , 成果	성과 , 수확 (하다)

尸

手	손
拍~	손뼉치다
牽~	손을 잡다
用~觸摸	손으로 만지다
~寫的賀年卡	손으로 쓴 연하장
手下	부하 , 손아래
手工	수공
~業	수공업
~藝	수공예
~藝品	수공품
手中	수중
手心	손아귀
手冊	편람 , 핸드북 , 팸플릿 , 수첩
手忙腳亂	허둥대다 , 허둥지둥
手扶梯	에스컬레이터
手抄本	초본
手把	노브 , 손잡이
手杖	스틱 , 지팡이
手肘	팔꿈치
手足無措	쩔쩔매다
手帕	수건 , 손수건
手拙	손재주가 없다
手法	수법 , 기교 , 기법
巧妙的~	교묘한 수법
手指	손가락

手指甲	손톱
剪~	손톱을 깎다
手段	수단
不擇~	수단을 가리지 않다
手背	손등
手風琴	아코디언
手套	장갑
戴~	장갑을 끼다
手記	수기
手動	수동
手球	핸드볼
手術	수술 (하다)
~室	수술실
手掌	손뼉 , 손바닥
手腕	손목 , 팔목 , 수완
扭傷~	손목을 삐다
抓住~	손목을 잡다
手勢	손시늉
手語	수어
手勢	손짓 , 제스처
身段及~	몸짓손짓
手腳	수족 , 손발
手跡	필적
手電筒	손전 , 플래시
手榴彈	수류탄
手槍	권총 , 피스톨

尸

手語	수화
手銬	수갑
銬上~	수갑을 채우다
手臂	팔
手藝	수예 , 솜씨 , 손재주
~好	솜씨가 좋다
~不好	손재주가 없는
手續	수속
~費	수수료
依照~辦理	수속을 밟다 , 절차를 밟다
手鐲	팔찌
守備	수비 (하다)
【警衛部隊】	수비대
守勢	수세
守衛	지키다 , 수위 (하다)
守舊	수구 (하다)
~派	수구파
守護	수호 (하다)
~神	수호신
首先	처음 , 먼저 , 우선
首位 , 首席	수위
首尾 , 頭尾	수미
【貫徹始終】	수미 일관
首肯	수긍 (하다)
首映	개봉 (하다)
~館	개봉관
首相	수상

尸

首頁（網頁）	홈페이지
首席	수석
~代表	수석 대표
~女歌手	프리마돈나
首腦	수뇌
~會談，高峰會議	정상회담, 수뇌 회담
首飾	장신구
首演	초연 (하다)
首領	보스, 수령, 우두머리

ㄕㄡˋ

受	접수 (하다)
~理人員	접수원
~理處	접수처
受到，被…	받다
受侮	수모
受苦，受折磨，苦於…	시달리다
受害，受災，受苦	피해
【受害者】	피해자
受粉	수분 (하다)
受託，受人委託	수탁 (하다)
受理	수리 (하다)
受惠	수혜
受傷	부상당하다, 부상 (하다)
受話器	수화기
受賄	수회 (하다)

ㄕ

受難	수난 (하다)
受騙	속다
狩獵	사냥 (하다) , 수렵 (하다)
~旅行	사파리
【獵犬】	사냥개
【獵人】	사냥꾼
授予 (稱號)	수여 (하다)
授獎,頒獎	수상 (하다)
~者	수상자
授課,受課	수업
【學費】	수업료
售完,售罄	매진 (되다)
售後服務	애프터서비스
售貨	매상
~員,店員	점원 , 셀즈먼
~處,賣場	매장
壽命	수명
平均~	평균 수명
~將盡	수명이 다하다
瘦	야위다
臉~了	얼굴이 작아졌다
瘦肉	살코기
瘦弱,年老體弱	애잔하다
獸醫	수의사

ㄕㄢ

山	산

山川	산천
山中小屋	로지
山水	산수
山羊	산양 , 염소
~座	산양자리 , 염소자리
山谷	산곡
山岳	산악
~地帶	산악지대
山河	산하
山城	산성
山洞 , 洞穴	동굴
山珍海味	산해진미
山峰	봉 , 봉우리
山脈	산맥
山脊	산마루 , 산등성이
山茶	동백나무
~花油	동백기름
山參	산삼
山崩	산사태
山莊	산장
山頂	산정 , 산꼭대기
山溝	산골 , 산골짜기
山葵	산규 , 고추냉이
山貓	살쾡이

山嶺	재
山麓	산록 , 산기슭
刪改，更改，更正	첨삭 (하다)
刪除，刪掉	빼다 , 삭제 (하다)
把不必要的部分~	필요없는 부분을 빼다
杉松	전나무
姍姍	어정거리다
珊瑚	산호
~礁	산호초
搧	부채질하다
搧風	부치다 , 부채질하다
搧動	꼬드기다 , 부추기다 , 선동 (하다)

ㄕㄢˇ

閃，閃耀	반짝 (하다)
【閃爍，閃耀】	반짝거리다 , 반짝이다
【燦爛，閃閃發光】	반짝반짝
閃光	섬광
~燈	플래시
閃動，閃爍	번뜩이다
閃過，避過，躲過	피하다
閃電	번개 , 전광
閃亮，閃耀	빛나다 , 빤짝 (하다)
閃耀	반짝거리다

627

疝氣	헤르니아
扇子	부채
扇骨	부챗살
扇軸	사북
善行	선행
善良	어질다, 착하다, 선량하다
善後	뒷처리 (하다)
善惡	선악
善意	호의, 선의
擅自	무단
擅於書寫	달필
擅長, 擅於	잘하다

申斥 【被罵】	질책 (하다) 질책을 받다
申明	표명 (하다)
申述	진술 (하다)
申報, 申告 【申報書, 申請書】	신고 (하다) 신고서
申訴	고소 (하다), 제소 (하다)
申請 ~書	신청 (하다) 신청서
伸出	내밀다, 떠밀어내다

ㄕ

伸直	펴지다
伸展	펴다
伸展，伸出	뻗다
【伸出手】	손을 뻗다
【樹枝向四面伸展】	나무가지가 사방으로 뻗다
伸縮	신축 (하다)
~性，彈性	신축성
【彈性很好】	신축성이 뛰어나다
身分	신원, 신분
~證	신분증명서
身世	신세
身材	체격
身命 (身體和生命)	신명
身長，身高	키, 신장
身強體壯	생때같다
身價	몸값
身邊	곁
身體	몸, 신체
【身障者】	신체장애자
呻吟	신음 (하다)
砷	비소
深	깊다, 짙다, 진하다
深化	심화 (하다)
深夜	심야, 한밤중에
~加成	심야 요금
深呼吸	심호흡 (하다)

尸

深厚	두텁다 , 단단하다 , 돈독하다
友情~	우정이 두텁다.
深度	깊이 , 심도
深思	궁리 (하다)
~熟慮	심사숙고 (하다)
深深地 (陷入)	푹 (빠지다)
深淵 , 深潭	심연
深奧	심오하다
深藍色	곤색
紳士	신사

ㄕㄣˊ

什麼	무엇
~時候	언제
比~都…	무엇보다도
算不了~	아무것도 아니다
~問題都沒有	아무 문제도 없다
神	신
神父	신부
神色	빛 , 티 , 기색 , 눈치
【察言觀色 , 看人眼色】	눈치를 보다
神志	정신 , 의식 (하다)
【失神】	정신이 나가다
【著迷 , 入迷】	정신이 팔리다
神奇	신통하다 , 신기하다
神采	풍채 , 신수
~奕奕	칠칠하다

ㄕ

神祕	신비 , 미스테리
神情	표정
神殿	신전
神經	신경
~痛	신경통
~質	신경질
~過敏	신경 과민
~衰弱，~病	노이로제
【費心】	신경이 쓰이다
神聖	신성하다 , 성스럽다
~的場所	신성한 장소
神話	신화
神話、童話等總稱	설화
神態，氣色	기색
神職人員	성직자

ㄕㄣˇ

審判	심판 (하다)
審判，審理，裁判	재판 (하다)
審查，審閱	검열 (하다)
審查，審核	심사 (하다)
【審查委員】	심사 위원
【資格審核】	자격 심사
審問	취조 (하다)
審議	심의 (하다)
嬸嬸	숙모 , 작은어머니

ㄕ

甚至,甚至於	심지어
腎臟	신장 , 콩팥
~發炎	신장염
愼重	삼가다 , 신중하다
滲	스며들다
墨水~入衣服	옷에 잉크가 번지다
滲入	스며들다
滲透	스미다 , 배어들다 , 삼투 (하다) , 침투 (하다)
~壓	삼투압

商人	상인
商用,商務用	상용
商行	상회
商妥	매듭짓다
商店	가게 , 상점
~街	상가
商社,商行	상사
商品	상품
~化	상품화
~目錄	카탈로그
【禮券】	상품권
商務	상무
商場	마켓 , 매장

ㄕ

商量	의논 (하다)
商會	상공 회의소
商業 【實業家，商人】	상업 , 커머셜 , 비즈니스 비즈니스맨
商標 註冊~	상표 , 브랜드 등록 상표
商談，商量 【顧問】	상담 (하다) 상담역
商議，商討，商量	토의 (하다) , 담합 (하다) , 상의 (하다)
傷 受~，負~ ~害，損~，毀~	상처 , 상하다 상처 나다 , 상처를 입다 상처를 입히다
傷心	슬프다 , 속상하다 , 마음이 상하다 , 마음이슬프다
傷害 ~致死	해치다 , 상해 (하다) 상해 치사
傷痕，傷疤	상흔 , 생채기 , 상처

ㄕ

ㄕㄤˇ

賞	상
賞味 ~期限，保存期限	상미 (하다) 상미 기한 , 유효기간
賞花	꽃구경
賞金	상금
賞給 【獎金，賞錢】	상여 (하다) 상여금

上	상 , 위 , 올라가다
~巴士	버스에 올라가다
上上	지지난
~個月	지지난 달
~星期	지지난 주
【前天晚上】	지지난 밤
上下	위아래,상하 (하다)
上升	상승 (하다)
~氣流	상승기류
上午	오전 , 오전중
上古	상고
上司	상사 , 윗사람
上市	상장 (하다)
~股票	상장주
上旬	상순 , 초순
上次‧上回	지난번,저번
上色	착색 (하다)
上衣	상의
上告	상고 (하다)
上帝	하느님
上映	상영 (하다)
上流	상류
~階級	상류계급
~社會	상류사회

ㄕ

上述 與~相同	전술 (하다) , 상술 (하다) 전술한 바와 같이
上個月	지난달
上班族	샐러리맨
上級	상관,윗사람
上部 ~構造	상부 상부구조
上游 漢江~	상류 한강상류
上等 ~品	상등 상질
上訴	상소 (하다)
上週	지난주
上當	속다
上演	상연 (하다)
上漲 物價~	오르다 , 뛰어오르다 물가가 오르다
上輩子	전생
上學 拒絕~	등교 (하다) 등교거부
尙	아직

ㄕㄥ

升 ~薪水，加薪	뜨다 , 올리다 월급을 올리다
升官	승직 (하다) , 승진 (하다)

升降	승강 (하다)
~機	엘리베이터
升值	절상 (하다)
貨幣~	평가절상
升級	승급 (하다)
升起	솟다 , 솟아오르다 , 게양 (하다)
太陽~	해가 솟다 , 태양이 솟아오르다
升學	진학 (하다)
生	낳다
~孩子	아이를 낳다
生	생
~啤酒	생맥주
【現場直播】	생방송
生 , 發生	일다 , 발생 (하다)
生火	불을 피우다
生 (沒熟 , 不熟)	설다
【飯沒熟】	밥이 설다
【睡不熟】	잠이 설다
生 , 長 , 發	나다
【長牙齒】	이가 나다
生手	루키
生日	생일
生平 , 生涯	생애

尸

生存	살다 , 살아남다 , 생존 (하다)
~權	생존권
~者	생존자
~競爭	생존 경쟁
生成	생성 (하다)
生死	생사
~與共	생사를 함께하다
生辰八字	사주팔자
生命	생명 , 목숨
~力 , 活力	생명력
~保險	생명 보험
生物	생물
~學	생물학
~工學	바이오닉스
生長	자라다 , 자라나다 , 생장 (하다) , 성장 (하다)
~點	성장점
生前	생전
生孩子 , 生產 , 生育	산아 (하다)
【節制生育 , 計畫生育】	산아제한
生活	삶 , 생활 (하다)
~費	생활비
~方式	삶의 방식 , 라이프스타일
~能力	생활력
~水準	생활 수준
~艱困	생활이 어렵다
生活 , 生計	살림 (하다)

尸

生計	생계
維持~	생계를 꾸려나가다
生食，生吃	생식 (하다)
生效	발효 (하다)
生氣，活力，朝氣	생기
【朝氣蓬勃】	생생하다，생기발랄하다
生氣	화내다
生病	병나리
生動	생동 (하다)
描寫得很~	생동하게 묘사하다
生理	생리
【衛生棉】	생리대
生産	낳다，출산 (하다)，산출 (하다)，생산 (하다)
~率	출산률
大量~	대량 생산
【産量，收穫量】	생산고
生疏	낯설다，생소하다，어설프다，서먹서먹하다
【陌生】	낯설다
生魚片，生肉	회
生殖	생식 (하다)
~器	생식기
生硬	빡빡하다，빳빳하다，딱딱하다
態度~	태도가 빡빡하다，태도가 빳빳하다
生硬，生澀	생경하다

生絲	날실 , 생사
生菜	양상추
生意	장사 (하다)
生業，以⋯⋯維生	생업
生態 　~學	생태 　생태학 , 에콜로지
生薑	생강
生鮮食品，生的食物	생것
生鏽	녹슬다
聲明 　~書	성명 　성명서
昇華	승화 (하다)
聲音 　【原聲帶】	음성 , 성음 , 사운드 　사운드트랙
聲音，聲響 　【響，鳴】	소리 　소리가 나다 , 소리를 내다
聲息	기척
聲討	성토 (하다)
聲援	성원 (하다) , 응원 (하다)
聲樂 　~家	성악 　성악가
聲響 　【聲音學】	음향 　음향학

尸

繩子	줄 , 끈 , 코드 , 새끼
【跳繩】	줄넘기
【拔河】	줄다리기
【走鋼索】	줄타기
繩子，繩索	밧줄
繩套	올가미
繩索	로프

省略，省去	생략 (하다)

ㄕ

盛大	성대하다
盛行	유행 (하다) , 성행 (하다)
盛事	성사
盛況	성황
盛夏	한여름
盛期，盛年，旺季	한창때
盛開	만개 (하다)
盛裝	성장 (하다)
盛饌	성찬
剩下	남기다 , 남겨두다
~名字	이름을 남기다

剩餘	여분 , 잉여 , 남다
~價值	잉여 가치
錢有~	돈이 남다
勝於	보다 나다
勝利	승리 (하다) , 성공 (하다)
大~	대승리
獲得~	승리를 거두다
勝敗,勝負	승패 , 승부 (하다)
【爭勝負,競賽】	승부를 겨루다
勝過,勝於	능가 (하다)
勝算	승산
聖人	성인
聖火	성화
聖代	파르페
聖典	성전
聖域,聖地	성역 , 성지
聖殿	성전
聖經	성서 , 성경 , 바이블
聖誕	성탄
~夜	크리스마스이브
~節	성탄절 , 크리스마스
~老人	산타클로스
聖賢	성현
聖戰	성전
聖餐	성찬

尸

抒情詩	서정시
舒展	펴다 , 펴지다
舒適 , 舒暢 , 舒服	편하다 , 안락하다 , 쾌적하다 , 편안하다
書 　~包 　~皮 　~蟲 , ~呆子	책 　책가방 　책가위 , 표지 　책벌레
書呆子	샌님
書店 , 書局	서점 , 책방
書房 , 書齋	서재
書信 , 書函	서한 , 편지 , 서신
書信 , 書簡 　【書信文】	서간 　서간문
書架	서가 , 책꽂이
書面	서면
書庫	서고
書桌	책상
書桌 , 辦公桌 　【桌面】 　【事務】	데스크 　데스크탑 　데스크 워크
書記員 , 書記 　【書記長】	서기 　서기장
書畫	서화
書評	서평

書經	서경
書寫	서사 (하다)
書櫃, 書櫥	책장
書籍	서적
書籤	서표
梳	빗다
梳子	빗
疏忽	소홀하다
疏通	소통 (하다)
疏散	소산 (하다)
疏遠	벌다 , 성기다 , 소외 (하다)
蔬菜	야채
~店	야채 가게
【醃菜】	야채 절임
輸	지다
比賽~了	시합에 지다
輸入	인풋 , 수입 (하다) , 입력 (하다)
【進口貨】	수입품
輸出	아웃풋 , 수출 (하다)
【出口貨】	수출품
輸出, 輸出功率	출력 (하다)
【輸出裝置】	출력 장치
輸血	수혈 (하다)
輸送	수송 (하다)

尸

叔父，叔叔	숙부 , 삼촌 , 작은아버지
叔母	숙모 , 작은어머니
淑女	숙녀
熟 　栗子~了	익다 , 여물다 , 무르익다 　밤이 여물다
熟成	숙성 (하다)
熟知，熟悉	숙지 (하다)
熟悉	낯익다
熟悉，熟練，成熟	익다
熟透	무르다
熟語	숙어
熟練 　【專業技工】 　【行家，專家】 　【運用自如】	능란하다 , 능숙하다 , 숙달 (하다) , 숙련 (하다) 　숙련공 　숙련자 　능숙하게 사용하다
熟練，熟悉	익숙하다
熟識，熟悉	친숙하다
熟爛	삶기다
熟讀	숙독 (하다)
贖金	몸값
贖罪	속죄 (하다)

暑期，夏季	하기
署名	서명 (하다)
署長	서장
數	세다
~錢	돈을 세다
數數	셈
屬下	부하 , 손아래
屬性	속성
屬於	속 (하다)

束	다발
花~	꽃다발
束縛	얽매다 , 속박 (하다)
述語	술어
術語	술어
庶子	서자
庶民	서민
豎	세로
~條紋，直條紋	세로 줄무늬
豎琴	하프
數，數目，數量	수 , 헤아리다
數回	수회
數字	숫자

數年	수년
數值	수치
數量	양 , 수량
數碼，數位	디지털
數學	수학
數據	데이터
~庫	데이터베이스
~機	모뎀
樹，樹木	나무
樹木	수목
樹皮	나무껍질
樹立	세우다 , 수립 (하다)
樹枝	가지 , 나뭇가지
樹脂	수지
樹莓	나무딸기
樹蔭	나무 그늘
樹叢，樹林	숲 , 덤불 , 수풀
樹齡	수령
曙光	서광

ㄕ

ㄕㄨㄚ

刷，刷子	솔 , 브러시
刷牙	양치질 (하다)
刷洗（碗盤等）	부시다
刷新	쇄신 (하다)

耍弄	가지고 놀다
耍賴	생떼 , 떼쓰다 , 생떼를 쓰다 , 억지를 부리다 , 앙탈 (하다)

說	말 (하다)
說 (告訴 , 講 , 叫)	…라고 하다
說定	약속 (하다)
說明	설명 (하다)
~書	설명서 , 매뉴얼
說破	설파 (하다)
說得過頭	과언 (하다)
說媒	중매 (하다)
【相親結婚】	중매결혼
【媒婆 , 媒人】	중매인 , 중매쟁이
說話	이야기 (하다) , 말하다
~的藝術	화술
【交談】	이야기를 주고받다
說實話	실토 (하다)

碩士	석사 , 마스터
~課程	석사 과정
~學位	석사 학위

ㄕ

衰老	노쇠하다 , 쇠로 (하다)
衰老 , 上年紀	늙었다
衰弱	쇠하다 , 쇠약하다 , 약화 (하다)
衰退	시들다 , 쇠하다
衰退 , 衰頹	쇠퇴 (하다)
衰敗 , 衰廢	쇠패 (하다)
衰落	쇠락 (하다)
衰竭	쇠진 (하다)
衰頹	짜부라지다
摔 , 擲 , 丟	던지다
摔碎	깨뜨리다
摔角	씨름 , 레슬링
~場	씨름판
~選手	레슬링 선수
摔倒	넘어지다 , 자빠지다

甩	뿌리치다 , 팽개치다
【拂袖】	소매를 뿌리치다
甩脫	빼치다

帥	멋있다
帥哥	멋쟁이

帥氣	멋지다 , 멋있다
率領	거느리다 , 인솔 (하다)

水	수 , 물
水力	수력
~發電	수력발전
水上芭蕾	싱크로나이즈드 스위밍
水土	풍토
水分	수분
水牛	물소
水手	선원 , 뱃사람
水平	수평하다
~線	레벨 , 수평선
水母	해파리
水田	논 , 수전 , 무논
水位	수위
水災	수재 , 수해
水車	물레방아
水底攝影	수중촬영
水果	과일
~店	과일가게
水泡	물집
水泥	시멘트
水肺	애쿼렁
~潛水	스쿠버 다이빙

ㄕ

水芹	미나리
水星	수성
水泵，幫浦	펌프
水洗	수세 (하다)
水面	수면
水庫	댐
水彩畫	수채화
水族館	수족관
水桶	물통
水深	수심
水球	수구
水瓶 ~座	물병 물병자리
水産 ~物 ~業 ~資源	수산 수산물 수산업 수산자원
水鳥	물새
水壺	주전자
水晶	수정 , 크리스털
水痘	수두
水蛭	거머리
水貂	밍크
水量	수량
水源	수원

水準	수준 , 레벨
水溝	도랑 , 개천
水溫	수온
水路	수로
水飴	물엿
水滴	물방울
水管	수관 , 호스
水蒸氣	수증기
水銀	수은
水際 , 水邊	물가
水槽	물탱크
水質 ~檢測 ~污染	수질 수질검사 수질오염
水翼船	수중익선
水獺	수달
水壩	댐

ㄕ

ㄕㄨㄟˋ

稅	세
稅制	세제
稅金	세금
稅務 ~師 , ~代理人 ~所 , ~署 , ~局	세무 세무사 세무서

稅率	세율
睡（覺）	자다, 잠자다
睡死	세상모르게 자다
睡衣	잠옷, 파자마
睡眠	잠, 수면
~不足	수면 부족
【睡覺】	수면을 취하다
【安眠藥】	수면제
【睡醒，醒來】	잠을 깨다
【熟睡】	깊은 잠에 빠지다
睡袋	침낭
睡袍	나이트가운
睡著	잠들다
睡意	졸음
【想睡】	졸음이 오다, 졸리다
睡夢中	잠결에
~聽到腳步聲	잠결에 발소리가 들리다
睡蓮	수련
睡醒	깨어나다
說服	설득 (하다)
有~力的文章	설득력 있는 문장

ㄕ

ㄕㄨㄢ

栓，塞子	마개
栓劑，塞劑	좌약

順位，順序	순위
順利	순탄하다 , 스무드하다
順利，順暢，順當 【過程很順利】	순조롭다 　경과는 순조롭다
順序 ~顛倒 按照~等候 【成績排序】	순 , 차례 , 순서 , 서열 　순서가 뒤바뀌다 　차례를 기다리다 　성적순
順延	순연 (하다)
順從，順服	복종 (하다) , 순종 (하다)
順理	순리
順勢	편승 (하다)
順路到，順路去，順便去	들르다
順道，順路	가는 길에
順暢，圓滑	원활하다
順暢，順利	술술
順應，順從	순응 (하다)
瞬間 一~	순간 , 순식간 　순간 적으로 , 순식간에

霜 下~	서리 　서리가 내리다
霜淇淋	소프트크림

雙	쌍 , 더블 , 켤레
~人床	더블 베드
兩~襪子	양말 두 켤레
~排扣上衣	더블 코트
雙人	트윈
~房	트윈룸
~床	트윈 베드
雙手	양손 , 두 손
~抱胸	팔짱을 끼다
雙方	쌍방
雙胞胎	쌍둥이
【雙子座】	쌍둥이자리
雙重	이중
~痛苦	이중고
雙眼皮	쌍꺼풀
雙眼望遠鏡	쌍안경
雙層	두 겹
雙數	짝수
雙親	양친
雙薪夫妻	맞벌이
雙簧管	오보에

ㄕㄨㄤˇ

爽快 , 直爽	깔끔하다
爽快 , 痛快	선선하다 , 상쾌하다 , 솔직하다 , 시원시원하다
爽朗	쾌활하다

尸

654

ㅈ

日中	일중
日文翻譯	일역 (하다)
日日夜夜	자나깨나
日出	일출 (하다)
日刊	일간
日本	일본
~人	일본사람
~海	동해
~料理	일본 요리
日用	일용 (하다)
~品	일용품
日光	일광 , 햇빛
~浴	일광욕
~燈	형광등
~節約	서머 타임
日式	일본식
~布襪	일본식 버선
日沒	일몰 (하다)
日前	일전
日後	후일
日班	일근

日記	일기
寫~	일기를 쓰다
~本	일기장
日常	일상
~生活	일상생활
日報	일보 , 일간지
日晷	해시계
日期	날짜,기일
訂好的~	정해진 날짜
日程	일과 , 일정 , 스케줄
排~	일정을 세우다
日幣升值	엔고
日幣貶值	엔저
日蝕	일식
日製	일제
日誌	일지
日語	일본어
日數	일수
日暮	저물다
日曆	일력,캘린더
日薪	일급,일당

惹 ㄖㄜˇ

惹人生氣	노여움을 사다
惹人厭	얄궂다

熱	덥다
熱，熱度	열
【發燒】	열이 나다
【退燒】	열이 내리다
熱中	열중 (하다) , 몰두 (하다)
熱切希望	열망 (하다)
熱衷	열심히
【認眞】	열심히
【認眞工作】	열심히 일하다
熱水	열탕 , 뜨거운물
熱身	워밍업 (하다)
熱呼呼	후끈하다
熱狗	핫도그
熱氣	김 , 불기 , 온기 , 열기
熱烈	열렬하다
~辯論	열변
熱烘烘	화끈하다
熱病	열병
熱帶	열대
~夜晚	열대야
~雨林	정글
熱情	열정
熱誠	열의
熱量	열량
熱誠，熱忱	열성

熱潮，…熱	붐
【搭上熱潮】	붐을 타다
熱線電話	핫라인
熱鬧	북적거리다

ㄖㄠˊ	
饒舌歌	랩
饒恕	용서 (하다)

ㄖㄠˇ	
擾亂	소요 (하다)

ㄖㄠˋ	
繞	감다 , 사리다
~繩子	새끼를 사리다
繞，繞道	에우다
繞道，繞過	에우다 , 우회 (하다)

ㄖㄡˊ	
柔捏	주무르다
柔軟，柔和	유연하다 , 부드럽다
【柔和的態度】	유연한 태도
柔道	유도
揉	비비다 , 문지르다 , 짓이기 다 , 반죽 (하다)
揉搓	주무르다

蹂躪	짓밟다 , 유린 (하다)
鞣製 , 鞣革 , 鞣皮	무두질 (하다)

ㄖㄡˋ

肉	고기
肉 (肌肉、果肉) 【發福 , 發胖】 【瘦 , 消瘦】	살 살이 찌다 살이 빠지다
肉末	다진 고기
肉豆蔻	육두구
肉店 , 肉舖	정육점
肉食 ~動物	육식 육식 동물
肉桂	시나몬 , 계피
肉眼	육안
肉體 【體力勞動】	육체 육체 노동

ㄖㄢˊ

然而	그렇지만
然後	연후 , 그다음에
燃	태우다
燃料	연료 , 땔감
燃盡	사위다
燃燒	연소 (하다)

再冉	두둥실
染	물들이다
染色 ~體	물들다 , 염색 (하다) 염색체
染料	물감

人 3~ ~們	인,사람,인간 3인 사람들
人力	인력
人口 ~密度 ~普查	인구 인구밀도 국세조사
人士	인사
人工 ~呼吸	인공 인공호흡
人才	인재
人文科學	인문과학
人民	인민 , 민중
人生 ~觀	삶 , 인생 인생관
人名	인명
人次 15~	연 연 15 명

日

人行道	인도 , 보도
人事	인사
~費	인건비
~部門	인사과
~異動	인사이동
人命	인명
人性	인성
人物	인물
~畫	인물화
登場~	등장인물
人品	인품
人爲	인위
人面獅身像	스핑크스
人員	인원
人格	인격
雙重~	이중인격
人氣	인기
有~	인기가 있다
人脈	인맥
人馬座	궁수자리
人偶	인형
~戲	인형극
人參	인삼
人情	인정
人造衛星	인공위성

日

人魚	인어
~公主	인어공주
人間	지상 , 인간
~樂園	지상낙원
人道	인도
~主義	인도주의 , 휴머니즘
~主義者	휴머니스트
人種	인종
人稱	인칭
~代名詞	인칭대명사
人數	인수 , 인원수
人潮	인파
人質	인질 , 볼모
人聲鼎沸	웅성거리다
人類	인류 , 인간
~學	인류학
人權	인권
人體	인체
~實驗	인체실험
~模型	마네킨

ㅁㄴˇ

忍心	차마
不~看	차마 볼 수 없다
忍受	견디다
忍耐	인내 (하다)

忍耐，忍受	참다 , 견디다
【忍耐痛苦】	고통을 참다

刃	날
任，任命	임하다
任用	임용 (하다)
任何	어떤
任命	임명 (하다)
任務	임무
任期	임기
任意	임의
任意，任性	제멋대로
妊娠，懷孕	임신 (하다)
認不出	몰라보다
認出	알아보다 , 알아내다
認可	인가 (하다)
受到~	인가가 나오다
認生	낯가림 (하다)
認定，認同	인정 (하다)
認爲	여기다 , 생각 (하다)
認眞	진지하다
認識	알다

ㄖ

663

曰尢ˋ

讓人等待	기다리게 하다
讓予	양여 (하다)
讓步	양보 (하다)
讓渡 【繼承，承受】	양도 (하다) 양도받다
讓價	깎아주다

曰ㄥ

扔	던지다 , 집어던지다
扔出	내던지다
扔掉，扔棄	내버리다

曰ㄥˊ

仍然	아직도 , 아직까지

曰ㄨˊ

如此	이토록 , 이러하다
如何	어떻게
如何，任何 【無論如何，不管怎樣】	여하 여하간 , 하여간
如果	혹시 , 만약
如果那樣，那樣的話	그렇다면
如意	여의*하다
如實 ~說出	여실*하다 실토 (하다)

儒教	유교
蠕動	옴실거리다

ㅁㄨˇ

乳	젖
乳牛	젖소
乳房	젖 , 유방 , 젖통
乳液	크림 , 로션
乳酪	치즈
乳瑪琳	마가린
乳製品	유제품
乳酸菌	유산균
乳頭	유두 , 젖꼭지
乳癌	유방암

ㅁㄨˋ

入 (睡) 【就寢】	들다 잠자리에 들다 , 취침 (하 다)
入口	입구
入手	입수 (하다)
入住 ~者	입주 (하다) 입주자
入門 ~書	입문 (하다) 입문서

入侵	침입 (하다)
非法~	불법침입
入座	착석 (하다)
入浴	입욕 (하다)
入帳	입금 (하다)
入場	입장 (하다)
~券	입장권
~費	입장료
入會	입회 (하다)
入境	입국 (하다)
~管理	입국관리
入睡	잠들다
入學	입학 (하다)
~金，註冊費	입학금
~考試	입시
~教育，新生訓練	오리엔테이션
辱罵	욕 (하다), 욕설 (하다)
【咒罵，痛罵】	욕을 퍼붓다

ㄖㄨㄛˋ

若干	약간
弱	약하다
弱化	약화 (하다)
弱肉強食	약육강식
弱者	약자
弱視	약시

弱點	약점
戳~	약점을 찌르다

ㄖㄨㄟˋ

銳利	예리하다 , 날카롭다
睿智	예지

ㄖㄨㄢˇ

軟	질다 , 나긋나긋하다 , 물렁물렁하다
軟木塞	코르크 , 마개
軟泥	뻘
軟弱	묽다 , 무르다 , 연약하다
軟骨	연골
軟管	호스 , 튜브
軟膏	연고
軟線	코드
軟體	연체
~動物	연체동물
軟癱	녹초

ㄖㄨㄣˋ

閏月	윤달
閏月	윤월
閏年	윤년
潤絲精	린스

容忍	용인 (하다)
容易	쉽다 , 손쉽다 , 만만하다 , 용이하다
~地	쉽게 , 쉬이
【不可小看】	만만치 않다
容納	수용 (하다)
容納, 容忍	용납 (하다)
容許	허용 (하다)
容量	용량
容貌, 容顏	용모
容器	용기
容積	용적
絨毛	솜털
溶化	녹다
溶液	용액
溶媒	용매
溶解	용해 (하다)
榮升, 榮遷	영전 (하다)
榮幸	영광스럽다
榮枯盛衰	영고성쇠
榮達	영달 (하다)
榮譽	영예
榮譽感	긍지

熔化	녹이다 , 용해 (하다)
熔岩	용암
熔爐	용광로
融化	녹다 , 사그라지다 , 사그라뜨리다
融合	융합 (하다)
融洽	화합 (하다)
融資	융자 (하다)
蠑螈	도롱뇽

ㄖㄨㄥˇ

冗長	지루하다

ㄖ

669

姿勢	폼 , 포즈 , 제스처
擺~	포즈를 취하다
姿勢 , 姿態	자세
【直立不動的姿勢】	직립부동의 자세
姿態	모습 , 자태 , 태세
接納的~	수용 태세
咨詢	카운슬링
滋生	번식 (하다)
滋味	맛
【不好吃】	맛이 없다
滋潤	윤택 하게 하다
資本	자본 , 밑천
~家	자본가
~主義	자본주의
資本家 , 資產階級	부르주아
資金	자금
~籌措	자금 조달
~短缺	자금난
資料	자료 , 데이터
~夾	파일
作為~使用	자료 로 쓰다
資格	자격
~考試	자격시험

資訊	인포메이션
資產	자산
~負債表	대차 대조표
資源	자원
地下~	지하자원
人力~	인력 자원
資質	자질
傑出的~	뛰어난 자질
資歷	경력
諮詢	자문 (하다)
諮詢員	카운슬러 , 컨설턴트
鯔魚	숭어

ㄗˇ

子女	자녀 , 자식
子公司	자회사
子午線	자오선
子音	자음
子孫	자손
子宮	자궁
子彈	탄환 , 총알
仔細	자세하다 , 세세하다
~地	곰곰이
~地思考	곰곰이 생각하다
紫丁香	라일락
紫外線	자외선

ㄗ

紫色	보랏빛 , 보라색
紫菜	김
紫羅蘭	제비꽃
紫蘇	자소 , 차조기

ㄗ丶

自（從）	부터
自力	자력
~更生	자력갱생
自大	뽐내다
自己	자기 , 자체 , 자신
【自行負擔】	자기 부담
【我方】	자기편
自身	자신
自主	자주 (하다)
~權	자주권
~性	자주성
~獨立	자주 독립
自以爲是	독선
~的想法	독선적인 생각
自由	자유
~式	자유형
~席	자유 석
~貿易	자유 무역
【自在，奔放】	자유롭다
自白	고백 (하다) , 자백 (하다)
自立	자립 (하다)
經濟~	자립 경제

ㄗ

自家	자택
自行車	자전거 , 바이크
~運動	사이클링
~競賽	경륜 (하다)
自助餐	뷔페
自我，自己	자아
自我意識	자의식
~強烈	자의식이 강하다
自決，自殺	자결 (하다)
自私自利	이기적
自言自語	중얼거리다 , 혼잣말 (하다)
自來水	수돗물
~筆	만년필
~管	수도
【水龍頭】	수도꼭지
自制	자제 (하다)
~力	자제력
~心	자제심
自卑	비굴하다
~感	콤플렉스
自取滅亡	자멸 (하다)
自始至終	시종 (하다)
自居，自封	행세 (하다)
自找的	자초 (하다)
自治	자치 (하다)
自炊	자취 (하다)

ㅈ

自信	자신
~滿滿	자신만만하다
自豪，自信	자부 (하다)
【自豪感，自信心】	자부심
【自傲，自大，驕縱】	자부심이 강하다
自重	자중 (하다)
~自愛	자중자애
自重，自我約束	자숙 (하다)
自食其力	자활 (하다)
自首	자수 (하다)
自修，自習	자습 (하다)
自學	독학 (하다)
自動	자동
~門	자동문
全~	전자동
~販賣機	자동판매기
自動化，自動控制	오토메이션
自動的	오토매틱
自動控制	자동재어 , 오토 컨트롤
自動詞	자동사
自動鉛筆	샤프펜슬 , 샤프
自問	자문 (하다)
自殺	자살 (하다)
~者	자살자
自責，自咎	자책 (하다)
自閉症	자폐증

ㅈ

自尊心	자존심
自然 　~科學 　~主義 　~而然地反應	자연 , 내추럴 　자연과학 　자연주의 　자연스러운 반응
自然而然，自動，不由得	저절로
自發，自願	스스로 , 자발적
自然資源	천연자원
自畫像	자화상
自發 　~性	자발 (하다) 　자발성
自給自足	자급자족 (하다)
自費	사비 , 자비 (하다)
自傳	자서전
自滿，自大	자만 (하다)
自豪 　~感，自尊心	자랑 (하다) 　프라이드
自衛 　~隊	자위 (하다) 　자위대
自賣自誇	자화자찬 (하다)
自助式	셀프서비스
自營 　~業	자영 (하다) 　자영업
自願，自動	자진 (하다) , 자원 (하다)
自覺 　~症狀	자각 (하다) 　자각 증세

ㄗ

自戀狂	나르시시스트
字	글자
字母	자모
字跡端正	달필
字幕	자막
字體	자체 , 글자체

ㄗㄚ

紮	묶다 , 땋다

ㄗㄚˊ

砸	깨다 , 깨뜨리다
砸碎	부수다
咂（嘴）	차다
雜七雜八	잡다하다
雜木 　~林	잡목 　잡목숲
雜種	잡종
雜技(團) , 馬戲團	서커스
雜事	잡일 (하다)
雜味	잡맛
雜念 　【專心・埋首】	여념 , 잡념 　여념이 없다
雜物	잡동사니
雜音	잡음

雜草	잡초
拔~	잡초를 뽑다
雜務	잡무
雜費	잡비
雜亂	붐비다 , 번잡하다 , 난잡하다
~無章	엉망
【弄亂，毀壞】	엉망으로 만들다
【糟糕】	엉망이 되다
雜誌	잡지
雜糧	잡곡
~飯	잡곡밥

責任	책임 , 책무
~感	책임감
負~	책임을 지다
轉嫁~，轉移~	책임을 전가하다
【盡責】	책임을 다하다
責備	타박 (하다)
責備，責怪	꾸중 , 꾸짖다 , 나무라다 , 비난 (하다)
責備，責難	힐책 (하다) , 책망 (하다)
【受到責難】	비난을 받다

災禍，災患	화
災殃，災禍	재앙

災害	재해
災難，災禍，災患	재난
栽倒	엎치다
栽培	재배 (하다)
栽種，栽植	심다

崽子	새끼
【小貓】	새끼 고양이
【小趾（腳）】	새끼발가락
【小指（手）】	새끼손가락
【小豬】	돼지 새끼
載入，記載	싣다 , 기재 (하다)

再	또 , 다시
～做	다시 하다
再…也	아무리
再三	누차 , 거듭 (하다)
再生，再現	재생 (하다)
【重播】	녹음재생
再生利用，再使用	재활용 (하다)
再次，再度	재차 , 다시 한번
再考慮	재고 (하다)
再見	안녕히 계세요 , 안녕히 가세요

再版	재판 (하다)
再度	다시 한번
再起，復發	재발 (하다)
再婚	재혼 (하다)
再現	재현 (하다)
再開	재개 (하다)
再說（而且，加上，同時）	게다가
在（有）	있다
在…（做） ~學校讀書	에서 학교에서 공부하다
在…前	앞두다
在校 【在學中】	재학 (하다) 재학중
在野黨	야당

ㄗㄠ

遭受 【被放鴿子】 【遭到拒絕】	입다 , 받다 , 맞다 바람을 맞다 퇴짜를 맞다
遭遇，遭逢	봉착 (하다)
遭竊	도난당하다
糟蹋	짓밟다

ㄗㄠˇ

早	이르다

早早，早些	일찍
【以前，曾經，早就】	일찍이
【早起】	일찍 일어나다
【早睡】	일찍 자다
早春	새봄
早退	조퇴 (하다)
早晚	조만
早晨，早上	아침 , 오전
每天~	아침 마다
【早飯，早餐】	아침 밥 , 아침 식사
【朝陽，朝暉】	아침해
早報	조간
早期	조기
早會，朝會	조례 (하다)
早熟	올 , 조숙하다
【早稻】	올벼
早點，早早，早些	일찌감치
棗（子）	대추
澡堂	목욕탕

ㄗ

ㄗㄠˋ

造反	반역 (하다) , 모반(하다)
造成	낳다 , 만들어낸다 , 조성 (하다)
造型	조형 (하다)
~美術	조형 미술
造紙	제지 (하다)

造酒	주조 (하다)
造船	조선 (하다)
~廠	조선소
造就	양성 (하다)
造景	조경 (하다)
造像	조상
噪音	잡음 , 소음 , 노이즈

ㄗㄡˇ

走 (路)	걷다
走失的孩子 (迷童)	미아
走在前面	앞서다
走私	밀수 (하다)
走卒	졸개
走狗	앞잡이
走近	다가오다
走廊	복도
走開	비키다
走漏風聲	뽕나다

ㄗㄡˋ

奏鳴曲	소나타
揍	때리다 , 치다
驟雨	소나기

ㄗ

| 攢 | 모으다 |

暫時	잠시
贊同	동조 (하다)
贊同，贊成	찬동 (하다) , 찬성 (하다)
贊成和反對，贊成與否 【投票】	찬부 찬부를 묻다
贊助者，贊助商	스폰서
讚美	찬미 (하다)
讚揚	찬양 (하다)
讚頌 【頌歌，讚歌】	찬송 (하다) 찬송가
讚辭	찬사

怎能	어찌
怎麼	어째 , 어째서
怎麼做，怎麼辦	어찌하다
怎麼樣 ~的	어떻다 , 어떠하다 어떤
怎麼辦	어떡하다
怎樣，怎麼	어떻게

髒	더럽다

葬儀社	장의사
葬禮	장례식 , 장사 (하다) , 장례 (하다)
藏青色	곤색
藏紅花	사프란

曾孫	증손
曾祖父	증조부
曾祖母	증조모
增大 , 增多 , 增加 , 增長	증대 (하다)
增加 , 增多	늘어나다
增刪	첨삭 (하다)
增長 , 變高	높아지다
增長 , 增加 , 增多	증가 (하다)
增強 , 變強	강해지다
增添	늘리다
增稅	증세 (하다)
增進	증진 (하다)
憎恨	미워하다
憎惡	미움

ㄗ

憎惡，憎恨，厭惡	증오 (하다)
【仇恨心】	증오심

贈呈，贈送	증정 (하다)
贈品	경품
贈送	선사 (하다)
贈與，贈送	증여 (하다)
【贈與稅】	증여세

租車	하이어
租房，租的房子	셋집
【租屋生活】	셋집 살이
租金	세
【租，租借】	세내다
租借	임차 (하다) , 임대 (하다)
【租賃契約】	임대 계약
租賃，租借	리스 , 렌털
【出租巴士】	전세 버스
【租用汽車】	렌터카

足	족
足，足夠	족하다
足夠	충분하다
足球	축구

足跡	발자취

阻	막다
阻力	저항
阻礙	장애 , 뒤틀리다
阻攔，阻止，阻擋	저지 (하다)
阻擋	가로막다
祖上，祖先，祖宗	조상
祖父	조부 , 할아버지
祖父母	조부모
祖母	조모 , 할머니
祖母綠	에메랄드
祖先，祖宗	선조
祖國	조국
組	조 , 그룹
組合，組裝 【組合式住宅】	조립 (하다) 조립식 주택
組成	조성 (하다) , 구성 (하다) , 편성 (하다)
組曲	조곡
組織，組成	조직 (하다)
詛咒	저주 (하다)

昨日，昨天	어제
【昨晚，昨夜】	어제밤

左	좌
左右	가량 , 좌우 (하다)
左右，大約	쯤 , 경
【左右爲難】	딜레마
左外野	레프트
左岸	좌안
左派	좌파
左撇子	왼손잡이
左翼	좌익
左臂	좌완
左轉	좌회전 (하다)
左邊	왼쪽 , 좌측 , 레프트

作	만들다 , 작성 (하다)
作文	작문
作用	구실 , 역할 , 작용 (하다)
作曲	작곡 (하다)
~家	작곡가
作法	만드는 법

ㄗ

作物	작물
作者	작자, 필자, 저자
作品	작품
作威作福	행세 (하다)
作爲	소행
作家	작가
作媒	중매 (하다)
作詞	작사 (하다)
作業 　暑假~	숙제, 작업 (하다) 여름 방학 숙제
作嘔	구역질
作對	맞서다, 대립 (하다)
作弊	커닝 (하다)
作罷	그만두다
作戰	전쟁 (하다)
作證	증언 (하다), 입증 (하다)
坐車	타다
坐下，座落 　【大廈座落於大街上】 　【坐上教授的位置】	앉다 거리에 빌딩이 앉다 교수 자리에 앉다
坐立不安	안절부절못하다
坐位，座席	자라, 좌석
坐船	승선 (하다)
坐墊	방석, 자리, 쿠션

ㄗ

座右銘	모토
座席，座位	좌석
座標	좌표
~圖	그래프
座談	좌담 (하다)
~會	좌담회
做	하다, 만들다
~衣服	옷을 만들다
~人偶，~娃娃	인형을 만들다
~來吃	해먹다
做到	해내다
做法	만드는 법
做記號	마크 (하다)
做得好	잘하다
做惡	행패 (하다)
做買賣	장사 (하다)
做飯	요리 (하다), 밥하다

ㄗㄨㄟˇ

嘴	입
閉~，住口	입을 다물다
(物品的) 嘴	아가리
嘴唇	입술
咬住~，忍住	입술을 깨물다

最	맨 , 가장
~愛	가장 사랑하다
~新消息	최신뉴스
~佳，~好，~棒	가장 좋다
【拿手的領域】	가장 자신 있는 분야
最下，最低	최하
最大	최대
~限度	최대한
~公約數	최대 공약수
最大獎	그랑프리
最小	최소
~公倍數	최소 공배수
【最低限度，起碼】	최소한
最合適，最佳	최적
~溫度	최적 온도
最好	으뜸 , 최고
最佳，最大努力	최선
【盡最大努力】	최선을 다하다
最優，最佳	최상
最好的	베스트
【暢銷書】	베스트셀러
最低	최저
~氣溫	최저 기온
~工資制	최저 임금제
~限度，最小值	미니멈
最初	최초

最近	요즘 , 최근 , 요즈음
~的年輕人	요즈음의 젊은이
最前線	최전선
最後	최후 , 결국 , 막판
~手段,王牌	최후의 수단
~通牒	최후통첩
~關頭	막바지
最高,頂尖	톱 , 최고
最強	최강
最終,最後	최종
~階段	최종 단계
最新	최신
~技術	최신의 기술
最糟糕,最壞	최악
~的狀況	최악의 경우
罪,罪過,罪孽	죄
【罪孽深重】	죄가 많다
【犯罪】	죄를 짓다
罪人	죄인
罪犯	범인
~被捕	범인이 잡히다
罪行	범죄 (하다)
【罪犯,犯人】	범죄자
罪惡	죄악
~感	죄악 감
醉	취하다
醉心	심취 (하다)

ㅗ

醉意	취기

鑽子	송곳 , 드릴
鑽研	연구 (하다)

鑽石	다이아몬드

尊姓大名，名諱	성함
尊長	윗사람
尊重	존중 (하다)
尊貴	고귀하다 , 존귀하다
尊敬	존경 (하다)
尊稱	경칭 , 존칭 (하다)
尊嚴	존엄
遵守	준수 (하다)
遵從	좇다 , 순종하다
遵循（規則，原則） 【修博士課程】	(절차를) 밟다 박사과정을 밟다
遵照	따르다 , 준행 (하다)
鱒魚	송어

ㄗ

宗旨	취지
宗派	종파
宗教	종교
棕色	갈색
蹤跡，痕跡	자국，자취，흔적

總	총
~公司	본사
總共	토탈，총
~90天	연 90 일간
總有一天	언젠가
總而言之	요컨대，하여튼
總店	본점
總括	총괄 (하다)
總是，老是，一直	늘，자꾸，항상
~在玩	늘 놀고 있다
總計	토탈，총계 (하다)，집계 (하다)，합계 (하다)
【計算總結】	총계를 내다
總動員	총동원 (하다)
總務	총무
總統	대통령
總裁	총재

總會	총회
總算	겨우 , 마침내
總管	매니저
總領事	총영사
總選舉	총선거 (하다)
總譜	스코어
總辭	총사직 (하다)
總體	총체

ㄗㄨㄥˋ

綜合	종합 (하다)
~症	신드롬
縱	세로
縱火	방화 (하다)
縱然，縱使	설령
縱貫	종단 (하다)
~旅行	종단 여행

ㄗ

ㄘ

祠堂	사당
瓷器 【陶瓷，瓷器，陶器】	사기 , 옹기 , 도자기 사기그릇
詞	사
詞令	사령
詞句，詞語	글귀 , 문구
詞典	사전
詞彙	어휘
詞語	어구
詞類	품사
慈善 ~家 ~團體 ~事業	자선 자선가 자선 단체 자선 사업
慈悲 【施恩】	자비 자비를 베풀다
磁力	자력
磁鐵	자석
磁性	자기
磁浮列車	리니어 모터 카
磁帶 【錄音機】	테이프 테이프 레코더

磁磚	타일
磁鐵	마그넷
雌的	암컷
雌蕊	암술
辭別	작별 (하다)
辭呈，辭職書 【遞辭呈】	사표 　사표를 내다
辭書	사전
辭退，解雇	해고 (하다)
辭退，辭職	사퇴 (하다)
辭意，辭職之意 【告知辭意】	사의 　사의를 표명하다
辭職	사임 (하다) , 사직 (하다)
辭舊迎新，辭歲	송년 (하다)

ち丶

ち

次 　一天兩~	번 , 회 　하루에 두번
次女 (二女兒)	차녀
次子 (二兒子)	차남
次元 　~不同	차원 　차원이 다르다
次日	다음날
次序，順序	순 , 순서 , 차례
次數，次	횟수

伺候	시중을 들다 , 시중 (하다)
刺 　【刺耳的話】	가시 , 에다 　가시 돋친 말
刺 (戳) , 插 　【正中核心】	찌르다 　핵심을 찌르다
刺耳	자지러지다
刺青	문신 (하다)
刺痛	쑤시다 , 욱신거리다
刺蝟	고슴도치
刺激 　【興奮劑】	자극 (하다) 　자극제
刺繡	수놓다 , 자수 (하다)

ㄘㄚ

擦 　~汗 　~口紅	닦다 　땀을 닦다 　립스틱을 바르다
擦拭	닦다
擦掉 　用橡皮擦~	지우다 　지우개로 지우다
擦傷	찰과상
擦過	스치다

ㄘㄜˋ

側	측면
側目 , 白眼	곁눈질

ㄘ

側面	측면
廁所	변소
測定，測量	측정 (하다)
【測定值】	측정치
測量	재다，측량 (하다)
測試，測驗	테스트 (하다)
測驗，考試	시험 (하다)
策略	방책，책략，작전 (하다)
擬定~	작전을 세우다，작전을 짜다
使用~	작전하다
策劃	꾀하다，획책 (하다)

ㄘㄞ

猜	맞히다
~答案	답을 맞히다
猜出	채다
猜忌	시기 (하다)
猜測	헤아리다
猜想	추측 (하다)
猜謎	퀴즈

ㄘㄞˊ

才，剛才	겨우，금방
才女	재원
才子	수재

才氣	재기
~橫溢的人	재기에 넘치는 사람
才能	재능 , 능력
才華	재화
才幹	능력
本事	재주
有~	재주가 있다
材料	자재 , 재료
材質	재질 , 질료
財力	재력
財物	재화
財政，財務，預算	재정
財界	재계
財務	재무
財産	재산 , 자산
財富	부
財源	재원
確保~	재원 확보
財團	재단
~法人	재단 법인
財閥	재벌
裁	베다 , 자르다
裁判，判決	심판 (하다) , 재판 (하다)
【法院】	재판소
裁軍	군축
~會議，軍縮會議	군축 회의

ㅊ

裁酌	재량 (하다)
裁剪	재단 (하다) , 마름질 (하다)
裁縫	재봉 (하다)

採	뜯다
採用	채용 (하다)
採血	채혈 (하다)
採納，採用	채택 (하다)
採掘	채굴 (하다)
採訪	인터뷰 , 채방 (하다) , 취재 (하다)
採集 ~昆蟲	채집 (하다) 곤충 채집
採購 ~處	구입 (하다) 구입처
彩色 ~照片 ~電視 ~底片 ~玻璃	색 , 컬러 컬러 사진 컬러텔레비전 컬러 필름 스테인드글라스
彩虹	무지개
彩票，彩券	복권
踩 ~踏板，蹬踏板	밟다 , 디디다 페달을 밟다

ㄘ

菜刀	식칼
菜板	도마
菜單	메뉴
設計~	식단을 짜다

操心	고심 (하다) , 걱정 (하다)
【吃苦頭】	애먹다
操作人員	오퍼레이터
操場	운동장
操縱	부리다 , 다루다 , 조종 (하다) , 취급 (하다) , 컨트롤 (하다)
~機器	기계를 부리다
【貪婪】	욕심을 부리다
操縱 , 操作	조작 (하다)
糙米	현미

嘈雜	소란하다 , 떠들썩*하다
槽	홈
槽 (貯水 , 貯油 , 貯氣)	탱크

草	풀
草地 , 草皮	잔디

草地，草坪	풀밭 , 잔디밭
草原	초원
草案	초안
草莓	딸기
草履，草鞋 【草履蟲】	짚신 짚신벌레
草稿	초고
草擬	초
草叢，樹叢	덤불
草繩	새끼

ㄘㄢ

參加 ~者	참가 (하다) , 참석 (하다) 참가자
參考，參照 【參考文獻】 【參考書】 【證人】	참고 (하다) 참고 문헌 참고서 참고인
參拜	참배 (하다)
參酌，參考	참작 (하다)
參照，參考，參閱	참조 (하다)
參與	참여 (하다)
參議院	상원 , 참의원
參觀	참관 (하다) , 구경 (하다)
餐具	식기
餐券	식권

ㄘ

餐前	식전
餐後	식후
餐桌	식탁
餐盒	찬합
餐館	음식점
餐廳，餐館	식당，레스토랑

ㄘㄢˊ

殘忍	잔인하다
殘虐，虐待	학대 (하다)
殘暴	잔학하다
殘缺	이지러지다
殘渣	찌끼，찌꺼기，부스러기
殘酷	참혹하다，무참하다，가혹하다
殘障奧運會	패럴림픽
殘廢	불구
殘餘，剩餘	남다
殘骸	잔해
蠶	누에
蠶豆	잠두

ㄘㄢˇ

慘不忍睹	끔찍하다
慘叫	비명지르다

燦爛	찬란하다

倉促	촉급하다
倉庫，倉房	창고，헛간
倉鼠	햄스터
蒼白	창백하다
蒼蠅	파리

藏	숨기다
藏書	장서 (하다)

層	층
層出不窮	새록새록

ㄘ

粗	굵다
粗心	경솔하다
粗劣	열악하다
粗劣，粗糙	조잡하다
粗俗	상스럽다
粗食	조식

粗細	굵기
粗野，粗魯	야하다 , 거칠다
粗惡，粗劣	조악하다
粗話 　講~	폭언 　폭언을 퍼붓다
粗鄙	야비＊하다
粗暴	난폭하다 , 횡포하다
粗製品	날림
粗糙，粗粗的 　【皮膚變粗糙】	거칠어지다 　피부가 거칠어지다
粗糙，粗暴	거칠다
粗繩	밧줄

ㄘㄨˋ

促進，促成 　【促銷】	촉진 (하다) 　판매 촉진
醋	초 , 식초
醋酸	초산
蹙眉	찡그리다

ㄘㄨㄛ

搓	밀다 , 비비다

ㄘㄨㄛˊ

痤瘡，青春痘	여드름

ㄘ

挫折	좌절 (하다)
~感	좌절감
措施	시책 , 대책 , 조치 (하다) , 작전 (하다) , 조처 (하다)
採取~	조치를 취하다
措詞，用語	용어
銼刀	줄
錯，錯誤	틀림 , 틀리다
【一定，準保，沒錯】	틀림없다
錯字	틀린글자
錯亂，混亂，搞混	헷갈리다
錯過	놓치다 , 엇갈리다
~機會	기회를 놓치다
錯綜複雜	착잡하다
錯認	오인 (하다)
錯誤	과실 , 에러 , 착오 , 잘못 (하다)
錯覺	착시 , 착각 (하다)
產生~	착각을 일으키다
錯譯	오역 (하다)

| 催促 | 다그치다 , 독촉 (하다) , 재촉 (하다) , 촉구 (하다) |
| 【催繳通知】 | 독촉장 |

| 催眠 | 최면 (하다) |
| ~術 | 최면술 |

| 摧垮 | 무너뜨리다 |

| 脆 | 바삭바삭하다 |
| 脆弱 | 무르다 , 약하다 , 여리다 , 연약하다 |

| 村，村莊，村落 | 촌 , 촌락 , 마을 |
| 村長 | 촌장 |

存，存放	모으다 , 맡기다
存心，故意	일부러
存在	존재 (하다)
~論	존재론
~理由	존재 이유
存款	예금 (하다) , 저금 (하다) , 저축 (하다)
存摺	통장
存續	존속 (하다)

| 寸 | 촌 |

ㄘ

蔥	파
蔥綠	신록
聰明	총명하다, 똑똑하다, 영리*하다
~伶俐	영민하다, 영리하다
~的小孩	총명한 아이
聰穎	영특하다

從	부터
~今年…	올해부터
~姐姐那裡借錢	언니한테서 돈을 꾸다
從…	에서
~首爾來	서울에서 왔다
從事	종사 (하다)
從來	종래
從前	옛날, 종전
【故事，童話】	옛날이야기
從容	여유있다
從業	종업 (하다)
~人員，職員	종업원
從屬	종속 (하다)
~關係	종속 관계
【因變數】	종속 변수
叢生	수북하다
叢林	정글

ㄘ

司令	사령
~官	사령관
~部	사령부
司法	사법
~權	사법권
~部長	법무부장관
司祭（敎士、神父的總稱）	사제
私人，個人	사인 , 개인
~的	사사롭다
~信件	사신
私人的	사적
~事	사적인 용무
私下和解	시담
私生活	사생활
私用	사용 (하다)
私立	사립
私交	사교
私刑	린치
動用~	린치를 가하다
私章	도장
私宅	사택
私有	사유 (하다)
~財產	사유 재산

私利	사리
私吞	집어먹다
私情	사정
私欲 【自私自利】	사욕 사리사욕
私販・私售	밀매 (하다)
私通	야합 (하다)
私製	사제 (하다)
私營	사영 (하다)
私囊 中飽~	사복 사복을 채우다
思考 ~能力 ~方式	사고 (하다) , 생각 (하다) 사고력 사고방식
思念	그리워하다 , 사념 (하다)
思索	사색 (하다)
思鄉病	노스탤지어
思想 ~家 ~犯	사상 사상가 사상범
思維	사유
思慕	그립다 , 사모 (하다)
思慮 【深思熟慮】	사려 (하다) 사려깊다
思潮	사조

ㅅ

斯文	점잔 , 점잖다 , 얌전하다
裝~ , 裝模作樣	점잔을 빼다
斯里蘭卡	스리랑카
絲	사 , 실
絲巾	스카프
絲帶	리본
絲棉	풀솜
絲綢	실크 , 비단
~之路	실크 로드
絲線	견사
絲織品	견직물
絲襪	스타킹 , 팬티스타킹
撕 , 撕破 , 撕裂 , 撕扯	찢다
【撕紙】	종이를 찢다
撕下	떼다
~郵票	우표를 떼다
撕扯	쥐어뜯다
撕毀	파기 (하다)

ㄙˇ

死 , 死亡	사 , 죽다 , 죽음
【人死了】	사람이 죽다
死亡	최후 , 사망 (하다)
~率	사망률
~報告	사망신고
~診斷書	사망 진단서
~通知	사망 통지

死心，斷念	단념 (하다)
死心 (放棄)	체념 (하다)
死皮賴臉	추근추근하다, 뻔뻔하다
死刑	사형
被判~	사형에 처하다
死因	사인
死抱	매달리다
死於非命	생죽음 (하다)
死者	사자
死活	생사
生死與共	생사를 함께하다
死寂地	쥐죽은듯이
死傷	사상

ㄙˋ

四	사
四分五裂	사분오열 (하다)
四方	사방
四月	사월
四君子	사군자
四角	사각
~形	사각형
四周	사변, 돌레, 사위, 주변
四季	사계
~豆	강낭콩

ㄙ

四肢（動物）	사족
四肢（人）	팔다리
四重奏	콰르텟
四重唱	콰르텟
四面	사면
~體	사면체
~楚歌	사면초가
~八方	사방팔방
四書	사서
四捨五入	반올림 (하다) , 사사오입 (하다)
四處	사처 , 도처
四腳蛇	도마뱀
四壞球	포볼
四邊	사변
寺院，寺廟	절 , 사찰
伺服器	서버
伺機	노리다
似醒非醒	잠결 , 비몽사몽
飼育，飼養	사육 (하다)
飼料	먹이 , 모이 , 사료
飼養	기르다

ㄙ

ㄙㄚˇ

撒	뿌리다 , 살포 (하다)

撒嬌	아양 , 응석 , 애교 , 응석부리다 , 아양을 떨다 , 아양을 부리다
灑	뿌리다
灑水器	스프링클러
灑脫	소탈하다

ㄙㄚˋ

薩克斯風	색소폰

ㄙㄜˋ

色	색
顏~	색깔
~盲	색 맹
~紙	색종이
色素	색소
色彩	색채 , 색깔
~感	색채 감각
~斑斕	아롱다롱하다
色情 (黃色)	포르노
色調	톤 , 색조
銫	세슘
颯颯	삽삽하다
澀	떫다

ㄙ

ㄙㄞ

腮	볼 , 뺨
~紅	볼연지
腮鬍	구레나룻
塞 , 塞子	마개
耳~	귀마개
塞住	막다 , 틀어막다
鰓	아가미

ㄙㄞˋ

賽馬	경마 (하다)
~場	경마장
賽跑	경주 (하다)
~選手	주자 , 경주 선수
賽璐珞	셀룰로이드

ㄙㄠ

搔	긁다
搔癢	간질이다
騷動	소동 (하다)
騷亂	소란하다

ㄙㄠˇ

掃	쓸다
掃地	비질 (하다)
掃帚	비 , 빗자루

掃墓	성묘 (하다)
掃蕩	소탕 (하다)
嫂嫂	형수

ㄙㄡ

搜身	몸수색
搜查	수사 (하다)
搜索，搜查	수색 (하다)
搜集	수집 (하다)
餿	쉬다
飯~了	밥이 쉬었다

ㄙㄢ

三十六計	삼십육계
三五成群	삼삼오오
三合板	베니어판
三旬	삼순
三次元	삼차원
三色菫	팬지
三角	삼각
~形	삼각형
~洲	삼각주
~褲	팬티
~鐵	트라이앵글
~關係	삼각관계
~函數	삼각함수

ㄙ

三味弦	샤미센
三明治	샌드위치
三重	삼중
~奏	트리오 , 삼중주
~唱	트리오 , 삼중창
三面	삼면
~鏡	삼면경
三溫暖	사우나
三稜鏡	프리즘
三節聯韻詩	발라드
三腳架	삼각받침대
三輪車	삼륜차

ㄙㄢˇ

散文	산문
散光	난시
傘	우산
~架	우산대
撐~	우산을 쓰다
收~	우산을 접다

ㄙㄢˋ

散	풀리다 , 흩어지다
散失	소실 (하다)
散布	산포 (하다) , 유포 (하다)
散步	산보 (하다) , 산책 (하다)
~的途中	산보가는 길에

ㄙ

散發	뿜다，서리다，풍기다，발산（하다），살포（하다），배포（하다）
~傳單	유인물을 살포하다
花~香氣	꽃이 향기를 뿜다
散開	헤어지다，사부랑하다
散亂	산란하다
散會	산회（하다），폐회
散漫	산만*하다
散播	퍼뜨리다
散熱器	라디에이터
散髮	산발（하다）

ㄙㄣ

蔘茸	삼용
森林	삼림
保護~	삼림 보호
森羅萬象	삼라만상
森嚴	삼엄하다，엄중하다

ㄙㄤ

桑葉	뽕
【桑樹】	뽕나무
桑葚	오디
喪主	상주
喪事	장례（하다），장사（하다）
辦~	장례를 치르다

喪服	상복
喪家	상가
喪輿	상여

ㄙㄤˇ

嗓子	목소리

ㄙㄤˋ

喪失	잃다 , 상실 (하다)
喪氣	낙담 (하다)
喪魂	죽다

ㄙㄥ

僧侶	중 , 승려

ㄙㄨ

ㄙ

甦醒	되살아나다 , 회생 (하다) , 소생 (하다)
蘇打	소다
蘇維埃，蘇俄	소비에트
蘇聯	소련

ㄙㄨˊ

俗	촌스럽다
俗語	속어 , 속담

素，樸素	수수하다
素材	소재
素食	채식
~者	채식주의자
素描	데생 , 스케치 (하다)
素質，資質	자질
素質，素養	소질
素養	소양
素顔	맨얼굴
速	속히 , 속하다
速成	속성 (하다)
速成，速食	인스턴트
速度	속로 , 템포 , 스피드
速度，速率	속도
【速度表，里程表】	속도계
【速度限制】	속도 제한
速食	패스트푸드
速效	즉효
~藥	즉효약
速記	속기 (하다)
~員	속기사
速達，限時專送，快遞	속달 (하다)
速寫	스케치 (하다)
速斷，迅速判斷	속단 (하다)

ㄙ

宿命	숙명
宿舍	숙사 , 기숙사
宿怨	숙원
宿願	숙원
粟	조
訴訟 【起訴，興訟】	소송 (하다) , 송사 (하다) 소송을 제기하다
塑料，塑膠	플라스틱
塑膠袋	비닐봉지
塑膠棚	비닐하우스
肅然，肅穆，肅靜	숙연하다
肅靜	정숙하다
簌簌 眼淚~地流	질질 눈물을 질질 흘리다

ㄙㄨㄛ

唆使	꼬드기다
梭 太空~ 【接駁車】	셔틀 스페이스 셔틀 셔틀버스
縮 ~起脖子	움츠리다 , 웅크리다 목을 움츠리다
縮小	줄이다 , 축소 (하다)
縮短 壽命~ ~工時，限制生產	짧아지다 , 단축 (하다) 수명이 짧아지다 조업 단축

ㄙ

縮寫	약어

所以	그래서 , 그러므로 , 그러니까
所在地	소재지
所有 ~物 ~權 , 產權 【物主】	소유 (하다) 소유물 소유권 소유자
所長 研究所~	소장 연구소 소장
所持 , 持有 【持有物】	소지 (하다) 소지품
所爲	소위
所得 ~稅	소득 소득세
所管轄的	소관 (하다)
所需要的	소요 (하다)
所謂	소위 , 이른바
所藏 ~品 , 收藏品	소장 (하다) 소장품
所屬 (部門)	소속 (하다)
索引	색인
索取 (費用)	청구 (하다)
索賠 【要求賠償損失】	클레임 클레임을 걸다

ㄙ

瑣碎	사소하다 , 소소하다 , 세세하다
【糾紛，是非】	사소 분쟁
鎖 ~門	자물쇠 , 잠그다 문을 잠그다
鎖上	잠그다
鎖鏈	체인

ㄙㄨㄟ

雖然	비록

ㄙㄨㄟˊ

隨行 【隨員，隨扈】	수행 (하다) 수행원
隨和	상냥하다
隨便，隨隨便便	마구 , 함부로 , 제멋대로
隨便，隨心所欲	마음대로 , 제멋대로
隨後，之後	나중에
隨時	수시 , 언제든지 , 언제나
隨筆 ~作家	수필 , 에세이 수필가
隨意，隨便	임의로

ㄙㄨㄟˋ

碎	부서지다 , 으스러지다
碎，碎裂	깨지다

722

損益	손익
損傷	손상 (하다)
損壞	훼손 (하다) , 파손 (하다)

ㄙㄨㄥ

松子	잣
松茸	송이
松鼠	다람쥐
松樹	솔 , 소나무
鬆弛	느슨하다
鬆弛，鬆垮	헐겁다
鬆弛，鬆懈，空虛	허술*하다
鬆垮	헐렁하다
鬆軟	푹신하다 , 만만하다
鬆散	산만하다 , 사부랑하다
鬆開，解開	풀다
鬆懈，鬆弛 【精神鬆散】	해이하다 정신이 해이하다

ㄙㄨㄥˇ

悚然	섬뜩*하다
慫恿	꼬드기다 , 부추기다
聳立 高樓~	솟다 고층건물이 솟다

ㄙ

725

送	배달 (하다)
～信	편지를 배달하다
送，送交	보내주다
送回	돌려보내다
送回，送還	회송 (하다)
送行	전송 (하다)
送行，送別	보내다 , 배웅 (하다) , 송별 (하다)
～會，歡送會	송별회
送貨到府	택배 (하다)
送達	송달 (하다)

ㄚ

阿米巴（變形蟲）	아메바
阿伯，大叔	아저씨
阿拉伯	아라비아
～人	아랍 인
～語	아라비아 어
～數字	아라비아 숫자
～的，～人的	아랍
阿姨，大嬸	아줌마
阿根廷	아르헨티나
阿茲海默症	알츠하이머병
阿基里斯腱	아킬레스건
阿富汗	아프가니스탄
阿斯匹靈	아스피린
阿爾卑斯	알프스
阿摩尼亞	암모니아
阿膠	아교

ㄚ

ㄜ

阿諛	아부 (하다)
~奉承	알랑거리다, 아첨 (하다)

ㄜˊ

訛傳	와전 (하다)
蛾	나방
額外	엑스트라
額頭	이마
顎	턱
鵝	거위
鵝肝 (醬)	푸아 그라

ㄜˇ

噁心	징그럽다

ㄜˋ

厄	액
厄瓜多	에콰도르
厄運	징크스
破除~	징크스를 깨다

惡	악
~語，壞話	악담
~黨，~棍	악당
惡人	악인
惡化	악화 (하다)
惡劣	열악하다
惡劣，惡狠狠	악독하다
惡劣，惡質	악질
惡名	악명
惡作劇（淘氣的）	장난 (하다)
惡性	악성
惡毒	악독하다
惡疾	악질
惡臭	악취
【發臭，有臭味】	악취가 나다
【散發臭味】	악취를 풍기다
惡棍	나쁜 놈
惡意	악의
惡語	독설
惡魔	악마
俄羅斯	러시아
【俄語】	러시아 어
餓	고프다
肚子~	배가 고프다
餓死	아사 (하다) , 굶어죽다

ㅎ

729

噩夢	악몽
作~	악몽을 꾸다
鱷魚	악어

歹

歹

哀求	애걸 (하다) , 애원 (하다)
哀悼	애도 (하다)
哀傷	슬프다
哀愁	애수
埃及	이집트
挨	맞다
~針	주사를 맞다
挨打	얻어맞다
挨近	다가서다 , 다가가다
挨家挨戶	집집마다
挨罵	욕얻어먹다

歹ˊ

癌 , 癌症	암
【肝癌】	간암

矮	키가 작다 , 야트막하다
矮胖	땅딸막하다
~子	땅딸보

愛人	애인
愛打扮的人	멋쟁이
愛用	애용 (하다)
愛好	기호 , 취미 , 애호 (하다)
愛沙尼亞	에스토니아
愛哭鬼	울보
愛國	애국 (하다)
~心	애국심
愛情	애정
~劇	멜로드라마
愛情,愛	사랑 (하다)
愛惜	아끼다 , 애석 (하다)
~身體	몸을 아까다
愛滋病	에이즈
愛稱,暱稱	애칭
愛慕	사모 (하다) , 연모 (하다)
愛撫	스킨십 , 애무 (하다)
愛護	애호 (하다)

曖昧，模稜兩可，不清楚	애매하다 , 어중간*하다
~的態度	애매한 태도

ㄠ

凹凸不平	울퉁불퉁하다
凹凹凸凸	요철하다
凹版	그리비아
凹面鏡	오목거울
凹透鏡	오목렌즈
凹陷	움푹 , 우묵하다
~的地方	우묵한 곳

ㄠˊ

熬	지지다 , 졸이다
熬夜	지새우다 , 밤을 새우다 , 철야 (하다)

ㄠˋ

傲慢	건방지다 , 거만하다 , 오만하다
~無理	오만무례하다
~的態度	거만한 태도
奧林匹克運動會	올림픽

奧祕，神祕	신비
~的世界	신비로운 세계
懊悔	후회 (하다) , 오회 (하다)
澳大利亞，澳洲	오스트레일리아 , 호주

歐元	유로
歐洲	유럽
毆打	구타 (하다) , 타박 (하다)

偶然	우연
~一致	우연의 일치
~地	우연히
【偶遇】	우연히 만나다
偶發事件	해프닝
偶像	아이롤
偶像 (指神像)	우상
~化	우상화
~崇拜	우상 숭배
偶爾	가끔
偶數	짝수

嘔吐	토하다 , 구토 (하다)
~聲	울컥 (하다)

ㄢ

安心	안도 (하다) , 안심 (하다)
安可	앙코르
安打	히트
安全	안전하다
~帶	안전벨트
~帽	헬멧
安好	안녕하다
安定	가라앉다 , 안정 (하다)
~感	안정감
【心靜下來】	마음을 가라앉다
安易	안이하다
安息	안식 (하다)
安眠	안면 (하다)
安培	암페어
安排	안배 (하다)
安插 , 插入	삽입 (하다)
安逸 , 安閒	안일하다
安閒	한적하다

安置	배치 (하다)
安裝	조립 (하다) , 설치 (하다) , 장치 (하다)
安裝 (軟體)	인스톨 (하다)
安寧	편안하다
安慰	위안 (하다) , 위로 (하다)
安撫	달래다
安樂	안락하다
~死	안락사
安靜	조용하다 , 안정 (하다)
安穩	안정 (하다)
氨	암모니아
胺基酸	아미노산
鮟鱇	아귀
鵪鶉	메추라기

ㄢˋ

按	누르다
按…	별
~種類	종류별
~月分期付款	월부
按時	정시
按捺	누르다
~指紋	손로장을 찍다
按鈕	누름단추 , 버튼

按照	따라서 , 의하다
按摩	마사지 (하다)
案件	사건 , 안건
暗	칙칙하다 , 어둡다
暗，暗處	어둠
暗中，暗地 【暗地打聽】	몰래 염탐 (하다)
暗示	힌트 , 시사 (하다) , 암시 (하다)
暗扣	갈고리 단추
暗室	암실
暗送秋波	윙크 (하다)
暗鬥	암투 (하다)
暗殺	암살 (하다)
暗淡	어둡다
暗暗地	몰래
暗號，暗語	암호
暗礁	암초
黯淡	암담하다

ㄢ

恩人	은인
恩惠，恩澤	혜택
恩惠，恩情 【報恩】 【施予恩惠】	은혜 은혜를 갚다 은혜를 베풀다
恩澤	덕택
恩寵	은총

骯髒	더럽다 , 불결하다

而且	더구나
而且，加上，同時，再說	게다가

兒子	아들
【兒女】	아들딸

兒童	아동
【育兒津貼】	아동 수당

兒媳婦	며느리

ㄦ ˇ

耳目	이목
~口鼻	이목구비

耳光,臉頰	따귀 , 뺨
打~,甩巴掌	뺨 치다

耳朵	귀

耳垂	귓불

耳挖子,耳挖勺	귀이개

耳背,聾	난청

耳針,耳環(穿孔)	귀걸이

耳語	속삭이다

耳鼻喉科	이비인후과

耳膜	고막

耳機	이어폰 , 헤드폰 , 리시버

耳環	이어링

ㄦ ˋ

二	둘

二十	스물 , 이십
~個	스무개
~歲	스무살

ㄦ

二世，第二代	이세
二次	이차
~方程式	이차방정식
二流	이류
二重	이중
~重唱，~重奏	듀엣
二氧化碳	이산화탄소
二樓，兩層	이층

一	하나, 일
一一地	샅샅이
一人	일인 , 한 사람
~份	일인분
一下子	한꺼번에
一口氣	단숨에
~喝光	단숨에 들이키다
一分一秒	일분일초
一切	온갖 , 모든
~力量	총력
一天	하루
一方	한쪽 , 한편
一方面	일면 , 한 방면
一月	일월
一片	한 조각
一世	일세
一代	일대 , 한세대
一半	반 , 하프
一句話	한마디
以~來說	한마디로 말하면
一生	일생 , 한평생

一伙	한편
一再	거듭 (하다)
~囑咐	신신당부
一同	일동
一名	한 명
一向	원래 , 종래
一年級生	일년생
一成不變	정해지다
一次	한번 , 일차
一而再，再而三	비일비재
一行	일행
一步	한걸음
邁出~	한걸음을 내딛다
一系列	일련
一些	몇몇
一例，例子	일례
【舉例】	일례를 들다
一刻	일각
一定	꼭 , 반드시 , 일정하다 , 특정하다
一杯	한 잔
一直	줄곧 , 이내
~沒有消息	이내 소식이 끊기다
一直 (永遠，永久，完全)	영영
一直線	일직선

一知半解	조금 알다
一股腦兒	한꺼번에
一亮一滅	점멸 (하다)
一流	일류
一致	일치 (하다) , 합치 (하다)
一面之交	면식
一個一個地	주섬주섬 , 하나식
一個人 ~也沒有	혼자 , 한 사람 아무도 없다
一個不剩 , 一點不剩	남김없이
一套	한 벌 , 한 세트
一家	일가 , 패밀리
一時 , 一度	일시 , 한때
一氧化碳	일산화탄소
一眨眼間 , 瞬間	순식간에
一般 ~人	일밴 일반인
一起	같이 , 함께
一閃	깜빡 (하다)
一陣	한 바탕
一乾二淨	새까맣게
一動也不動	가만히
一圈	한바퀴
一國	일국

一

一帶，一代	일대
一眼	한눈
一處	한데，한곳
一貫	일관 (하다)
一部	일부
一部分	일부분
一無所有	알몸
一週 　地球~	일주 　지구 일주
一塊	한 덩어리
一塌糊塗	엉망진창，뒤죽박죽
一會兒 　歇~ 　小睡~ 　請等我~	잠깐 　잠깐 쉬다 　잠깐 눈을 붙이다 　잠깐 기다려 주십시오
一落千丈	폭락 (하다)
一團 　~黑	한 덩어리 　시꺼멓다
一夥	동아리，한통속
一對	페어，커플
一種	일종
一齊	일제히
一模一樣	빼닮다
一樣	같다，마찬가지
一盤	한판

一輩子	생전
一震	흠칫 (하다)
一整天	꼬박 하루 , 하루종일
一擊	일격
給予~	일격을 가하다
一瞬間	한순간
一舉	일거
~成功	일거성공
一點	조금
有~不夠	조금 모자라다
一壘	일루
~手	일루수
一雙	한 쌍
一邊	한 쪽
一覺	한잠
一黨	일당
一覽表	리스트
一躍	일약 (하다)
一體	일체
成爲~	일체가 되다
伊拉克	이라크
伊朗	이란
伊斯蘭	이슬람
~教	이슬람교
~教徒	이슬람교도

衣服，衣裳	옷 , 의복 , 의상 , 옷가지
換~，更衣	옷을 갈아 입다
【衣角，摺邊】	옷단
【下擺，衣角】	옷자락
【麵衣】	튀김옷
【衣服接縫】	솔기
衣物櫃（公共場合上鎖的）	로커
衣架	옷걸이
衣食	의식
~住	의식주
衣袋，口袋	호주머니
衣帽間	클로크룸
衣著	옷차림
衣領	칼라
衣錦還鄉	금의환향 , 금의환향 (하다)
衣櫥，衣櫃	옷장 , 장롱
衣類	의류
依，依照	의하다
依仗	업다
依存，依賴，依靠	의존 (하다)
依依不捨	서운하다 , 섭섭하다
依託	의탁 (하다)
依然如故，依舊	여전하다
依稀	어렴풋하다
依靠，依賴	의지 (하다) , 의뢰 (하다)

依據	근거 (하다)
醫生	의사 , 닥터
内科~	내과 의사
外科~	외과 의사
醫治	고치다
醫科	의과
醫院	병원
醫學	의학
醫療	의료
~保險	의료 보험
醫藥	의약
~品	의약품

一 ˊ

移	옮기다
移民	이민 (하다)
移交	넘겨주다
移交	이전 (하다)
移住 , 移居 , 移民	이주 (하다)
移動	이동 (하다)
移植	이식 (하다)
胰島素	인슐린
遺失	잃다 , 분실 (하다) , 유실 (하다)
~物	분실물
【失物招領處】	분실물 취급소

遺志	유지
遺言，遺囑 【遺書】	유언 , 유언 (하다) 유서 , 유언장
遺品，遺物	유품
遺留，留下 【留下名字】	남기다 , 남겨주다 , 물려주다 이름을 남기다
遺族	유족
遺產	유산
遺著，遺作	유저
遺傳 ~基因 【基因工程學】 【改造基因】	유전 ~유전자 유전자 공학 유전자 변형
遺跡	유적
遺漏 【漏了重要的內容】	빠뜨리다 중요한 내용을 빠뜨렸다
遺憾 ~，可惜	유감 , 서운하다 , 섭섭*하다 유감스럽다
遺體	유해
疑心 【可疑】	의심 (하다) 의심스럽다
疑問 ~句 ~詞 ~，~點	의문 의문문 의문사 의문점
疑惑	의혹 (하다)
疑慮	의려 (하다)

儀式	식 , 예식 , 의식
結婚典禮	결혼식
儀表	풍채 , 신수
儀表（機械）	미터

乙	을
乙烯樹脂	비닐
已婚	기혼
已經	벌써 , 이미
以…爲生	로 먹고살다
以上	이상
以下	이하
以內	이내
以及，暨	및
以外	이외
以色列	이스라엘
以來	이래
以物易物	물물교환 （하다）
以前，之前，從前	이전 , 예전 , 종전
以後，之後，將來 【前程，前途】 【未來】	앞 , 뒤 , 이후 , 차후 , 장래 앞길 앞날
以爲	여기다
尾巴	꼬리

倚靠	의지 (하다) , 기대다
椅子	의자
~扶手	팔걸이
【長椅】	긴 의자

抑制	누르다 , 억누르다 , 억제 (하다) , 억지 (하다) , 제어 (하다) , 건트롤 (하다)
抑揚	억양 (하다)
異口同聲	이구동성
異文化	이문화
異性	이성
異狀	이상하다
異國	이국
異鄉	타관
異端 , 異教	이단
【異端人士】	이단자
易術	역술
【占卜師 , 算命先生】	역술가
易碎	무르다 , 깨지기 쉽다
異質	이질
異議	이의
疫苗	백신
益處	이점

翌日	이튿날 , 다음날
~早上	이튿날 아침
意外	사고 , 의외로 , 뜻밖에
~險	사고 보험
~死亡	사고사
~事件	해프닝
【料想不到】	의외 롭다
意向 , 意圖	의향 , 의도
意志	의지
意見	의견 , 소견
~一致	의견 일치
意味著	의미 (하다)
意思	재미 , 의사 , 뜻
有~ , 有趣	재미 있다
意思 , 意義	뜻
意氣	의기
~風發	의기 양양하다
意欲 , 意願	의욕
意義	의의 , 의미
有~	의미가 있다
生存的~ , 生存的價值	사는 보람
意圖	의도 (하다)
意識	의식 (하다)
~型態	이데올로기
義大利	이탈리아
~語	이탈리아 어
~麵	파스타 , 스파게티

義捐 　【捐款】	의연 (하다) 　의연금
義務 　~教育	의무 　의무 교육
義理	의리
義賣會	바자회
溢出	넘치다
毅力 　有~，有耐性	끈기 　끈기 있다
毅然	의연하다 , 단호하다 , 결연하 다
億	억
臆測‧臆想	억측 (하다) , 억산 (하다)
臆斷	억단 (하다)
譯本	역본
譯述	역술 (하다)
譯詞	역어
議決	의결 (하다)
議事 　~行程	의사 (하다) 　의사일정
議定書‧協議書	의정서
議員	의원
議院	의원
議會 　~政治 　~主義	의회 　의회정치 　의회주의

議論	의논 (하다) , 논의 (하다) , 코멘트 (하다)
議題	토픽 , 의제
藝能	예능
藝術	예술
~家	예술가 , 아티스트

ㄧㄚ

鴉片	아편
鴉雀無聲	쥐죽은듯이 조용하다
【寂靜無聲的小鎮】	쥐죽은듯이 조요한 동네
鴨	오리
壓	누르다
壓力	압력
施加~	압력을 주다
壓克力	아크릴
壓抑 , 壓制	억누르다
壓制 , 抑制	억제 (하다) , 압제 (하다)
壓制 , 壓迫	누르다 , 짓누르다
壓扁	찌부러지다
壓迫	압박 (하다)
壓迫 , 壓制 , 壓抑	억압 (하다)
壓倒	압도 (하다)
壓縮	압축 (하다)
壓壞 , 壓扁	찌그러뜨리다

牙刷	칫솔
牙科	치과
～醫生	치과의사
牙痛	치통
牙結石	치석
牙膏	치약
牙齒	이 , 이빨
牙齦	잇몸
牙籤	이쑤시개
芽	싹 , 움 , 순
發～, 萌～	싹이 나다 , 싹이 트다

啞然	아연하다
啞鈴	아령
啞劇	팬터마임
雅致	우아하다 , 아담하다
雅量	아량
雅號	아호

亞洲	아세아 , 아시아
亞麻	아마
～布	린네르

ㄧ

亞熱帶	아열대

一ㄝˊ

揶揄	야유 (하다)
爺爺	할아버지
椰子	야자 , 코코넛
~樹	야자나무

一ㄝˇ

也許	혹시 , 행여
冶鍊	벼리다 , 야금 (하다)
野丫頭	말괄량이
野心	야망 , 야심
野外	야외
野生	야생
野性	야성
野草	야초
野莓	산딸기
野鳥	들새
野菊花	들국화
野豬	멧돼지
野貓	삵 , 삵괭이 , 들고양이
野餐	피크닉
野營	캠프 , 야영 (하다)
野獸	야수 , 산짐승

野蠻	야만
~人	야만인

夜半	야반
夜曲	야상곡
夜行	야행 (하다)
~性	야행성
夜店	나이트클럽
夜班	야근 (하다)
夜深	이슥하다
夜景	야경
夜間，夜晚	밤 , 밤새 , 밤사이
夜間，夜裡	야간
【夜賽，夜間比賽】	야간 경기
【夜車，夜間列車】	야간열차
夜貓子，梟	올빼미
頁	페이지
液晶	액정
液體	액체
腋下，腋窩	겨드랑
葉子	잎
【樹葉】	나뭇잎
葉綠素	엽록소
葉輪機	터빈

業界	업계
業務	실무 , 업무
從事~工作	실무에 종사하다
業餘	아마추어
業績	업적

夭折	요절 (하다)
妖怪	도깨비 , 괴물
妖物	요물 , 괴물
要求	리퀘스트 , 요구 (하다) , 청구 (하다)
腰	허리
腰內肉	등심살
腰果	캐슈너트
腰帶	띠 , 벨트
腰圍	웨이스트
腰痛	요통
邀請	요청 (하다)
邀請 , 邀約	초대 (하다) , 초청 (하다)
~函	초대장

一ㄠˊ

搖	젓다
~頭	머리를 젓다

搖（扇）	부채질 (하다)
搖晃，動搖	흔들리다 , 요동 (하다)
【（決心）動搖】	마음이 흔들리다
搖晃，搖動（不停地）	흔들거리다
搖動	흔들다
搖椅	흔들의자
搖滾樂	록 , 로큰롤
搖籃	요람
~曲	자장가
【從出生到死亡】	요람에서 무덤까지
遙控	리모콘
遙遠	멀리 , 아득하다
~的那端	아득히 먼 저쪽
餚饌	진수성찬

咬	깨물다 , 물다
咬緊（牙關）	악물다
~牙關	이를 악물다
舀	푸다 , 퍼내다

要	요 (하다)
要人	요인
要不然	그렇지 않으면
要因	요인

要地	요지
要旨，要點	요지
要件	요건
要害	급소
要素	요소
要塞	요새
要緊	요긴하다
要說的話	할말
要領，要點，訣竅	요령
要衝，要道	요소
要點 【脫離重點】	요점，요약 (하다) 요점을 벗어나다
要職	중역
要覽	요람
藥丸	알약
藥片，藥錠	정제
藥材	약재
藥品	약품
藥草	약초，허브
藥酒	약술
藥膏，軟膏	연고
耀眼，刺眼	눈부시다
鑰匙 ~圈	키，열쇠 키홀더

幽浮	유에프오
幽深	깊숙하다 , 후미지다
幽會 , 密會	밀회 (하다)
幽靜	한적하다 , 아늑하다
幽默	유머
~的	유머 러스
幽邃 , 陰森森	으슥하다
幽靈	유령
悠閒自在	유유자적 (하다)
悠然	유연하다
悠閒	한가하다
悠轉	돌아다니다
憂愁	우수
憂慮	우려 (하다) , 걱정 (하다)
憂慮 , 憂愁 , 憂鬱	시름 , 우울하다
【憂鬱症】	우울증
【纏綿病榻 , 久病不起】	시름시름 앓다
優	낫다
優先	우선 (하다)
~權	우선권
優劣	우열
優秀	우수하다
優良 , 優越	우량하다
優柔寡斷	우유부단

優勝	우승 (하다)
優惠券	쿠폰
優等, 優秀 【優等生】	우등 (하다) 우등생
優越 ~感	우월하다 우월감
優雅	우아하다
優勢	우위, 우세 (하다)
優遇, 優待 【優待券, 優惠券】	우대 (하다) 우대권
優酪乳, 優格	요구르트
優質	상질
優點	장점, 이점, 메리트

一ㄡˊ

尤其	특히
由	부터
由來	유래
由於	말미암다
油	기름
油田	유전
油性	유성
油炸	튀기다

一

油炸，油煎	프라이 (하다)
【煎鍋，平底鍋】	프라이팬
【油炸食品】	튀김
油脂，油膩，油光	기름기
【油膩的】	기름기가 많다
【瘦肉，精肉】	살코기
油畫	유화
油菜	평지
油漆	페인트
油輪，油船	탱커
油膩	느끼하다
郵局	우체국
郵件	우편 , 우편물
【郵遞區號】	우편번호
【信箱】	우편함
郵寄，郵遞	우송 (하다) , 우편으로
郵票	우표
郵筒	우체통
郵資	송료 , 우송료 , 우편 요금
猶太	유태
~敎	유태교
~人	유태인
猶新	새롭다
記憶~	기억이 새롭다
猶豫	서슴다 , 망설이다 , 주저 (하다) , 우물쭈물 (하다)
毫不~地	주저 없이

游手好閒	빈둥거리다
游泳	수영 (하다)
~池	풀 , 풀장
~圈	튜브
【泳裝，泳褲】	수영복
游標	커서
游擊隊	게릴라 , 빨치산
遊行	퍼레이드 , 행진 (하다)
【進行曲】	행진곡
遊牧	유목 (하다)
~民	유목민
遊玩	놀다
【遊客】	행락객
【遊樂地，觀光景點】	행락지
遊艇	요트
遊樂園	유원지
遊興	여정 , 유흥 (하다)
遊戲	놀이 , 게임
遊覽	투어 , 유람 (하다)
~車	유람 버스
~船，遊艇	유람선
魷魚	오징어

一ㄡˇ

友人	친구
友好	우호
~關係	우호관계

誘發	유발 (하다)
誘餌，餌	미끼
誘導	유도 (하다)
鈾	우라늄

一ㄣ

咽頭	인두
菸斗	파이프
淹沒	수몰 (하다)
淹埋	묻다
醃，醃漬 　~白菜	절이다 　배추를 절이다
醃料	양념
醃梅	매실장아찌
醃黃瓜	피클
醃醋，以醋醃製	초절임
煙 　燻~	연기 　연기를 내다
煙火	불꽃
煙囪，煙筒，煙突	굴뚝
煙霧	연무，스모그
嫣然 　~一笑，含笑	방긋 　방긋 웃다

言 　自~自語	말하다 　혼잣말 하다
言行	언동 , 언행
言明	언명 (하다)
言論 　~自由 　【輿論界】	언론 　언론의 자유 　언론계
岩 　攀~	바위 　바위타기 , 암벽 등반
岩石	암석
岩漿	마그마
岩壁	암벽
延命	연명 (하다)
延長 　~賽	늘이다 , 연장 (하다) 　플레이오프
延期	연기 (하다)
延期 , 緩期	유예 (하다)
延誤	늦어지다
延緩	미루다
延遲	지연 (하다)
延遲 , 延緩	늦추다
延續	지속 (하다) , 계속 (하다)
沿岸	연안
沿海	연해

沿線	연선
炎熱	염열
研究 　~所 　~家，~者	연구 (하다) , 궁리 (하다) 　연구소 , 대학원 　연구자
研究，研討，檢討	검토 (하다)
研討會	세미나 , 심포지엄
研製	고안 (하다)
研磨	갈다
顔 (臉) 色	빛
顔色	색 , 빛깔
顔面 　傷~，丟臉	체면 , 얼굴 　체면을 손상하다
顔料	도료 , 물감
簷下走廊	툇마루
嚴 　分數打得很~	짜다 　점수가 짜다
嚴，嚴格，嚴厲，嚴謹	엄하다
嚴，嚴密 　【周詳的計畫】	치밀하다 　치밀한 계획
嚴冬	한겨울
嚴正	엄정하다
嚴苛，嚴厲	가혹하다
嚴重 　~的	심하다 , 심각하다 , 격심하다 , 엄중하다 　시리어스

嚴重，嚴肅	심각하다
【嚴重的問題】	심각한 문제
【嚴肅的表情】	심각한 표정
嚴格	엄격하다
嚴密，嚴謹	엄밀하다
嚴肅	엄숙하다
嚴禁	엄금 (하다)
嚴厲	염격하다
嚴謹	빈틈없다 , 넘하다
嚴懲	엄벌 (하다)
鹽	소금
~水，鹹水	소금물
【醃】	소금에 절임
鹽份	염분
鹽酸	염산

一ㄢˇ

衍生	파생 (하다)
~語	파생어
眼窩	움푹
眼	눈
閉~	눈을 감다
顯~	눈에 띄다
不順~	눈에 거슬리다
浮現在~前	눈에 선하다
~熟，看慣	눈에 익다
睜一隻~閉一隻~	눈을 감아주다

眼力，視力	시력
眼下，當下	당분간
眼皮，眼瞼	눈꺼풀
眼光	눈길 , 눈빛 , 안목
眼色，眼力 【有眼力】 【發現，察覺】	눈치 눈치가 빠르다 눈치를 채다
眼前	목전
眼屎	눈곱
眼界	시계 , 시야
眼科 ~醫生	안과 안과 의사
眼紅	시새우다 , 질투 (하다)
眼神，視線 ~交會	시선 시선이 마주치다
眼神，眼型	눈매
眼淚 流~	눈물 눈물을 흘리다
眼球，眼珠子	눈알
眼罩	눈가리개
眼影	아이섀도
眼熟	낯익다
眼藥	안약
眼鏡	안경
演化	진화 (하다)

演出，表演	출연 (하다)
～者	출연자
演技	연기
演奏	연주 (하다)
～家	뮤지션
～會，演唱會	콘서트
演員	배우
～陣容	캐스트
演說，演講	스피치 , 연설 (하다) , 웅변 (하다) , 강연 (하다)
【演說者，演講者】	연사
演繹	연역 (하다)
演藝，演出，表演	연예 , 엔터테인먼트
掩飾	감추다 , 카무플라주 (하다)
掩飾，掩蓋	호도 (하다)
掩蓋	가리다
掩蔽	엄폐 (하다)
鼴鼠	두더지

一ㄢˋ

厭食症	거식증
厭倦	물리다
厭倦，厭煩	넌더리 나다
厭惡	질색 , 역겹다 , 진절머리 , 염오 (하다)
【厭煩，討厭】	진절머리가 나다

厭煩	지루하다 , 지긋지긋하다
厭煩，厭膩	지겹다
厭膩，厭倦 【感到厭倦】	싫증 싫증이 나다
宴會	연회
硯台	벼루
燕子	제비
燕尾服	턱시도
嚥下，吞嚥 【嚥口水】	삼키다 침을 삼키다
堰，堰堤	방죽 , 제방
諺語	속담
驗票 ~口	개찰 (하다) 개찰구
艷麗	화려하다

ㄧㄣ

因此	그래서 , 그러므로
因此…	그렇다고 해서
因果 ~報應	인과 인과응보
因爲	왜냐하면
因素	요소
因緣，姻緣	인연
因襲，因循	인습 (하다)

音	음
音律	음률
音符	음표
音程	음정,옥타브
音量	볼륨
音階	음계
音感	음감
音痴	음치
音節	음절
音樂	음악
~家	음악가 , 뮤지션
~盒	오르골
~會	콘서트
~劇	뮤지컬
音調	톤
音響	음향
~學	음향학
~ , ~裝置	오디오
姻親	인척
殷切	절절하다
陰	음
【負數】	음수
【明裡暗裡】	음으로 양으로
陰沉	흐리다 , 침침하다 , 흐려지다
陰沉 , 陰森 , 陰險	음침하다
陰性反應	네가티브

陰涼處	음지 , 응달
陰莖	음경 , 페니스
陰部	음부
陰森	음산하다 , 어두컴컴하다 , 음 칙하다
陰陽	음양
陰暗	어둡다
陰暗 , 陰沉	어둠침침하다 , 음침하다
陰影	그늘 , 음영
陰曆	음력
陰謀	음모
陰險	음흉하다
陰險 , 陰毒	음험하다
陰鬱	음울하다

一ㄣˊ

吟詠 , 吟唱 , 讀出 , 唸出	읊다
淫穢	외설
銀	은
~牌	은메달
~婚式	은혼식
銀行	은행
~利率	공정 보합
銀杏	은행
~樹	은행나무

銀河	은하수
銀蓮花	아네모네

ㄧㄣˇ

引人注意	마음을 끌다
引人發笑	웃기다
引力	인력
引火	인화 (하다)
引用	인용 (하다)
引言	서문
引起	일으키다 , 야기 (하다) , 초래 (하다) , 유발 (하다)
~混亂	혼란을 일으키다
~問題	문제를 야기하다
引渡	인도 (하다)
引進	도입 (하다)
引進	들여오다
引號	따옴표
引誘	꾀다 , 유인 (하다) , 유혹 (하다)
用甜言蜜來~人	감언으로 꾀다
引導	이끌다 , 안내 (하다) , 인도 (하다)
引擎	엔진
~故障	엔진고장
飲用	음용 (하다)
~水，食用水	식수

飲食	음식
~生活	식생활
【食物，食品】	음식물
飲料	음료수 , 드링크
飲酒	음주 (하다)
【喝酒開車】	음주운전
隱形眼鏡	콘택트렌즈
隱私	프라이버시
隱性	열성
隱約	몽롱하다 , 아련하다 , 어렴풋하다
隱密	은밀하다
隱喻	은유
~法	은유법
隱然	은연하다
【暗暗，暗地裡】	은연중
隱蔽，隱藏	은폐 (하다)
隱瞞，隱藏	숨기다
隱隱（作痛）	살살 , 둔통
肚子~作痛	배가 살살 아프다
隱隱，隱約	은은하다
隱藏	숨기다 , 감추다
~身分	신분을 숨기다
【無影無蹤】	자취를 감추다

ㄧㄣˋ

印	자국

印刷	인쇄 (하다) , 프린트 (하다)
~品	프린트 (하다)
【列印出來】	프린트아웃
印泥	인주
印花	인지
~稅	인세
印表機	프린터
印度尼西亞，印尼	인도네시아
印度教	힌두교
印痕	표적
印章	도장 , 스탬프
印象	인상
印錯字	미스프린트
印鑑	인감
蔭	그늘

一九	
央求	조르다
秧苗	모종

一九ˊ	
羊	양 , 염소
~毛	울 , 양모
牡~座	양자리
佯攻	페인트

佯裝，裝蒜	시치미 , 시치미를 떼다
洋洋得意	우쭐대다 , 양양득의
洋溢	넘치다 , 넘쳐 흐르다
洋裝	양장
洋蔥	양파
陽台	베란다 , 발코니
陽光 　【曬太陽】	햇볕 , 햇빛 　햇볕을 쬐다
陽性	양성
陽傘	양산 , 파라솔
陽痿	임포텐츠
陽曆	양력
揚名	이름을 날리다
揚聲器	스피커

一ㄤˇ

仰式	배영
仰望，仰視	우러러보다 , 앙망 (하다)
仰慕	사모 (하다)
氧化 　~劑	산화 (하다) 　옥시던트
氧氣 　~面罩 　【有氧呼吸】	산소 　산소 마스크 　산소 호흡

養…	양
~女	양녀
~母	양모
~父	양부
~子	양자
養分	양분
養生	섭생 (하다)
養成	붙다 , 붙이다 , 양성 (하다)
養老院	양로원
養育	양육 (하다)
養活	먹여 살리다 , 부양 (하다)
~家人	가족을 먹여 살리다
養病 , 療養	요양 (하다)
養殖	양식 (하다)
養蜂	양봉 (하다)
養雞	양계 (하다)
養蠶	양잠 (하다)
癢	간지럽다 , 가렵다

一九ˋ

樣子	모양 , 양상
樣品 , 樣本	견본 , 카탈로그
【商品展覽會 , 商品交易會】	견본 시장
樣本 , 樣品	샘플
樣式	모드 , 형식 , 양식 , 타입 , 스타일

樣式，樣子	만듦새
樣版	본
樣態	양태 , 모양

英寸	인치
英呎	피트
英里	마일
英俊	멋있다
英俊，英挺	영특하다
英勇	용감하다 , 영용하다
英畝	에이커
英國	영국
~人	영국인 , 영국 사람
英雄	영웅
英語，英文	영어
英鎊	파운드
嬰兒	아기 , 영아
~車	유모차
應當，應該	응당 , 당연하다
~的結果	당연한 결과
櫻花	벚꽃
~樹	벚나무
櫻桃	체리 , 버찌
鸚鵡	잉꼬 , 앵무새
【鸚鰈情深】	잉꼬부부

迎合 【點頭稱是，隨聲附和】	앞장구를 치다 맞장구를 치다
迎春花	개나리
迎接 ~客人	맞이하다 , 마중 나가다 , 영접 (하다) 손님을 앞이하다 , 영접하다
盈餘	여분 , 흑자
縈繞 仇恨~在心中	서리다 , 감돌다 가슴에 한이 서리다
螢火蟲	반디 , 개똥벌레
螢幕	모니터 , 스크린
營火	모닥불
營利	영리
營救	구하다
營業	영업 (하다)
營運	운영 (하다)
營養	양분 , 영양
贏	이기다

影子	음영 , 그림자
影片，電影	영화
影本	부본 , 복사본
影印	복사 (하다)

影射	빗대다
影像	영상
影響	영향 , 영향을 주다
帶來~	지장을 초래하다
~到，牽涉到	에 미치다

一ㄥˋ

映照	비치다
硬	하드 , 딱딱하다
~體	하드웨어
硬梆梆	빳빳하다
像棍子一樣~的	막대기처럼 빳빳하다
硬逼	강요 (하다)
硬幣	코인 , 동전
【投幣式寄物櫃】	코인 로커
應允	응낙 (하다)
應付	대처 (하다) , 대응 (하다)
應用	응용 (하다) , 활용 (하다) , 적용 (하다)
~問題，~題	응용문제
應考	수험 (하다)
~生	수험생
應急，搶救	응급
【急診室】	응급실
【急救】	응급 치료
【急診病人】	응급 환자
應援，加油、打氣	응원 (하다)

應答, 回答	대답 (하다) , 응답 (하다)
應募, 招募	응모 (하다)
應試	응시 (하다)
應酬	교제 (하다)
應對方案	대안
提供~	대안을 내 놓다
應驗	들어맞다 , 응하다 , 이루다

污水	오수
～溝	하수구 , 시궁창
【下水道】	하수도
污垢	때
污染	오염 (하다)
污辱	모욕 (하다)
污點	오점
污穢	불결하다 , 더럽다
污衊	모멸
屋子，房屋	집
屋內	실내 , 옥내
屋主	집주인
屋外	옥외
屋頂	옥상 , 지붕
屋簷	처마
烏克麗麗	우쿨렐레
烏克蘭	우크라이나
烏托邦	유토피아
烏賊	세피아 , 오징어
【深褐色，茶黑色】	세피아색
烏鴉	까마귀

烏龍麵	우동
烏龜	거북
嗚咽	흐느끼다
鎢	텅스텐

ㄨˊ

無	무 , 없다
無人島	무인도
無力，沒力氣 　全身~	무기력 , 나른하다 　몸이 나른하다 , 무기력하다
無力，無能爲力 　【無力感】	무력하다 　무력감
無心，無意，無情	무심하다
無可奈何	어이없다
無可挑剔 　~的演技	무난하다 　무난한 연기
無名 　~指	무명하다 　약손가락
無色	무색
無尾熊	코알라
無形	무형하다
無言	무언하다
無法無天	무법하다
無知	무지하다
無花果	무화과

無花紋	무지
無限	무한하다
無限制	무제한하다
無害	무해하다
無恥 　~的行爲	파렴치하다 　파렴치한 행위
無效	무효하다
無益	무익하다
無益，無用	부질없다
無神論	무신론
無能，無才	무능하다
無國籍	무국적
無常	덧없다, 무상하다
無情 　冷酷~的對待	비정하다, 야박하다, 매정하 다, 무정하다, 무자비하다 　비정한 처사
無條件	무조건
無理的	무리하다
無産階級	프롤레타리아
無票搭車	무임승차 (하다)
無聊 　~的話題 　~的玩笑	시시하다, 심심하다 　시시한 이야기 　시시한 익살
無期 　~限 　~徒刑	루기하다 　무기한 　무기 징역

無菌	무균
無視	무시 (하다)
無辜	무고하다
無微不至	알뜰하다 , 세심하다
無意識 ~地	무의식하다 무의식적으로
無業	무직
無煙	무연
無罪	무죄하다
無農藥，有機的	무농약
無實	무실하다
無疑	확실하다
無盡，無窮	무진장하다
無影無蹤	온데간데없다
無數 ~的例子	무수하다 무수한 예
無線 ~喇叭 ~控制，遙控	무선 무선 스피커 무선 조종
無論 ~如何	무론 어쨌든 , 아무튼
無機物	무기물
無用，沒有用	쓸데없다
無賴	깡패 , 무뢰
無酬	무상

無禮	무례하다
~的傢伙	무례한 녀석
無顏色	무색
無關	무관하다 , 상관없다
~的話	상관없는 이야기
蜈蚣	지네
蕪菁	순무

ㄨ ✓

五	다섯 , 오
~個	다섯 개
五月	오월
五行	오성
五角形	오각형
五里霧中	오리무중
五味子	오미자
五官	오관
五重奏 , 五重唱	퀸텟
五感	오감
五線譜	오선
午休	점심시간
午睡	낮잠
午餐	오찬 , 런치 , 점심식사 , 점심
武力	무력
武士	무사

武備，軍備	군비
武裝 【繳械，解除武裝】	무장 (하다) 무장 해제
武器，兵器	병기 , 무기
武斷	무단 , 독단 (하다)
舞台	무대
舞步	스텝
舞弊，作弊	커닝 (하다)
舞臺	스테이지
舞蹈 ~演員，~家	춤 , 댄스 , 무용 (하다) 댄서

ㄨˋ

物主	임자 , 오너
物件，物品	물품
物色	물색 (하다)
物品	물건 , 물품
物流	물류
物理 ~學家	물리 물리학자
物資	물자
物價 ~下跌，~下滑	물가 물가가 내리다
物質	물질
物體	물체

悟性	오성
務必	꼭 , 반드시
請~守約	약속을 꼭 지켜주세요
誤差	오차
誤植	오식 (하다)
誤傳	오전 (하다)
誤會，誤解	착각 (하다) , 오해 (하다)
誤算	오산 (하다)
誤認	오인 (하다)
誤點	연착 (하다)
誤譯	오역 (하다)
霧	안개
起~	안개가 끼다

ㄨㄚ

挖	파다
挖掘，挖出	파내다 , 파다
挖著吃	파먹다
蛙泳，蛙式	평영
蛙鏡	물안경

ㄨㄚˇ

瓦，屋瓦	기와
瓦，瓦特<物理>	와트

ㄨ

瓦斯	가스
液化~	액화가스
瓦楞紙（板）	골판지
瓦解	와해 (하다)

ㄨㄚˋ

襪子	양말
穿~	양말을 신다

ㄨㄛ

萵苣	양상추
渦輪	터보
~機	터빈
窩在…	틀어박히다
窩巢，鳥巢	둥지
窩棚	오두막집

ㄨㄛˇ

我	나, 저
我們	우리

ㄨㄛˋ

臥，躺	눕다
臥床	침대
~不起，臥病	몸져눕다
【臥舖列車】	침대차
臥房，臥室	침실

ㄨ

握	쥐다
掌~證據	증거를 잡았다
握力	악력
握手	악수 (하다)
握住	움켜잡다
握柄，手把	손잡이
斡旋	주선 (하다) , 알선 (하다)
齷齪	불결하다 , 더럽다

ㄨㄞ

歪	비뚤어지다 , 비뚤다
【預測有誤】	예상이 빗나가다
歪，歪七扭八	비틀어지다
歪曲	왜곡 (하다)
歪扭	일그러지다
歪斜	삐딱하다 , 비뚤어지다 , 갸웃 (하다)
【歪頭】	고개를 갸웃거리다

ㄨㄞˋ

外	외 , 밖에
除相關人員~禁止出入	관계자 외 출입 금지
外，外邊，外面	밖
外出	외출 (하다)
~用餐	외식 (하다)

外交	외교
~官	외교관
~部	외무부
~部長	외무장관
~政策	외교정책
~事務	외무
外行，業餘的	아마추어
外衣	윗도리, 겉옷
外來	외래
~語	외래어
~勢力	외세
~壓力	외압
外表	겉, 표면, 겉모양, 겉모습
外界	외계
外科	외과
~醫生	외과의사
外面	밖, 외면, 바깥
外套	외투
外國	외국
~語	외국어
~人	외국인
外宿	외박 (하다)
外部	외부
外景拍攝	로케이션
外甥	생질
外甥女	질녀, 생질녀, 조카딸
外傷	외상

外匯	외환
~銀行	외환 은행
外資	외자
~企業	외자기업
外遇	바람피다
外幣	외화
外賣	테이크아웃
外觀	외관 , 볼품 , 외양

ㄨㄟ

威士忌	위스키
~加冰塊	온더록
威迫，威脅	위압 (하다)
威脅	협박 (하다) , 으름장 (하다)
威脅，威嚇	위협 (하다)
威望	신망
威嚇	엄포

ㄨㄟˊ

危急	위급하다
危害	해 (하다) , 해롭다
危機	위기
危機，危急局面	핀치
代打者	핀치히터
危篤 (病危之意)	위독하다

危險	위험하다
微分	미분
微生物	미생물
微米	미크론
微妙 ~的差異	미묘하다 미묘한 차이
微型	미니
微型	미니어처
微苦	씁쓸하다
微風	미풍 , 산들바람
微香	향긋하다
微笑 浮上~ ~ , 含笑	미소 미소를 띄우다 미소를 짓다
微寒	한미하다
微視的 , 微觀的	미시적
微量	미량
微微地（搖頭） ~搖頭	살살 고개를 살살 흔들다
微溫	미온하다 , 미지근하다
微辣 , 微醉 , 微醺	얼근하다
微酸	시금하다
微縮底片 , 微型軟片	마이크로필름
桅杆	돛대
惟	오로지

唯	오직
唯一	유일하다
唯命是從，唯唯諾諾	설설기다
唯美主義	탐미주의
唯獨，唯有	유독
帷幕	막
爲人處世	처신 (하다)
爲難 (感受)	난처하다 , 곤란하다 , 어려워하다
違反	어기다 , 위반 (하다)
違抗	거역 (하다)
違例，犯規	반칙 (하다)
違法	위법
違背，違反 　~約定	어기다 , 저버리다 　　약속을 어기다
圍，圍繞	두르다
圍巾	머플러 , 목도리 , 스카프
圍棋 　下~	바둑 　　바둑을 두다
圍裙	에이프런
圍墾 　【塡海造地，人工造地】	간척 (하다) 　간척지
圍牆	담 , 울타리
圍繞	에다 , 감돌다 , 에우다 , 에워싸다

圍籬	울 , 울타리
維他命 , 維生素	비타민
維持	잇다 , 유지 (하다)
~生計	생계를 잇다
~生命	연명 (하다)
維納斯	비너스

ㄨㄟˇ

尾牙	망년회
尾隨	미행 (하다)
尾聲	에필로그
委內瑞拉	베네수엘라
委任	위임 (하다)
委屈	설움 , 억울하다
委派 , 任命	임명 (하다)
委員	위원 , 임원
~會	위원회
委託	의뢰 (하다) , 의탁 (하다) , 부탁 (하다)
委婉	완곡하다
~地說	둘러말하다
猥褻	외설
萎	위축하다
萎縮	움츠리다 , 작아지다 , 위축하다
【身高倒縮】	키가 작아지다

偉大	위대하다
僞造	위조 (하다) , 변조 (하다)
~罪	위조죄
僞善	위선 (하다)
僞裝	위장 (하다) , 가장 (하다) , 카무플라주 (하다)
鮪魚	참치 , 다랑어

未亡人	미망인
未化妝的皮膚	맨살
未成年	미성년
未完成	미완성
未來	장래 , 미래
~展望	장래전망
~性,潛在性	가까운장래
【不久的將來】	장래성
未定	미정 (하다)
未知數	미지수
未婚	미혼
~夫,~妻	피앙세
未開墾,未開化	미개하다
~之地	미개지
未解決	미해결 (하다)
未遂	미수 (하다)
未滿	미만하다

未繳納	미납 (하다)
位	위 , 분
二~	두분
【第5名】	제오위
位 (座位數)	자릿수
位子	자리
位元	비트
位置	자리 , 포지션 , 위치
【座落，定居，佔據】	자리잡다
位置，位於…	위치 (하다)
味道	맛 , 냄새
聞~	냄새 를 맡다
味噌	된장
~湯	된장국
味覺	미각
畏縮	자지러지다 , 위축 (하다)
【怯場】	주눅이 들다
畏懼	두려워하다
胃	위
~下垂	위하수
胃口	입맛 , 식욕
胃腸	위장
胃臟	위장
爲，爲了	위하다
爲什麼，爲何	왜 , 어째 , 어째서
喂	여보세요

慰問	위로 (하다) , 문안 (하다) , 위문 (하다)
【慰勞辛苦】	노고를 위로하다
蔚藍	새파랗다
蔚藍	시퍼렇다
衛生	위생
~紙	휴지 , 화장지
衛星	위성
~播放	위성방송
餵奶	수유 (하다)

ㄨㄢ

蜿蜒	후미지다
豌豆	완두콩
彎	굽히다 , 구부리다
彎 , 彎曲	만곡 , 굽다 , 후미지다 , 구부러지다
…灣	만

ㄨㄢˊ

丸	알
丸子 , 湯圓	경단
完了 , 完成 , 完畢	완료 (하다)
【完成時態】	완료 시제
完工	완공 (하다)
完全	완전히
~不知道	전혀모르다

ㄨ

完全，完整，完善	완전하다
完成	완성 (하다) , 완수 (하다)
~作業	숙제를 끝내다
完畢，結束	끝나다
完美，完善	완벽하다
完蛋	망하다
完結	완결 (하다) , 완결 짓다
完整，完好	성하다
完整，完整無缺	온전하다
完整地	빠짐없이
【毫無疑漏】	빠짐없이 갖추다
玩	놀다
玩弄	가지고 놀다 , 희롱 (하다)
玩具	장난감
~店	장난감 가게
玩具，玩物	완구 , 장난감
玩味	음미 (하다)
玩耍，玩遊戲	놀다
【和小孩玩】	애랑 놀다
玩笑，玩笑話	농담 (하다)
【半開玩笑地】	반 농담으로
頑皮	삼하다 , 개구쟁이
頑固	완고하다 , 집요하다
頑強	완강하다

挽	걷어 올리다
挽回	만회 (하다)
挽留	붙잡다 , 만류 (하다)
浣腸	관장 (하다)
浣熊	너구리
婉轉	완곡하다
惋惜	아쉽다 , 애석하다
晚	늦다 , 때늦다
晚上	밤
晚上，晚飯	저녁
【晚餐】	저녁밥 , 저녁 식사
【晚霞】	저녁놀
晚安 (睡前)	안녕히 주무세요
晚年	노후 , 만년
晚班	야근 , 야근 (하다)
晚報	석간
晚期，末期	말기
晚輩	후배 , 연하
晚餐	만찬 , 디너
碗	사발
碗櫃，碗櫥	찬장

萬	만
萬一	만약 , 만일 , 만의 하나
萬丈波瀾	파란만장
萬分	대단히
萬年	만년
萬事 　~OK	만사 　만사 오케이
萬物 　~之靈	만물 　만물의 영장
萬花筒	만화경
萬能	만능*하다
萬國 　~博覽會	만국 　만국 박람회
萬歲 　高呼~三次	만세 　만세 삼창
萬萬（不…）	결코
腕力 　使用~	완력 　완력을 휘두르다

溫水 　【熱水器】	온수 　온수기
溫床	온상
溫和	온후하다 , 사근사근하다 , 나 긋나긋하다

溫和,溫暖	온화하다 , 포근하다
溫室	온실
~效應	온실효과
溫度	온도
~計	온도계
~調節器	온도 조절기
溫柔	상냥하다
溫泉	온천
溫帶	온대
溫情	온정
溫習	복습 (하다)
溫順	순수하다 , 온순하다 , 여낙낙하다
溫順,溫和	순하다
溫暖	따뜻하다 , 온난하다 , 훈훈하다
家庭~	가정이 따뜻하다
~的心,熱情	마음이 따뜻하다
【加熱】	따뜻하게 하다 , 가열하다
溫馴	길들다
瘟疫	페스트

ㄨㄣˊ

文化	문화
文句	글귀 , 문구
文件	파일 , 서류
~夾	바인더

ㄨ

文字	글 , 문자 , 글자
文言	문어
~體	문어체
文具	문방구
~店	문구점
文明	문명
文法	문법
文盲	문맹
文書	문서
文脈	문맥
文章	글 , 문장
修飾~	문장을 다듬다
文筆	문필
文蛤	조개
文摘	다이제스트
文豪	문호
文學	문학
文靜	얌전하다 , 차분 (하다)
文藝	문예
~復興	문예부흥 , 르네상스
文獻	문헌
參考~	참고문헌
文體	문체
洗鍊的~	세련된 문체
紋身	문신 (하다)

蚊子	모기
聞名	유명하다

吻仔魚	정어리
吻合	들어맞다
穩定	안정 (하다)
~感	안정감
穩定，穩住	가라앉히다
【抑止疼痛】	통증을 가라앉히다
穩重	점잖다 , 의젓하다 , 묵직하다
穩健	온건하다
穩當	온당하다

問	묻다
~安	안부를 묻다 , 문안 (하다)
問卷	앙케트
問號	물음표
問題	문제
視爲~，在乎	문제로 삼다
紊亂	헝클어지다 , 지저분하다

亡	망하다
亡命	망명 (하다)

亡靈	망령
王	왕
王子	왕자
王妃	왕비
王冠	왕관
王宮	왕궁 , 황궁
王國	왕국
王朝	왕조
王牌	에이스

ㄨㄤˇ

往年	예년
往來	왕래 (하다)
往往	흔히
往返 【來回票】	왕복 (하다) 왕복표
網 瀏覽~頁	네트 , 그물 네트 서핑
網站	사이트
網球 ~衫 ~場	테니스 폴로셔츠 테니스 코트
網際網路	인터넷 , 네트워크
網膜	망막

妄想 　誇大~	망상 (하다) 　과대망상
忘掉，忘記	잊다
旺	일다
旺季	성수기 한창때
旺盛	성하다 , 왕성하다
望月	보름달
望遠鏡	망원경

甕	단지 , 항아리

ㄩ

迂迴	우회 (하다)
~路	우회로
迂腐，陳腐	진부하다
淤	멍들다
瘀血，瘀青	멍 , 어혈 , 멍이 들다

ㄩˊ

於是	그래서
娛樂	오락 , 엔터테인먼트
~活動	레크리에이션
魚	생선
烤~	생선 구이
生~片	생선 회
~片，肉片	생선 토막
握壽司	생선 초밥
魚	물고기
雙~座	물고기자리
魚子醬	캐비아
魚缸	어항
魚眼鏡頭	어안 렌즈
魚餌	미끼

喁喁細語	소곤거리다 , 소곤소곤 (하다)
愉快	유쾌하다
逾越	넘다 , 초과 (하다)
瑜珈	요가
榆樹	느릅나무
愚人 　~節	에이프릴 풀 　만우절 , 에이프릴 풀스데이
愚昧	우매하다
愚笨	아둔하다
愚笨 , 愚蠢	우둔하다
愚蠢 , 愚笨 　~的男人	바보 , 용통하다 , 어리석다 　바보같은 남자
漁夫	어부
漁民	어민
漁村	어촌
漁船	어선
漁場	어장
漁港	어항
漁網	어망
漁獲量	어획고
餘 , 剩	남다
餘力	여력
餘生 , 餘年	여년

餘白	여백
餘地	여지
【沒有立身之地】	입추의 여지도 없다
餘味	뒷맛
餘波	여파
餘暇	여가 , 레저
餘裕，餘糧，餘地	여유
餘震	여진
餘額，餘款	잔금 , 잔액 , 잔고
餘韻，餘味	여운
【餘韻猶存】	여운을 남기다
輿論	여론

ㄩˇ

宇宙	우주
~旅行	우주 여행
羽毛	우모 , 새털
~球	배드민턴
羽翼，翅膀	날개
雨	비
下~	비가 오다
避~	비를 피하다
雨天	우천
~順延	우천 순연
雨衣	레인코트
雨具	우비

雨刷	와이퍼
雨雪	진눈깨비
雨滴，雨點	빗방울
與否，是否	여부
與衆不同	유별나다 , 색다르다
語，話	말
語句	어구
語言	언어
~學	언어학
語法，文法	문법
語氣	톤 , 말투
語塞，尷尬，彆扭	어색하다
語幹	어간
語彙，詞彙	어휘
語源，詞源	어원
語學，語言學	어학

ㄩˋ

玉，玉石	옥
玉米	옥수수
玉篇（韓國編的漢字字典）	옥편
芋頭	토란
育兒	육아 (하다)
浴池，浴缸，浴盆	욕조 , 목욕통

浴衣	가운
浴室	욕실
御用	어용 (하다)
遇上，遇到，撞到	부닥치다 , 마주치다
遇見	만나다 , 마주치다
遇難，遇險	조난 (하다)
寓言	우화
預付，預先付款 　~款 　【預先付費】	프리페이드 , 선불 (하다) 　선금 　대금을 선불하다
預示	예시 (하다)
預兆	전조 , 조짐
預先 　~得知	사전 , 지레 　사전에 알다
預扣	공제 (하다)
預行	예행 (하다)
預告 　~片段	예고 (하다) 　예고편
預見，預料	예견 (하다)
預言 　~者	예언 (하다) 　예언자
預防 　~注射	방범 (하다) , 예방 (하다) 　예방 주사
預定	예정 (하다)
預知	예지 (하다)

預約，預訂	예약 (하다)
預借，預支	선대 (하다)
預售 　~票	예매 (하다) 　예매권
預習	예습 (하다)
預備，準備 　~運動 　【預先調查】	채비 (하다) , 준비 (하 다) , 예비 (하다) , 대비 (하다) 　준비 운동 　예비 조사
預報	예보 (하다)
預期	예기 (하다)
預測，預料 　【不測，意外】	예측 (하다) 　예측할 수 없다
預料，預計 　~之外	예상 (하다) 　예상밖 , 예상외
預感 　有~	예감 　예감이 들다
預演	리허설
預算 　編列~	예산 , 재정 　예산을 세우다
預選，預賽	예선
慾望，慾求 　【欲求不滿】	욕구 　욕구 불만
慾望，慾念，貪念	욕망 , 욕심
癒合	아물다 , 유착 (하다)
鬱金香	튤립

| 鬱悶 | 답답하다 , 음울하다 , 갑갑하다 , 우울하다 |
| ~而寂寞 | 울적하다 |

| 鬱憤 | 울분 |

| 鬱鬱蔥蔥 (樹茂盛狀) | 울창하다 |

ㄩㄝ

| 約旦 | 요르단 |

| 約定 | 약정 , 약속 (하다) |
| 【期票】 | 약속 어음 |

| 約會 | 데이트 (하다) |

ㄩㄝˋ

| 月中 | 월중 |

| 月刊，出月刊 | 월간지 , 월간 (하다) |

| 月台 | 플랫폼 |

| 月末，月底 | 월말 |

| 月份，月亮 | 달 |

| 月光 | 월광 |

| 月收入 | 월수 |

| 月初 | 월초 |

| 月夜 | 달밤 |
| ~下的散步 | 달밤의 산보 |

| 月亮 | 달 |
| ~露臉 | 달이 뜨다 |

| 月桂樹 | 월계수 |

月經	생리 , 월경
【衛生棉】	생리대
月蝕	월식
月曆	달력,캘린더
月薪	월급
~族	월급쟁이
岳母	장모
越南	베트남
越發	한층더 , 더욱더
越發,越來越……,漸漸	점점
越過	넘다 , 건너다
閱覽	열람 (하다)
樂曲	곡 , 악곡
樂師	뮤지션
樂團	밴드 , 악단
樂器	악기
樂譜	악보
躍進	약진 (하다)
躍過,跳過	뛰어넘다

ㄩㄢ

冤大頭	봉
冤枉	설움 , 애꿎다 , 억울하다 , 원통하다

冤枉錢	생돈
【白花了錢】	생돈이 들다
淵博	연박하다
淵源	연원
鴛鴦	원앙새

ㄩㄢˊ

元旦	원단，설날
元帥	원수
元首	원수
元氣	원기
元素	원소
原子	원자
~核	원자핵
~彈	원폭，원자 폭탄
~筆	볼펜
~爐	원자로
~能	원자력
原文	원문
原文	텍스트
原木	통나무
原本	원본
原由	영문
【不知其所以然，蒙在鼓裡】	영문을 모르다
原因	원인

原地，原處	제자리
【原地踏步】	제자리걸음
原色	원색
原住民	선주민 , 원주민
原告	원고
原形	정체
~畢露	정체가 드러나다
現出~	정체를 드러내다
原材料	소재 , 원재료
原來，本來	워낙
原來，原本	본디
原來，原先	본래
原典，原著	원전
原始	원시
~人	원시인
~林，原生林	원시림
~時代	원시 시대
原始，原物，原來	오리지널
原委，事由	사연
原委，始末	전말
原委，始末	경위
原油	원유
原狀，原樣	원상
原委	전말
事情的~	사건의 전말
原則	원칙

原型，原形，原狀	원형
原料	원료
原案	원안
原動力	동력，원동력
原汁	원액
原理	원리
原產，本鄉，本地，老家	본고장
【原產地】	원산지
原野	원야，들판
原著，原作	원작
原稿	원고
【稿費】	원고료
原諒	용서 (하다)
原點	원점
回到~	원점으로 돌아가다
原籍，本籍	본적
原籍，籍貫	본관
員工宿舍	사택
員額	정원
援助，後援	후원 (하다)，원조 (하다)
援救	구원 (하다)
園區	단지
園遊會	원유회
園藝	원예

圓	원 , 둥글다
圓，圓滾滾	둥글둥글하다
圓形	원형
~劇場	원형 극장
圓周	원주
~率	원주율
圓柱	원주 , 원기둥
圓圈	동그라미
圓規	컴퍼스
圓頂	돔
圓滑	원활하다
圓鼓鼓	불룩하다
圓滿	제대로 , 원만하다
圓盤	원반
圓錐	원뿔 , 원추
圓環	로터리
【輪轉式引擎】	로터리 엔진
猿人	원인
緣分	인연
緣由	사유 , 터무니 , 기인
緣由，緣故	연유
緣故	영문 , 이유 , 까닭 , 연고

ㄩㄢˇ

遠	멀다

遠大	원대하다
遠方	멀리 , 먼곳
遠古	먼 옛날
遠足	하이킹 , 소풍 (하다)
遠征	원정 (하다)
遠東	극동
遠近法	원근법
遠洋 　~漁業	원양 　원양 어업
遠視	원시
遠距 　【遙控】	원격 　원격 조작
遠距離操縱	리모콘
遠遠地 　【遠望 , 遠眺 , 眺望】	멀리 　멀리 바라보다
遠離	멀어지다 , 멀리하다
遠攝鏡頭	망원 렌즈

ㄩㄢˋ

怨言	푸념 (하다)
怨恨	원한
怨聲	원성
院子	뜰
院長	학장 , 원장
願 , 願意 , 希望	원 (하다)

願望	바람 , 염원 (하다) , 소망 (하다) , 원망 (하다)

ㄩㄣ

暈	빙하다 , 어지럽다
暈眩	아찔하다

ㄩㄣˊ

雲 , 雲朵	구름
雲雀	종다리

ㄩㄣˇ

允諾	승낙 (하다) , 수락 (하다) , 허락 (하다)
得到~	승낙을 얻다
吮 , 吸吮	빨다

ㄩㄣˋ

孕吐	입덧 (하다)
孕婦	태모 , 임신부
~裝	임부복
孕婦 , 產期	임산부
運用 , 應用	써먹다 , 이용 (하다) , 운용 (하다)
運行	운행 (하다)
運河	운하

運氣，氣數	운 , 수 , 재수
~好，走運	운이 좋다
~不好	수가 사납다
【不吉利．倒霉】	재수가 없다
運送，運輸	운송 (하다)
【送貨單】	운송장
運動	스포츠
~場	그라운드
~員，選手	선수 , 플레이어 , 스포츠맨
【錦標賽】	선수권
運費	운임 , 송료 , 운송비
運勢	운세
運數，運氣	운수
運輸	운수 , 운수 (하다)
~業	운수업
運輸，運送	수송 (하다)
運轉	가동 (하다)
~率	가동률
熨	밀다
熨斗	다리미
熨燙	다림질 (하다)
蘊含，彌漫	서리다

庸俗	속되다 , 저속하다
~的人	속물
【俗根性】	속물근성

永久 　~居住，~居留	영구하다 　영주 (하다)
永生	영생 (하다)
永訣，永別 　【告別式】	영결 (하다) 　영결식
永遠，永恆，永久	영영 , 아주 , 영원하다 , 언제 까지나
泳道	코스
勇氣 　有~	용기 　용기 있다
勇猛	용맹하다
勇敢	씩씩하다 , 용감하다
湧 　泉水~出 　【產生勇氣】	솟다 　샘물이 솟다 　용기가 솟다
湧上（情緒）	울컥 (하다)
湧出	샘솟다 , 솟아나다 , 솟구치다
湧過來	밀려오다
詠嘆	영탄 (하다)
蛹	번데기
擁有	가지다 , 소유 (하다)
擁抱	얼싸안다 , 포옹 (하다)
擁戴	추대 (하다)
擁擠	비좁다 , 붐비다 , 혼잡하다
擁護	옹호 (하다)

用	쓰다
【動腦】	머리를 쓰다
用力	꽉
用力（刺、戳）	푹
~地	꾹
~跳	펄펄 뛰다
用戶	유저
用功	열심
用地	용지
用具	용구
用品	용품
用紙	용지
用處	쓸모 , 소용 （되다）
沒~，沒有用	소용없다
【有用，有益，有助於】	쓸모가 있다
用途，用處，用場	용도
用量	용량
用意	용의 , 의향 , 배포
用語	용어
用餐	식사 （하다）

讀音檢索

讀音檢索

國家圖書館出版品預行編目資料

中韓常用語詞典／韓語編輯小組主
編. ──初版.──臺北市：五南，
2013.02
　　面；　公分.
ISBN 978-957-11-6944-6（精裝）
1. 韓語　2. 詞典
803.23　　　　　　　101025735

1AK2

中韓常用語詞典

發 行 人 ─ 楊榮川

總 編 輯 ─ 王翠華

主　　編 ─ 韓語編輯小組

封面設計 ─ 童安安

出 版 者 ─ 五南圖書出版股份有限公司

地　　址：106台北市大安區和平東路二段339號4樓

電　　話：(02)2705-5066　　傳　真：(02)2706-6100

網　　址：http://www.wunan.com.tw

電子郵件：wunan@wunan.com.tw

劃撥帳號：01068953

戶　　名：五南圖書出版股份有限公司

台中市駐區辦公室／台中市中區中山路6號

電　　話：(04)2223-0891　　傳　真：(04)2223-3549

高雄市駐區辦公室／高雄市新興區中山一路290號

電　　話：(07)2358-702　　傳　真：(07)2350-236

法律顧問　元貞聯合法律事務所　張澤平律師

出版日期　2013年2月初版一刷

定　　價　新臺幣580元